HAROLD ROBBINS

Die Unsterblichen

Buch

Judd Crane hat alles, was man sich wünschen kann – unermeßlichen Reichtum, schier grenzenlose Macht, attraktive Frauen –, und dennoch jagt er wie besessen einem Traum nach, der so alt ist wie die Menschheit: Er möchte ewig leben.

In Jugoslawien sucht er die Gerontologin Dr. Zabiski auf, die eine Behandlungsmethode entwickelt hat, mit der das Leben beträchtlich verlängert werden kann. Als die an Krebs erkrankte Ärztin ihm ihre Forschungsergebnisse anvertraut, versucht Judd zusammen mit der jungen bildhübschen Assistenzärztin Sofia, die seine Geliebte geworden ist und ihm noch einen Sohn schenkt, das Geheimnis der Unsterblichkeit zu ergründen.

Doch mit seinen Forschungen gerät Judd ins Kreuzfeuer internationaler Interessen. Als sein Sohn entführt wird, steht Judd vor der schwierigsten Entscheidung seines Lebens …

Autor

Harold Robbins, 1916 in New York geboren, schrieb 1948 seinen ersten Roman. Heute gehört er zu den meistgelesenen Autoren der Welt. Seine Bücher erschienen in einer Gesamtauflage von über 200 Millionen Exemplaren und wurden in alle wichtigen Sprachen übersetzt.

Außer dem vorliegenden Band sind von Harold Robbins als Goldmann-Taschenbücher erschienen:

Adieu, Janette. Roman (8400) · Die Aufsteiger. Roman (6407) · Hollywood. Roman (9140) · Piranhas. Roman (42172) · Der Seelenfänger. Roman (6830) · Die Unersättlichen. Roman (9281) · Die Begehrlichen. Roman (43960) · Die Macher. Roman (44105) · Die Spekulanten. Roman (43596) · Adieu, Jeanette/Der Seelenfänger. Zwei Romane in einem Band (11645)

HAROLD
ROBBINS

Die Unsterblichen

Roman

Aus dem Amerikanischen
von Wolf Tanneberger

GOLDMANN

Ungekürzte Ausgabe
Titel der Originalausgabe: Descent from Xanadu
Originalverlag: Simon and Schuster, New York

Umwelthinweis:
Alle bedruckten Materialien dieses Taschenbuches
sind chlorfrei und umweltschonend.
Das Papier enthält Recycling-Anteile.

Der Goldmann Verlag
ist ein Unternehmen der Verlagsgruppe Bertelsmann

Genehmigte Taschenbuchausgabe 10/86

Umschlaggestaltung: Design Team München
Umschlagfoto: Mauritius, Mittenwald
Druck: Elsnerdruck, Berlin
Verlagsnummer: 8516
JE · Herstellung: sc
Made in Germany
ISBN 3-442-08516-0

13 15 17 19 20 18 16 14 12

Erstes Buch

Die Suche
1976–1980

1

Die kleine Ärztin stand auf, kam hinter ihrem Schreibtisch hervor und winkte ihn zum Fenster. Ihre Augen waren hinter einer großen Sonnenbrille verborgen. Judd Crane überragte sie wie ein Koloß. Sein Blick folgte ihrer Hand, die in den weiten, mit blau schimmerndem Gras bewachsenen Park hinauszeigte. Er sah einen riesigen Springbrunnen.
»Wissen Sie, was das für ein Brunnen ist, Mr. Crane?« fragte sie mit ihrem slawischen Akzent.
Er nickte. »Natürlich, Frau Dr. Zabiski, der Brunnen von Ponce de León.«
Sie warf ihm einen spöttischen Blick zu. »Das ist eine Legende, Mr. Crane. In Wirklichkeit hat es ihn niemals gegeben.«
Judd blieb einen Augenblick stumm. »Das weiß ich auch, Frau Dr. Zabiski«, sagte er schließlich.
Sie ging zu ihrem Schreibtisch zurück, setzte sich und wartete, bis er ebenfalls Platz genommen hatte. Ihre dunkle Brille hatte sie vor sich auf den Tisch gelegt. »Sie haben blaue Augen«, bemerkte sie. »Sehr dunkel. Kobaltblau.«
Judd lächelte unmerklich. »Und Ihre Augen sind bernsteinfarben, fast wie die einer Katze.«
Sie sah ihm direkt in die Augen. »Wenn Sie Unsterblichkeit suchen, Mr. Crane«, sagte sie leise, »dann hätten Sie woanders hingehen müssen. Hier gibt es sie nicht.«
Crane rührte sich nicht. »Meine Informationen besagen etwas ganz anderes, Frau Dr. Zabiski.«
»Dann müssen sie falsch sein«, sagte sie einfach.
Sein Gesichtsausdruck blieb gelassen. »Ein Mißverständnis, das zwanzig Millionen Dollar nicht korrigieren?«
Ihre Augen waren wieder hinter der Sonnenbrille verschwun-

den. »Wie es scheint, sind *meine* Informationen korrekt«, sagte sie. »Sie sind wirklich einer der reichsten Männer der Welt.«
»Ganz korrekt sind sie nicht«, sagte er leise. »Ich bin der reichste.«
Die Ärztin verzog das Gesicht. »Und was ist mit den Saudis? Was ist mit Getty, Ludwig und Hughes?«
»Das sind doch bloß Kinder, die mit Glasperlen spielen. Wenn ich mit den Fingern schnippe, sind sie ihre Murmeln los.«
»Dann gibt es also für Sie nur noch ein großes Spiel.« Sie wandte ihren Blick von ihm ab. »Sie sind auf Unsterblichkeit aus.«
»Das ist wirklich das einzige, was mich noch interessiert, Frau Dr. Zabiski. Es hat einen Wettlauf ins Weltall gegeben, und wir haben gewonnen. Wir sind auf dem Meeresgrund Sieger geblieben und auch sonst überall. Wenn es um Geschwindigkeit, Tiefe und Höhe ging, haben wir immer gewonnen. Ich habe auch die anderen Spiele gespielt. Geld, Macht und Sex. Ich liebe diese Spiele irgendwo und betreibe sie dauernd, aber im Grunde sind das alles nur Kinkerlitzchen. Jetzt will ich an das ganz große Spiel ran. Die Unsterblichkeit. Ich will als erster unsterblich sein. Ich will ewig leben.«
»Gerade wenig verlangen Sie nicht, zumal, wenn man davon ausgeht, daß dies noch nie jemand erreicht hat.« Dr. Zabiski blickte in seine Augen, konnte aber keine Veränderung feststellen. »Sie nehmen mir doch ab, daß auch wir nicht über die dafür erforderlichen Mittel verfügen, nicht wahr?«
»Das tue ich.«
Sie zögerte. »Dann verstehe ich nicht . . . Was erwarten Sie denn?«
»Nichts«, entgegnete er ruhig. »Oder alles. Sie sind dem, was ich suche, nähergekommen als irgendwer sonst auf der Welt.«
»Ich habe einige Erfolge bei der Verzögerung der Alterungsprozesse erzielt«, sagte sie. »Das stimmt. Aber verhindern können wir die Alterung nicht, und mit Unsterblichkeit hat

das Ganze schon gar nichts zu tun.«
»Aber Sie haben schon vielen prominenten Patienten geholfen«, sagte er.
Frau Dr. Zabiski erlaubte sich ein bescheidenes Lächeln. »Es hat ein paar Erfolge gegeben. Und ich freue mich, daß ich habe helfen können, dem deutschen Bundeskanzler seinerzeit, ein paar Päpsten und sogar Stalin. Trotzdem sind sie alle gestorben.«
»Aber vorher waren sie bei Ihnen. Alle waren sie hier. Und irgendwas wurde ihnen verabreicht.«
Die Ärztin nickte. »Ihre Verfassung hat sich auch im höheren Alter verbessert.«
»Sowohl körperlich als auch geistig, nicht wahr?« Es war mehr eine Feststellung als eine Frage.
»Ja«, bestätigte sie. »Aber letztendlich sind sie alle verblichen.«
Judd warf ihr einen prüfenden Blick zu. »Was schätzen Sie? Um wieviel Jahre haben Sie das Leben Ihrer Patienten verlängert?«
Die Ärztin hob die Hände. »Ich weiß es nicht. Viele Faktoren spielen da eine Rolle. Die Patienten waren unterschiedlich alt, und sie sind zu sehr verschiedenen Zeitpunkten zu mir gekommen.« Erneut zögerte sie. »Es hat allerdings auch Patienten gegeben, die auf meine Behandlung überhaupt nicht ansprachen. Es gibt dafür keinerlei Garantien.«
»Was hätte ich denn zu erwarten, falls ich auf Ihre Behandlung anspräche?«
Sie dachte einen Augenblick nach. »Sie sind jetzt zweiundvierzig?«
Er nickte.
»In acht Jahren, also 1984, sind Sie fünfzig. Wenn meine Behandlung durchschnittlich bei Ihnen anschlüge, wären Sie aber tatsächlich dann nur um drei Jahre gealtert. Geriatrisch wären Sie fünfundvierzig. Mit sechzig wären Sie zweiundfünfzig; mit siebzig ungefähr sechzig und mit achtzig vielleicht vierundsechzig.« Sie stockte kurz. »Vorausgesetzt natürlich, daß die Behandlung ununterbrochen fortgesetzt

wird.«
»Das heißt, solange ich lebe?« fragte Judd.
Sie nickte. »So ist es, Mr. Crane. Zunächst müßten Sie zwei Monate hierbleiben, damit wir feststellen können, ob Sie generell für unsere Behandlung geeignet sind. Falls sich herausstellen sollte, daß dies der Fall ist, müßten Sie dann alle drei Monate hierherkommen und sich eine Woche lang der Therapie unterziehen.«
Er lächelte, aber nicht unfreundlich. »Entschuldigen Sie, Frau Dr. Zabiski, falls ich nun die ganze Behandlung bis zum Ende fortsetzen will . . . Was wird dann inzwischen mit Ihnen?«
Sie lächelte zurück. »Ich werde dann längst tot sein. Aber das spielt keine Rolle. Die Behandlung geht weiter.«
Judd schwieg einen Moment. »Die Sache ist ziemlich zeitaufwendig. Alles in allem muß ich damit rechnen, daß mich die Behandlung einschließlich An- und Abreise pro Jahr mehr als einen guten Monat kostet, in dem ich mich um nichts anderes kümmern kann.«
»Daran läßt sich nichts ändern, Mr. Crane. Sie müssen selbst wissen, ob es Ihnen das wert ist.«
»Gibt es denn keine Möglichkeit einer ambulanten Behandlung? Könnten die Mittel, die zur Anwendung gelangen, mir nicht zugeschickt werden?«
Die Ärztin schüttelte den Kopf. »Tut mir leid, Mr. Crane. Ich habe dreißig Jahre gebraucht, um dieses Behandlungszentrum zu schaffen. Es ist einzigartig auf der Welt.«
»Dr. Aslam, Dr. Filatov und Dr. Niehans lassen aber ihre Behandlung auch überall auf der Welt durchführen«, beharrte Judd. »Ich habe mir sagen lassen, daß deren Methoden auch zu Ihrer Behandlung gehören.«
»Das stimmt«, nickte sie.
»Wieso kann dann Ihre Behandlung nur vor Ort durchgeführt werden? Worin besteht denn das große Geheimnis, das Sie nicht herausrücken wollen?«
Die Ärztin lächelte spöttisch. »Das große Geheimnis, wie Sie es nennen . . . Das große Geheimnis sind Sie, Mr. Crane.«
»Ich verstehe nicht ganz.«

»Ich glaube, Sie verstehen sehr gut, Mr. Crane.«
»Nun ja, ich habe mich informiert«, bekannte er offen. »Ich weiß, daß Sie Aslams Procain-, Magnesium- und Mineraltherapie, Filatovs Placenta-Transplantationen sowie die von Niehans bevorzugten Zellinjektionen mit dem Plasma ungeborener Lämmer eingesetzt haben. Ich glaube sogar, daß Sie alle drei Methoden zu einer einzigen verbunden haben. Aber das wäre zu einfach. Deshalb glaube ich, daß es noch einen geheimen Zusatz gibt.«
»Sie haben mir nicht zugehört, Mr. Crane«, sagte die Ärztin geduldig. »Ich habe es Ihnen doch schon gesagt: Der geheime Zusatz sind Sie.«
Er warf ihr einen prüfenden Blick zu.
Sie schwieg.
Mit gedämpfter Stimme fragte er: »Klonen Sie?«
Dr. Zabiski gab ihm keine Antwort.
»Arbeiten Sie mit der Implantation geklonter Zellen aus dem Reservoir des eigenen Körpers?« Seine kobaltblauen Augen wurden schwarz wie der Himmel bei Nacht. »Das hat doch bei Menschen noch nie funktioniert.«
Die Ärztin spürte eine unheimliche Kälte in sich aufsteigen. Es war, als ob ein kalter Wind sie berührt hätte. Zum ersten Mal in ihrem Leben verspürte sie Angst. Fast hätte ihre Stimme gezittert. »Mr. Crane, bitte entschuldigen Sie mich. Ich muß mich um meine Patienten kümmern.«
Er schwieg.
»Vielleicht können wir uns morgen noch einmal unterhalten?« fragte sie.
Er wirkte nachdenklich. »Morgen bin ich bereits in Peking.«
»Dann eben ein andermal«, sagte sie.
Crane erhob sich. »Zwanzig Millionen reichen nicht, das habe ich mittlerweile verstanden. Fünfzig Millionen. Genügen die Ihnen?«
Die Ärztin sah zu ihm auf. »Sie haben so gut wie gar nichts begriffen, Mr. Crane. Mit Geld allein erreichen Sie wenig. Wir leben hier in einem sozialistischen Land, und alles gehört dem Volk.«

»Dann vergessen Sie das Wort ›Geld‹«, sagte er. »Sprechen wir einfach von ›Prioritäten‹. Jedes Land hat seine eigenen Prioritäten.«
»Mir ist unklar, was Sie damit meinen«, sagte sie kühl.
Judd lächelte. »Sie sind Wissenschaftlerin, Frau Dr. Zabiski, und auf Ihrem Gebiet eine Kapazität. Mein Fachgebiet hingegen ist, wenn Sie erlauben, das Geschäft mit Prioritäten.« Er hielt ihr die Hand hin. »Vielen Dank, daß Sie Zeit für mich hatten.«
Ihr Händedruck war energisch und warm. »Ich stehe Ihnen gern zur Verfügung, Mr. Crane«, sagte sie mit einem Lächeln, auf das er kaum noch gehofft hatte. Sie brachte ihn sogar an die Tür. *»Good-bye,* Mr. Crane.«
Er blieb stehen. »Sie sind eine großartige Frau«, sagte er. »Auf Wiedersehen, Frau Dr. Zabiski.«
Kaum war Judd gegangen, öffnete sich die Tür zum Nebenzimmer, und ein hochgewachsener, energisch wirkender Russe kam in Dr. Zabiskis Büro. Er hatte den Schreibtisch erreicht, noch ehe sich die kleine Ärztin wieder gesetzt hatte. Hinter ihm trat eine hübsche junge Frau in einem weißen Ärztekittel ein und schloß die Tür hinter sich.
Dr. Zabiski nahm einen Bleistift vom Tisch. »Was haltet ihr von ihm?« fragte sie.
Der Russe stieß einen Fluch aus. »Dieses egoistische Schwein! Er denkt, er könnte alles kaufen mit seinem Geld.«
Die junge Frau warf Dr. Zabiski einen Blick zu. »Ich fand ihn ganz attraktiv. Und ich glaube, er ist sehr intelligent.«
Die Ärztin hob den Blick. »Sie dürfen ihn nicht unterschätzen, Genosse Nicolai. Er ist nicht dumm. Denken Sie nur daran, wie schnell er kapiert hat, worauf unsere Therapie hinausläuft, jedenfalls teilweise.«
»Das beeindruckt mich gar nicht«, sagte der Russe. »Aber Sie müssen sicherstellen, daß er uns nicht wieder entwischt.«
»Weshalb ist er für uns denn so wichtig?« fragte die Ärztin. »In meinen Augen ist er bloß einer der zahllosen Männer, die ihr Leben verlängern wollen. Genauso wie alle anderen Patienten, die unsere Klinik aufsuchen.«

Nicolai musterte sie verwundert. Dann sprach er so langsam und deutlich, als ob die Ärztin ein Kind wäre: »Crane Industries sind nicht nur der größte Konzern der Welt, sondern sie beliefern auch die Regierung der Vereinigten Staaten mit zahllosen Gütern, von Büroklammern über Medikamente bis zu Luft- und Raumfahrtinstrumenten und modernsten Waffensystemen. Seit Jahren haben wir versucht, ein paar gute Leute in das Management des Konzerns einzuschleusen, aber das ist unmöglich. Denn Judd Crane macht alles allein. Er trifft praktisch alle seine Entscheidungen selbst, und seine Angestellten führen bloß seine Anweisungen aus. Aber wenn jemand in seiner Nähe arbeitet, erfährt er wahrscheinlich mehr über die strategischen Pläne der Amerikaner, als der Präsident der Vereinigten Staaten selber weiß.«
Dr. Zabiski starrte ihn an. »Wenn Sie von mir erwarten, daß ich diese Person sein soll, dann irren Sie sich. Ich kann nicht mit diesem Judd Crane in der Welt herumziehen. Dazu bin ich viel zu alt.«
»Wir erwarten ja auch gar nicht, daß Sie die praktische Arbeit leisten. Sie brauchen ihn nur davon zu überzeugen, daß Sie ihm helfen. Dann ernennen Sie Sofia zu seiner Betreuerin. Sie ist hervorragend ausgebildet für diese Aufgabe. Was kann er mehr verlangen als eine echte Professorin für Gerontologie und Geriatrie? Sie wird alle Tests mit ihm machen und ihn für die Behandlung vorbereiten, die Sie dann persönlich durchführen.«
Er unterbrach sich für einen Augenblick. »Dank der hier versteckten Mikrophone habe ich Ihr Gespräch nebenan mitgehört. Crane ist entschlossen, alles auf Sie zu setzen. Wenn Sie ihm den kleinsten Vorschlag machen, wird er sofort darauf eingehen.«
»Nicolai«, wandte Sofia ein, »was ist, wenn er findet, ich wäre zu jung für die Aufgabe?«
Nicolai lächelte. »Sei nicht albern, Sofia. Dreißig ist nicht zu jung. Außerdem bist du eine schöne Frau, und das weißt du genau. Du hast schon ganz andere Probleme gelöst. Pack ihn am Schwanz, dann wird er schon tun, was wir wollen.«

»So blöd ist er nun auch wieder nicht«, zischte Sofia wütend.
»Wir haben ein paar Wanzen in seinem Hotelzimmer angebracht«, erklärte Nicolai, »und drei Prostituierte warten als angebliche Sekretärinnen auf ihn. Natürlich sind die Mädchen von uns, aber das weiß er nicht.«
»Ich bin wohl für dich auch so eine Art Hure?« fragte Sofia. »Ist das die Rolle, die du mir zugedacht hast?«
Nicolai drehte ihr brüsk den Rücken zu. »Ich schlage vor, daß Sie sich so bald wie möglich wieder mit Crane treffen, Frau Dr. Zabiski.«
»Ich werde mich bemühen, Genosse Nicolai«, meinte die Ärztin kühl.
Nicolai warf ihr einen prüfenden Blick zu. »Diese verrückte Idee mit dem Klonen«, sagte er kopfschüttelnd. »Glauben Sie, so etwas könnte es jemals geben?«
Die Ärztin zuckte die Achseln. »Wer weiß? Ich bin sicher, wir können über ihn viel lernen. Einige Kollegen, die in den Vereinigten Staaten gewesen sind, haben mir erzählt, daß die Crane Genetic Engineering Corporation uns auf dem Gebiet des Klonens, des DNS-Kopierens und der Mutationsgenetik Lichtjahre voraus ist.«
Nicolai wandte sich Sofia zu. »Da siehst du, wie wichtig es ist, daß du dich seiner annimmst.«
Sofia warf ihm einen verächtlichen Blick zu und verließ schweigend das Zimmer der Ärztin.

Sie ging hinauf in ihr Zimmer, zündete sich eine Zigarette an und stellte sich rauchend ans offene Fenster. Wütend starrte sie auf den glitzernden Springbrunnen. Sie drehte sich nicht um, als die Tür hinter ihr aufging.
Seine Hände legten sich auf ihre Schultern, aber sie drehte sich noch immer nicht um. »Was, zum Teufel, ist denn in dich gefahren?« wollte Nicolai wissen.
»Acht Jahre sind wir jetzt zusammen«, sagte Sofia bitter, »und du bist nach wie vor noch mit Ekaterina verheiratet.«
»Ich habe es dir doch schon so oft erklärt«, seufzte er. »Ihr Vater ist immer noch im Politbüro. Wenn ich die Scheidung ein-

reiche, ist meine Karriere im Eimer. Wir müssen warten, bis Andropow drankommt, dann bin ich mein eigener Herr, und wir ziehen zusammen.«
Sie zog an ihrer Zigarette und schwieg.
Seine Finger glitten an ihrem Rücken hinunter. Mit der rechten Hand packte er sie um die Hüften, mit der linken schob er ihren Kittel hoch und fuhr ihr zwischen die Schenkel. Sie war nackt. »Du bist ja ganz feucht«, sagte er heiser.
Sie bewegte sich nicht. »Das bin ich immer.«
Sie hörte, wie er am Reißverschluß seiner Hose zerrte. Sie wurde nach vorn gestoßen und mußte sich auf dem Fensterbrett abstützen, ihre Zigarette flog in den Garten. Mit einer Hand packte er sie im Genick, und dann spürte sie, wie er groß und hart in sie eindrang. Sie keuchte mit offenem Mund und stöhnte wie eine Katze.
Der Schraubstock seiner Hände umspannte jetzt ihre Hüften, während er in sie hineinstieß. »So hast du es doch gern!« sagte er mit Triumph in der Stimme.
Sie gab keine Antwort, sondern stöhnte und schnappte nach Luft.
Seine Fingernägel gruben sich in ihre Haut. »Verdammt noch mal!« knurrte er. »Sag's mir. Sag mir, daß du es gern hast!«
»Ja«, schrie sie. »Ja, so hab' ich es gern.«

2

Judd Crane verließ den Fahrstuhl, ging zur breiten Doppeltür seiner Hotelsuite und drückte den Klingelknopf, was ein melodisches Glockenspiel auslöste. Fast Eddie, ein zierlicher Schwarzer, der einen mächtigen, blauschwarzen Colt .45 in der Faust hatte, öffnete die Tür. »Irgendwann hebst du dir noch einen Bruch an dem Ding«, grinste Judd.
Eddie sicherte seine Pistole und schob sie ins Halfter zurück. »Jugoslawien ist der Arsch der Welt«, sagte er. »Sogar Küchenschaben gibt es unter dem Klodeckel.«

Judd nickte. »Ja, so ist das Leben nun mal. Manche Leute haben einfach keinen Stil.« Er begab sich in das Besprechungszimmer, holte einen schwarzen Aktenkoffer aus dem Schreibtisch, hantierte kurz an den Schlössern und öffnete behutsam den Deckel. Die schimmernde Metallplatte im Inneren des Koffers war mit roten und grünen Dioden bedeckt.

»Sieht wie ein Weihnachtsbaum aus«, sagte Eddie.

Judd nickte. Er drehte an einem Schalter und drückte nacheinander drei Knöpfe. Plötzlich wurden die Dioden gelb. Judd lächelte zufrieden. »Ob den Schaben jetzt die Trommelfelle geplatzt sind?« Eddie lachte. »Das ist nicht meine Abteilung, Boß. Ich bin bloß der Butler.«

»Dann bring mir doch einen Drink«, bat Judd.

»Das übliche?«

»Atlanta Sherry mit Cola und eine Menge Eis«, sagte Judd.

Eddie ging hinter die Bar. »Was hat dich so nervös gemacht?« fragte Judd. Er konnte sich immer noch nicht ganz erklären, warum Eddie mit gezogener Pistole in der Hotelsuite herumlief. »Ach«, sagte Eddie, »hier gibt es ein bißchen viel Service. Jede Menge Zimmermädchen, ein Mann mit einem Staubsauger, zwei Fensterputzer, ein Elektriker und zwei Telefontechniker. Es ging zu wie auf dem Flughafen bei uns in Chicago.« Er machte eine Colaflasche auf und schenkte ein. »Sniff?« fragte er, als er den Drink auf den Tisch stellte.

»Im Moment noch nicht«, sagte Judd. Er nahm einen Schluck und dachte einen Augenblick nach. »Wie viele Zimmer hat unsere Suite?«

»Fünf.«

»Warst du schon überall?«

»Ja.«

»Hast du auch in sämtliche Schränke gesehen?«

»Noch nicht.«

Judd stellte sein Glas auf dem Tisch ab, nahm ein Gerät aus dem Attachékoffer, das wie eine Art Transformator aussah, und drückte auf einen Knopf. »Hol dein Ding noch mal raus«, forderte er Eddie auf.

Eddie zog seine Pistole und folgte Judd durch die Räume. Vor

jedem Schrank blieb Judd stehen und richtete seinen Apparat auf die Tür.
»Das Gerät kenne ich noch gar nicht«, sagte Eddie. »Scheint was Neues zu sein.«
»Eine brandneue Sache«, bestätigte Judd. »Ein Infrarotgerät, das auf Körperwärme anspricht. Falls einer in einem Schrank versteckt ist, wissen wir es sofort und brauchen nicht mal die Tür aufzumachen.«
»Was solchen technischen Schnickschnack anlangt, sind Sie wirklich ein Kindskopf«, grinste Eddie.
Inzwischen hatten sie das letzte Zimmer der Suite betreten. Judd beobachtete die Nadel auf dem Infrarotgerät. »Da drin«, flüsterte er und deutete auf einen der Schränke.
»Und was machen wir jetzt?« fragte Eddie.
»Warte mal«, sagte Judd und beobachtete schweigend die Nadel. »Gar nichts werden wir tun. Der Bursche da drin ist schon tot. Seine Temperatur liegt nur noch bei ungefähr dreißig Grad. Ist ja auch idiotisch, einen Agenten in einen engen Schrank einzusperren. Noch dazu einen Mann mit einem Herzfehler, den der Einsatz meines Sonargerätes unweigerlich umbringen muß.«
Judd kehrte ins Besprechungszimmer zurück, packte den Infrarotsucher ein und schaltete das Sonargerät aus. Die gelben Dioden verwandelten sich wieder in einen Weihnachtsbaum mit bunten Kugeln. Zufrieden klappte Judd den Attachékoffer zu und verstellte die Kombinationsschlösser. »So, jetzt können wir, Eddie.«
Eddie zog an der goldenen Kette, die um seinen Hals hing, eine goldene Kapsel erschien, die der Schwarze behutsam aufklappte und seinem Chef reichte. Judd sniffte zweimal, dann gab er die Kapsel zurück.
Fast Eddie warf ihm einen zögernden Blick zu. »Ich könnte auch einen brauchen. Ich hab' noch ganz wackelige Knie.«
»Bitte bedien dich.«
Eddie machte seinem Spitznamen alle Ehre. Blitzschnell waren die goldene Kapsel und die Kette wieder verschwunden. Eddie sah merklich besser aus und seufzte zufrieden. »Vielen

Dank, Boß. Noch eine neue Cola?«
»Warum nicht? Die hier ist ein bißchen abgestanden.« Als Eddie hinter die Theke verschwand, klingelte das Telefon. »Ich gehe ran«, sagte Judd. »Ja, bitte?«
»Mr. Crane, hier spricht Dr. Zabiski.« Der Akzent der Ärztin schien am Telefon stärker zu sein. »Ich habe noch einmal über unser Gespräch nachgedacht, Mr. Crane.«
»Das ist schön, Frau Dr. Zabiski«, erwiderte Judd.
»Ich könnte heute abend bei Ihnen im Hotel vorbeikommen«, sagte die Ärztin. »Wäre Ihnen acht Uhr recht?« Ihre Stimme hallte ein wenig.
Judd warf einen Blick auf die Uhr. Jetzt war es sechs. »Ja, sehr gut, Frau Doktor. Hätten Sie Lust, mit mir zu Abend zu essen?«
»Ich würde gerne auch meine Assistentin mitbringen. Wäre Ihnen das recht?«
»Aber ja.«
»Fein, Mr. Crane. Bis später und vielen Dank.«
»Ich habe Ihnen zu danken, Frau Doktor.« Judd legte den Hörer zurück auf die Gabel. »Welches Zimmer hat Merlin?« wandte er sich an Eddie.
»1001. Direkt unter uns.«
Judd nahm den Telefonhörer ab und wählte die Nummer. Sein Assistent meldete sich. »Ja, Mr. Crane?«
»Kommen Sie bitte gleich rauf und bringen Sie das Portaphon mit«, sagte Judd.
»Hier warten immer noch drei nette Sekretärinnen, die sich vorstellen möchten.«
»Dafür haben wir jetzt keine Zeit. Zahlen Sie Ihnen, was sie verlangen. Dann können sie gehen.«
»Jawohl, Mr. Crane. Wird erledigt.«
Eddie brachte den frischen Drink. Er schüttelte bedauernd den Kopf. »Das ist wirklich sehr schade, Mr. Crane. Diese jugoslawischen Mösen sahen erstklassig aus.«
Judd nippte an seinem Drink. »Man kann nicht alles haben.«
Das Glockenspiel ertönte. Eddie machte die Tür auf und ließ Merlin ein, der in der rechten Hand einen schwarzen Atta-

chékoffer trug und in der linken einen Stapel Depeschen und Fernschreiben hielt. Als Cranes Assistent den Mund aufmachen wollte, legte Eddie die Hand auf die Lippen und zeigte erst auf das Telefon und dann auf die Lampe. Merlin nickte.
»Hier sind die Fernschreiben, Mr. Crane«, sagte er, stellte den Aktenkoffer auf den Tisch und reichte Judd die Papiere.
»Teilen Sie dem Piloten mit, daß wir noch vor Mitternacht abfliegen werden.«
»Sofort, Mr. Crane.« Merlin klappte den Attachékoffer auf und nahm den Telefonhörer, der sich im Innern des Koffers befand. Während Judd die Fernschreiben durchlas, sprach er leise mit dem Kapitän des Privatjets. »Peters meint, wir werden unterwegs irgendwo auftanken müssen«, sagte er schließlich.
»Er soll sehen, daß wir in der Luft auftanken können«, erwiderte Judd. »Bei einer Zwischenlandung würden wir ja glatt zwei oder drei Stunden vertrödeln.«
Merlin gab die Anweisung per Portaphon weiter. »Flugkapitän Peters wird es versuchen«, teilte er Judd mit.
»Gut«, sagte dieser und gab Merlin die Fernschreiben zurück. »Die besprechen wir morgen im Flugzeug. Ich bin um acht Uhr mit Dr. Zabiski zum Essen verabredet. Bestellen Sie bitte einen Tisch im Hotelrestaurant. Ich werde mich vorher noch ein bißchen hinlegen.«
»Das wird leider nicht gehen. Sie haben um halb sieben eine Verabredung mit dem Unterstaatssekretär für Touristik« erklärte Merlin. »Er kommt hier ins Hotel.«
Judd lächelte müde. »Aus meinem Nickerchen wird also nichts. Dann muß ich mich eben mit Duschen begnügen.«
»Kann ich sonst noch was tun, Sir?« fragte Merlin.
»Nein, ich glaube, das wär's. Sie können mit Eddie zum Flugzeug hinausfahren, wenn ich zum Essen gehe.«
»Soll ich uns unten schon abmelden?«
»Gute Idee. Dann kann ich direkt vom Restaurant zum Flughafen fahren.«
»Weißes Hemd, schwarzer Anzug und schwarze Krawatte, Mr. Crane?« fragte Eddie.

»Haben wir irgendwelche anderen Anzüge?« lächelte Judd.
»Nein, Sir. Aber man darf doch wohl träumen, nicht wahr?«
Sogar Merlin mußte lächeln. Seinen »Kampfanzug« nannte Judd die schwarzweiße Garderobe. Überall auf der Welt hingen in seinen Schränken identische Anzüge.

Um zehn vor acht saßen sie in der Hotelhalle und warteten auf Dr. Zabiski. Merlin und Eddie sahen zu, wie die Pagen die Koffer zur wartenden Limousine hinaustrugen. »Das Portaphon behalte ich vorläufig hier«, sagte Judd. »Den anderen Koffer könnten Sie bitte schon mitnehmen.« Merlin nickte.
Eddie warf Judd einen Blick zu. »Ich mache mir Sorgen wegen der Suite oben, Boß. Ich finde, Sie sollten lieber gleich mit uns zum Flughafen kommen, falls sich jemand an der Unordnung stört.«
»Ich werde hier zwölf Millionen Dollar investieren«, beruhigte ihn Judd. »Da gibt es keine Probleme mit unserer Suite. Der Unterstaatssekretär hat sich über die vier neuen Adria-Clubs und das neue Hotel sehr gefreut.«
»Vielleicht ist er für den Inhalt der Schränke nicht zuständig.« Eddie schien immer noch nervös zu sein. »Vielleicht ist das eine andere Abteilung.«
»Hier gibt es nur eine Abteilung«, grinste Judd, »und das ist die Partei. Die hat hier das Sagen. Warum wohl hat sich Frau Dr. Zabiski so prompt wieder gemeldet? Man hat ihr gesagt, sie solle mit mir verhandeln. Nein, ich mache mir überhaupt keine Sorgen.« Er hatte die Drehtür die ganze Zeit über im Auge behalten. »Da kommt sie«, sagte er fröhlich. »Ich treffe euch dann im Flugzeug.« Damit ließ er Eddie und Merlin zurück und ging zum Eingang, um seinen Gast zu begrüßen.
Hinter der Ärztin trat eine schlanke junge Frau, die eine mißlungene Kopie eines Chanelkostüms trug, durch die Drehtür. Aber selbst dieses bescheidene Kleidungsstück konnte den vollendeten Körper darunter nicht gänzlich verhüllen. Crane mußte daran denken, was Eddie gesagt hatte – in Jugoslawien gab es wirklich erstklassige Frauen.

3

Sobald der Kellner ihre Bestellung aufgenommen hatte, kam die kleine Ärztin zur Sache. »Frau Dr. Ivancich ist seit zwei Jahren meine wichtigste Assistentin. Davor war sie jeweils zwei Jahre lang Assistenzprofessorin für Gerontologie an der Akademie der Wissenschaften in Georgien und Dozentin für Geriatrie an der Sowjetischen Akademie der Wissenschaften in Moskau. Ihr Examen hat sie an der Medizinischen Fakultät der Columbia-Universität in New York abgelegt, und danach hat sie mit einem Forschungsstipendium zwei Jahre lang am National Institute on Aging in Baltimore gearbeitet.«
Judd warf der jungen Frau einen höflichen Blick zu. »Ich bin sehr beeindruckt. Frau Dr. Ivancich hat viel erreicht, wenn man bedenkt, wie jung sie noch ist.«
Das Englisch der jungen Wissenschaftlerin klang amerikanisch. »So jung bin ich nun auch wieder nicht, Mr. Crane«, sagte sie leise. »Ich bin dreißig.«
»Aber dann sind Sie doch jung«, lächelte Judd.
Der Kellner brachte die Suppe. Judd wartete, bis sie wieder allein waren, ehe er fortfuhr. »Sie haben mir zu verstehen gegeben, Sie hätten noch einmal über unser Gespräch nachgedacht, Frau Dr. Zabiski?«
Die Ärztin nickte. »Wenn Sie an meiner Behandlung wirklich interessiert sind, könnten wir möglicherweise die Zeit, die Sie bei uns verbringen müssen, erheblich verkürzen.«
»Und wie?«
»Wir könnten Frau Dr. Ivancich freistellen. Dann hätte sie hinreichend Zeit, Sie zu betreuen und die vorbereitenden Untersuchungen ambulant durchzuführen.«
Noch während sie sprach, schob die Ärztin ihm einen Zettel über den Tisch. Judd las ihn unauffällig. In zierlicher Bleistiftschrift stand da: »Vernichten Sie bitte diese Nachricht gleich wieder. Dr. I. ist vollkommen vertrauenswürdig. Ich persönlich bin an Ihrem Vorschlag sehr interessiert.«
Judd warf der Ärztin einen Blick zu, knüllte den Zettel zu einem kleinen Papierball zusammen, steckte ihn in den Mund

und schluckte ihn mit einem Löffel Suppe herunter. »Die Croûtons sind wirklich sehr delikat«, bemerkte er beiläufig.
Zum ersten Mal lächelte Dr. Zabiski. Sie nickte zufrieden.
»Ich reise heute abend noch ab«, erklärte Judd. »Lassen Sie es mich daher bei Gelegenheit wissen, wann Frau Dr. Ivancich Zeit für mich hat. Ich werde dann alles Weitere veranlassen.«
»Das ist alles schon arrangiert, Mr. Crane«, sagte die Ärztin. »Frau Dr. Ivancich kann sofort abreisen. Ihre Koffer sind bei mir im Auto.«
Judd lächelte. »Ich habe gleich gewußt, daß Sie die richtige Ärztin für mich sind, Frau Dr. Zabiski.« Dann wandte er sich an seine künftige Betreuerin. »Ich hoffe, Sie reisen gern, Frau Dr. Ivancich.«
»Sehr gern, Mr. Crane.«
»Das ist gut. Wir werden nämlich viel unterwegs sein.« Er machte eine kleine Pause. »Dr. Ivancich ist ein sehr eindrucksvoller Name. Haben Sie auch einen Vornamen?«
»Sofia«, sagte sie.
»Und ich heiße Judd. Ich finde, wir sollten uns beim Vornamen nennen, wie man das in Amerika tut. Haben Sie etwas dagegen?«
»Nein, Judd, nicht das geringste.« Ihr Lächeln war unsicher. »Schließlich ist meine Mutter Amerikanerin gewesen, und ich habe lang genug in den Staaten gelebt.«
Der Oberkellner trat an den Tisch und verbeugte sich. »Sie werden am Telefon verlangt, Frau Dr. Zabiski.«
Die kleine Ärztin wandte sich an Judd. »Bitte entschuldigen Sie mich für einen Moment.«
Judd nickte und erhob sich für einen Augenblick vom Stuhl, als die Ärztin den Tisch verließ. Dann wandte er sich an Sofia. »Ihr persönlicher Hintergrund ist erstaunlich. Amerika und Rußland.«
»So erstaunlich nun auch wieder nicht«, meinte Sofia. »Dies sind eben die beiden einzigen Länder, die sich solche Forschungseinrichtungen leisten können, wie sie für mein Spezialgebiet erforderlich sind. Wahrscheinlich hätte ich mich

gar nicht auf diese Fachrichtung spezialisieren können, wenn mein Vater nicht fünfundzwanzig Jahre lang bei den Vereinten Nationen gearbeitet hätte und ich nicht in New York geboren worden wäre. Als er nach Jugoslawien zurückkehrte, ging ich in die Sowjetunion. In Jugoslawien konnte ich erst arbeiten, als sich unsere Regierung für die Erfolge von Dr. Zabiski zu interessieren begann und ihr Institut im großen Stil ausgebaut wurde.«

»Das war vor rund zwei Jahren«, sagte Judd. »Aber als hochqualifizierte Ärztin hätten Sie doch irgendwo anders auf der Welt sicher mehr Geld verdienen können als hier?«

»Möglich«, entgegnete sie. »Aber dann hätte ich nicht mit Dr. Zabiski zusammenarbeiten können, die auf unserem Gebiet schlicht genial ist.«

»Das haben Sie sehr schön gesagt«, meinte Judd.

»Das ist meine ehrliche Meinung«, erklärte sie.

Mit einem raschen Seitenblick stellte Judd fest, daß Dr. Zabiski zurückkam. Rasch erhob er sich von seinem Stuhl. Die Ärztin sah blaß aus. »Ist alles in Ordnung?« fragte er, während sie Platz nahm.

Sie beobachtete ihn, als er sich wieder setzte. »Es war nichts Wichtiges«, meinte sie, aber sie konnte ihren Blick nicht von Judds kobaltblauen Augen losreißen. Wieder überlief sie ein eiskalter Schauer. Wußte der Amerikaner, was in ihr vorging? Sie senkte den Blick und breitete sorgfältig die Serviette auf ihrem Schoß aus, ehe sie den Blick wieder hob. »Es wäre doch merkwürdig«, sagte sie schließlich, »wenn wir am Ende feststellen müßten, daß Tod und Unsterblichkeit ein und dasselbe sind, oder?«

Tod und Unsterblichkeit. Die Worte weckten tief in seinem Inneren ein Echo. Es mußte zwanzig Jahre her sein, daß Judd diese Worte schon einmal gehört hatte. Sein Vater hatte damals fast genau denselben Gedanken geäußert.

Es war im Jahre 1956 gewesen. Genau zwei Tage nachdem General Eisenhower zum zweiten Mal zum Präsidenten gewählt worden war, hatte Judd den ersten Morgenzug von Boston nach New York genommen. Es war ein frischer, sonniger Tag, und Judd war direkt von der Grand Central Station zur Park Avenue hinaufgegangen. New York, wie es pulsierte, war aufregend, und er freute sich, inmitten der hastenden Menschenmenge spazierenzugehen. Hier ging es anders zu als auf dem Campus in Harvard. Ein Blick auf die Uhr zeigte ihm, daß er noch über eine Stunde Zeit hatte. Sein Vater erwartete ihn erst um zwölf.

Als er vor dem neuen Bürogebäude stand, war er immer noch zwanzig Minuten zu früh dran. Er ging die Treppe zwischen den beiden Springbrunnen hinauf, warf einen Blick auf die schimmernden Edelstahlbuchstaben über dem Eingang, die den Namen CRANE INDUSTRIES bildeten, und dann öffneten sich vor ihm die Glastüren. Der Anblick der marmorglänzenden Halle beeindruckte ihn. Er lehnte sich an eine der Säulen und sah zu, wie die Leute hinein- und hinausgingen. Er hatte ja Zeit.

Nach ein paar Minuten baute sich ein uniformierter Sicherheitsbeamter mit einem Revolver im Halfter wichtigtuerisch vor ihm auf. »Was machen Sie denn hier, mein Freund?« fragte er und rückte sein Koppel zurecht.

»Ich habe eine Verabredung und war ein bißchen zu früh dran. Deshalb warte ich hier«, antwortete Judd höflich.

»Das geht nicht«, erklärte der Wachmann. »Wenn Sie zu früh dran sind, müssen Sie eben später noch einmal kommen.«

Judd zuckte die Achseln. »Dann fahre ich gleich rauf«, sagte er und wollte zum Expreßaufzug gehen.

Der Wachmann stellte sich ihm in den Weg. »Da oben ist nur die Geschäftsleitung.«

»Ich weiß.« Judd ließ sich nicht aus der Ruhe bringen.

»Mit wem sind Sie denn verabredet?« fragte der Wachmann.

»Mit Mr. Crane.«

Der Wachmann verzog das Gesicht. Man sah geradezu, wie er angestrengt nachdachte. Schließlich wandte er sich an seinen Vorgesetzten. »Der Bursche hier sagt, er hätte eine Verabredung mit Mr. Crane«, erläuterte er.

Der zweite Wachmann musterte Judd. »Können Sie sich ausweisen, Sir?« fragte er höflich.
Judd knöpfte seine Jacke auf und zog seine Brieftasche hervor. Der kastanienbraune Sweater mit dem weißen Hemd darunter sah im matten Licht der Halle beinahe schwarz aus. »Genügt Ihnen der Führerschein?«
»Natürlich.« Der zweite Wachmann klappte das Dokument auf, las den Namen und warf Judd einen erschrockenen Blick zu.
»Bitte entschuldigen Sie, Mr. Crane«, stotterte er, als er den Ausweis zurückgab. »Wir müssen vorsichtig sein. In den letzten Wochen hat es ein paarmal Probleme gegeben mit Leuten, die sich unberechtigt in der Halle rumtrieben.«
»Ich verstehe«, nickte Judd und steckte seine Brieftasche wieder ein.
Der Wachmann holte mit seinem Schlüssel den Expreßaufzug herbei. »Sie müssen in den fünfundvierzigsten Stock, Mr. Crane«, sagte er, als die Türen aufgingen.
Judd betrat die Aufzugskabine und drückte auf den entsprechenden Knopf. »Du Idiot!« vernahm er, als die Türen sich schlossen. »Das war der Sohn vom Chef! Kapierst du?«
Judd lächelte, als die Stimme im Rauschen des Luftzugs unterging, den der Expreßaufzug auslöste. Er lehnte sich an die Wand und sah zu, wie auf der Anzeigetafel ein Lämpchen nach dem anderen aufleuchtete. Als er den Aufzug verließ, war es fünf Minuten vor zwölf.
Eine Empfangsdame saß an der Tür. »Guten Tag, Mr. Crane. Ihr Vater erwartet Sie schon.« Sie öffnete die Tür zu einem weiteren Aufzug, der zum Penthouse-Büro seines Vaters hinaufführte.
Die Sekretärin seines Vaters begrüßte ihn lächelnd. »Guten Tag, Judd.«
»Guten Tag, Miß Barrett.« Er bückte sich ein wenig, um sie auf die Wange zu küssen. »Sie sind hübscher und jünger denn je!«
Sie lachte. »Wie lieb von Ihnen«, sagte sie freundlich. »Aber mir brauchen Sie wirklich keine von Ihren Harvard-Schmei-

cheleien zu sagen. Ich habe Sie schon gekannt, als Sie noch auf allen vieren herumkrabbelten.«
»Aber ich bitte Sie«, lachte er. »Das sind keine Schmeicheleien, das ist meine ehrliche Überzeugung.« Sie gingen durch das Vorzimmer, in dem mehrere Stenotypistinnen saßen, in Miß Barretts Büro. »Wie geht es meinem Vater?« fragte Judd. »Ich habe ihn seit mindestens sechs Monaten nicht mehr gesehen.«
»Ach«, erwiderte sie leichthin, »Sie kennen ihn ja. Bei ihm scheint immer alles in Ordnung zu sein.«
Er warf ihr einen prüfenden Blick zu. »Wie meinen Sie das? Stimmt etwas nicht?«
Miß Barrett gab keine Antwort. Statt dessen stieß sie die Tür zum Büro ihres Chefs auf. Als Judd zu seinem Vater hineinging, glaubte er Tränen in ihren Augen zu sehen. Aber da schloß sie auch schon die Tür hinter ihm.
Sein Vater drehte ihm den Rücken zu und starrte zum Fenster hinaus. »Bist du das, Judd?« fragte er.
»Ja, Vater.«
»Komm her.« Noch immer drehte der alte Mann sich nicht um.
Judd stellte sich neben seinen Vater und blickte über die Dächer der Stadt. Noch immer hatten Vater und Sohn sich nicht in die Augen gesehen.
»Es ist sehr klar heute. Man kann die Battery sehen und Staten Island, den Long Island Sound und dahinter Connecticut.«
»Ja«, sagte Judd. »Es ist wirklich sehr klar.«
Sein Vater zögerte einen Augenblick, dann drehte er sich zu Judd um und streckte ihm die Hand hin. »Du siehst gut aus, mein Junge.«
Judd nahm die Hand seines Vaters. »Nun«, sagte er fröhlich, »bin ich schon so alt, daß ich dir keinen Kuß mehr geben darf, Daddy?«
Sein Vater umarmte ihn mit einer heftigen Bewegung und küßte ihn auf die Wange. »Ich hoffe, dazu bist du niemals zu alt, Junge.«

»Na also«, lächelte Judd. »Ich dachte schon, du magst mich nicht mehr.«
»Sei nicht albern. Ich liebe dich, mein Junge, das weißt du genau.«
»Ich dich auch, Vater.«
Sein Vater ging zu seinem Schreibtisch. »Erst dachte ich, wir könnten irgendwo zum Essen gehen, aber dann habe ich mir überlegt, daß es vielleicht gemütlicher ist, wenn wir hier im Büro was zu uns nehmen. Wir haben schon so lange nicht mehr in Ruhe miteinander geredet.«
»Eine gute Idee.«
»Hast du Hunger?«
Judd lächelte. »Hunger habe ich immer.«
Sein Vater drückte einen Knopf auf dem Schreibtisch. Im Hintergrund des Raumes öffnete sich eine Schiebetür, und ein kleiner Speisesaal wurde sichtbar. Der runde Tisch in der Mitte war groß genug für acht Gäste, aber es war nur für drei Personen gedeckt. Über die Gegensprechanlage teilte Judds Vater der Küche mit, daß das Essen serviert werden könne.
»Ich nehme einen Scotch mit Wasser als Aperitif«, sagte er. »Und du?«
»Dasselbe, bitte.« Judd folgte seinem Vater in den Salon.
Durch eine Seitentür kam ein zierlicher Schwarzer im schwarzen Anzug mit Fliege. »Mr. Crane?«
»Das Übliche, Fast Eddie«, sagte Judds Vater. »Zweimal, bitte.«
Der schmächtige Schwarze machte seinem Namen alle Ehre. Die beiden Drinks standen fast schon auf dem Tablett, bevor sie bestellt waren.
»Eddie, das ist mein Sohn Judd«, sagte Judds Vater, als er sich seinen Drink nahm.
Eddie reichte Judd seinen Drink. »Sehr erfreut, Mr. Crane.«
»Danke«, sagte Judd und beobachtete, wie sich Fast Eddie zurückzog. »Prost, Vater.«
»Prost, mein Junge.«
Sie tranken.
»Seit wann arbeitet Eddie für dich?« fragte Judd.

»Seit ungefähr drei Monaten. Er ist der Enkel von Roscoe, und Roscoe hat ihn zwei Jahre lang geschult. Der Junge ist wirklich gut. Man glaubt kaum, daß er gerade erst achtzehn geworden ist.«
»Er macht einen sehr netten Eindruck.«
»Er ist genau wie sein Großvater. Immer zur Stelle, wenn man ihn braucht.« Der alte Mann setzte sich und winkte Judd auf den gegenüberliegenden Platz. »Hast du dich über meinen Anruf gewundert?«
Judd nickte.
»Nun, es gibt eine Menge zu besprechen«, erklärte sein Vater. »Worüber wollen wir erst reden? Die guten Nachrichten oder die schlechten?«
»Ganz wie du möchtest, Vater.«
»Dann fange ich mit den guten Nachrichten an. Du weißt, daß ich, seit deine Mutter vor fünfzehn Jahren starb, allein gelebt habe. Sicher, es hat mal ein paar Frauen gegeben, aber das war nie etwas Ernstes. Doch jetzt werde ich wieder heiraten. Ich bin sicher, sie wird dir gefallen.«
Judd warf seinem Vater einen überraschten Blick zu. »Das einzige, worauf es ankommt, ist, daß du sie magst, Vater. Ich freue mich mit dir.«
Sein Vater lächelte. »Du hast mich ja noch nicht mal gefragt, wie sie heißt.« Er zögerte einen Moment. »Es ist Barbara.«
Judd war verblüfft. »Miß Barrett?«
Sein Vater lachte. »Ist das so erstaunlich?«
»Ja«, erwiderte Judd. »Eine Überraschung ist das schon, aber eine angenehme. In gewisser Weise frage ich mich, warum ihr nicht schon früher geheiratet habt. Irgendwie gehörte sie doch immer schon zur Familie. Darf ich ihr auch gratulieren?«
»Sie wird gleich zum Essen hereinkommen«, sagte sein Vater.
»Wann werdet ihr heiraten?«
»Heute abend um sechs. Judge Gitlin traut uns bei mir in der Wohnung.«
»Ich kenne Onkel Paul«, lachte Judd. »Aber unter diesen Um-

ständen sollte ich mir wohl besser rasch einen Abendanzug beschaffen.«
»So schrecklich feierlich wird es nicht zugehen. Ich habe nur ein paar gute Freunde eingeladen.« Dann wurde Judds Vater sehr ernst. »Eine schlechte Nachricht habe ich auch.«
Judd wartete schweigend.
»Ich habe die Hodgkinsche Krankheit.« Seine Stimme zitterte.
»Was ist das?« fragte Judd.
»Eine Art Blutkrebs.« Sein Vater wartete einen Augenblick und fügte dann hinzu: »Es könnte aber schlimmer sein. Die Ärzte meinen, die Krankheit werde mich in den nächsten fünf oder sechs Jahren noch nicht sehr beeinträchtigen. Und wer weiß, was in der Zwischenzeit noch alles entdeckt wird? Vielleicht entwickelt jemand schon in der nächsten Woche ein Medikament, das mir hilft.«
Judd schwieg, atmete so ruhig wie möglich und versuchte, seine Tränen zurückzuhalten. »Hoffentlich, Daddy. Sie finden bestimmt etwas, da bin ich ganz sicher.«
»Und wenn nicht, kann ich mich auch nicht beklagen. Ich habe mein Leben gelebt, und schlecht war es nicht.«
Judd sagte nichts, sondern starrte seinen Vater nur hilflos an.
»Ich habe keine Angst vor dem Tod«, sagte sein Vater leise. »Tod und Unsterblichkeit sind für mich immer ein und dasselbe gewesen.«

4

Ein Jeep mit zwei uniformierten Zollbeamten eskortierte sie über den Frachtflughafen zur Rollbahn hinaus. Sie fuhren an einer Reihe von Lagerhäusern und geparkten Verkehrsmaschinen vorbei und gelangten schließlich auf den militärischen Teil des Flughafens. Die mitternachtsblaue Boeing 747 ragte wie eine Bienenkönigin aus einem Schwarm jugoslawi-

scher Jagdflugzeuge heraus.
Judd kletterte aus der Limousine und hielt dann Sofia die Hand hin. Staunend sah sie zu dem gewaltigen Flugzeugrumpf auf, den die Aufschrift CRANE INDUSTRIES und ein stilisierter fliegender Kranich zierte. Unter der Pilotenkanzel und auf dem Seitenruder war im Lichtschein, der vom Hauptgebäude herüberstrahlte, das Sternenbanner zu erkennen.
Sofia warf Judd einen fragenden Blick zu. »Ich habe solche Jumbos bisher nur im Kino gesehen. Gibt es denn keine Treppe zum Einsteigen?«
»Die Maschine ist nach meinen eigenen Vorstellungen ausgestattet worden«, lächelte Judd. »Wir brauchen gar keine Treppe.«
Einer der beiden Zollbeamten näherte sich ihnen. »Dürfte ich Sie um Ihre Pässe bitten?« sagte er höflich.
Judd zog seinen Paß aus der Jacke. Sofia hatte den ihren in der Handtasche. Der Beamte ging zu seinem Wagen zurück und prüfte die Papiere im Licht einer Taschenlampe.
Der Chauffeur holte ihr Gepäck aus dem Wagen, darunter auch einen großen Aluminiumkoffer. Gleichzeitig senkte sich aus dem Flugzeugrumpf eine hydraulische Aufzugsplattform herunter. Die beiden Männer, die darauf standen, trugen adrette Fluguniformen.
Judd stellte sie Sofia vor. »Das ist Flugkapitän Peters, und das ist Chefsteward Raoul. Meine Herren, das ist Frau Dr. Ivancich.«
Peters gab ihr die Hand. »Willkommen, Frau Doktor.«
Raoul tippte mit der Hand an die Mütze. »Willkommen, Frau Doktor.«
»Vielen Dank, meine Herren«, sagte Sofia.
Der Zollbeamte kehrte zurück. »Bitte sehr, hier sind Ihre Pässe. Das Gepäck von Frau Dr. Ivancich müssen wir allerdings leider noch inspizieren.«
Sofia sprach serbokroatisch mit ihren Landsleuten. Ihre Stimme klang wütend. Der Zollbeamte schien sich bei ihr zu entschuldigen und gestikulierte nervös mit den Händen. Schließlich sagte Sofia: »Tut mir leid, Judd. Ich muß noch ein-

mal zum Zoll zurück. Die Ausfuhrgenehmigung für die medizinischen Geräte liegt anscheinend noch nicht vor. Die Bürokraten haben wieder einmal länger gebraucht, als wir dachten.«

»Darf ich Sie begleiten?« fragte Peters. »Ich muß mir den Flugplan genehmigen lassen.«

»Nehmen Sie den Wagen«, rief Judd. »Ich gehe inzwischen an Bord.«

»Es tut mir leid, daß Sie warten müssen«, entschuldigte sich Sofia.

»Das macht doch nichts«, sagte Judd. »Ein bißchen Ärger gibt es immer.«

Die Zollbeamten trugen Sofias Gepäck zu ihrem Jeep, und die Limousine folgte ihnen zurück zum Flughafengebäude. Judd betrat den hydraulischen Aufzug, und Raoul folgte ihm. Raoul drückte auf einen der Knöpfe, und sie schwebten am unteren Deck vorbei in die Kabine hinauf.

»Bringen Sie Frau Dr. Ivancich in der großen Gästekabine unter«, sagte Judd.

»Jawohl, Mr. Crane«, sagte Raoul.

Judds eigene Kabine lag auf der Höhe des Flugdecks. Ehe er die Tür aufmachte, rief er: »Können Sie bitte Merlin zu mir schicken, Raoul?«

»Sofort, Sir.«

Fast Eddie wartete bereits mit einer kalten Cola. Judd zog sein Jackett aus und setzte sich. Er hatte kaum das Glas an die Lippen gehoben, als Merlin auch schon an die Tür klopfte. Eddie machte ihm auf.

»Was kann ich für Sie tun, Mr. Crane?« fragte Merlin.

»Dr. Ivancich, Sofia«, sagte Judd, und Merlin notierte sich den Namen. »Ich möchte eine komplette Überprüfung. Ich brauche alles, was Sie herausfinden können.« Dann gab er Merlin eine knappe Zusammenfassung aller Fakten, die Dr. Zabiski und Sofia ihm bereits mitgeteilt hatten. »Ich möchte keine Überraschungen erleben«, schloß er.

»Sonst noch etwas, Sir?« fragte Merlin.

»Ja. Fragen Sie Doc Sawyer von der Medizinischen Forschungsabteilung, ob er von irgendwelchen Forschungen auf dem Gebiet der Verpflanzung von geklonten körpereigenen Zellen gehört hat.«

»Ich werde mich dahinterklemmen, sobald wir in der Luft sind«, sagte Merlin.

»Und dann hätte ich gerne eine Flasche Cristale«, wandte sich Judd an Fast Eddie. Er drückte den Knopf der Gegensprechanlage und gab dem Chefsteward Anweisung, Sofia zu ihm zu schicken, sobald sie an Bord käme.

Eddie stellte den Champagnerkübel und zwei Gläser auf den Tisch. Judd ging in den hinteren Teil seiner Kabine, in dem sich der Schlafraum befand, und streifte sein Hemd ab. »Gib mir einen Frotteeanzug«, sagte er.

Eddie breitete das Kleidungsstück auf dem Bett aus. Dann nahm er einen französischen Seidenslip und ein Paar Frotteeschuhe aus dem Schrank. Judd stellte sich unter die Dusche, drückte den Knopf, der dem Wasser automatisch eine Waschlotion beimengte, und spülte dann genüßlich den Schaum ab. Der heiße Wasserdampf wurde geräuschlos abgesaugt, so daß weder der Spiegel noch die Metallteile in der Kabine beschlugen. Judd trocknete sich mit einem extragroßen Badetuch ab, schlüpfte in den bequemen Anzug und kämmte sich sorgfältig. Dann prüfte er seine Erscheinung im Spiegel. Alles war in Ordnung. Allerdings fühlte er sich müde, und das gefiel ihm überhaupt nicht. Es gab noch einiges zu tun.

Er öffnete eine Schublade und entnahm ihr eine goldene Phiole mit Schraubverschluß. Nachdem er den Deckel abgeschraubt hatte, erschien ein kegelförmiger Plastikeinsatz mit einem winzigen Loch in der Spitze. Judd hielt die Öffnung erst ans rechte und dann ans linke Nasenloch und drückte dabei jedesmal kurz auf den Boden der kleinen Flasche. Das Kokain hob sofort seine Stimmung. Lässig warf er die Phiole zurück in die Schublade, machte sich aber nicht die Mühe, sie wieder zu schließen. Dann warf er noch einmal einen Blick in den Spiegel. Jetzt sah er frischer aus. Zufrieden lächelte er sich zu. Das ist der Vorteil, wenn man einen eigenen Chemie-

konzern hat, dachte er. Man braucht sich nicht um den miesen Stoff von der Straße zu kümmern.
Eddie wartete in seiner Kabine auf ihn. »Es gibt doch nichts Besseres als eine heiße Dusche und einen ordentlichen Schneesturm«, lächelte er. »Sie sehen schon wieder viel besser aus, Boß.«
»Du bist wirklich ein kleiner Schlauberger«, grinste Judd. »Sind die anderen schon an Bord?«
»Sie fahren gerade herauf, Sir.«
Judd nahm den Telefonhörer. »Raoul, schlagen Sie doch Frau Dr. Ivancich vor, einen Frotteeanzug anzuziehen. Wahrscheinlich paßt ihr Größe 40 ganz bequem.«
»Ich habe ihr schon einen hingelegt, Sir. Aber ich glaube, Größe 38 paßt ihr noch besser.«
»Ich vertraue Ihrem sicheren französischen Geschmack, Raoul. Sie verstehen sicher mehr von der Haute Couture«, lachte Judd.

Die Stimme des Kapitäns ertönte aus dem Lautsprecher: »Bitte Platz nehmen und anschnallen. Wir starten in einer Minute.« Judd warf Sofia einen Blick zu. Die junge Frau spähte aus dem Fenster hinaus in die Nacht. Mit einem leisen Ruck setzte die Maschine sich in Bewegung. Judd stellte fest, daß Sofia mit beiden Händen die Armlehnen ihres Sessels umklammerte. Während die Maschine schneller wurde und dann plötzlich abhob, sagte er nichts.
»Es ist wie ein geflügeltes Haus«, bemerkte Sofia.
Judd lachte. »Da haben Sie gar nicht so unrecht. Man kann es so nennen.«
Sofia blickte auf die Lichter von Dubrovnik hinunter. »Wie hoch fliegen wir jetzt?«
Judd drückte auf einen Knopf, und an der Kabinendecke ging das Licht an. »Ungefähr zweitausend Meter. Wir steigen noch bis ungefähr zwölftausend Meter, bis zur maximalen Flughöhe. Dann fliegen wir mit einer Geschwindigkeit von knapp 900 Kilometern in der Stunde.«
Die Warnlampen erloschen, und Judd ließ das Schloß des

Dreipunktgurts aufschnappen. Sofia zögerte. »Darf ich Ihnen helfen?« fragte er.
Sie nickte und ließ sich den Gurt öffnen.
Fast Eddie trat ein, stellte ein Tablett mit Kaviar und Toast vor sie hin, füllte ihre Gläser mit Champagner und zog sich dann wieder zurück.
Judd hob sein Glas. »Willkommen unter dem freundlichen Himmel Amerikas.«
»Das da unten ist aber noch Jugoslawien«, wandte sie ein.
»Aber Sie sind nicht mehr da unten«, lachte er.
»Stimmt«, gab sie zu und trank einen Schluck. »Oh, köstlich.« Dann warf sie einen Blick auf das gedeckte Tablett. »Ist das echter russischer Kaviar?«
Judd nickte.
»Den schicken unsere sowjetischen Freunde uns nicht«, lächelte sie.
Er häufte einen Löffel Kaviar auf den Toast und reichte ihr eine Scheibe. »Die Entspannungspolitik hat erhebliche Vorteile.«
»Entspannung mag ich auch ohne Kaviar«, gab sie zurück.
»Da haben Sie recht.« Er nahm sich ebenfalls Toast.
»Haben Sie auch russischen Wodka an Bord?« fragte sie.
»Natürlich.«
»Könnte ich vielleicht einen haben?« fragte sie schüchtern. »In Jugoslawien gab es nur Slivowitz, und den vertrage ich nicht.«
»Kommt sofort«, sagte Judd.
Die Flasche, die Eddie aus dem Kühlschrank nahm, war völlig vereist.
Der Schwarze füllte zwei Gläser, ließ die Flasche auf dem Tablett stehen und zog sich diskret zurück.
Sofia nahm ihr Glas, warf Judd einen prüfenden Blick zu, gab sich einen kleinen Ruck und kippte den Schnaps dann runter. Eine winzige Röte überzog ihre Wangen.
»Schmeckt er?« fragte Judd.
»O ja«, strahlte sie. »Ich habe so lange keinen richtigen Wodka mehr gehabt. Aber warum trinken Sie nichts?«

»Ich trinke nicht viel«, sagte er. »Wein und Bier, gelegentlich einem Scotch mit Wasser vor dem Essen. Das ist alles, was ich brauche. Alkohol deprimiert mich, und Depressionen kann ich mir nicht erlauben.«
»Drogen?« fragte sie sachlich.
»Manchmal.«
»Marihuana, Kokain, Weckamine?« Ihr Blick war spöttisch.
Er lächelte. »Dies und das.«
»Typisch amerikanisch«, sagte sie. »Ich weiß noch, wie es war, als ich in Amerika an der Universität war.« Sie nahm Judds Glas, leerte es langsam und seufzte. »Das hier ist sehr europäisch.«
»Andere Länder, andere Sitten«, lächelte er.
Sofia kuschelte sich in ihren Sessel. »Mir ist so schön warm«, murmelte sie. »Ich glaube, ich bin schon ein bißchen betrunken.«
»Gehen Sie ruhig schlafen, wenn Sie müde sind.«
»Auf keinen Fall«, protestierte sie lächelnd. »Ich habe mich schon lange nicht mehr so gut amüsiert. Da unten sind alle Leute so schrecklich ernsthaft.« Sie schloß die Augen. »Haben Sie auch hier an Bord Kokain?«
»Ja«, sagte er vorsichtig.
»Ich würde es gern mal probieren.« Da Judd zögerte, fügte sie lächelnd hinzu: »Keine Sorge, ich bin volljährig.«
Judd ging in seine Schlafkabine und holte die kleine Phiole. Geschickt drehte er die Flasche auf den Kopf und schüttelte sie, bis sich der Plastikverschluß mit dem weißen Kokainpulver füllte. »Das ist eine kleine Schneepumpe. Halten Sie die Düse an die Nase, drücken Sie auf den Boden der Flasche und atmen Sie tief durch die Nase.«
»Das hört sich kompliziert an. Können Sie es mir machen?«
Er hielt ihr die Phiole an einen der Nasenflügel. »Einsaugen«, befahl er und drückte den Kolben. Sie atmete ein und riß keuchend den Mund auf. Rasch hielt er ihr die Flasche noch einmal hin. »Jetzt die andere Seite!«
Sie hielt still. Dann, als es vorbei war, wandte sie ihm das Gesicht zu. Ihre Augen waren groß und glänzend geworden. »Es

ist mir bis ins Gehirn hochgeschossen.«
Er lachte. »Das kommt gelegentlich vor.«
»Jetzt ist mir wirklich warm«, sagte sie. »Sogar meine Brüste sind plötzlich ganz heiß und fürchterlich spitz.«
Judd sagte nichts, sondern sah sie nur aufmerksam an.
»Sie glauben mir wohl nicht?« fragte sie.
»Ich glaube Ihnen«, lächelte er.
»Sie machen sich über mich lustig.« Beleidigt zog sie den Reißverschluß ihres Anzugs herunter. »Na, glauben Sie mir jetzt?«
Ihre Brüste waren fest und rund, und ihre pflaumenfarbenen Brustwarzen stachen wie Kieselsteine heraus. »Na, glaubst du mir?« fragte sie herausfordernd.
Judd sah ihr gerade ins Gesicht. »Du bist wunderschön.«
»Faß mich an«, bat sie heiser. »Faß mich um Himmels willen an, sonst explodiere ich hier auf der Stelle. Ich kann einfach nicht länger allein sein. Die letzten fünf Jahre waren die Hölle.«
Er zog ihren Kopf an seine Brust und streichelte sie. Ihr Körper zitterte leicht. Er fuhr ihr behutsam über die langen Haare, und nach einem Augenblick wurde sie ruhig.
»Sind die drei Mädchen bei dir gewesen, die sie dir ins Hotel geschickt haben?« fragte sie mit belegter Stimme.
»Nein, ich habe sie weggeschickt.«
Sie schwieg einen Moment lang. »Da bin ich aber froh. Sie hatten über deinem Bett eine Kamera installiert.«
»Wie albern«, sagte er. »Was hätten sie davon gehabt?«
»Ich weiß nicht. Sie haben die ganze Suite mit Mikrophonen gespickt.«
»Das ist wohl Routine bei denen, ich habe nichts anderes erwartet.« Er lachte. »Kindische Spiele, sonst nichts.«
»Kindische Spiele?« fragte sie. »Drei Männer mußten ins Krankenhaus, und einer ist tot. Es ging irgendwas schief.«
»Das tut mir leid«, sagte er. »Ich hatte ja keine Ahnung.«
Sofia nieste. Er hob ihren Kopf und gab ihr ein Kleenex. »Das ist der Schnee«, erklärte er. »Spül deine Nase mit Wasser

aus.« Er zeigte ihr den Weg ins Bad.
Als sie zurückkam, saß er in seinem Sessel und nippte an seinem Champagner. Sie hatte sich das Gesicht gewaschen und die Haare gebürstet. »Findest du, daß ich mich gräßlich benehme?«
»Nein«, beruhigte er sie. »Du bist auch nur ein Mensch. Du bist eine tüchtige Ärztin, aber du bist auch eine Frau, sogar eine bildschöne Frau.«
Sofia zögerte. »Ich glaube, ich gehe jetzt besser in meine Kabine.«
Judd erhob sich. »Wenn du das willst. Wahrscheinlich bist du sehr müde.«
Sie sah ihm direkt in die Augen. »Was möchtest du denn?«
Er lächelte langsam. »Das weißt du genau.«

5

Das leise Heulen der Triebwerke war etwas lauter geworden, als er erwachte. Er nahm den Hörer vom Telefon, das neben dem Bett stand. »Wie kommen wir voran?« fragte er.
»Es geht alles nach Plan, Mr. Crane«, erwiderte Kapitän Peters. »Wir sind seit acht Stunden und dreißig Minuten in der Luft, ungefähr siebentausend Meter über Neu-Delhi und übernehmen gerade Treibstoff. Wir landen voraussichtlich in sechs Stunden und zwanzig Minuten in Peking. Keine besonderen Vorkommnisse.«
»Danke.« Judd legte den Hörer zurück auf die Gabel. Er drehte sich um. Sofia lag auf der Seite, und ihre Augen waren weit offen. »Guten Morgen«, sagte er.
»Guten Morgen.«
»Hast du gut geschlafen?«
»Ich weiß nicht«, erwiderte sie. »Ich glaube, ich habe die ganze Zeit geträumt.«
Er lachte. »Du hast geschlafen. Das weiß ich.«
»Zu dumm.« Sie sah ihn nachdenklich an. »Das mit dem Träu-

men hat mir irgendwie besser gefallen.«
Er beugte sich über sie und küßte sie. »Mir auch«, lächelte er. »Möchtest du Kaffee?«
»Darf ich mich vorher waschen? Ich kann unmöglich durch das Flugzeug laufen, so wie ich nach Sex rieche.«
Er lachte.
»Das ist kein Witz«, sagte sie ernsthaft. »Sexuelle Erregung führt bei mir zu außerordentlich starker Lubrikation.«
Er versuchte, genauso ernsthaft zu bleiben wie sie. »So hat mir das noch nie jemand erklärt, Frau Doktor.«
»Aber so ist es«, beharrte sie. »Eben, zum Beispiel, als du telefoniert hast, lief mir gleich das Wasser in der Möse zusammen, als ich dein halbaufgerichtetes Genital sah.«
»Ein ernstes Problem«, nickte er. »Das wird mir immer klarer.«
»Ein rein psychologisches Problem. Das weiß ich. Aber ich werde schon fertig damit.«
Er wälzte sich träge herum. »Wollen Sie das Problem jetzt gleich lösen, Frau Doktor?«
»Wie meinen Sie das?« fragte Sofia verwirrt. »Ich dachte, wir duzen uns?«
Er zog ihren Kopf herunter auf sein Geschlecht. »Ach, Sofia«, lachte er. »Halbaufgerichtet genügt nicht. Hast du das nicht gewußt?«
Sie warf ihm einen empörten Blick zu. »Du machst dich über mich lustig!«
»Du dumme Fotze!« Er packte sie an den Haaren und schob ihr seinen Schwanz in den Mund. »Wenn ich dich vögeln soll, mußt du auch etwas tun.«
Sie stieß ihn angewidert zurück. »Du redest mit mir, als wäre ich eine Hure.« Ihre Augen funkelten vor Wut und begannen sich langsam mit Tränen zu füllen.
Judd entspannte sich wieder und zog sie zu sich heran.
»Nein, Sofia«, flüsterte er und küßte sie vorsichtig. »Du bist keine Hure. Du bist eine Frau, die vieles zu lange entbehrt hat.«

Über eine Wendeltreppe erreichten sie das Hauptdeck. Als Sofia stehenblieb, drehte sich Judd zu ihr um. »Da vorn ist das Büro mit den Computer-Terminals«, erklärte er und hielt die Vorhänge auf, damit sie einen Blick hineinwerfen konnte. Außer Merlin saßen noch zwei andere Männer im Raum. Auf jedem Tisch standen ein Schreibautomat und ein Bildschirm. Merlin winkte Judd mit der Hand.
»Ich komme sofort«, rief Judd ihm zu, ließ den Vorhang zurückfallen und führte Sofia weiter herum. »Das ist der Aufenthaltsraum für die Gäste, dahinter liegen die Gästekabinen. Dann kommen die Kabinen der Besatzung und des Büropersonals und der Aufenthaltsraum für die Besatzung. Die Aufenthaltsräume werden auch als Speisezimmer genutzt.«
Sofia war sichtlich beeindruckt. »Wie viele Leute hast du an Bord, Judd?«
»Zum technischen Personal einschließlich der Piloten und des Kapitäns gehören zehn Männer, zum Kabinenpersonal gehören außer dem Koch und dem Chefsteward noch neun Leute, zum Büropersonal fünf. Dazu kommen noch Merlin, mein Assistent, und Fast Eddie, der Butler. Zusammen mit dir und mir sind im Moment neunundzwanzig Menschen an Bord. Aber wenn es nötig ist, haben wir Platz für insgesamt einundfünfzig.«
Sie schüttelte den Kopf. »Das ist wirklich ein fliegendes Haus. Brauchst du das alles? Nur für dich?«
Er lächelte. »Ich glaube schon. Ich verbringe fast fünfunddreißig Prozent meiner Zeit auf Geschäftsreisen an Bord dieses Flugzeugs. Mit Hilfe meiner Leute und der technischen Ausrüstung bleibe ich in Kontakt mit den Verwaltungszentren meines Konzerns überall auf der Welt.«
»Haben alle amerikanischen Geschäftsleute solche Flugzeuge?«
»Ich weiß nicht. Aber Flugzeuge haben viele von ihnen. Manche sogar zwei oder drei.«
»Das haut mich um«, sagte sie.
»Das klingt sehr amerikanisch«, lächelte er.
»Das haben wir im College immer gesagt«, erklärte sie.

»Lunch in einer halben Stunde«, fragte er. »Oder haut dich das auch um?«
»Keineswegs, ich habe schon mächtigen Hunger.«
Judd sah zu, wie sie zu ihrer Kabine ging und durch die Türe verschwand, dann ging er zurück ins Büro. Merlin erhob sich von seinem Stuhl, als er eintrat. »Haben wir Vor- oder Nachmittag?« fragte Judd.
»Wir sind jetzt über zehn Stunden unterwegs«, antwortete Merlin. »In Indien ist es fünf Uhr abends. Aber für uns ist es erst Mittag.«
»Das verstehe ich nie«, seufzte Judd.
»Der Bericht für heute ist fertig«, sagte Merlin.
»Lassen Sie sehen.«
Sie setzten sich an den kleinen Konferenztisch, und Merlin legte Judd einen Schnellhefter vor. Dieser schlug ihn auf, blätterte kurz darin und schlug ihn dann rasch wieder zu. »Irgend etwas Besonderes? Ich bin ziemlich müde.«
»Am Wochenende ist nie viel los«, erklärte Merlin. »Bloß eine richtig große Sache: Malaysia hat uns den Zuschlag für die Pahang-Brücke erteilt, ein 55-Millionen-Dollar-Projekt.«
»Scheiße!« entfuhr es Judd. »Wieso das denn? Ich dachte, unser Kostenvoranschlag wäre hoch genug gewesen, um Ruhe vor denen zu haben.«
»Das kommt davon, wenn man einen guten Ruf hat«, lächelte Merlin. »Unser Kostenvoranschlag war zwar der höchste, aber die Malaysier haben gesagt, bei Crane Industries wären sie sicher, daß alles klappt.«
»Mist. Da verlieren wir zwölf oder vierzehn Millionen«, knurrte Judd. »Klären Sie doch mal ab, ob Sie den Stahl nicht in Japan einkaufen können. Die unterbieten uns sowieso dauernd, und außerdem ist der Transportweg nicht so weit. So sparen wir vielleicht fünf oder sechs Millionen.«
»Ich werde mich drum kümmern. Vielleicht kann Judson das von San Francisco aus arrangieren.«
»Sonst noch Erfolgsmeldungen?« fragte Judd säuerlich.
»Doc Sawyer hat sich gemeldet. Er weiß nicht, was Sie wissen wollen. Von Klonverpflanzungen hat er noch nie was gehört.

Er könnte Ihnen höchstens über das DNS-Projekt und das Genetic Engineering beim Verteidigungsministerium etwas erzählen. Er bittet um genauere Anweisungen.«
Judd wirkte nachdenklich. »Ich werde in Miami mit ihm reden, Ende der Woche. Hat der Sicherheitsdienst irgend etwas über Sofia Ivancich herausgefunden?«
»Der Bericht liegt noch nicht vor«, antwortete Merlin. »Er müßte aber jeden Augenblick eintreffen.«
Judd erhob sich. »In Ordnung. Ich komme nach dem Essen noch einmal vorbei.« Er zögerte einen Moment. »Ach ja, wenn Sie Lust haben, können Sie mit uns essen. Ich würde gern wissen, was Sie von ihr halten.«

Zum Lunch gab es eine klare Suppe, gegrillte Lammkoteletts mit Karotten und grünen Bohnen, einen kleinen Salat mit Essig und Öl und eine Käseplatte. Eine Flasche Château Margaux 1971 und eine Tasse Kaffee rundeten die Mahlzeit ab.
»Beim Essen scheinst du vernünftig zu sein«, bemerkte Sofia.
»Schweres Essen vertrage ich nicht, wenn wir so viel unterwegs sind«, erklärte Judd. »Die dauernde Zeitverschiebung genügt schon, um mich fertigzumachen.«
»Geht Ihnen das auch so, Mr. Merlin? Essen Sie auch so vernünftig?«
»Wir sind alle vernünftig, Frau Dr. Ivancich«, antwortete Merlin. »Unsere Mahlzeiten werden von der Diätabteilung unserer Medizinischen Forschungsabteilung zusammengestellt. Angeblich sollen sie höchste Leistungsfähigkeit sichern. Die Diätpläne sind ganz individuell auf den einzelnen abgestimmt. Das gilt auch für die Vitamine und Spurenelemente.«
»Also kriegt Mr. Crane nicht unbedingt dieselben Vitamin- und Mineralmengen wie Sie, oder?«
»Jeder an Bord hat seinen eigenen Diätplan.«
»Und wie wird der festgelegt?«
»Bei der dreitägigen medizinischen Untersuchung, der wir uns jedes Jahr im Crane Medical Center in Boca Raton in Flo-

rida unterziehen.«
»Macht Mr. Crane diese Untersuchung auch mit?«
»Ja.«
Sofia wandte sich Judd zu. »Kann ich vielleicht deine letzten Untersuchungsergebnisse sehen?«
Judd nickte lächelnd. »Natürlich. Die sind alle in unserem Computer gespeichert. Ich kann sie jederzeit abrufen lassen. Morgen früh kriegst du einen Ausdruck.«
»Danke, das wäre eine große Hilfe für mich.«
»Du bist meine Ärztin. Alles, was du brauchst, steht zu deiner Verfügung.«
»Für den Anfang dürfte der Computerausdruck genügen«, meinte sie. »Macht es dir etwas aus, wenn ich mich etwas hinlege, Judd? Ich bin müde.«
»Laß dich nicht aufhalten. Ein Nickerchen halte ich für eine gute Idee. Ich muß um Mitternacht zu einem Bankett in Peking sein.«
Sofia verließ den Tisch und zog sich in ihre Kabine zurück.
»Nun, was halten Sie von ihr?« fragte Judd leise, nachdem sie gegangen war.
»Ich weiß nicht.« Merlin zögerte. »Sie macht einen ehrlichen Eindruck. Ob sie allerdings als Ärztin gut ist, kann ich nicht beurteilen.«
»Darüber müßte uns der Bericht Auskunft geben«, erwiderte Judd. »Wecken Sie mich, wenn er eintrifft.«
Merlin runzelte die Stirn. »Ich kenne Sie, Sir. Irgend etwas beunruhigt Sie.«
»Es geht nicht um ihre medizinische Qualifikation. Es ist ihre Wachsamkeit. Sie ist irgendwie mehr als eine Ärztin. Sie scheint auf etwas zu warten.«
Merlin begleitete ihn bis zur Treppe. »Sobald der Bericht da ist, gebe ich Ihnen Bescheid.«
Kaum zwei Stunden später wurde Judd durch den Summer des Telefons geweckt. »Darf ich zu Ihnen heraufkommen?« fragte Merlin.
»Ja, natürlich.« Judd stand auf und ging in seinen Aufenthaltsraum. Einen Augenblick später betrat sein Assistent das

Zimmer.
»Die Angaben über ihre medizinische Ausbildung stimmen.« Merlin legte den Computerausdruck auf den Tisch. »Aber die letzten Zeilen klingen recht interessant.«
»Nicht überprüften CIA-Angaben zufolge«, las Judd, »ist die Betreffende auf Befehl Andropows vom KGB rekrutiert worden. Weitere Quellen werden noch überprüft.«
Merlin kratzte sich am Kinn. »Wenn das wahr ist, was kann sie dann von uns wollen?«
Judd schüttelte den Kopf. »Von uns wollen die nichts. Die interessieren sich nur für Dr. Zabiski.«
»Ich verstehe nicht ganz.« Merlin war verwirrt.
»Dr. Zabiski ist ein Genie«, erklärte Judd. »Aber sie ist auch nicht dumm. Sie verrät niemandem, was sie tut. Auch die Russen wissen nicht, welche Methoden sie anwendet. Deshalb hat sie mir Sofia angehängt. Auf diese Weise kann sie eine Weile ungestört arbeiten.«
»Und was haben wir davon?«
Judd lächelte. »Wir spielen eine Weile mit. Ich glaube, Frau Dr. Zabiski wird sich schon bei uns melden, wenn es für uns interessant wird.«
»Glauben Sie wirklich?« fragte Merlin zweifelnd.
»Ja.« Judd wirkte selbstsicher. »Ich habe der alten Dame das Händchen gehalten und ihr dabei fest in die Augen gesehen. Ich habe genau gespürt, daß sie zu uns hält.«

6

»Quaaludin und Interferon«, sagte Judd. »Das vestehe ich nicht. Das ist doch eine verrückte Kombination.«
»So verrückt nun auch wieder nicht.« Li Chuan lehnte sich auf dem Rücksitz der großen Limousine zurück. »Unter dem Strich stehen harte Devisen.« Li Chuan war der Generalvertreter der Firma Crane Pharmaceuticals für ganz Südostasien. Er war in den Vereinigten Staaten geboren, lebte aber schon

seit Jahren in Hongkong. »Im Jahre 1980 wird wahrscheinlich in der ganzen westlichen Welt kein Quaaludin mehr hergestellt werden dürfen. In Europa und Lateinamerika wurde die Produktion schon vor einiger Zeit gestoppt, und auch in den Vereinigten Staaten wächst der Druck der Öffentlichkeit. Die Firma Lemon bereitet sich auf die Einstellung der Produktion vor. Die meisten dieser Präparate sind heute schon Fälschungen von schlechter Qualität, die nur noch von Dealern verkauft werden.«
»Und warum forcieren dann ausgerechnet die Chinesen die Produktion des Präparats?«
»Bei ihnen scheinen diese Antidepressiva besser zu wirken als bei den Weißen. Die Verarbeitung im Stoffwechsel erfolgt sehr viel langsamer als bei anderen Rassen, deshalb bleiben den Chinesen die gefährlichen Rauschzustände erspart. In China sind es anerkannte Medikamente.« Li Chuan erlaubte sich ein Lächeln. »Die chinesische Regierung vertritt den Standpunkt, daß es gesünder ist, wenn ihre Leute Quaaludin schlucken, statt Opium zu rauchen. Opium ist schlecht für die Arbeit.«
»Aber sie müssen doch wissen, wie die übrige Welt darüber denkt«, warf Judd ein.
Li Chuan nickte.
»Und trotzdem wollen sie, daß wir das Zeug weltweit verbreiten?« fragte Judd. »Crane Pharmaceuticals als globale Dealer?«
»Ja«, bestätigte Li Chuan, »aber nicht ohne Gegenleistungen. Sie stellen uns fast hundert Prozent der Weltvorräte an Interferon in Aussicht. Crane Pharmaceuticals hätte praktisch das Monopol.«
»So ein Mist«, fluchte Judd. »Wenn wir einsteigen in die Geschichte, sind wir am Arsch, und wenn wir es nicht tun, genauso.«
»So wie ich unsere Freunde kenne, werden sie das Quaaludin auf jeden Fall exportieren, ob wir ihnen nun dabei helfen oder nicht. Sie wittern große Verdienstmöglichkeiten.«
»Ohne mich«, knurrte Judd. »Wir halten uns da raus.« Er warf

einen Blick auf die Boeing, die auf dem Rollfeld bereitstand. »Ob wohl Sofia schon wach ist?«
Merlin beobachtete ihn aus seinen Augenwinkeln. »Wenn Sie ihr kein Schlafmittel in den Champagner getan haben, müßte sie eigentlich wach sein.«
Judd lachte. »So etwas würde ich nie tun.« Er wandte sich noch einmal an Li Chuan. »Sofia ist die jugoslawische Ärztin, von der ich Ihnen erzählt habe.«
Li Chuan nickte höflich, obwohl er über Judds Entscheidung in bezug auf das Quaaludin sichtlich verärgert war. »Ich bin sicher, sie ist eine sehr interessante Gesprächspartnerin.«

Sofia erwachte nur langsam. Es war vollkommen dunkel in der Kabine. Sie vermißte das leichte Vibrieren des Bettes, und es dauerte eine Weile, bis sie begriff, daß die Maschine am Boden war und die Triebwerke stillstanden. Ihre Augen suchten die Leuchtziffern der Digitaluhr auf ihrem Nachttisch. Es war kurz nach drei Uhr.
Abrupt setzte sie sich im Bett auf. Erstaunlich, daß sie nichts von der Landung gespürt hatte. Sie schob die Jalousie über einem der Bullaugen hoch und spähte auf das öde Rollfeld mit seinen elektrischen Lampen hinaus. Dann stand sie auf und ging unter die Dusche. Sie reckte und streckte sich, während ihr das heiße Wasser langsam über Brüste und Schultern herabfloß. Dann fand sie den Knopf, der den duftenden Seifenschaum in den Wasserstrahl mischte. Als sie den Schaum abgespült hatte, richtete sie den Strahl der Handbrause auf ihre Schenkel und führte ihn langsam nach oben zwischen die Beine. Der Höhepunkt kam fast augenblicklich, und sie mußte sich auf die Lippen beißen, um nicht zu schreien.
Eingehüllt in ein riesiges Badetuch kehrte sie in ihre Kabine zurück. Eine Stewardeß wechselte gerade die Bettwäsche. »Guten Morgen«, lächelte das Mädchen. »Mein Name ist Ginny. Ich habe Ihnen Orangensaft und Kaffee gebracht.«
Sofia sah das Tablett auf dem Nachttisch. »Vielen Dank.« Sie zögerte einen Moment. »Sind wir eigentlich in Peking?«

»Ja, Frau Doktor.«
»Ist Mr. Crane an Bord?«
»Nein, Frau Doktor, aber wir erwarten ihn um vier Uhr zurück.«
»Meinen Sie, ich könnte eine kleine Stadtrundfahrt machen?« fragte Sofia. »Ich war noch nie in Peking.«
Die Stewardeß lachte. »Da sehe ich schwarz. Das ist das Schlimmste an diesem Job. Man kommt überallhin und sieht nichts. Sobald Mr. Crane wieder an Bord ist, fliegen wir nach Hongkong weiter.«
»Das hat mir Mr. Crane gar nicht erzählt.«
»Er hat mich gebeten, es Ihnen auszurichten. Er meint, wir könnten dort zusammen einkaufen gehen. Sie sollten mir Ihre Kleider- und Schuhgrößen angeben, damit wir sie nach Hongkong funken können. Dann können die entsprechenden Läden gleich eine kleine Kollektion zusammenstellen, und wir werden nicht so lange zum Aussuchen brauchen. Mr. Crane wünscht, daß Sie eine vollständig neue Garderobe mitbringen, wenn wir morgen in San Francisco eintreffen.«
»Danke, ich habe genug Kleider.« Sofia fühlte Wut in sich hochsteigen.
Ginny lächelte nachsichtig. »Mr. Crane ist sehr eigenwillig. Er sagt, Sie hätten einen französischen Körper, dem nur französische Kleider stünden.«
»Geht er mit allen Leuten so um?«
»Nein, so behandelt er nur die Leute, die ihm gefallen«, gab Ginny zurück.
Sofia dachte einen Augenblick nach. »Ich kenne die westlichen Größen nicht.«
Ginny streckte die Hand aus. »Geben Sie mir einfach Ihr Handtuch. Ich habe ein gutes Augenmaß.«
Schweigend gab ihr Sofia das Handtuch. Ginny musterte die nackte Ärztin bewundernd. »Sie haben eine gute Figur.« Dann fuhr sie sachlich fort: »Ein Meter siebzig groß, Brust zweiundneunzig, Taille zweiundsechzig, Hüfte neunzig. Wahrscheinlich Schuhgröße achtunddreißig.«

»Sie haben wohl eine Menge Erfahrung?« fragte Sofia.
»Ich mag Kleider«, erwiderte Ginny. »Und schöne Körper.«
Sofia warf ihr einen prüfenden Blick zu, konnte den Gesichtsausdruck des Mädchens aber nicht deuten. Verlegen griff sie nach ihrem Handtuch. »Vielen Dank, Ginny.«
Ginny ging zur Tür. »Ich bin in der Lounge. Wenn Sie mich brauchen, drücken Sie einfach auf den Knopf neben dem Bett.«
»Gut«, sagte Sofia. »Ach, könnten Sie mir bitte sofort Bescheid geben, wenn Mr. Crane an Bord zurückkehrt?«
»Natürlich, Frau Doktor.«
»Vielen Dank.« Sofia sah zu, wie die Tür sich hinter der Stewardeß schloß, dann setzte sie sich auf das Bett und hob nachdenklich das Glas Orangensaft an die Lippen.

Das Telefon summte. »Mr. Crane ist an Bord«, verkündete die Stewardeß.
»Kann ich mit ihm sprechen?« fragte Sofia.
»Wählen Sie die Elf. Er ist bei sich in der Lounge.«
Sofia drückte die Wähltaste, und Judd meldete sich. »Ich würde gern mit dir reden«, sagte sie. »Bist du allein?«
»Ja«, antwortete er. »Komm rauf.«
Fast Eddie hielt ihr die Tür auf, als sie in Judds Aufenthaltsraum trat. Judd trank seine übliche Cola. »Gut geschlafen?« fragte er lässig.
»Danke, sehr gut.« Ihre Stimme klang schnippisch. »Darf ich fragen, warum du mich weiterhin wie eine Hure behandelst?«
»Ich verstehe nicht ganz . . .«
»Ich brauche deine blöden französischen Kleider nicht«, platzte sie wütend heraus. »Meine Sachen sind gut genug.«
»Vielleicht für Dubrovnik und den restlichen Ostblock, aber jetzt kommen für dich andere Zeiten«, entgegnete er kühl. »Jetzt bist du mit mir unterwegs. Da mußt du die Schönste sein.«
Sie starrte ihn fassungslos an. »Ich bin Ärztin, kein idiotisches Fotomodell.«

»Dann kannst du nach Jugoslawien zurückfliegen. Wenn du nicht so schön aussehen willst, wie du wirklich bist, kann ich dich nicht brauchen. Ich bin sicher, es gibt noch andere Ärzte, die tun können, was Dr. Zabiski erwartet.«
Sofia schwieg.
Judd nahm die goldene Phiole vom Tisch und hielt sie ihr hin. »Komm, schnuppere mal. Dann geht es dir gleich wieder besser.«
Plötzlich lachte Sofia. »Na, wer spielt hier nun den Arzt?«
»Der Doktor bist du.« Er hielt ihr den goldenen Löffel unter die Nase. »Entschuldige, wenn ich auch eine schöne Frau in dir sehe.«
Das Kokain verbesserte ihre Stimmung sofort. »Ich habe so vieles vergessen«, sagte sie leise.
»So, dann können wir ja anfangen. Ich habe die Untersuchungsberichte da, die du verlangt hast.« Er legte einen Schnellhefter auf den Tisch.
Sofia las: JUDD MARION CRANE, MEDIZINISCHER UNTERSUCHUNGSBERICHT 1976. Im Inneren befanden sich sieben Seiten, die dicht mit Computerschrift bedeckt waren.
GEBOREN: 25. JUNI 1934 NEW YORK DOCTOR'S HOSPITAL 17 UHR 01
VATER: SAMUEL TAYLOR CRANE
GEB. 17. NOV. 1889
GEST. 18. FEB. 1962

7

Barbara stand am Fenster und sah hinunter auf den schneebedeckten Central Park. »Dein Vater hat immer gesagt, das wäre die schönste Aussicht in New York: weißer Schnee im Central Park und dahinter die graue Silhouette der Wolkenkratzer mit ihren Glasfronten.«
»Mein Vater war ein merkwürdiger Mann«, bemerkte Judd.
»Nur für dich«, sagte sie. »Und auch nur deshalb, weil er dein

Vater war. Alle Kinder denken, daß ihre Eltern merkwürdig sind.«
»Du hast ihn sehr geliebt, nicht wahr?«
»Ja«, sagte Barbara schlicht.
»Warum habt ihr so lange gewartet, bis ihr geheiratet habt?« fragte Judd.
»Er hat mich nicht vorher gefragt.«
»Aber du bist bei ihm geblieben.«
»Du meinst, ob wir miteinander geschlafen haben?« fragte sie. »Nein.«
Judd lächelte. »Merkwürdig, ich habe immer gedacht, ihr hättet ein Verhältnis.«
»Das haben alle gedacht.« Ihre Stimme klang müde. »Aber dein Vater hatte seine Prinzipien. Geschäfte und persönliche Gefühle hat er nie miteinander vermischt.«
»Wie dumm von ihm.«
»Vielleicht.« Sie zögerte. »Aber jetzt ist es vorbei. Es spielt keine Rolle mehr.«
Judd verstummte für einen Moment. »Wie fühlst du dich heute?«
»Mir geht es gut. Nur ein bißchen betäubt bin ich, jetzt, da es tatsächlich passiert ist.«
»Es wird eine riesige Show, eine Zirkusveranstaltung, ein Jahrmarkt der Eitelkeit werden«, sagte Judd böse. »Die ganze Welt eilt herbei. Nur Kennedy nicht. Der Präsident hat ihn nie gemocht. Vielleicht hat es ihm nicht gefallen, daß mein Vater mehr Geld hatte als sein Vater. Immerhin schickt er Vizepräsident Johnson zum Begräbnis. Johnson hat meinen Vater immer gemocht. Er mag alle Leute mit Geld oder Macht.«
Barbara lächelte müde. »Das war deinem Vater egal, als er noch lebte. Und jetzt ist es ihm erst recht egal.«
Judd nickte. »Darüber wollte ich mit dir reden. Es ist geplant, daß er nach der Aussegnung in der Thomaskirche zum Krematorium gebracht werden soll, nicht wahr?«
»Das hat er sich so gewünscht. Die Vorstellung, auf einem Friedhof beerdigt zu werden, war ihm unangenehm.«

»Ich habe einen besseren Vorschlag. Ich möchte nicht, daß mein Vater verbrannt wird. Ich möchte, daß er ins Laboratorium nach Boca Raton gebracht wird.«
»Wozu soll das gut sein?« fragte Barbara. »Das Bestattungsinstitut hat ihn doch längst präpariert.«
»Nein«, entgegnete Judd. »Im Bestattungsinstitut ist mein Vater überhaupt nicht gewesen. Ich habe veranlaßt, daß er fünf Minuten nach seinem Tod im Krankenhaus eingefroren wurde.«
»Du glaubst doch nicht etwa, daß man ihn im nächsten Jahr wieder auftauen kann, wenn das Medikament gegen seine Krankheit endlich entdeckt ist? Das ist doch Unsinn!«
»Nein, darum geht es mir nicht.« Judd atmete tief ein. »Aber wir sind jetzt technisch in der Lage, die Zellen in seinem Körper genetisch zu untersuchen und mit Hilfe der DNS-Methode die Ursache seiner Krankheit zu finden.«
»Das klingt nach Leichenschändung.« Barbara klang entrüstet.
»Das ist es nicht«, sagte Judd ernst.
»Ich weiß nicht.« Sie wirkte nachdenklich. »Die Wünsche deines Vaters waren ganz eindeutig.«
»Seine Wünsche verpflichten uns zu gar nichts. Jetzt, wo er tot ist, gehört ihm sein Körper nicht mehr. Seine Leiche ist dein Eigentum, und du kannst damit tun, was du willst. So steht es im Gesetz.«
»Ist das der Grund, warum du mich fragst?«
Judd nickte. »Als Ehefrau bist du zu den entsprechenden Verfügungen berechtigt, nicht ich.«
»Was für Rechte hast du denn?« fragte Barbara.
»Keine. Es sei denn, du wärst vor ihm gestorben und ich wäre der nächste Verwandte.«
Barbara dachte einen Augenblick nach. »Ich glaube, ich brauche jetzt etwas zu trinken.«
Er ging zur Bar und goß Scotch in zwei Gläser. Sie tranken, ohne zu sprechen. Schließlich hob Barbara den Blick. »Glaubst du, daß es jemandem hilft?«
»Das weiß ich nicht. Aber wir versuchen herauszufinden,

welche Voraussetzungen nötig sind, um länger zu leben. Zu diesem Zweck habe ich das Forschungszentrum in Boca Raton gebaut. Vielleicht hätten wir sein Leben verlängern können, wenn wir früher angefangen hätten.«

»Und du, Judd«, fragte sie leise, »was möchtest du?«

»Ich möchte ewig leben.«

Sprachlos starrte ihn Barbara an, dann leerte sie entschlossen ihr Glas.

»Gut, Judd, ich werde mitmachen.«

Er zog ein Schriftstück aus seiner Tasche. »Du mußt das hier unterschreiben.«

Sie warf einen Blick auf das Schriftstück. »Du warst dir wohl sicher, daß ich zustimmen würde?«

»Ja.«

»Und wieso?«

»Weil wir uns alle geliebt haben.« Er hauchte ihr einen Kuß auf die Wange.

Sie hob den Kopf und lächelte ihm zu. »Du bist deinem Vater so ähnlich, und doch seid ihr so verschieden. Dir fehlt der Sinn für Macht und Besitz. Dein Vater wollte jede Firma und jedes Geschäft, das in sein Blickfeld geriet. Du begnügst dich damit, die Stellung zu halten.«

»Was die Erweiterung des Konzerns betrifft, hat mein Vater schon alles geleistet. Auf diesem Gebiet gibt es nichts mehr zu tun. Er hat eine Maschine geschaffen, die einem Perpetuum mobile ähnelt. Selbst wenn keiner von uns sich darum kümmern könnte, wenn wir alle weg wären, liefen die Geschäfte reibungslos weiter.«

»Hast du deshalb vor drei Jahren mit dieser Sache angefangen?« fragte sie. »War es eine Art Experiment?«

Judd nickte.

»Dein Vater hat sich darüber ziemlich aufgeregt. Zunächst jedenfalls. Aber ich glaube, daß er dich dann allmählich verstanden hat.«

»Hoffentlich«, seufzte Judd. »Ich erinnere mich noch genau an jenen Tag, an dem er mir die Geschäfte übergab. Es war in der Woche, als ich mein Examen am Massachusetts Institute

of Technology abgelegt hatte. Ich erzählte ihm von meinen Plänen bezüglich des Forschungsinstituts in Boca Raton.«
»Das hat er überhaupt nicht begriffen«, lächelte Barbara. »Es brachte ja kein Geld ein.«
»Da hat er recht gehabt«, bestätigte Judd. »Aber er hat mich trotzdem nicht daran gehindert.«
»Und er hat Wort gehalten. Er hat gesagt, es sei deine Sache, die ihn nichts anginge.«

Es war an einem Junitag gewesen: Sein Vater saß am Schreibtisch, als Judd sein Büro betrat, und einen Moment lang war Judd erschrocken, wie mager und schwach sein Vater jetzt aussah. Dann sah er ihm in die Augen, und voller Erleichterung stellte er fest, daß das Leuchten noch da war. Er küßte erst seinen Vater und dann Barbara auf die Wange und begrüßte dann Judge Gitlin sowie drei weitere Rechtsanwälte und Buchprüfer, die hinter einem Stapel von Akten und Dokumenten am Konferenztisch saßen.
Auf der gegenüberliegenden Seite des Raumes hing eine Schautafel, die ein graphisches Schema des Konzerns zeigte. Die Besitzverhältnisse und deren Verflechtung waren als Netz von dünnen Linien dargestellt, und unter dem Namen jeder Firma stand der Name des Geschäftsführers und seines Stellvertreters.
Sam Crane erhob sich vom Schreibtisch, nahm seinen Stock und durchquerte mühsam das Zimmer. Er setzte sich an den Konferenztisch und bedeutete Judd, neben ihm Platz zu nehmen. Barbara setzte sich ebenfalls neben ihren Mann, Judge Gitlin setzte sich neben Judd.
Alle schwiegen. Schließlich holte Sam Crane tief Atem und sprach: »Der König ist zwar nicht tot, aber er tritt mit sofortiger Wirkung zurück.«
Keiner sagte ein Wort.
»Ihr habt alle gewußt, was ich vorhatte«, fuhr Judds Vater fort. »Vielleicht habt ihr nicht geglaubt, daß ich mein Vorhaben tatsächlich ausführen werde. Jetzt wißt ihr, daß ich es ernst gemeint habe.«

Immer noch herrschte Schweigen im Raum.
»Judd hat ebenfalls Wort gehalten. Er hat sein Studium in Harvard beendet, er hat sein Examen am M. I. T. abgelegt, und in der Zwischenzeit hat er jede Fabrik und jede Firma besucht, die wir kontrollieren.«
Er unterbrach sich für einen Moment und trank einen Schluck Wasser. »Die Übergabe der Verantwortung von einer Generation auf die nächste ist stets eine schwierige Sache. Das gilt für große Betriebe genauso wie für Staaten und ihre Regierungen. Mein Vater hatte den Ehrgeiz, einen Konzern aufzubauen, der auf allen Gebieten des amerikanischen Wirtschaftslebens eine führende Rolle einnehmen konnte. Mein eigener Ehrgeiz war darauf gerichtet, diese Firma zu einem multinationalen Konzern auszubauen, der die ganze Welt umspannt, der das Geld und die Macht hat, Regierungen in aller Welt zu beeinflussen, und der in der Liste der führenden Konzerne der Welt ganz obenan steht. Aber dieses Ziel war *mein* Ziel. Mein Sohn hat vielleicht ein ganz anderes Ziel.«
Noch einmal trank Sam Crane einen Schluck Wasser.
»Was ich in all diesen Jahren gelernt habe, läßt sich in wenigen Worten zusammenfassen: Macht ist sowohl gut als auch böse. Dessen war ich mir immer bewußt, und ich habe mich bemüht, sie nicht zu mißbrauchen. Ich will nicht leugnen, daß gelegentlich das Böse die Überhand gewonnen hat, aber dennoch hoffe ich, daß am Ende das Gute, das ich bewirkt habe, doch überwiegt.«
Der alte Mann räusperte sich. »Ich will euch nicht mit den technischen Details langweilen, die mit der Übergabe der Verantwortung an meinen Sohn verbunden sind. Sowohl die rechtlichen Grundlagen als auch die praktischen Einzelheiten sind geklärt. Mein Sohn wird alle Rechte und Pflichten übernehmen, die ich jetzt besitze und die vor mir mein Vater gehabt hat.« Damit wandte er sich an Judge Gitlin: »Jetzt bist du dran, Paul.«
Judge Gitlin erhob sich. »Ich habe die nötigen Vereinbarungen auf ein Minimum zu reduzieren versucht, aber trotzdem sind noch über zwanzig Schriftstücke in sechsfacher Ausferti-

gung zu unterschreiben. Du mußt sie unterschreiben, Sam, und Barbara und Judd müssen sie auch unterschreiben; meine Kollegen und ich müssen die notarielle Beglaubigung leisten. Das Ganze wird wohl einige Zeit in Anspruch nehmen. Hältst du das durch, Sam?«

»Ich schaffe das schon«, beruhigte ihn der alte Mann. »Fangen wir an.«

Judd mischte sich ein. »Vater, vielleicht sollte ich erst einmal meine Pläne und Vorschläge erläutern.«

Sein Vater winkte ab. »Ich will das alles nicht wissen. Ich habe dir gesagt, daß ich dir die Verantwortung für alle Unternehmungen übertrage.«

»Gut«, sagte Judd. »Dann können wir anfangen.«

Der Rechtsanwalt breitete die Schriftstücke vor ihnen aus. Es dauerte zwei Stunden, bis sie alles unterzeichnet hatten. Der alte Mann war müde und grau im Gesicht, als er den Federhalter endlich aus der Hand legen konnte.

Judd schwieg, als er das letzte Blatt weglegte. Sein Vater beugte sich zu ihm herüber und küßte ihn auf die Wange. »Gott mit dir, mein Junge.«

Barbara war aufgestanden und küßte Judd auf die andere Wange. Dann gratulierten die anderen, Judge Gitlin allen voran.

Judd wartete, bis sich alle wieder gesetzt hatten. Dann erhob er sich. »Vielen von euch wird vielleicht nicht gefallen, was ich vorhabe. Aber nachdem ich jetzt, wie mein Vater gesagt hat, ganz allein verantwortlich bin, muß ich tun, was ich für richtig halte.«

Er legte eine kleine Pause ein und fuhr dann fort: »Ich habe die Absicht, die Geschäftsführer sämtlicher zu unserem Konzern gehörigen Betriebe in den Ruhestand zu schicken und durch ihre Stellvertreter oder sonstige geeignete Nachfolger zu ersetzen. Ich muß sicher sein, daß mir die ungeteilte Loyalität aller Männer in leitenden Positionen gehört, mir und niemandem sonst.«

Judge Gitlin nickte. »Das ist eine vernünftige Überlegung, Judd.«

Judd lächelte schwach. »Ich freue mich, daß du mit mir übereinstimmst, Onkel Paul. Denn dein Name steht ganz oben auf der Liste der Leute, die pensioniert werden sollen.«

8

»Eine Million Dollar im Jahr.« Judds Stimme klang gelassen.
»Wofür?« fragte Barbara. »Ich brauche sie nicht. Ich bin eine reiche Frau. Ich habe diese Wohnung hier sowie die Häuser in Connecticut und Palm Beach, und das Vermögen, das dein Vater mir hinterlassen hat, wird ausgezeichnet verwaltet.«
»Das ist doch nur Nadelgeld«, widersprach Judd. »Jetzt, wo du eine Witwe bist, wird sich dein Leben verändern. Deine gesellschaftliche Stellung beruhte auf deiner Ehe mit meinem Vater. Die Leute sind mies. Sobald sie gemerkt haben, daß du nichts mehr für sie tun kannst, werden sie dich im Stich lassen.«
»Ich brauche sie nicht«, entgegnete Barbara. »Ich bin es gewohnt, alleine zu leben.«
Judd schüttelte den Kopf. »Du warst neunzehn, als du bei Crane Industries angefangen hast, und mit dreiundzwanzig bist du Vaters Assistentin geworden. Als du diesen Job übernommen hast, bist du in eine andere Welt eingetreten. Seine Welt. Und zwar lange bevor du ihn geheiratet hast.«
»Deshalb bin ich trotzdem jeden Abend nach Hause gegangen. Allein.«
»Das meine ich nicht«, lächelte Judd. »Du hast einfach im Zentrum der Dinge gestanden. Und jetzt – ist es aus.«
Barbara dachte einen Augenblick nach. »Was meinst du denn, was ich tun soll?«
»Bau dir ein eigenes Leben auf.«
Unschlüssig starrte sie in seine kobaltblauen Augen. »Ich weiß nicht.« Ihr Blick senkte sich auf ihre Hände. »Von Anfang an habe ich mich ganz nach deinem Vater gerichtet und ihm zu dienen versucht. Ich dachte, das würde sich nach der

Heirat ändern. Aber das war nicht der Fall. Die einzige Veränderung bestand darin, daß ich jetzt bei ihm wohnte und nicht mehr seine Assistentin, sondern seine Frau genannt wurde. Die Pflichten waren die gleichen.«

»Aber du hast ihn geliebt.«

»Ja. Und ich glaube, er hat mich auch geliebt. Aber wir hatten ja keine Chance mehr. Er war todkrank, alles war zu spät. Es gab keinen Sex, keine Kinder und kaum Vergnügungen. Nur Zukunftspläne, die aber niemals uns beide betrafen. Wir wußten ja, daß er sterben würde.«

Judd setzte sich neben sie auf die Couch. »Du bist immer noch eine junge Frau. Für dich ist noch nichts zu spät.«

»Ich bin achtundvierzig«, erwiderte sie mit einem bitteren Lächeln. »Sieh mich doch an. Das Attraktivste an mir ist mein Geld. Im Wettbewerb mit jüngeren Frauen und Mädchen würde ich nicht sehr gut abschneiden.«

»Da irrst du dich«, widersprach er. »Körperlich bist du in guter Verfassung. In ein paar Minuten könnten die Zeiger um, sagen wir, fünfzehn Jahre zurückgedreht werden. Du könntest wieder aussehen wie dreißig.«

Barbara lachte. »Redest du von plastischer Chirurgie?«

»Spotte nicht.« Er blickte sie ernst an. »Es gibt heute phantastische Möglichkeiten bei solchen kosmetischen Operationen.«

»Selbst wenn ich mich darauf einließe, was sollte ich denn mit meinem Götterkörper anfangen? Ich weiß nichts vom Leben. Ich glaube, ich habe nur ein einziges Mal Geschlechtsverkehr gehabt, und damals war ich erst neunzehn. Es war auf dem Rücksitz eines verrosteten Autos, und ich fand es entsetzlich.«

»Das ließe sich ändern.«

Barbara schüttelte verzweifelt den Kopf. »Ach, Judd, du verstehst mich einfach nicht.«

»Vielleicht verstehst du nicht, worauf es ankommt«, gab er lächelnd zurück.

»Jetzt redest du genau wie dein Vater«, lachte sie. »Das hat er auch immer gesagt.«

Judd erhob sich und ging zum Fenster. »Weißt du noch, wie ich mal von der Trauerweide gefallen bin, die hinter unserem Haus in Connecticut steht? Damals war ich ungefähr zwölf.«
Barbara nickte. »Ich erinnere mich sehr genau daran. Vor allem, weil dein Vater so wütend war, daß du keinen vernünftigen Grund für deine Kletterei nennen konntest. Schließlich wußten wir alle, daß die Äste sehr morsch waren.«
»Das konnte ich ihm schlecht sagen.«
»Und warum nicht?«
»Ich war nur deshalb oben, weil ich dich durch das Fenster nackt sehen wollte. Immer wenn du dich ausgezogen hast, fing ich an zu masturbieren.«
»Das darf doch nicht wahr sein.« Eine leichte Röte überzog ihr Gesicht.
»Es stimmt aber. Und daß ich vom Baum fiel, erklärt sich ganz einfach: Ich hatte einen Erguß und ließ vor Schreck den Ast los, auf dem ich saß.«
Barbara lachte. »Du bist ein ziemliches Früchtchen gewesen.«
»Ich habe es niemals vergessen«, murmelte er. »Ich sehe dich heute noch vor mir. Und manchmal ertappe ich mich dabei, daß ich mich im Halbschlaf streichle und dabei an dich denke.«
»Da wäre ich nie drauf gekommen.« Sie wirkte verlegen. »Ich habe nie etwas bemerkt.«
»Wie schade.« Er kehrte auf die Couch zurück. »Ich habe mir immer vorgestellt, wie aufregend es wäre, wenn du mir zusehen würdest.«
Barbara rührte sich nicht.
Judd warf ihr einen prüfenden Blick zu. »Ich brauche bloß daran zu denken, dann werde ich schon hart.«
Jetzt stand sie doch auf. »Du hattest einen schwierigen Tag. Ich glaube, wir sollten jetzt schlafen. Morgen früh muß ich abreisen.«
Er packte sie am Arm und zog sie auf die Couch zurück. »Denk an Freud«, keuchte er.
»Was hat Freud damit zu tun?«

»Er sagt, daß man wahnsinnig wird, wenn man sich dauernd frustriert fühlt.«
»So ein Unsinn«, erwiderte sie. »Das hast du erfunden.«
»Ich will, daß du mir zusiehst.«
»Du bist verrückt«, stammelte sie. »Außerdem bist du kein kleiner Junge mehr, und ich bin nicht das Mädchen, das du durchs Fenster beobachtet hast.«
Judd schüttelte den Kopf. »Nichts hat sich geändert. Wir sind immer noch die, die wir waren.«
»In deinem Kopf vielleicht.«
»Na und?« fragte er. »Mein Kopf ist das einzige, was überhaupt zählt. Was gibt es denn sonst noch? Du bist immer noch schön, Barbara.« Er riß seine Hose auf und hielt sein Geschlecht in der Hand. »Du brauchst gar nichts zu tun. Sieh mir nur zu.«
Sie spürte, wie sich seine Finger schmerzhaft in ihren Oberarm bohrten. Gleichzeitig registrierte sie, wie sein Geschlecht immer mehr anschwoll, und glaubte, ersticken zu müssen. Dennoch konnte sie ihren starren Blick nicht mehr wegwenden, bis der Samen aus seiner glänzenden Eichel herausschoß und seine Hände und seine Kleidung befleckte.
Dann riß sie sich los und blickte Judd ins Gesicht. Mit weitgeöffneten Augen starrte er zum Fenster hinaus. Nur langsam kehrte das gewohnte Blau seiner Iris zurück. Dann hatte er sich wieder unter Kontrolle und lächelte krampfhaft. »Fünfzehn Jahre«, murmelte er schließlich.
Barbara gab keine Antwort.
»Hol mir ein Kleenex«, sagte er nüchtern. »Ich bin völlig verschmiert.«
Gehorsam wie ein kleines Mädchen ging sie hinter die Bar und kam mit einer Packung Papiertaschentücher zurück.
»Wisch du mich ab«, sagte er leise.
Wortlos rieb sie ihn trocken.
Er beobachtete sie. »Du bist schön«, sagte er.
»Ich komme mir ein bißchen albern vor.«
»Du bist nicht albern«, entgegnete er. »Jetzt bist du frei. Und ich bin auch frei.«

Sie brachte die Papiertaschentücher wieder hinter die Bar und mixte zwei Scotch on the rocks. Erst nachdem sie ihre Gläser zur Hälfte geleert hatten, fragte sie unsicher: »Und du bist sicher, daß die plastische Chirurgie funktioniert?«
»Ja«, antwortete er. »Sie funktioniert ausgezeichnet.«
Sie holte tief Atem. »Gut. Was soll ich tun?«
»Es ist alles schon arrangiert. Das Flugzeug, das dich nach Boca Raton bringen soll, wartet schon. Und der Chirurg weiß Bescheid.«

Die Stimme des Piloten ertönte aus dem Lautsprecher: »Meine Damen und Herren, hier spricht Ihr Flugkapitän. Zunächst möchte ich mich herzlich dafür bedanken, daß Sie Pan Am fliegen. Ich hoffe, unser Flug von London nach San Francisco hat Ihnen Spaß gemacht. Wir werden in ungefähr zwölf Minuten landen. Auf der linken Seite vor uns können Sie jetzt die Golden Gate Bridge erkennen, rechts ist die Brücke nach Oakland zu sehen. Ich möchte Ihnen noch einmal danken und hoffe, Sie halten Pan Am auch weiter die Treue.«
Barbara warf einen Blick aus dem Fenster, holte dann ihre Puderdose aus der Handtasche und sah in den Spiegel. Immer noch überraschte sie ihr eigener Anblick, obwohl es bereits zwei Jahre zurücklag, daß Judd sie nach Boca Raton gebracht hatte. Die plastische Chirurgie hatte ihr das Gesicht einer Dreißigjährigen geschenkt. Und sie war froh, daß sie Judds Vorschlag, die nächsten zwei Jahre in Europa zu verbringen, befolgt hatte. Zum erstenmal in ihrem Leben hatte sie sich als richtige Frau gefühlt. Ob sich Judd in den letzten zwei Jahren verändert hatte? Sie mußte sich eingestehen, daß sie sich auf das Wiedersehen mit ihm freute.
Zwar hatte sie die Berichte über Crane Industries in der Presse verfolgt, aber ein Foto von Judd war nie veröffentlicht worden. Es hatte Fotos von seinem Vater und verschiedenen Managern der einzelnen Firmen gegeben, aber Judd wurde immer nur im Text erwähnt. Als sie sein Telegramm erhalten hatte, war sie gerade in London gewesen: *»Ich würde mich*

freuen, wenn Du zur Eröffnung des neuen Verwaltungszentrums von Crane Industries in Crane City am 14. September 1964 nach Amerika kämest. Du wirst am Flughafen in San Francisco abgeholt werden. Alles Liebe, Judd.«

Der erste Bekannte, den sie auf dem Flughafen erblickte, war Fast Eddie.

Neben ihm standen ein schlanker junger Mann im dunklen Anzug und ein uniformierter Zollbeamter.

»Schön, Sie zu sehen, Mrs. Crane«, sagte Eddie und überreichte ihr einen großen Strauß roter Rosen.

»Ich freue mich auch, Eddie«, lächelte Barbara und las die Karte, die zwischen den Rosen gesteckt hatte. *»Willkommen zu Hause, Barbara! Alles Liebe, Judd.«* Es war seine eigene Handschrift.

Dann stellte Eddie ihr den jungen Mann vor. »Das ist Marcus Merlin, Judds persönlicher Assistent.«

»Guten Tag, Mrs. Crane.«

Barbara schüttelte ihm die Hand. »Es ist mir ein Vergnügen, Mr. Merlin.«

»Wir möchten Ihnen die Einreiseformalitäten ersparen, Mrs. Crane«, erklärte Merlin. »Könnten Sie mir bitte Ihren Paß und Ihre Gepäckscheine geben? Ich bringe Sie dann direkt zum Hubschrauber.«

Barbara nickte, und Merlin führte sie durch eine Seitentür auf das Rollfeld, wo bereits eine Limousine bereitstand. Der Zollbeamte verschwand mit dem Paß und den Gepäckscheinen. Der Chauffeur hielt ihr den Schlag, als sie einstieg, und kaum hatte sie im Wagen Platz genommen, öffnete Eddie eine Flasche Champagner. »Ihre Lieblingsmarke, Mrs. Crane. Christale.«

»Schön, daß Sie sich daran erinnern, vielen Dank.«

»Mr. Crane hat daran gedacht.« Geschickt hantierte er mit der Flasche. »Sie sehen sehr gut aus, Mrs. Crane.«

Barbara lächelte geschmeichelt. »Ich fühle mich auch sehr gut.« Sie nahm einen Schluck Champagner. »Und wie geht es Judd?«

»Oh, ganz gut. Aber er ist genau wie sein Vater: dauernd be-

schäftigt.«
Merlin kehrte mit dem Zollbeamten zurück. »Sechs Louis-Vuitton-Taschen?«
»Ja, genau.«
Merlin winkte dem Zollbeamten. Eddie und der Chauffeur luden das Gepäck in den Kofferraum des Wagens und setzten sich dann auf die Vordersitze.
»Darf ich bei Ihnen Platz nehmen?« fragte Merlin.
»Natürlich«, lächelte Barbara.
»Der Hubschrauber steht am anderen Ende des Flughafens«, erklärte Merlin, während sie geräuschlos über das Rollfeld dahinglitten. »Ich denke, er wird Ihnen gefallen. Es ist unser neuestes Modell. Außer der Besatzung können vierundzwanzig Passagiere mitfliegen. Das neue Modell von Hughes kann bloß vierzehn befördern.«
Barbara nickte.
»Der Flug dauert fünfundzwanzig Minuten«, fuhr Merlin fort. »Wenn man mit dem Auto nach San Francisco hineinfährt, braucht man oft wesentlich länger.«
»Nach allem, was ich gehört habe, muß Judd ja eine ganze Stadt gebaut haben.«
»Das ist richtig«, erwiderte Merlin. »Es handelt sich um sechs große Bürogebäude, hundert Eigenheime und sechshundert Wohnungen. Außerdem gibt es Läden, Einkaufszentren, Schulen und natürlich ein Krankenhaus mit den modernsten Einrichtungen.«
»Aber warum hat er das alles hier in Kalifornien gebaut? Die Verwaltungszentrale war doch immer New York.«
»Das stimmt«, nickte Merlin. »Aber es hat sich eine Menge geändert. Vor zehn Jahren befanden sich noch sechzig Prozent unserer Produktionsanlagen an der Ostküste und in den Südstaaten. Heute liegen fünfundvierzig Prozent an der Westküste und nur noch fünfzehn Prozent im Osten und Süden. Im Silicon Valley wachsen Mikrochips und Computer wie Unkraut. Wir produzieren in Nordkalifornien mehr Wein als die Franzosen und die Italiener. Die ganze Luft- und Raumfahrtindustrie ist in den Staaten Washington, Kalifor-

nien, Nevada und Colorado angesiedelt. Und alle Hochrechnungen deuten darauf hin, daß die Wachstumsraten noch steigen. In zehn Jahren werden unsere Unternehmungen hier fünfmal so groß sein.«
»Aber warum mußte es denn gleich eine ganze Stadt sein?«
»Diese Idee übernahm Mr. Crane von den Japanern. Er hat diese ganzen japanischen Konzerne studiert – Mitsubishi, Nissan, Asahi, National, Panasonic und Sony – und dabei festgestellt, daß ihr Erfolg zum großen Teil darauf beruht, daß sie ihren Mitarbeitern lebenslange Sicherheit garantieren, von der Wiege bis zur Bahre.«
»Ich bin gespannt, ob die Amerikaner da mitspielen«, sagte Barbara zweifelnd.
»Das müssen wir abwarten«, erwiderte Merlin. »Mr. Crane sagt selbst, es sei nur ein Experiment.«
Der Wagen hielt. Merlin stieg aus und hielt Barbara den Schlag auf. »Da steht der Hubschrauber. Mr. Crane meinte, der erste sollte nach Ihnen benannt werden.«
Barbara war sekundenlang sprachlos. Beim Anblick des Hubschraubers stiegen ihr Tränen in die Augen. Auf der silberfarbenen Flanke des Riesenvogels prangten die Buchstaben: BARBARA ONE.
»Irgendwie erinnert es mich an ein riesiges Internat«, sagte sie. »Die Leute kommen mir alle wie Kinder vor. Ich glaube, kein einziger ist über dreißig.«
Judd lächelte. »Außer mir.«
Barbara lachte. »Entschuldige, Judd.« Sie nahm den Plastikausweis, der als Schlüssel zu ihrer Suite diente, aus ihrer Handtasche. »Kommst du noch auf einen Gutenachtschluck?«
Er nickte und folgte ihr durch die geöffnete Tür, die sich automatisch hinter ihm schloß.
Sie führte ihn zur Bar im Wohnzimmer. »Scotch on the rocks?«
»Nein, danke, ich möchte lieber eine mickrige Cola.«
Barbara warf ihm einen erstaunten Blick zu. »Das ist neu, oder?«

»Ja, vielleicht. Alkohol bringt mir nichts.«
»Und Coca-Cola bringt's?« fragte sie. »Zucker und Koffein?«
»Und noch eine Kleinigkeit.« Er lächelte schelmisch.
»Und die wäre?«
»Kokain.«
»Ist das nicht gefährlich?«
»Das Leben als solches schadet unserer Gesundheit«, gab er zurück. »Aber diese Mischung hält mich wach.«
»Ich weiß nicht«, sagte sie zweifelnd. »Ich habe noch nie welches genommen.«
»Ich empfehle es auch niemandem.« Seine Stimme klang hart. »Aber bei mir funktioniert es. Ich habe meinen Arzt gefragt, und er hat gesagt, es sei auch nicht schlimmer als Alkoholmißbrauch. Es kommt nur darauf an, daß man vorsichtig ist.«
»Und woher weißt du, wann es zuviel ist?«
Judd lachte. »Wenn es zuviel war, fällt mir die Nase herunter.«
Barbara verzog das Gesicht. »Das hört sich ja schrecklich an.«
Er lachte wieder. »Na schön. Dann gib mir heute mal einen Scotch.«
Barbara warf Eiswürfel in die Gläser und goß einen Schuß Whisky darüber. Judd ließ sich sein Glas geben. »Prost«, sagte er.
»Prost«, lächelte Barbara. »Hast du auch andere Drogen genommen?«
»Natürlich. Wir leben im Zeitalter der Drogen und Pillen. So wie mein Vater im Zeitalter von Bier, Schnaps und Wein gelebt hat.«
»Geht das schon lange so?«
»Seit dem College.«
»Merkwürdig«, meinte sie. »Wir haben davon gar nichts gewußt.«
»Ich war ja nie viel zu Hause.«
Er setzte sich.
»Erzähl mir was von dir«, bat er. »Ich habe dich seit zwei Jah-

ren nicht mehr gesehen.«
»Es hat sich einiges geändert.« Sie ließ sich ihm gegenüber in einen Sessel nieder. »Ich habe mich verändert.«
»Das sieht man.«
»Gefalle ich dir?«
Judd nickte. »Ja. Man spürt, daß du jetzt du selbst bist. Vorher warst du nur ein Satellit meines Vaters.«
»Das war mir gleichgültig«, sagte sie leise. »Ich habe ihn geliebt.«
»Ich weiß«, erwiderte er. Er trank einen Schluck und warf ihr aus seinen tiefblauen Augen einen prüfenden Blick zu. »Ich nehme an, du wunderst dich, warum ich unbedingt wollte, daß du hierherkommst?«
Sie nickte vorsichtig.
»Du sollst für mich arbeiten«, erklärte er. »Ich brauche dich.«
»Du brauchst mich? Bin ich für dich nicht ein bißchen zu alt?«
Judd lachte. *»Touché.«*
»Na schön«, seufzte sie. »Was stellst du dir vor?«
»Johnson steckt bis zum Hals im Morast. Der Krieg in Vietnam eskaliert von Woche zu Woche. Da ist eine Menge Geld drin.«
»Ich verstehe nicht ganz, was das mit mir zu tun haben soll.«
»General Conally.« Er beobachtete sie lauernd.
Barbara schwieg einen Augenblick. »Willie?«
»Ja«, bestätigte Judd. »Mir wurde zugetragen, daß man ihn von seinem NATO-Kommando zurück nach Washington geholt hat. Er soll dort das Beschaffungsamt im Pentagon übernehmen.«
»Ich verstehe immer noch nicht, was das mit mir zu tun haben soll?«
Judds Augen waren völlig ausdruckslos geworden. »Du hast mit Conally geschlafen, und mit Bettgeflüster kann man mehr Waffen verkaufen als mit Bestechung.«
»Er will sich von seiner Frau scheiden lassen, um mich zu heiraten.«

»Das darfst du nicht zulassen. Damit würde er bloß seine Karriere zerstören.«
»Und wir hätten gar nichts davon«, ergänzte Barbara sachlich.
»Du begreifst sehr schnell.« Judd wirkte amüsiert, aber seine Augen blitzten kalt.
Barbara ging langsam zur Bar, um ihre Gläser wieder zu füllen. »Nur zu deiner Information sei gesagt, daß ich nicht vorhatte, ihn zu heiraten.«
Judd schwieg.
»Für welche Bereiche interessierst du dich denn?« fragte sie schließlich.
»Hughes und Bell bereiten Angebote für neue Transport- und Kampfhubschrauber vor. Chrysler und General Motors arbeiten an neuen Schützenpanzerwagen, und Jacuzzi und Piaggio entwickeln Modelle von düsengetriebenen Patrouillenbooten für die Flüsse.«
»Geht es dabei denn um viel Geld?« fragte sie.
»Einige Milliarden Dollar.«
Nachdenklich leerte Barbara ihr Glas. »Ein paar Milliarden Dollar! Eine anständige Bezahlung für eine Hure.«
Judd gab keine Antwort.
»Was ist aus deinen großen Plänen geworden?« fragte sie. »Bist du deinen Träumen von der Unsterblichkeit nähergekommen?«
»Das verfolge ich weiter. Aber ich muß mich schließlich auch um den Konzern kümmern, den ich geerbt habe.«
Barbara holte tief Atem. »Bei deinem Vater hätte ich keine Sekunde gezögert und mich auch nicht im geringsten wie eine Hure gefühlt, denn ich habe deinen Vater geliebt.«
»Wir prostituieren uns alle. Auf die verschiedenste Weise und aus den verschiedensten Gründen: Geld, Macht, Sex, Ideale, das sind die Rohstoffe unseres Lebens.«
»Glaubst du das wirklich?« fragte sie.
Judd nickte.
»Du irrst dich«, sagte sie leise. »Das Wichtigste hast du vergessen. Die Liebe.«

9

Sofia legte den Schnellhefter mit dem Untersuchungsbericht zurück auf den Tisch. »Das steht gar nicht drin, ob du jemals verheiratet warst.«
»Ich bin nie verheiratet gewesen«, sagte Judd.
Sofia spitzte die Lippen. »Das ist ungewöhnlich. Die meisten Männer mit zweiundvierzig . . .«
Judd unterbrach sie. »Du bist dreißig und auch nicht verheiratet. Ist das etwa auch ungewöhnlich?«
»Ja. Aber bei mir gibt es dafür gute Gründe. Mein Beruf nimmt mich völlig in Anspruch.«
»Mein Beruf nimmt mich auch sehr in Anspruch«, lächelte Judd. »Aber ich habe nicht das Gefühl, daß ich etwas versäume. Findest du, daß dir etwas fehlt?«
Sofia überlegte einen Moment. »Manchmal habe ich darüber nachgedacht, wie es wäre, verheiratet zu sein und Kinder zu haben. Aber es hat sich nie so ergeben.«
»Du hättest unbedingt heiraten sollen«, meinte er kühl. »Und zwar nicht nur, weil du gern vögelst. Du könntest auch deinen Kindern viel geben.«
Zitternd nahm Sofia den Schnellhefter wieder zur Hand. »Diesen Angaben zufolge bist du bei bester Gesundheit.«
»Sicher meiner hektischen Lebensweise und dem dauernden Mangel an Schlaf zuzuschreiben«, grinste Judd.
»Unsinn«, entgegnete sie ernsthaft. »Es ist erstaunlich, daß dir diese Lebensweise bisher noch keinen sichtbaren Schaden zugefügt hat.« Sie legte den Schnellhefter wieder auf den Tisch. »Wir müssen dich jetzt irgendwo stationär untersuchen. Dazu müßtest du mindestens drei Tage ins Krankenhaus gehen.«
»Das können wir am Wochenende machen. Ich wollte sowieso nach Boca Raton.«
»Ich kann aber auch jetzt schon einige vorbereitende Tests durchführen, die gar nicht viel Zeit kosten.«
»Bitte«, willigte er ein. »Du bist die Ärztin.« Das Telefon klingelte, und Judd nahm den Hörer ab. »Schicken Sie ihn her-

auf«, sagte er nach einer kurzen Pause.
»Jetzt kommt Li Chuan«, erklärte er Sofia, »der Generalvertreter für Südostasien.«
Sofia stand auf. »Dann gehe ich wohl besser in meine Kabine zurück.«
»Bleib doch noch einen Moment. Ich möchte euch erst noch miteinander bekannt machen. Er hat Ginny die Läden genannt, in denen ihr einkaufen könnt, sobald wir in Hongkong sind.«
Li Chuan trat ein, und Sofia reichte ihm die Hand. »Vielen Dank für Ihre Bemühungen«, sagte sie kühl.
Li Chuan lächelte und verbeugte sich. »Es war mir ein Vergnügen.«
Sofia warf Judd einen raschen Blick zu. »Sehen wir uns nach der Landung in Hongkong?«
»Ich fürchte, du mußt mich entschuldigen«, antwortete er. »Ich habe sehr viel zu tun.«
»Ich verstehe.« Sofia nickte kurz in Li Chuans Richtung und verließ den Raum. Als sie ihre eigene Kabine erreicht hatte, leuchteten die Warnlampen auf, und die Maschine setzte zur Landung an. Sofia wollte sich gerade in ihrem Sessel anschnallen, als Ginny hereinkam. »Darf ich Ihnen Gesellschaft leisten?« fragte das Mädchen.
»Ja, bitte«, erwiderte Sofia erfreut.
Ginny setzte sich ihr gegenüber und schnallte sich ebenfalls an. »Li Chuan hat mir eine Liste mit sehr interessanten Läden gegeben.«
»Im Grunde habe ich überhaupt keine Lust zum Einkaufen.« Sofias Stimme klang müde.
Ginny lächelte. »Aber Mr. Crane möchte, daß Sie sich vollkommen neu einkleiden.«
»Ja, er hat andere Vorstellungen als ich. Mir sind Kleider nicht wichtig.«
Ginny lachte. »Gehen Sie trotzdem mit mir einkaufen. Ich kann Ihnen verraten, daß Crane zu den Leuten gehört, die unbedingt ihren Willen durchsetzen müssen.«
»Gilt das auch für andere Dinge?«

Ginny nickte.
Sofia blickte zum Fenster hinaus. Die Küste näherte sich, und plötzlich berührten die Räder den Boden. »Erstaunlich, wie der Pilot das macht«, bemerkte Sofia. »Man spürt überhaupt keine Erschütterung, wenn er landet.«
»Das ist eine der Regeln von Mr. Crane. Sollte er einen Ruck beim Aufsetzen spüren, so muß der Pilot eine verdammt gute Ausrede haben. Findet er die nicht, wird ihm gekündigt.« Sie löste ihren Gurt und stand auf. »Wollen wir in einer Viertelstunde aufbrechen?«
»Gut«, willigte Sofia ein.

Nachdem sich die Tür hinter Sofia geschlossen hatte, fragte Li Chuan wie beiläufig: »Diese Frau Dr. Ivancich stammt aus Jugoslawien, nicht wahr?«
»Ja«, sagte Judd. »Woher wissen Sie das?«
»Der Name kommt mir bekannt vor. Soviel ich weiß, war sie bei Mao Tse-tung, als er starb. Seine Frau und die anderen Mitglieder der Viererbande haben sogar das Gerücht verbreitet, daß sie ihn umgebracht hätte.«
Judd schwieg. »In unserem Computerbericht über sie stand das nicht.« Nachdenklich fügte er hinzu: »Können Sie mir darüber noch ein paar genauere Angaben beschaffen?«
»Das weiß ich nicht«, erwiderte der Chinese und lachte. »Lassen Sie sich jedenfalls nicht mit irgendwelchen Pillen von ihr füttern.«
Judd lachte ebenfalls. »Ich glaube nicht, daß ich in die Verlegenheit komme.«

10

Judd blickte aus dem Fenster. Unten auf der Rollbahn stiegen Sofia und Ginny gerade in die wartende Limousine, die sie in die Stadt bringen sollte. Das Telefon klingelte wieder.
Merlin meldete sich. »Ich habe Judson aus San Francisco am

Apparat.«
»Stellen Sie ihn durch«, sagte Judd. Es klickte in der Leitung.
»Wie geht es Ihnen, Judson?«
»Danke, gut, Mr. Crane. Ich habe mich wegen des Stahls für die Brücke in Malaysia erkundigt.«
»Gut. Wie sieht es denn aus?«
»Mitsubishi würde uns den Stahl für zehn Millionen verkaufen; so billig kriegen wir ihn auf dem amerikanischen Markt nicht. Leider hat die Sache einen Haken. Sie verlangen, daß alles auf ihren konzerneigenen Frachtern verschifft wird. Das kostet ungefähr achthunderttausend mehr als bei uns.«
»Dann läuft es am Ende auf dasselbe hinaus«, meinte Judd. »Haben sie noch andere Vorschläge?«
»Ja, Sie sind doch gerade in Hongkong, nicht wahr? Wie wäre es, wenn Sie mit S. Yuan Ling in Kontakt träten? Er hat die größte Frachtschiffgesellschaft der Welt, und Mitsubishi hat ihm fast alle Schiffe gebaut. Vielleicht findet er einen Dreh, wie wir es billiger hinkriegen können.«
»Er soll sich wegen seines Tankergeschäfts mit der Pemax in Mexiko aufhalten.«
»Nein, er ist wieder in Hongkong.«
»Okay, ich werde mit ihm reden«, willigte Judd ein. »Sonst noch was?«
»Alles andere kann warten«, erwiderte Judson.
»Gut. Ich melde mich wieder.« Judd legte den Hörer zurück auf die Gabel und wandte sich an Li Chuan. »Rufen Sie bitte S. Yuan Ling an und sagen Sie ihm, ich möchte ihn heute nachmittag treffen.« – »Ling arbeitet nur vormittags«, erklärte ihm Li Chuan. »Er fährt danach zum Essen auf seine Jacht, schwimmt eine Stunde und schläft anschließend bis in die frühen Abendstunden.«
»Das ist mir völlig egal. Von mir aus kann er den ganzen Tag auf dem Klo sitzen. Sagen Sie ihm, daß ich ihn sehen will, und damit basta.«
»Jawohl, Sir«, erwiderte Li Chuan. »Dann fahre ich besser sofort in die Stadt.«
»Tun Sie das.«

»Was ist nun mit dem Medikamentengeschäft?« fragte Li Chuan beim Hinausgehen. Trotz seines gleichgültigen Gesichtsausdrucks war eine gewisse Spannung in seiner Frage zu spüren.
»Sie kennen meine Entscheidung. Mit dem Quaaludin will ich nichts zu tun haben.«
»Aber da steckt eine Menge Geld drin.«
»Für die Chinesen vielleicht«, knurrte Judd. »Nicht für uns. Aber Sie können ihnen sagen, daß wir unser Angebot für das Interferon verdreifachen.«
»Ich werde es ihnen mitteilen. Ich rufe Sie an, sobald ich S. Yuan Ling erreicht habe.«
»Vielen Dank.« Judd wartete, bis Li Chuan gegangen war, dann bat er Merlin zu sich herauf.
Noch bevor der Assistent eintraf, trat Eddie ins Zimmer. »Eine kleine Erfrischung, Boß?«
Judd nickte. »Gute Idee.«
»Cherry Coke mit allen Zutaten?«
»Genau.«
Als Merlin hereinkam, war Judd gerade dabei, einen Löffel Kokain in seinem Drink zu verrühren. »So ähnlich wurde im letzten Jahrhundert das Zeug in Atlanta zubereitet.«
Merlin nickte. Er hatte die Geschichte schon häufig gehört. Erst im Jahre 1903 oder 1904 war das Kokain wegen der strengeren Lebensmittelgesetze durch Koffein ersetzt worden. Judd hob den Kopf. »Schicken Sie den Sicherheitsleuten ein Telex. Wir brauchen weitere Informationen über Sofia Ivancich. Fragen Sie, warum der erste Bericht keinerlei Hinweise darauf enthielt, daß sie Mao Tse-tung in seinem letzten Lebensjahr ärztlich behandelt hat. Außerdem soll Li Chuan ab sofort beschattet werden. Ich habe das Gefühl, er will das Quaaludin-Geschäft auf eigene Faust machen.«
»Ja, Sir. Kann ich sonst noch etwas für Sie tun?« fragte Merlin.
Judd schüttelte den Kopf. »Nein. Ich werde ein bißchen schlafen. Sagen Sie mir Bescheid, wenn sich Li Chuan wieder meldet.«

Die französische Verkäuferin musterte sie abschätzig. »Wir haben die neuesten Journale hier, *L'Officiel, Vogue* und so weiter«, näselte sie mit ihrem versnobten Akzent. »Sie brauchen sich nur etwas auszusuchen, und wir fertigen es Ihnen in zwölf Stunden nach Maß an.«

Sofia sagte etwas auf französisch, die Verkäuferin nickte, deutete dann auf zwei Stühle und ging.

»Was haben Sie zu ihr gesagt?« fragte Ginny neugierig.

»Daß wir keine Maßanfertigung brauchen, da wir nur drei Stunden in Hongkong sind.«

Die Verkäuferin kam zurück. Sie hatte ihre Chefin mitgebracht, die jetzt die Verhandlungen führte. »Was genau hätten Sie gern?«

Sofia sprach englisch mit ihr. »Zwei einfache Kostüme, das eine aus Wolle, das andere aus leichterem Stoff. Drei Nachmittagskleider, ein schwarzes Cocktailkleid und ein langes Abendkleid, ebenfalls schwarz. Außerdem die passenden Schuhe und Accessoires. Drei Röcke, schwarz, beige und weiß. Sechs Blusen in verschiedenen Farben. Zwei Paar Hosen, die einen schwarz, die anderen marineblau. Drei Paar Jeans.«

»Sehr wohl, Madame«, sagte die Direktrice. »Würden Sie mir bitte folgen?«

Einen Augenblick später stand Sofia in einem geräumigen Ankleidezimmer. Ginny setzte sich, während Sofia sich auszog. Die Direktrice verzog spöttisch das Gesicht, als sie Sofias Baumwollunterhöschen entdeckte.

»Möchten Sie vielleicht auch unsere Leibwäsche sehen?« fragte sie. »Wir haben sehr hübsche französische und amerikanische Modelle. Sowohl aus Seide als auch aus Nylon.«

Sofia lächelte. »Vielen Dank, Madame. Vielleicht kann ich eine Auswahl mitnehmen.«

Die Direktrice holte ein Bandmaß, während Sofia ihren Büstenhalter aufhakte und ihr Höschen abstreifte. Mit professioneller Geschicklichkeit nahm die Direktrice Sofias Maße, dann verließ sie das Zimmer.

Ginny warf Sofia einen belustigten Blick zu. »Ich habe Ihnen

gleich gesagt, an Ihren Kleidern würde niemand erkennen, was für einen herrlichen Körper Sie haben.«
»Vielen Dank.«
»Kein Wunder, daß Ihnen Mr. Crane unbedingt eine neue Garderobe kaufen will.«
Sofia lächelte. »Ich dachte, das macht er bei allen Frauen, die ihm gefallen.«
Ginny lachte. »Nicht bei allen. Und auf jeden Fall sind Sie die erste Ärztin, die er neu einkleidet.«
Sofia betrachtete sich in dem großen, prunkvollen Spiegel, der an der Wand hing. Plötzlich trat Ginny von hinten an sie heran.
»Haben Sie Ihre Brüste liften lassen?« erkundigte sich das Mädchen.
Ihre Blicke begegneten sich. »Davon halte ich gar nichts«, antwortete Sofia.
»Das ist wirklich unglaublich«, fuhr Ginny fort. »Sie sind so herrlich geschwungen.«
Sofia verfolgte die Blicke des Mädchens im Spiegel. »Sie können sich ja selbst davon überzeugen, wenn Sie gern möchten.«
Ginny zögerte einen Moment, dann legte sie ihre Fingerspitzen auf Sofias Brüste und wog sie in ihren Händen. Die Blicke der beiden Frauen hatten sich nicht voneinander gelöst. Sofia spürte, wie sich ihre Brustwarzen unter den heißen Fingern des Mädchens aufrichteten.
»Glauben Sie mir jetzt?« fragte sie.
Widerwillig zog Ginny ihre Hände zurück. »Ja«, sagte sie heiser.
Ginny wollte eben zu ihrem Sessel zurückkehren, als die Türen aufgingen und drei Verkäuferinnen mit einem Stapel Wäsche und zahllosen Kleidern hereinkamen.

Auf der anderen Seite der Insel war die Luft schwül, und die Sonne stach unbarmherzig vom Himmel. Judd und Li Chuan standen aufrecht in dem kleinen Motorboot und versuchten, sich im Fahrtwind zu kühlen. Plötzlich zeigte Li Chuan auf

eine große Motorjacht, die etwa eine halbe Meile vor ihnen lag. »Das ist seine Jacht. Sie liegt immer in der Repulse Bay.«
»Glauben Sie, daß er sich an Bord befindet?« fragte Judd.
»Nein«, meinte Li Chuan, »nach seinem Stundenplan müßte er jetzt gerade schwimmen. Er ließ mich wissen, daß er frühestens in drei Tagen einen Termin für Sie frei habe.«
»Das sagten Sie schon, aber wir werden jetzt mit ihm reden.« Er wandte sich an den Matrosen, der hinter dem Steuerrad stand. »Gehen Sie auf zwei Knoten herunter, und halten Sie Ausschau nach Schwimmern.«
Das Dröhnen des Motors sank zu einem Flüstern herab. Das Boot beschrieb einen großen Halbkreis. Fünf Minuten später entdeckten sie eine gelbe Boje im Wasser und daneben drei schwarze Punkte.
»Fahren Sie so dicht wie möglich heran. Aber seien Sie vorsichtig«, befahl Judd. Als sie noch zwanzig Meter entfernt waren, streifte er seine Hosen ab, kletterte über die Windschutzscheibe auf den Bug des Motorboots und winkte. Die schwarzen Punkte waren jetzt zu Gesichtern geworden, die sich zu ihnen umwandten. »Motor aus«, befahl Judd.
Bis auf einen winzigen Slip war er vollkommen nackt. Er sah, daß einer der Männer im Wasser eine wasserdicht verpackte Uzi-Maschinenpistole auf ihn gerichtet hatte.
Judd tauchte und kam direkt neben dem Leibwächter hoch. »Seien Sie vorsichtig mit diesem Spielzeug! Sonst geschieht noch ein Unglück.«
Jetzt sprach der älteste der drei Männer im Wasser. »Was wünschen Sie?« fragte er.
»Ich bin Judd Crane.«
Der Mann schüttelte den Kopf. »Hat Ihnen Ihr Mann nicht gesagt, daß wir erst in drei Tagen einen Termin für Sie frei haben?« – »Doch«, erwiderte Judd, »aber ich hielt es für besser, gleich heute mit Ihnen zu sprechen.«
»Hier? Mitten im Fluß?«
»Hier ist es genausogut wie irgendwo anders.«
»Das ist höchst ungewöhnlich.« Der Mann lächelte leise, und plötzlich bestand sein Gesicht aus tausend winzigen Falten.

»Halten Sie alle Konferenzen unter solchen Umständen ab?«
»Nein, aber ich habe auch nicht häufig die Gelegenheit, mit Männern wie S. Yuan Ling zu verhandeln.«
Ling lachte. »Sie sind jünger, als ich gedacht habe, Mr. Crane.«
»Vielen Dank. Darf ich sprechen?«
»Es gibt ein chinesisches Sprichwort«, sagte Ling. »Nur das taube Ohr hört nicht zu, wenn die Gelegenheit spricht.«
Judd schwamm noch ein wenig auf ihn zu. Wassertretend musterten sich die beiden Männer. »Meinen Informationen zufolge baut Mitsubishi in Ihrem Auftrag sechs Schiffe, auf die Sie bereits eine Anzahlung von zwanzig Millionen Dollar geleistet haben. Die ersten drei Frachter sollen im Frühjahr auf Probefahrt gehen.«
Ling nickte. »Das stimmt.«
»Meine Informationen besagen weiter, daß Mitsubishi beabsichtigt, bei diesen Probefahrten den Stahl nach Malaysia zu transportieren, den ich für einen Brückenbau brauche. Danach werden Ihnen die Schiffe dann zum vollen Preis übergeben.«
Der Chinese schwieg einen Augenblick. »Wieviel verlangt Mitsubishi von Ihnen für die Verschiffung des Stahls?«
»Achthunderttausend Dollar.«
Ling nickte. »Sehr clever, diese Japaner.«
Judd nickte ebenfalls. »Sehr clever.«
»Wären vierhunderttausend okay?«
»Ja.« Judd verzog keine Miene.
»Dann sind wir im Geschäft. Ich werde alles mit den Japanern klären.« Der Chinese streckte Judd seine Hand hin. »Wollen Sie an Bord mit mir essen?«
»Ich fühle mich geehrt«, erwiderte Judd, »aber ich muß leider um Entschuldigung bitten, da ich in der Stadt noch Termine habe. Darf ich den Besuch vielleicht bei anderer Gelegenheit nachholen?«
»Aber natürlich«, lächelte Ling. »Sie sind mir immer willkommen.«
Judd schwamm zurück zu seinem Motorboot und schwang

sich an Bord. Dann wandte er sich noch einmal um und winkte seinem neuen Geschäftspartner zu. »Los, fahren wir«, befahl er dem Matrosen am Steuer.
Mit gedrosseltem Motor fuhr das Boot rückwärts und schlug dann einen großen Bogen, ehe es mit voller Kraft zurück in die Stadt raste.

11

Die Limousine hielt neben dem Flugzeug, und Sofia und Ginny kletterten aus dem Fond. »Ich lasse alles in Ihre Kabine bringen«, sagte das Mädchen.
»Vielen Dank.« Sofia schien nervös zu sein. »Glauben Sie, daß es ihm gefallen wird?«
Ginny lachte. »Wenn es ihm nicht gefällt, muß er verrückt sein.«
»Ich bin seit fünf Jahren in keinem Schönheitssalon mehr gewesen«, sagte Sofia. »Ich habe mich selbst nicht mehr im Spiegel erkannt.«
»Sie sehen großartig aus«, versicherte ihr Ginny. »Machen Sie sich bloß keine Sorgen.«
»Es hat ein Vermögen gekostet.«
»Ihm ist das egal«, grinste Ginny. »Ich lasse Ihnen die Einkäufe raufbringen, und Sie können ein paar von den neuen Sachen anziehen. Ich bin sicher, das haut ihn glatt um.«
Als Sofia die Lounge betrat, befand sich Li Chuan im Raum. Der Chinese verbeugte sich leicht. »War Ihr Einkaufsbummel erfolgreich, Frau Dr. Ivancich?«
»Danke. Es war sehr gut organisiert. Ist Mr. Crane schon an Bord?«
»Er läßt sich gerade in seiner Kabine massieren.« Er streckte die Hand aus. »Ich möchte mich verabschieden. Es war mir ein Vergnügen, Sie kennenzulernen, Frau Doktor.«
»Sie verlassen uns?«
»Ja, ich muß in mein Büro. Außerdem fliegt Mr. Crane um

acht Uhr in die Vereinigten Staaten zurück.«
Sofia warf einen Blick auf die Uhr. Es war kurz vor sieben. »Aber das ist ja bereits in einer Stunde.«
Li Chuan nickte. »Mr. Crane hat dem Kapitän Anweisung gegeben, auf Sie zu warten.« Er zögerte einen Augenblick und sagte dann auf chinesisch: »Ich habe ihm nicht erzählt, daß wir uns schon einmal begegnet sind.«
Sofia musterte ihn überrascht. Seine Augen waren ausdruckslos. »Vielen Dank, Genosse«, sagte sie, ebenfalls auf chinesisch.
Li Chuan sprach jetzt sehr rasch. »Ich glaube, es würde sein Vertrauen sehr stärken, wenn Sie ihm von sich aus erzählten, daß Sie bei Mao Tse-tung waren. Sonst erfährt er es durch den Sicherheitsdienst.«
Sofia nickte stumm.
»Übrigens wäre ich dankbar, wenn Sie mich über etwaige Diskussionen, die sich auf ein Medikamentengeschäft mit den Chinesen beziehen, auf dem laufenden hielten.«
»Ich werde darauf achten, Genosse.«
Li Chuan sprach jetzt wieder englisch. »Ich hoffe, daß wir uns wiedersehen werden, Frau Doktor.«
»Das hoffe ich auch«, verabschiedete ihn Sofia. »Und vielen Dank für Ihre Hilfe.« Sie beobachtete, wie er den Aufzug betrat, mit dem Ginny gerade an Bord kam. In Begleitung des Mädchens waren der Chauffeur und einer der Stewards, die Sofias Einkäufe trugen.

Das Telefon neben ihrem Bett summte melodisch. Sie drückte auf den Dimmer, und der Raum wurde heller. »Ja«, sagte sie heiser.
»Entschuldige«, meldete sich Judd, »ich wußte nicht, daß du schläfst.«
»Ich bin schon wach«, entgegnete sie. »Ich hätte nie gedacht, daß Einkaufen so anstrengend ist.«
»Hast du dich gut amüsiert?«
»Zu meiner Überraschung war es tatsächlich sehr lustig. Und ich möchte mich für die schönen Sachen bedanken.«

»Es war mir wirklich ein Bedürfnis, dir etwas zu schenken.«
»Hat die Massage dir gutgetan?« erkundigte sie sich.
Er schien zu zögern. »Ja, sehr. Möchtest du auch eine?«
Plötzlich bemerkte sie das Summen der Triebwerke. Sie befanden sich bereits in der Luft, und draußen war das ungetrübte Leuchten der Sterne zu sehen. »Erzähl mir bloß nicht, du hättest auch einen Masseur an Bord, Judd!«
Er lachte. »Keinen Masseur, sondern zwei Masseusen. Die Mädchen sind ganz ausgezeichnet. Sie bleiben bis Honolulu an Bord, dann fliegen sie wieder zurück nach Hongkong.«
Sofia gab keine Antwort.
»Du kannst es dir ja noch überlegen«, meinte Judd. »Ich wollte dich eigentlich fragen, ob du Lust hast, mit mir zu Abend zu essen.«
Sofia warf einen Blick auf die beleuchtete Digitaluhr. »Es ist bereits halb elf.«
»Du brauchst dich nicht zu beeilen. Ich warte auf dich.«
Das Telefon klickte. Er hatte aufgelegt, ehe sie antworten konnte.
Sie richtete sich auf, drückte mit der Hand auf die Gabel und wählte dann Ginnys Nummer.
»Das Mädchen meldete sich sofort. »Ja, Frau Doktor?«
»Kann ich bitte eine Tasse starken Kaffee haben?« bat Sofia.
»Natürlich, Frau Doktor. Ich komme sofort.«
Sofia stand auf und stellte sich unter die Dusche. Als sie in die Kabine zurückkam, war Ginny schon da. Sofia schlang sich das Badetuch um die Schultern.
Der Kaffee war heiß, stark und schwarz. »Ah, das tut gut«, murmelte Sofia.
Ginny rührte sich nicht von der Stelle.
Sofia stutzte. »Stimmt etwas nicht?«
»Sie wollen zu ihm, nicht wahr?« preßte das Mädchen hervor.
Sofia nickte. »Natürlich.«
Ginnys Augen schwammen in Tränen. »Bitte nicht! Gehen Sie nicht zu diesem Kerl. Nicht heute nacht. Wir hatten doch so einen schönen Tag zusammen in der Stadt.«

Sofia begriff sofort. »Ginny«, beruhigte sie das Mädchen, »Ginny, weinen Sie doch nicht, Kindchen.«
»Bitte gehen Sie nicht«, flehte Ginny. »Ich will nicht, daß er Sie genauso nimmt wie alle anderen. Ich liebe Sie doch.«
»Haben Sie mit ihm . . .«
Ginny unterbrach ihre Frage. »Wir haben doch gar keine andere Wahl. Er kauft und benutzt uns doch alle.«
Sofia zog das weinende Mädchen an ihre Brust. Ginnys Stimme klang gedämpfter: »Sie brauchen doch nicht zu tun, was er will! Sie gehören ihm nicht!«
»Ach, mein Kind«, seufzte Sofia. »Was wissen Sie denn? Jeder gehört irgend jemandem, jeder gehört irgendeiner Sache oder einer Person.«
Ginny hob die Augen und starrte sie an. »Sie lieben Judd also nicht?«
»Nein«, erwiderte Sofia, »ich liebe ihn nicht.«
»Aber Sie gehen zu ihm?«
»Ja«, bestätigte Sofia.
»Ich hasse ihn!« kreischte Ginny mit wutverzerrtem Gesicht.
Sofia gab keine Antwort.
»Liebst du mich?« fragte Ginny zitternd.
Sofia blickte sie nachdenklich an. »Vielleicht irgendwann.«

Die Sonne, die durch das Bullauge schien, brannte in ihren schmerzenden Augen. Blindlings zog sie die Plastikjalousien herunter. Dann wurde ihr bewußt, daß sie rasende Kopfschmerzen hatte. Taumelnd setzte sie sich aufs Bett und sah sich vorsichtig um. Sie befand sich in ihrer eigenen Kabine, aber sie konnte sich nicht erinnern, die Treppe herunter und durch die Tür gekommen zu sein.
Mit zitternden Knien ging sie ins Bad und schluckte zwei Aspirin und eine kleine Valiumtablette. Sie stellte sich unter die Dusche, holte tief Atem und ließ erst kaltes, dann heißes und dann wieder kaltes Wasser auf sich herabprasseln. Ihr Kopf wurde langsam klarer.
Sie verließ die Duschkabine und wollte gerade zu ihrem Badetuch greifen, als sie plötzlich erschrocken innehielt. Im

Spiegel bot sich ein gräßlicher Anblick: Ihr ganzer Körper war von den Brustspitzen bis zu den Schenkeln mit blauroten Blutergüssen bedeckt. Ungläubig betastete sie ihre Bauchdecke. Das gesamte Schamhaar war säuberlich abrasiert worden, der Venushügel stand nackt und geschwollen heraus, ihre Schamlippen waren geöffnet wie der Krater eines Vulkans und ihre Klitoris brannte wie Lava.
Mit einem Stöhnen drehte sie sich um und betrachtete ihren Rücken. Er war bis zu den Schenkeln mit dünnen roten Striemen bedeckt.
Behutsam berührte sie ihre Haut, aber es waren keine Schmerzen zu spüren. Noch einmal faßte sie ihre Brust und ihre Schenkel an, rieb und drückte ein wenig. Aber sie spürte keinerlei Schmerz.
Nachdenklich wickelte sie sich in das Handtuch, ging in die Kabine zurück, setzte sich auf die Bettkante und versuchte, sich an die Ereignisse der vergangenen Nacht zu erinnern. Es war zwecklos.
Sie nahm den Telefonhörer und drückte den Knopf. Raoul, der Chefsteward, meldete sich. »Ja bitte, Frau Doktor?«
»Wann landen wir in Honolulu?«
»Wir haben Honolulu vor drei Stunden verlassen«, erwiderte Raoul höflich.
Sofia zögerte einen Moment. »Könnten Sie Ginny bitten, mir eine Tasse Kaffee zu bringen?«
»Tut mir leid, Frau Doktor.« Die Stimme des Stewards war ausdruckslos. »Ginny hat das Flugzeug in Honolulu verlassen.« Nach einer kleinen Pause fügte er hinzu: »Ich lasse Ihnen den Kaffee gleich bringen.«
Sie legte den Hörer zurück auf die Gabel, und in diesem Augenblick fiel ihr alles wieder ein. Entsetzt schlug sie die Hände vors Gesicht. Es war ein Alptraum gewesen. Die beiden chinesischen Mädchen. Zwillinge, die sich so ähnlich waren wie zwei Erbsen aus derselben Schote. Nackte Zwillinge, die kleine Opiumkügelchen zwischen ihren Fingern gerollt hatten. Zierliche kleine Hände, die eine Flamme entzündet und ihr die Pfeife an die Lippen gesetzt hatten.

Dann die sonnigen Wolken und der silberne Nebel. Sie hatte sich ganz aus ihrem eigenen Körper gelöst, hatte von außen seine Schönheit betrachtet, hatte zugesehen, wie die Mädchen alle Liebe aus ihm herausstreichelten, bis sie in einem riesigen Orgasmus zersprang und sich in Millionen Sternschnuppen auflöste, die langsam im Dunkel verglühten.
Dann wurde das Dunkel von Schmerzen zerrissen. Sie kämpfte gegen die Nacht, um das Bewußtsein zurückzuerlangen, doch die Schmerzen warfen sie wieder zu Boden. Sie öffnete mühsam die Augen und sah Ginnys wutverzerrtes Gesicht, spürte die Fingernägel und die Zähne des Mädchens und die scharfen Bisse der Peitsche. Sie schrie und schrie und schrie und schrie.
Dann hatte jemand die Tür aufgestoßen, und plötzlich war Ginny verschwunden, Judd hatte vor ihr gestanden und auf sie heruntergesehen. Sie hatte versucht, ihm etwas zu sagen, aber kein Ton war über ihre Lippen gekommen.
Dann hörte sie seine Stimme: »Eine Eispackung, Procain, ACTH-Salbe und eine Spritze mit Demerol.«
»Schmerzen«, keuchte Sofia. »Ich habe Schmerzen.«
»Die sind gleich weg«, sagte Judd. Dann fiel sie ins Dunkel zurück.
Es klopfte an der Tür. »Herein«, rief sie.
Judd stand in der Tür. »Darf ich?«
Sie nickte.
Er trat beiseite, während eine Stewardeß ein Tablett mit dem heißen Kaffee neben Sofias Bett stellte. Judd wartete, bis das Mädchen wieder gegangen war.
»Wie geht es dir?«
»Mein Kopf schmerzt«, ächzte sie und trank vorsichtig einen Schluck Kaffee. »Vielleicht bist du der bessere Doktor als ich. Ich habe überhaupt nicht begriffen, was vorging.«
»Das Opium hat dich benommen gemacht«, erklärte Judd. »Als wir dich in die Kabine brachten, hast du geschlafen.«
»Vielen Dank, daß ihr mich gerettet habt. Ich könnte jetzt tot sein.«
»Das Mädchen war verrückt, was wir aber nicht wissen konn-

ten. Wir haben es erst festgestellt, als wir die Tür eingeschlagen hatten und sie über dir sahen.«
»Es tut mir leid«, murmelte Sofia, »ich wollte nicht so viel Wirbel machen.«
»Es war ja nicht dein Fehler«, beruhigte er sie. »Jedenfalls bin ich froh, daß du wieder einigermaßen okay bist.«
Sofia schwieg einen Augenblick. »Noch einmal: vielen Dank!«
Judd war bereits an der Tür. »In vier Stunden landen wir in San Francisco. Bis dahin solltest du schlafen. Ich kenne dort einen Arzt, der deine Blessuren ganz schnell verschwinden lassen wird. In ein paar Stunden ist nichts mehr zu sehen.«

12

Der Hubschrauber, der sie auf dem Flughaufen in San Francisco abgeholt hatte, landete genau um elf Uhr vormittags in Crane City, wo sie von mehreren Männern erwartet wurden.
Als erster kam ihnen ein hochgewachsener Mann mit grauen Schläfen entgegen und streckte Judd seine mächtige Pranke hin. »Hallo, Judd!«
Judd ergriff die dargebotene Hand. »Hallo, Jim. Wie fein, daß du gleich gekommen bist, vielen Dank.« Dann wandte er sich an Sofia. »Darf ich dir Brigadegeneral Dr. Marlowe vorstellen? Dr. Marlowe war früher Spezialist für Verbrennungen im NASA-Krankenhaus Houston. Jim, das ist Frau Dr. Ivancich.«
»Wie geht es Ihnen?« erkundigte sich Marlowe.
»Den Umständen entsprechend. Ich glaube, es sind nur oberflächliche Blutergüsse und Prellungen.«
Marlowe lächelte zuversichtlich. »Na, wir werden ja sehen. Ich bringe Sie gleich in die Klinik.«
Sofia warf Judd einen fragenden Blick zu.
Judd lächelte. »Du findest mich in meinem Büro. Sobald Jim dich versorgt hat, bringt er dich rüber.«

Während Sofia in Marlowes Wagen davonfuhr, nahmen Judd und Merlin im Fond einer zweiten Limousine Platz. Um ungestört reden zu können, drückte Judd auf den Knopf, der die schalldichte Trennscheibe schloß. »Wieso ging aus Ginnys psycho-medizinischen Berichten nicht hervor, daß sie an einer latenten Psychose litt?« fragte er kalt.
»Das weiß keiner«, erwiderte Merlin. »Sie überprüfen die Untersuchungsergebnisse gerade.«
»Ich möchte einen ausführlichen Bericht und sämtliche Unterlagen. Das fehlte noch, daß uns irgendeine Irre mit dem ganzen Flugzeug zum Abstürzen brächte.«
Merlin wußte, daß es besser war, den Mund zu halten. Wenn Judd wütend war, blieb er an der Oberfläche meist erstaunlich gelassen, aber seine Wut war gefährlich. Er duldete keinerlei Fehler.
Judd wechselte das Thema. »Haben Sie Judson über mein Gespräch mit S. Yuan Ling informiert?«
»Ja, er war hocherfreut. Er hat versprochen, die Brückenbauarbeiten so weit zu rationalisieren, daß wir noch einmal eine Million sparen.«
»Gut«, nickte Judd. »Ist Barbara in meinem Büro?«
»Ja, Sir.«
Judd lehnte sich in seinem Sitz zurück, ließ die Trennscheibe wieder herunter und schnippte mit den Fingern. Fast Eddie reagierte sofort; er wußte, was Judd von ihm wollte. In Sekundenschnelle hatte er die goldene Kapsel herausgezogen und sie zusammen mit dem Löffel nach hinten gereicht. Hinter vorgehaltener Hand sog Judd das Kokain in die Nase. Er fühlte sich sofort besser. Zufrieden gab er Eddie Kapsel und Löffel zurück. Er hauchte Barbara einen Kuß auf die Wange. »Du siehst wunderschön aus.«
Sie lächelte. »Du Schmeichler. Vergiß bitte nicht, ich bin über sechzig.«
»Ich werde es niemandem verraten«, lächelte er, »und wenn du es niemandem erzählst, halten dich alle für vierzig.«
»Vielen Dank.« Sie musterte ihn aufmerksam. »Du siehst müde aus, Judd.«

»Ich bin auch müde«, seufzte er. »Aber das wird sich bald ändern. Ich werde mich über das Wochenende in Boca Raton ausruhen.«
»Du solltest mich zur offiziellen Konzernpatin ernennen«, sagte sie lachend. »Aber im Ernst: Ich mache mir Sorgen um dich.«
»Wird schon wieder werden.«
»Ich hoffe, daß diese Ärztin, die du aus Jugoslawien mitgebracht hast, sich ein bißchen um dich kümmert, anstatt sich weiterhin mit Lesbierinnen zu prügeln.«
Judd war erstaunt. »Woher weißt du denn davon?«
»Ich hab' dir doch gesagt: Ich bin die Patin.« Sie lachte. »Ich habe das Telex gesehen, das du an die Klinik geschickt hast.«
Er schüttelte unwirsch den Kopf. »So eine Schlamperei!«
»Ärgere dich nicht«, besänftigte sie ihn. »Du darfst nicht vergessen, daß wir in unserer Familie eng miteinander verbunden sind.«
»Das merke ich gerade. War das bei Vater genauso?«
»Der Kontakt war eher noch enger«, erklärte sie. »Du bist ja viel mehr unterwegs.«
Judd warf einen Blick aus dem Fenster. Es war Mittagszeit, und die Leute aus den Büros gingen essen. »Jack Maloney meint, die NASA sei überhaupt nicht bereit, mit uns zusammenzuarbeiten. Die nächsten sechs Satelliten baut Hughes.«
»Das stimmt«, bestätigte Barbara, »ich habe mich bei General Stryker erkundigt. Ich kenne ihn von früher. Er sagt, bei Hughes seien sie fest entschlossen, die Stellung zu halten.«
»Ich will ja bloß zwei von den sechs.«
»Aber Hughes will sie alle.«
Judd dachte einen Augenblick nach. »Wir liefern Hughes die Halbleiter für die Steuerung, nicht wahr?«
»Ja«, nickte sie.
»Sind sie schon geliefert?«
»Ich weiß nicht«, erwiderte sie. »Warum fragst du?«
»Wenn Hughes keine Halbleiter hat, können die Satelliten nicht starten, oder?«

»Keine Ahnung, ich bin kein Ingenieur.«
Judd rief Merlin zu sich ins Büro. »Teilen Sie der Einkaufszentrale bei Hughes mit, wir könnten keine Halbleiter liefern. Wir seien noch nicht fertig damit und wüßten auch nicht, wie lange es dauert.«
»Das kostet uns eine Konventionalstrafe von vierzig Millionen.« Merlin wirkte erschrocken.
»Das ist mir egal«, entgegnete Judd gelassen.
»Okay, Sie sind der Chef.« Merlin verließ das Büro.
»So«, atmete Judd auf. »Und jetzt bist du an der Reihe, Barbara! Jetzt kannst du die Konzernpatin spielen. Ruf deinen Freund an, diesen General Stryker, und sag ihm, aufgrund deiner guten Beziehungen zu mir könntest du die Halbleiter loseisen, falls Hughes uns zwei von den Satelliten bauen ließe.«
»Das ist ja Erpressung.«
»Kann schon sein.«
Barbara lachte. »Das gefällt mir.« Sie wollte das Büro schon verlassen, drehte sich dann aber noch einmal um. »Ich kenne den Betrieb bei Hughes ein bißchen. Die Sache kann etwas dauern. Die haben endlose Dienstwege da.«
»Ich habe Zeit. Die sind im Druck.«
»Werde ich Gelegenheit haben, deine neue Ärztin kennenzulernen?« fragte sie.
»Beim Abendessen«, gab er zurück.
»Wunderbar«, sagte sie und verließ das Zimmer.

»Ich hatte keine Ahnung, daß deine Stiefmutter mit Dr. Marlowe verheiratet ist«, sagte Sofia, als Fast Eddie ihnen die Tür zu der Penthouse-Suite im Mark-Hopkins-Hotel öffnete.
»Schon seit sechs Jahren«, erklärte Judd und folgte ihr in die Suite.
»Dr. Marlowe ist ein Genie«, schwärmte Sofia. »Seine Therapie war phantastisch. In mancher Beziehung ist uns die amerikanische Medizin wirklich um Lichtjahre voraus.«
»Was hat er denn mit dir gemacht?«
»Subkutane Injektionen mit einer Mischung aus ACTH, Pro-

cain und Kollagenen. Er hat mich so behutsam angefaßt, daß ich seine Berührung überhaupt nicht spürte.«

»Er ist wirklich sehr gut«, bestätigte Judd. »Deshalb wollte die NASA ihn auch nicht gehen lassen. Aber er ist immerhin schon siebzig, und er fand, einmal müsse Schluß sein.«

»Das Haus in Nob Hill ist sehr schön. Wohnen sie schon lange da?«

»Es gehört seit Ewigkeiten seiner Familie«, erwiderte Judd. »Er stammt hier aus der Gegend.«

»Deine Stiefmutter ist sicher sehr glücklich.«

»Ja, das ist sie.« Er führte Sofia ins Schlafzimmer. Am anderen Ende des Raumes, direkt vor den geschwungenen Fenstern, war eine ovale Jacuzzi-Thermalbadewanne in den Boden eingelassen. »Darfst du ins Wasser?« erkundigte sich Judd.

»Ja, falls es nicht zu heiß ist.«

»Sind 32° Celsius okay?«

»Ich glaube schon.«

»Dann laß uns ein Bad nehmen.«

Er war schneller in der Wanne als sie, und als Sofia nackt an den Beckenrand trat, drehte er sich um und betrachtete sie. »Jim hat seine Sache wirklich hervorragend gemacht. Die Striemen sind schon fast weg.«

»Er hat versprochen, daß morgen nichts mehr zu sehen sein wird«, erwiderte sie. Vorsichtig streckte sie einen Zeh in das Wasser.

Judd hielt ihr die Hand hin. »Warum lächelst du?« fragte sie.

»Ich finde deine rasierte Möse so hübsch. Du siehst aus wie ein Baby.«

»Findest du, daß es komisch aussieht?«

Judd schüttelte den Kopf. »Überhaupt nicht. Die Art und Weise, wie deine Klitoris raussteht, macht mich unheimlich scharf.«

Sie blickte ihm in die Augen. »Möchtest du vielleicht daran knabbern, ehe Wasser und Seife draufkommen?«

»Dumme Frage«, grinste er.

Sie legte ihre Hände um seinen Kopf und spreizte die Beine, damit sie auf seinem Gesicht reiten konnte.

13

Dr. Lee Sawyer, der Direktor des Crane Medical Research Centers in Boca Raton, hatte fatale Ähnlichkeit mit einem krummbeinigen englischen Jagdhund. Er war ungefähr fünfundvierzig, mittelgroß und kahlköpfig, seine wasserklaren Augen trieften, und seine Gesichtszüge hingen meist bekümmert herunter.

Er saß neben Judds Krankenhausbett und schüttelte nachdenklich den Kopf. »Ich hätte nie geglaubt, daß Sie es tatsächlich versuchen würden. Wie lange ist es eigentlich her, daß Sie einmal drei Tage am selben Ort waren?«

Judd warf ihm einen erstaunten Blick zu. »Ich weiß nicht. Wo ist Sofia?«

»Sie will bei allen Untersuchungen persönlich anwesend sein«, erwiderte Doc Sawyer. »Deshalb habe ich ihr eine Suite hier auf dem Stockwerk gegeben.«

»Was halten Sie von ihr?«

Doc Sawyer zuckte die Achseln. »Sie hat eine Unmenge von Informationen verlangt. Um ganz ehrlich zu sein: Ich weiß nicht, wozu sie das alles braucht.« Er warf einen Blick auf den Notizblock in seiner Hand. »Angeblich müssen am ersten Tag sechs Spermiogramme bei Ihnen gemacht werden. Die Hälfte der Spermaproben soll gleich hier untersucht und die andere Hälfte tiefgefroren nach Jugoslawien geschickt werden. Zu allem Überfluß sollen die Spermaproben auch noch im Abstand von vier Stunden entnommen werden, so daß wir Tag und Nacht damit beschäftigt sein werden.«

»Heißt das, daß ich jedesmal einen Erguß haben muß?«

»Ich wüßte nicht, wie es sonst gehen soll«, bestätigte Doc Sawyer. »Allerdings müssen wir noch zusätzlich die Prostata massieren, damit die Samenblase jedesmal völlig geleert wird.«

Judd starrte ihn ungläubig an.

»Ich weiß nicht, was Sie mit der Dame gemacht haben«, fuhr Doc Sawyer fort. »Aber Sie müssen sie wohl davon überzeugt haben, daß Ihre Konstitution besser als die von King Kong

ist.«
»Was steht dann noch auf der Liste?« fragte Judd.
»Eine vollständige CAT-Scannerabtastung, Ultraschall- und Röntgenuntersuchungen aller lebenswichtigen Organe, die Entnahme von Gewebsproben aus allen Organen, eine Blutuntersuchung, eine Überprüfung der Sauerstoffaufnahme, Kohlenmonoxid- und Nitrogenspiegel, Gewebsproben von der Haut, von den Finger- und Zehennägeln ... Es steht noch mehr da, soll ich alles vorlesen?«
»Ich bin jetzt schon fix und fertig«, seufzte Judd. »Hat sie Ihnen nicht erklärt, wozu sie alle diese Untersuchungen braucht?«
»Sie hat nur gesagt, Dr. Zabiski hätte das angeordnet.«
»Haben Sie noch etwas über die Forschungen mit geklonten körpereigenen Zellen beim Menschen herausgefunden?« fragte Judd.
»Bisher noch nichts.«
Sofia kam ins Zimmer. In ihrem weißen Arztkittel sah sie anders aus als sonst.
»Wie geht es dir?« fragte sie.
»Ganz gut«, sagte Judd. »Sag mal, habt ihr diese ganzen Tests schon mal mit jemandem durchgeführt? Oder bin ich etwa der erste?«
»Bisher haben wir sie einmal gemacht. Normalerweise überwacht Frau Dr. Zabiski alle Patienten bei sich in der Klinik. Du bist der zweite Patient, bei dem sie einer ambulanten Untersuchung mit all diesen Tests zugestimmt hat. Der erste war Mao Tse-tung.«
Judd hob den Kopf. »Du hast auch mit Mao gearbeitet?«
»Ja«, bestätigte Sofia. »Ich bin ein Jahr lang bei ihm gewesen, bis zu seinem Tod. Er bestand darauf, daß sämtliche Untersuchungen durchgeführt wurden, obwohl ihm Frau Dr. Zabiski mitgeteilt hatte, daß er für ihre Methode kein geeigneter Patient sei.«
»Und was habt ihr dann für ihn tun können?«
»Frau Dr. Zabiski hat mir jede Woche mit dem Flugzeug ein Serum geschickt, das ich zweimal täglich intravenös injiziert

habe.«
»Was ist das für ein Serum gewesen?«
»Ich weiß es nicht«, antwortete sie. »Nur Frau Dr. Zabiski hat das gewußt. Die Chinesen haben das Serum ins Laboratorium gebracht und versucht, es zu analysieren. Aber sie wissen bis heute nicht, was es war.«
»Das klingt ja beinahe unglaublich«, warf Doc Sawyer ein.
»Es wurden die verschiedensten Methoden angewandt«, erläuterte Sofia. »Spektralanalyse, Elektrolyse, radiologische und chemische Tests. Nichts davon hat funktioniert. Glauben Sie mir, Frau Dr. Zabiski ist die einzige, die weiß, was es ist. Vielleicht hat sie ein besonderes System entwickelt, um die Analyse des Serums zu unterbinden.«
»Das gefällt mir nicht.« Doc Sawyer schüttelte den Kopf. »Woher sollten wir denn wissen, was die Damen da in Sie hineinspritzen, Mr. Crane? Das Zeug kann Sie ja umbringen.«
Sofia sah dem Arzt empört ins Gesicht. »Ich kenne Frau Dr. Zabiski. Ihr einziges Interesse gilt der Verlängerung des Lebens, Herr Doktor. Das ist ihre große Vision.«
Judd warf Doc Sawyer einen Blick zu. »Vorläufig lasse ich ja nur ein paar Untersuchungen machen, Doc. Da kann doch nicht viel passieren, nicht wahr?«
Doc Sawyer nickte zögernd.
»Dann werde ich die Untersuchungen durchführen lassen«, meinte Judd. »Alles weitere ergibt sich später.«
Sofia lächelte. »Als erstes mußt du dich richtig ausschlafen. Wir fangen morgen früh um sechs Uhr an.«
»Aber es ist doch erst kurz nach sieben«, protestierte Judd. »Ich habe ja noch nicht mal zu Abend gegessen.«
»Ein leichtes Abendessen habe ich schon bestellt. Spätestens um neun mußt du schlafen.«
Das Telefon neben seinem Bett klingelte, und Judd nahm den Hörer.
»Ja? Hallo, Barbara!«
»Ich habe gerade mit General Stryker gesprochen«, sagte Barbara. »Er sagt, er hätte seit drei Tagen rumtelefoniert, aber

eine Entscheidung wegen der Satelliten sei nicht zu erhalten. Er meint, wir stünden jetzt unter Zeitdruck. Der erste Satellit soll am fünften April starten. Die Rechtsabteilung bei denen bereitet schon eine Klageschrift gegen uns vor. Sie verlangen sofortige Lieferung der Halbleiter, sonst leiten sie gegen uns rechtliche Schritte ein.«
»Und warum fällt bei denen keine Entscheidung?«
»Stryker sagt, nur zwei Leute könnten entscheiden, ob sie sich auf dein Ultimatum einlassen: Bill Gay und Howard Hughes selbst. Beide sind nicht zu erreichen. Gay ist außer Landes, und niemand weiß, wo er sich aufhält. Hughes ist zwar in Acapulco, aber er geht nicht ans Telefon.«
»Das klingt ziemlich unglaubwürdig.«
»Es scheint zu stimmen«, erwiderte Barbara. »Stryker sagt, es hätte schon seit Jahren niemand mehr direkt mit Hughes gesprochen. Alle Kontakte laufen über Gay und Gays Leute, die Hughes vollkommen gegen die Außenwelt abschirmen.«
»Dann müssen wir versuchen, mit Hughes selbst zu reden«, beschloß Judd. »Vielen Dank für deinen Anruf. Ich lasse von mir hören.«
»Viel Glück«, wünschte Barbara.
»Danke.« Judd legte den Hörer zurück auf die Gabel und setzte sich auf. »Tut mir leid, wir müssen die Untersuchung verschieben. Wo sind meine Sachen?«
Sofia runzelte die Stirn. »Aber ich habe schon alles vorbereitet.«
»Tut mir leid«, sagte Judd und wandte sich an Doc Sawyer: »Könnten Sie so nett sein und Merlin herholen?«
Judd steckte noch sein Hemd in die Hose, als Merlin schon in der Tür stand.
»Ja, Sir?«
»Sagen Sie Kapitän Peters Bescheid, daß wir sofort nach Acapulco starten werden, sobald ich am Flughafen bin. Dann rufen Sie General Martés in Mexico City an und teilen ihm mit, daß ich zehn Geheimpolizisten brauche. Die sollen mich in Acapulco am Flughafen abholen. Sagen Sie ihm, er kriegt zehntausend Dollar dafür und jeder seiner Leute noch einmal

tausend. Er soll außerdem feststellen lassen, wo sich Howard Hughes genau aufhält, und einen Plan vorbereiten, wie wir an ihn herankommen, ohne daß seine Leibwächter uns daran hindern können.« Er setzte sich, um Socken und Schuhe anzuziehen. »Wir treffen uns in zehn Minuten unten im Auto.«

Merlin eilte davon. »Richte dich hier häuslich ein«, wandte sich Judd an Sofia. »Ich bin spätestens in zwei Tagen zurück.«

Sie warf ihm einen schelmischen Blick zu. »Ich bin noch nie in Acapulco gewesen.«

»Dann komm doch mit.«

»Und was soll ich anziehen?«

Judd lachte. »In Acapulco brauchst du bloß einen Bikini.«

14

Als das Flugzeug in Acapulco landete, kam ein Offizier der Armee an Bord der Maschine und salutierte zackig vor Judd. »Ich bin Oberstleutnant Ayala«, sagte er auf englisch.

»Ich bin Judd Crane.« Er schüttelte dem Offizier die Hand.

»Ich bin der Adjutant von General Martés«, fuhr Ayala fort. »Ich habe alle Informationen, die Sie verlangt haben.« Er zeigte auf einen Schnellhefter. »Vielleicht ist es am einfachsten, wenn ich es Ihnen mündlich erkläre. Der Bericht ist in spanischer Sprache abgefaßt.«

»Vielen Dank, Herr Oberst.«

Judd führte Ayala zum Konferenztisch, wo dieser seine Papiere ausbreiten konnte.

»Señor Hughes wohnt in der Penthouse-Suite des Acapulco-Princess-Hotels. Hier ist der Grundriß. Dieses Eckzimmer mit Blick auf das Meer ist sein Schlafzimmer. Direkt daneben befindet sich ein etwas kleineres Zimmer mit mehreren Telefonapparaten, einem Fernschreiber, Tischen, Stühlen und Feldbetten. Dieses Zimmer ist ständig besetzt, und die Tür zum Zimmer von Señor Hughes steht Tag und Nacht offen. Außerdem gibt es noch vier weitere Räume im Penthouse, die alle mit Personal von Señor Hughes besetzt sind. In der Regel sind das fünfzehn Mann, aber wie viele zur Zeit im Hotel sind, ist nicht bekannt. Wir wissen nur, daß sich vier Männer gegenwärtig nicht in Mexiko aufhalten, und daß auch Señor Hughes' Leibarzt nicht in Mexiko ist. Vor einigen Tagen hat nämlich einer seiner Leute den Hotelarzt gebeten, Señor Hughes zu untersuchen. Wir wissen, daß Señor Hughes krank ist und dringend ins Krankenhaus müßte. Aber ehe sein Leibarzt nicht zurückkommt, darf niemand etwas für ihn unternehmen.«

»Hat der Hotelarzt gesagt, ob die Krankheit von Mr. Hughes ernst ist?« fragte Judd.

»Was sein Leibarzt angeordnet hat, wissen wir nicht«, erwiderte Ayala. »Es war nur von einer Blutuntersuchung die Rede. Aber ob sie gemacht worden ist, wissen wir nicht.«

»Sind Hughes' Männer bewaffnet?«

»Einige ja. Aber es sind keine professionellen Leibwächter, sondern Büroangestellte und persönliche Assistenten. Nur an der Aufzugtür steht ein richtiger Wächter. Aber das ist ein mexikanischer Hotelangestellter, keiner von Hughes' eigenen Leuten.«

Judd studierte den Grundriß. »Glauben Sie, daß man irgendwelchen Lärm in den anderen Zimmern hören würde?«

»Das kommt darauf an, wie laut der Lärm ist.«

»Keine Schußwaffen und kein lautes Rufen.«

»Das wäre wohl kaum ein Problem«, meinte Ayala. »Wenn wir den Lastenaufzug benutzen und nicht durch die Halle kommen, können wir den Wächter am Aufzug bestimmt überrumpeln, denn er steht direkt gegenüber dem Personenaufzug. Wahrscheinlich genügt das Überraschungsmoment dann, um die anderen zu überwältigen, die sich in der Suite befinden.«

Judd starrte immer noch auf den Plan des Gebäudes. »Ich möchte nicht, daß irgend jemand verletzt wird«, erklärte er. »Ich will nur reden mit Hughes, sonst nichts.«

»Ich verstehe, Señor. Werden Sie der einzige sein, der uns begleitet?«
Judd überlegte einen Moment, dann wandte er sich an Sofia. »Könntest du mitkommen? Wenn er krank ist, braucht er vielleicht deine Hilfe.«
»Ja, natürlich«, willigte sie ein.
Judd wandte sich an Ayala. »Die Dame ist meine Ärztin. Sie wird uns begleiten.«
Ayala verzog das Gesicht, aber seine Stimme blieb respektvoll:
»Wie Sie meinen, Señor.«

Vom Flughafen bis zum Hotel waren es acht Kilometer, und vom Tor bis zur Auffahrt waren es noch einmal anderthalb Kilometer. Sofia betrachtete den riesigen Golfplatz, an dem sie entlangfuhren. »Schön ist es hier. Ich wünschte, wir hätten mehr Zeit.«
Judd lächelte. »Ein Freund von mir hat hier eine Villa. Vielleicht können wir mal das Wochenende bei ihm verbringen.«
»Vorläufig nicht«, bestimmte sie. »Erst machen wir deine Tests.«
Oberst Ayala, der neben dem Fahrer saß, drehte sich zu ihnen um. »Wir fahren zum Hintereingang«, erklärte er.
Judd warf einen Blick aus dem Rückfenster. Die Soldaten in ihrer Begleitung folgten ihnen in einem unauffälligen schwarzen Kleinbus mit verdunkelten Scheiben. Sie hielten auf dem Parkplatz hinter dem Haus, und Ayala sprach kurz mit dem Wächter, der sich daraufhin schweigend zurückzog.
Sie gingen über den Korridor im Erdgeschoß und warteten vor dem Lastenaufzug. Ein Stubenmädchen wollte gerade einen Wagen mit Wäsche hineinschieben. Ayala erteilte ihr einen knappen Befehl, und das Mädchen zog den Wagen erschrocken zurück. Ayala ließ Judd und Sofia zuerst einsteigen, dann winkte er seine Männer in den Aufzug. Er selbst stieg als letzter ein und drückte den obersten Knopf. Die Tü-

ren schlossen sich leise.
»Warten Sie im Aufzug, bis ich Sie rufe«, sagte Ayala zu Judd und Sofia.
Judd nickte. Schweigend beobachtete er das Aufleuchten der Lämpchen über der Lifttür, mit denen die Stockwerke angezeigt wurden. Es schien eine Ewigkeit zu dauern, bis sie das Penthouse erreichten.
Noch ehe die Türen sich völlig geöffnet hatten, sprangen die ersten Soldaten geschmeidig wie Panther hinaus. Zwei Sekunden später folgten die nächsten. Ayala drückte einen Knopf, damit die Türen blockiert wurden. Dann winkte er den Rest seiner Leute hinaus.
Als Judd und Sofia zusammen mit dem Oberst auf den Korridor traten, lag der Wächter der Suite bereits gefesselt und geknebelt auf dem Boden vor dem Personenaufzug. Ayala fragte ihn etwas. Der Wächter deutete mit einer Kopfbewegung auf eine der Türen.
Ayala bewegte sich mit dem Rücken zur Wand zentimeterweise auf die geschlossene Tür zu und drückte lautlos die Klinke herunter. Die Tür war unverschlossen. Geräuschlos schob sich Ayala in das halbdunkle Zimmer. Judd und ein paar Soldaten folgten ihm leise. An einem Tisch saß ein Mann und schlief. Der Kopf war ihm auf die Arme gesunken, er röchelte leise.
Einer der Soldaten tippte dem Schlafenden leicht auf die Schulter. Erschrocken fuhr der Mann hoch und sah direkt in die Mündung einer 45er Automatic. Sein Mund öffnete sich zum Protest.
»Kein Wort«, zischte Judd. »Es geschieht Ihnen nichts.«
Der Mann drehte sich um.
»Wir wollen niemandem etwas tun«, beruhigte ihn Judd leise.
»Wo sind die anderen?«
Der Mann holte tief Atem. »Drei von ihnen schlafen. Die anderen sind in der Stadt, schauen sich einen amerikanischen Film an«, flüsterte er.
Judd zeigte auf eine offene Tür. »Ist Hughes da drin?«
Der Mann nickte.

»Ich muß mit ihm reden«, sagte Judd.
»Das geht nicht«, protestierte der Mann. »Er ist krank und braucht Ruhe. Außerdem schläft er.«
»Dann wecken Sie ihn«, befahl Judd.
»Das kann ich nicht. Er ist bewußtlos. Ich glaube, er hat irgendwelche Pillen genommen.«
»Bringen Sie uns zu ihm. Die Dame, die wir mitgebracht haben, ist Ärztin.«
Der Mann warf Sofia einen prüfenden Blick zu. Als er die Arzttasche sah, die sie in ihrer Hand trug, erhob er sich langsam und führte sie in das Schlafzimmer.
Der Raum war fast vollkommen dunkel. Die schweren Rolläden ließen kein Tageslicht herein, und die einzige Lichtquelle war eine winzige Nachttischlampe neben dem Bett. Der Teppichboden war vollständig mit Kleenextüchern bedeckt, die säuberlich nebeneinander ausgebreitet worden waren. Es hing ein fürchterlicher Gestank in der Luft, gegen den die Klimaanlage offensichtlich nichts ausrichten konnte.
»Macht die Rolläden hoch und öffnet die Fenster«, befahl Judd. »Laßt den Gestank raus und schmeißt die widerlichen Taschentücher weg.«
»Das geht nicht«, widersprach der Mann. »Die Fenster sind alle versiegelt. Und die Taschentücher dürfen wir auch nicht aufheben. Das hat Mr. Hughes ausdrücklich verboten. Er glaubt, daß einzig die Taschentücher ihn vor Bakterien schützen.«
»Dann machen Sie wenigstens das Licht an.«
Im Schein der Deckenlampe betrachtete Judd mit ungläubigem Schrecken den Mann, der im Bett lag. Der Kranke hatte die Augen geschlossen und atmete schwer durch den offenen Mund. Sein Gesicht war mit Bartstoppeln bedeckt, und das schulterlange, fast vollkommen graue Haar hing in wirren Strähnen herunter.
Judd trat einen Schritt näher.
»Mr. Hughes«, rief er leise.
Der Kranke rührte sich nicht.
»Mr. Hughes«, rief Judd noch einmal mit lauterer Stimme.

»Er gibt keine Antwort«, meinte der Mann aus dem Vorzimmer. »Ich habe Ihnen doch gesagt, daß er krank ist. Er hat schon seit einer Woche nicht mehr gesprochen. Und er hat auch seit einer Woche nichts mehr gegessen.«
Judd winkte Sofia heran. »Sieh ihn dir einmal an.«
Sofia öffnete die Arzttasche und entnahm ihr ein Stethoskop. Sie lauschte einen Augenblick auf die Herztöne des alten Mannes und fühlte dann seinen Puls. »Er ist sehr schwach«, erklärte sie.
Judd beobachtete sie schweigend.
Sofia hob die Bettdecke und betrachtete die ausgemergelte Gestalt des Kranken. Dann deckte sie ihn wieder zu, beugte sich über sein Gesicht und zog eines seiner Augenlider nach oben. »Dieser Mann muß sofort ins Krankenhaus.«
»Was hat er denn?« fragte Judd.
»Ich kann im Augenblick nur Vermutungen anstellen«, antwortete Sofia, »aber ich glaube, Anzeichen einer Urämie zu erkennen.«
»Und was ist das?«
»Eine Harnvergiftung. Sieh her!«
Noch einmal hob sie die Bettdecke hoch. »Die Arme und Schenkel sind mit Einstichen übersät. Er ist völlig abgemagert und ausgetrocknet. Die Knochen stoßen fast durch die Haut, und auf seinem Kopf befindet sich eine offene Wunde, die aussieht, als ob er sich selbst ein Geschwür weggekratzt hätte.«
»Kannst du jetzt sofort für ihn etwas tun?«
Sofia schüttelte den Kopf. »Das wäre Unsinn. Im Krankenhaus kann ihm viel besser geholfen werden.«
»Kannst du ihm nicht wenigstens eine Spritze geben, die seine Schmerzen lindert?«
»Ich glaube, er hat sich schon viel zu viele schmerzstillende Mittel gespritzt. Außerdem scheint er im Koma zu liegen. Seine Augen zeigen keinerlei Reaktion.«
Judd wandte sich erneut an den Angestellten, der Hughes bewacht hatte, und begab sich mit ihm ins Vorzimmer. »Was, zum Teufel, geht hier vor?« fuhr er den Mann an.

»Ich habe mich nur an meine Befehle gehalten. Wir haben Anweisung, nichts zu unternehmen, bis sein Arzt aus den Vereinigten Staaten zurückkommt. Er wird morgen abend zurückerwartet.«
»Wer hat diese Anweisungen erteilt?«
»Der alte Herr selbst. Er hat uns letzte Woche, kurz bevor seine Krankheit begann, diese Befehle gegeben, und niemand kann sie widerrufen.«
Judd starrte ihn ungläubig an. »Begreift denn hier keiner, daß Mr. Hughes nicht mehr für sich selbst sorgen kann? Wer kann die nötige Behandlung veranlassen?«
»Nur sein eigener Arzt.«
»Sie haben doch einen Fernschreiber«, sagte Judd. »Nehmen Sie Kontakt mit seinem Büro auf. Irgend jemand dort muß doch die Verantwortung übernehmen können.«
»Der Fernschreiber ist nicht angeschlossen.«
»Aber Telefon haben Sie.«
»Wir haben schon angerufen. Deshalb kommt ja der Arzt aus den Staaten zurück.«
Judd betrachtete den Mann einen Augenblick nachdenklich, dann wandte er sich an Oberst Ayala: »Gehen wir.«
Sofia protestierte: »Wenn wir ihm nicht sofort helfen, wird er unweigerlich sterben.«
Judd warf ihr einen kühlen Blick zu. »Dafür bin ich nicht verantwortlich.«
»Aber er ist doch ein Mensch«, flehte Sofia.
»Na und? Er hat es nicht anders gewollt.« Judds Augen waren wie blaues Eis. »Er kann mir nicht helfen, und ich helfe ihm auch nicht.«
»Ist das dein einziger Maßstab? Ob jemand dir nützt?«
»Kennst du vielleicht einen anderen?« fragte er spöttisch. »Denkst du vielleicht, die hätten dich aus Jugoslawien ausreisen lassen, wenn ich ihnen nicht ihre verdammten Hotels bezahlt hätte?«
Sofia preßte die Lippen zusammen und verließ rasch das Zimmer. Judd blätterte dem Angestellten von Hughes zehn Tausenddollarscheine auf den Tisch. »Das soll Ihnen helfen,

uns zu vergessen. Sie haben uns nie gesehen, verstanden?«
Der Mann steckte das Geld in die Tasche. »Vergessen?« grinste er. »Wen soll ich vergessen?«
Auf dem Rückflug nach Florida verkroch sich Sofia für einige Zeit in ihrer Kabine. Erst nach zwei Stunden klopfte sie bei Judd an die Tür. »Kann ich dich einen Augenblick sprechen?«
»Natürlich«, erwiderte er und gab ihr ein Telex. »Das ganze Unternehmen war vollkommen unnötig. Wir haben gerade von General Stryker erfahren, daß sie auf unsere Vorschläge eingehen.«
Sofia legte das Telex ungelesen beiseite. »Ich möchte um Entschuldigung bitten. Ich weiß, es geht mich nichts an. Aber der Mann wird bestimmt sterben.«
»Das hättest du mir gar nicht zu sagen brauchen. Ich habe schließlich Augen im Kopf.«
»Aber warum muß ein Mann, dem alles auf der Welt zur Verfügung steht, so elend dahinvegetieren?« fragte Sofia. »Warum ist er allein? Warum bricht er jeden Kontakt mit der Außenwelt ab und schließt sich in diesem Vakuum ein?«
»Vielleicht hat er geglaubt, auf diese Weise unsterblich zu werden.« Judd zögerte und dachte einen Augenblick nach. »Vielleicht hat er aber auch sterben wollen ... Vielleicht hat ihm der Mut zum Selbstmord gefehlt.«

15

Das einstöckige Gebäude aus grünem Spiegelglas lag im Schatten gewaltiger Zypressen. Dennoch trugen die bewaffneten und uniformierten Wächter vor dem Eingang grünspiegelnde Sonnenbrillen, so daß sie wie Roboter aussahen. Auf der Bronzeplatte neben den smaragdgrünen Türen stand:

CRANE RESEARCH
NUCLEAR MEDICINE
Eintritt verboten

Doc Sawyer sprang aus seinem Kabriolett, lief die Stufen zum Eingang hinauf, nickte den beiden Wachtposten zu und legte die rechte Hand auf die lichtempfindliche Platte neben der Tür. Sofort erschien sein Name in Leuchtbuchstaben über der Platte, und die Türflügel glitten zur Seite.
Die Eingangshalle war vollkommen leer. Nur in der Mitte des Raumes, zwischen den beiden Aufzügen, saß ein weiterer Wachtposten hinter einem Pult mit Fernsehmonitoren. »Frau Dr. Zabiski wartet in ihrem Büro auf Sie, Herr Doktor.«
»Vielen Dank.« Doc Sawyer begab sich zum Aufzug. Die Türen schlossen sich rasch hinter ihm. Langsam ging es nach unten. Auf der Anzeigetafel gab es zehn Stockwerke, aber nur das oberste befand sich über der Erde, die übrigen neun Geschosse lagen unter der Erde.
Doc Sawyer trat aus dem Aufzug, vor dem wieder ein Wachtposten stand, nickte kurz und ging dann eilig über den Flur bis zu Dr. Zabiskis Büro. Er stieß die Tür auf, ohne anzuklopfen.
Die Ärztin saß hinter ihrem Schreibtisch.
»Ich bin so schnell wie möglich gekommen. Ist etwas schiefgegangen?« fragte Doc Sawyer nervös.
»Nein«, beruhigte ihn die kleine Ärztin. »Wir haben ihn auf die Intensivstation gebracht. Ich dachte nur, Sie möchten vielleicht dabeisein, wenn wir ihn wecken.«
Doc Sawyer setzte sich erleichtert in einen Sessel. »Mein Gott«, stöhnte er und zerrte ein Päckchen Zigaretten aus seiner Jacke, »das ist alles ein Wahnsinn.« Er begann hektisch zu rauchen. »Seit drei Jahren komme ich mir wie Doktor Frankenstein vor.«
»In jedem Arzt steckt ein kleiner Frankenstein«, lächelte Dr. Zabiski. »Glauben Sie nicht, daß jeder von uns gern ein bißchen ›lieber Gott‹ spielen möchte?«
»Wahrscheinlich haben Sie recht«, erwiderte Sawyer. Seine Zigarette verbreitete einen beizenden Gestank. »Aber wir wissen ja zum Glück, wer der liebe Gott ist, nicht wahr?«
Sie lachte. Aber es war kein fröhliches Lachen. »Judd Crane?«

Er nickte. »Er muß es wohl sein. Das alles hier kann sich doch sonst keiner leisten.«
Dr. Zabiskis bernsteingelbe Katzenaugen verengten sich für einen Moment. »Stimmt. Als er von zwanzig Millionen Dollar sprach und später von fünfzig, habe ich ihm zunächst nicht geglaubt. Ich dachte, soviel Geld gibt es auf der ganzen Welt nicht. Dann habe ich seine Augen gesehen. Da habe ich es geglaubt. Nicht das Geld, aber der Mann hat mich überzeugt. Er ist fest entschlossen, alles Wissen der Welt auf einen Punkt zu konzentrieren: auf das ewige Leben.«
Doc Sawyer drückte seine Zigarette aus. »Und Sie?« fragte er. »Was ist Ihr Traum?«
Nachdenklich starrte sie auf den glimmenden Stummel in ihrem Aschbecher. »Ich möchte gern Teil seines Traums sein.« Sie seufzte resigniert. »Aber ich weiß nicht, ob sich dieser Traum auch verwirklichen läßt. Vielleicht sind Wissenschaft und Forschung dazu gar nicht in der Lage.« Ihre Blicke kreuzten sich. »Ich glaube, wir müssen uns darüber im klaren sein, daß wir genausowenig gottähnlich sind wie er. Wir sind alle nur Menschen.«
Doc Sawyer nickte zustimmend. »Frau Dr. Zabiski, ich glaube, ich fange an, Sie zu mögen.«
Sie lächelte. »Vielen Dank, Dr. Sawyer.« Sie schlug jetzt ganz bewußt einen anderen Ton an. »Kommen Sie. Wir sehen mal nach unserem Patienten.«
Sie drückte auf die Tastatur ihres Computerterminals, und eine Fülle von farbigen Zahlen huschte über den Bildschirm. Doc Sawyer stand auf und stellte sich neben die Ärztin. »Das müssen Sie mir erklären, Frau Dr. Zabiski, ich kenne den Code nicht.«
»Oh, Entschuldigung. Ich dachte, man hätte Sie informiert. Nun, es ist ein einfacher Farbschlüssel. Die weißen Zahlen zeigen das jeweilige Optimum, das wir anstreben, der Rest der Farben den Index der Veränderung in Prozent. Alle Lebensfunktionen werden ständig überwacht. Im Moment beschäftigen wir uns vor allem mit Mr. Cranes Körpertemperatur. Unser Ziel besteht darin, seine durchschnittliche Körper-

temperatur bei 35° Celsius zu fixieren. Wir sind jetzt in der dritten Behandlungsphase. Bei der ersten vor zweieinhalb Jahren konnten wir seine Temperatur von durchschnittlich 36,8° auf 36,4° senken, und bei der zweiten auf 36,1°. Jedesal haben wir die Temperaturen ein Jahr lang stabil gehalten, bevor wir uns an den nächsten Schritt herangewagt haben.«

»Wenn ich mich richtig entsinne«, sagte Doc Sawyer, »dann erhöht sich seine Lebenserwartung Ihren Tabellen zufolge auf hundertundfünfzig Jahre, falls es Ihnen gelingt, seine Körpertemperatur bei 35° zu stabilisieren?«

»Das ist richtig«, bestätigte sie. »Aber die Körpertemperatur ist nicht der einzige Faktor. Der Alterungsprozeß wird außerdem noch durch Frischzellen, Placentapräparate und die rumänische Procainbehandlung verlangsamt. All das trägt erheblich zur Steigerung seiner Vitalität bei.« Sie hob den Blick. »Dem Körper muß die Gelegenheit geboten werden, dem Zeitfaktor zu widerstehen.«

Doc Sawyer schüttelte staunend den Kopf. »Hundertundfünfzig Jahre«, sagte er leise. »Das müßte doch eigentlich jedem genügen.«

»Ihm nicht«, lächelte sie. »Er verlangt Unsterblichkeit. In den nächsten fünf Jahren soll seine Temperatur noch viermal abgesenkt werden, bis wir ihn bei 32° haben. Dann beträgt seine rechnerische Lebenserwartung zweihundertundachtzig Jahre. Aber wie gesagt: Ich bin mir nicht sicher, ob wir nicht einem Hirngespinst nachjagen. Bis jetzt sind das alles nur Hochrechnungen unserer Computer.«

»Verdammt!« entfuhr es Doc Sawyer. »Das ist alles so unheimlich.«

Dr. Zabiski schaltete ihr Computerterminal aus. »Ich finde es auch nicht gerade gemütlich.« Sie goß sich Wasser in ein Glas und trank einen Schluck. »Diese Spielchen mit dem Hypothalamus, um die Temperatur abzusenken, sind gefährlich. Der Laser arbeitet zwar ziemlich genau, aber wenn wir uns auch nur um eine Mikrosekunde verrechnen, kann es ihn umbringen.«

»Vielleicht können wir ihn nach dieser Phase der Behandlung

dazu überreden, es endlich genug sein zu lassen«, meinte Doc Sawyer und setzte sich wieder.
Frau Dr. Zabiski schüttelte den Kopf. »Ich habe schon so oft mit ihm darüber diskutiert. Ich will es gern noch einmal versuchen, aber ich weiß jetzt schon, was er mir sagen wird.«
Doc Sawyer warf ihr einen fragenden Blick zu. »Was wird er sagen?«
»Daß er bei einem Unfall jederzeit sterben könne und deshalb lieber aufs Ganze ginge.« Sie verschloß die Tastatur des Computers und stand auf. »Lassen Sie uns runtergehen! Er wird in ungefähr fünfzehn Minuten geweckt.«
Der Fahrstuhl brachte sie ins achte Untergeschoß. Sie öffneten eine Glastür, gingen noch ein paar Schritte weiter und bogen dann nach rechts ab. In diesem Teil des Ganges war niemand zu sehen. Vor ihnen befand sich eine silbern schimmernde Glastür mit der Aufschrift: MONITOR ROOM.
Dr. Zabiski legte ihre Hand auf die Identitätsprüfungsplatte, und die Türen glitten lautlos zur Seite. Die Ärztin trat ein, und Doc Sawyer folgte ihr. Obwohl er im Verlauf der letzten Jahre schon mehrfach hier gewesen war, hatte Doc Sawyer bei jedem Besuch das Gefühl, das Kontrollzentrum der NASA während eines Weltraumflugs zu betreten. Von der kleinen Plattform hinter dem Eingang führten drei Stufen in den eigentlichen Kontrollraum hinunter, dessen Seitenwände völlig mit Monitoren, Magnetspeichern und Schalttafeln bedeckt waren. Den Abschluß des Raumes bildete eine riesige Glaswand, hinter der die Intensivstation lag, wo Judd sich im Moment befand. Vor der gläsernen Wand standen drei Pulte, an denen medizinisch-technische Assistenten arbeiteten. Jeder von ihnen hatte ein eigenes Datensichtgerät mit angeschlossenem Drucker. Sämtliche Lebensfunktionen des Patienten wurden überwacht und gespeichert.
Doc Sawyer folgte der kleinen Ärztin bis vor die Glaswand. Gemeinsam betrachteten sie den Patienten, der vollkommen nackt in der Intensivstation lag. Judds ganzer Körper war mit kleinen Elektroden bedeckt, die drahtlos Informationen an den Computer meldeten. Lediglich eine leichte Sauerstoff-

maske war durch zwei Plastikschläuche mit den Versorgungssystemen verbunden.
Als sich Dr. Zabiski dem Monitor zuwandte, bemerkte Doc Sawyer eine leichte Bewegung bei dem Patienten. Er sah genauer hin. Judd hatte eine Erektion, während er schlief.
Sawyer drehte sich zu seiner Kollegin um. »Er scheint ja angenehme Träume zu haben.«
»Wieso?« fragte Dr. Zabiski und kehrte an die Glaswand zurück.
»Sehen Sie selbst«, lächelte Sawyer. »Sein Schwanz steht hoch wie ein Spargel.«
Die Ärztin runzelte die Brauen. »Das gefällt mir nicht. Das ist viel zu früh.« Sie wandte sich an einen der Assistenten: »Rufen Sie den Neurologen und Dr. Ablon, den Herzspezialisten. Was sagt denn das EEG?«
Jetzt meldete sich das Mädchen, das am zweiten Pult saß. »Den Angaben zufolge steigt seine Temperatur. Er hat jetzt 35,2°, nein 35,3°.«
»Ich brauche sofort eine Blutanalyse und einen kompletten Überblick über sämtliche anderen Messungen«, verlangte Dr. Zabiski. Besorgt beobachtete sie die gezackten Linien, die über den Bildschirm des ersten Assistenten liefen. »Tatsächlich«, bemerkte sie zu Doc Sawyer. »Er träumt. Das Gerät zeigt eine deutliche Alphawellen-Aktivität.«
»Und was bedeutet das?« fragte Sawyer.
Dr. Zabiski schüttelte den Kopf. »Ich weiß es noch nicht genau. Ich habe nur eine Vermutung.« Sie zögerte. Sawyer wartete schweigend.
»Ich habe den Eindruck, daß der Hypothalamus sich gegen unsere Behandlung wehrt und einfach zu seiner normalen Funktion zurückkehrt«, meinte die Ärztin schließlich.
»Ist das gefährlich für ihn?« fragte Sawyer.
»Ich glaube nicht.« Dr. Zabiski beugte sich wieder über den Bildschirm. »Die übrigen Daten sind alle in Ordnung. Die Blutuntersuchung zeigt keine krankhafte Veränderung und weist auch keine Anzeichen einer Infektion auf.« Sie griff nach dem Telefon und sprach mit dem Anästhesisten, dessen

Zimmer auf der anderen Seite der Intensivstation lag. »Sorgen Sie bitte dafür, daß er noch eine Weile wegbleibt. Wir müssen noch ein paar Dinge überprüfen, bevor er wach wird.«

»Wo ist eigentlich Sofia?« erkundigte sich Sawyer. »Müßte sie nicht hier sein?«

»Ich habe ihr ein paar Tage freigegeben«, erwiderte Dr. Zabiski. »Sie hat immerhin fast vier Jahre lang ununterbrochen gearbeitet. Da war ich der Meinung, daß sie ein bißchen Urlaub verdient habe. Vor allem, nachdem sie sich freiwillig erboten hatte, als Kontrollperson zu dienen. Nach den letzten Experimenten war sie sehr müde.«

»Hatte das Experiment denn Erfolg?« fragte er.

Dr. Zabiski warf ihm einen prüfenden Blick zu. »Sie meinen, ob sie schwanger wurde?« Sie gab selbst die Antwort. »Ja.«

»Wohin ist sie in Urlaub gefahren?« fragte Sawyer.

»Nach Mexiko. Seit sie mit Crane in Acapulco war, hat sie sich immer für dieses Land interessiert.«

Nachdenklich wandte Sawyer sich ab. Diese Reise nach Mexiko erschien ihm merkwürdig. Falls Sofia nur Sonne suchte, so hätte sie hier in Florida bleiben können. In Boca Raton war es sonnig genug. Vielleicht steckte am Ende etwas ganz anderes dahinter? Er beschloß, Merlin einen Hinweis zu geben. Es konnte nicht schaden, wenn der Sicherheitsdienst diesen Trip überprüfte.

16

Judd drückte auf einen Knopf und richtete damit den Kopfteil seines Bettes auf. Merlin meldete sich sofort, als er den Telefonhörer abnahm.

»Was gibt's Neues?« fragte Judd.

»Das Festkomitee, das die Vereidigung von Präsident Reagan vorbereitet, hat zweimal angerufen. Die Leute waren ziemlich aufgeregt. Reagan möchte, daß wir an seiner Party teilneh-

men.«
»Das ist nächste Woche, nicht wahr?«
»Ja.«
»Sagen Sie, daß wir uns sehr geehrt fühlen. Für Unterkunft und Anreise sorgen wir selbst.« Judd warf einen Blick auf die Uhr an der Wand. »Sonst noch was?«
»Der brasilianische Finanzminister fragt, ob wir bereit sind, in das Konsortium einzutreten, das Ludwigs Projekt trägt. Die Gerüchte, daß D. K. aussteigen will, haben sich in den letzten Tagen verstärkt.«
Judd dachte einen Augenblick nach. »Sammeln Sie erst noch ein paar Informationen. Sagen Sie dem Minister, daß es noch etwas dauern würde, bis wir für einen Besuch in Brasilien Zeit hätten. Und lassen Sie keinen Zweifel daran, daß es sich dabei nur um ein unverbindliches Informationsgespräch handeln kann. Vorläufig besteht bei uns noch keinerlei Interesse an dem Projekt.«
»Ja, Sir«, erwiderte Merlin. »Die Regierung hat der von uns vorgeschlagenen Übernahme der South and Western Savings and Loan Association durch die Crane Financial Service Co. zugestimmt. Das bringt uns einhundertfünfzehn Bankfilialen und Vermögenswerte von ungefähr einer Milliarde Dollar, die wir uns zum Nettowert gutschreiben können. Das bedeutet, daß wir innerhalb von dreißig Tagen achthundert Millionen Dollar in Bargeld verwandeln können, falls wir wollen.«
»Gut«, nickte Judd. »Hat sich die mexikanische Regierung schon zu unserem Vorschlag geäußert? Der Peso ist einen Dreck wert, und wenn sie uns nicht garantieren, daß sie uns die Fabrik und das Laboratorium für dreißig Millionen Dollar hinstellen, wird Crane Pharmaceuticals in Mexiko nicht produzieren.«
»Wir haben noch nichts von ihnen gehört, Sir.«
»Üben Sie ein bißchen Druck aus. Lassen Sie durchblicken, daß man sich in Brasilien sehr für uns interessiert.«
»Wird gemacht«, sagte Merlin. »Und wie geht es Ihnen, Sir?«

»Ziemlich beschissen«, erwiderte Judd. »Aber machen Sie sich deswegen keine Sorgen. In ein paar Tagen bin ich hier raus.«
»Das freut mich.«
»Vielen Dank.« Judd legte den Hörer zurück auf die Gabel und drückte auf einen Knopf, um die Krankenschwester zu rufen. Es meldete sich eine junge Frau mit sanften blauen Augen und flammend rotem Haar, die er noch nie gesehen hatte.
»Wie heißen Sie?« fragte er.
»Bridget O'Malley.« Ihr irischer Akzent war nicht zu überhören.
»Frisch von der Grünen Insel?« fragte er. »Wie war die Überfahrt?«
»Sehr schön«, erwiderte sie höflich. »Aber ich bin mit dem Flugzeug gekommen. Man hat mich speziell für diese Aufgabe eingestellt.«
»Wenn sich meine Leute dermaßen in Unkosten stürzen, müssen Sie ja ganz besondere Voraussetzungen mitbringen«, grinste er anzüglich. »Können Sie mir sagen, worin die bestehen?«
Sie errötete leicht. »Ich habe mir keine Gedanken darüber gemacht, Mr. Crane.« Ihr Akzent wurde stärker.
»Ich habe Durst«, sagte Judd unvermittelt. »Bringen Sie mir eine Cola.«
»Tut mir leid, Mr. Crane. Orangensaft oder Wasser. Etwas anderes ist nicht erlaubt.«
»Gut. Dann nehme ich einen Orangensaft.« Er musterte ihr immer noch leicht erhitztes Gesicht. »Bridget«, rief er hinter ihr her, als sie zur Tür gehen wollte.
Sie kehrte gehorsam zurück. »Ja, Mr. Crane?«
Er hob den Kopf und sah ihr fest in die Augen. »Hat man Ihnen gesagt, woran ich leide?«
Sie schlug die Augen nieder. »Ja, Mr. Crane.«
»Und Ihre Spezialkenntnisse auf diesem Gebiet haben dazu geführt, daß man Sie aus Irland geholt hat?«
»Ja, Mr. Crane.«
»Und woher wissen Sie so gut über Priapismus Bescheid?«

»Ich habe vier Jahre lang im Veterans Hospital in Devon gearbeitet und mich dort auf diese Probleme spezialisiert.«
»Welche Behandlungsmethoden hat man dort angewendet, Bridget?«
Sie hatte ihre Verlegenheit noch immer nicht ganz überwunden. »Bestimmte Medikamente, Akupressur und die elektromyographische Messung der Muskelspannung . . .«
»Sehr interessant«, sagte er. »Kann ich jetzt meinen Orangensaft haben?«
Ungeduldig wartete er auf ihre Rückkehr. Seine Erektion war steinhart und außerordentlich schmerzhaft. Er nahm ihr den Orangensaft ab und trank einen Schluck. »Ich habe gehört, Priapismus ließe sich auch operativ beseitigen.«
»Das stimmt, Mr. Crane«, erklärte sie sachlich. »Aber das wäre nicht die richtige Behandlungsmethode für Sie, denn sie ist irreversibel. Sie könnten nie wieder eine Erektion haben. Diese Operation wird nur im äußersten Notfall durchgeführt, wenn sich eine außerordentlich schmerzhafte priapistische Erektion gar nicht mehr anders beseitigen läßt.«
»Es ist außerordentlich schmerzhaft, das kann ich Ihnen versichern.« Er sah zu ihr auf. »Was soll ich tun, Bridget? Ich kann nicht mehr masturbieren. Mein Schwanz ist schon ganz wund und brennt bei jeder Berührung. Bis ich zum Höhepunkt komme, tut mir alles so weh, daß ich mich umbringen könnte. Und selbst dann ist nicht sicher, daß die Erektion nachläßt.« Er wandte den Blick nicht von ihr ab.
Sie nahm sein Krankenblatt vom Tisch und machte eine Eintragung. »Ich werde den Arzt fragen«, murmelte sie.
»Wozu denn das?« fragte er. »Ich dachte, man hätte Sie hierhergebracht, weil Sie die nötigen Erfahrungen haben und wissen, was man da tun kann.«
»Ich bin bloß Krankenschwester«, wehrte sie ab. »Ohne Anweisung der Ärzte darf ich keinerlei Behandlung durchführen, Sir.«
»Scheißärzte!« sagte er wütend. »Mir gehört das ganze verdammte Krankenhaus einschließlich sämtlicher Ärzte. Also stellen Sie sich nicht so dämlich an! Wenn Sie mir helfen kön-

nen, dann tun Sie es, haben Sie verstanden?«
»Man wird mich entlassen«, protestierte sie kleinlaut.
»Wir sagen es niemandem, okay?«
Sie zeigte auf die Fernsehkamera an der Wand. »Vergessen Sie nicht, daß Sie vierundzwanzig Stunden am Tag überwacht werden! Alles, was hier geschieht, wird auf Video aufgenommen.«
Wortlos nahm Judd ein Handtuch vom Tisch und warf es quer durch den Raum. Es blieb über der Kamera hängen und bedeckte die Linse. »So, jetzt kann uns niemand mehr zusehen«, knurrte er und schlug seine Bettdecke auf. Sein erigiertes, blau verfärbtes Glied sprang hoch wie ein Schnappmesser, man glaubte, das pulsierende Blut durch die Haut sehen zu können. »Tun Sie doch etwas, verdammt noch mal!«
Die Krankenschwester zögerte einen Moment, dann kniete sie sich auf das Bett und packte mit der linken Hand sein schmerzendes Glied. Mit der anderen Hand tastete sie sich vorsichtig in das Geflecht der Nerven und Adern über dem Hodensack vor. Sie sah ihm in die Augen. »Es wird wahrscheinlich ein bißchen weh tun«, sagte sie leise.
Er nickte stumm. Seine Augen starrten ins Leere.
Langsam steigerte das Mädchen den Druck ihrer Finger auf die Nerven in seinem Skrotum. Gleichzeitig öffnete und schloß sie die Hand, die seinen Phallus umschloß, und drückte das Blut aus den Schwellkörpern zurück in den Körper. Nach kurzer Zeit hatte sie einen pulsierenden Rhythmus gefunden. Immer tiefer bohrten sich ihre Finger in seine Leisten.
Sie suchte in seinem Gesicht nach einem Zeichen, daß sie aufhören solle, daß er den Schmerz nicht mehr aushalten könne, aber er hatte die Lippen fest aufeinandergepreßt und die Augen geschlossen. »Tut mir leid, daß es so weh tut«, murmelte sie. »Es dauert bestimmt nicht mehr lange.«
Er nickte mit zusammengebissenen Zähnen. Ein leichter Schweißfilm stand auf seiner Stirn. Plötzlich zerriß ein stechender Schmerz seine Lenden. Unwillkürlich stöhnte er laut.

Bridget stand sofort auf. »Es ist vorbei, Mr. Crane.«
Judd öffnete keuchend die Augen. Sein Glied war zu seiner normalen, entspannten Größe zusammengesunken. »Sie haben es tatsächlich geschafft«, sagte er ungläubig.
»Ja, Mr. Crane.«
»Ich bin Ihnen sehr dankbar.« Er holte tief Luft. »Aber ein echter Ersatz fürs Ficken wird das wohl nicht.«
Zum ersten Mal lächelte sie. »Vermutlich nicht, Mr. Crane.«

Er richtete sich auf und warf Dr. Zabiski einen prüfenden Blick zu. »Was ist denn schiefgegangen?« fragte er.
»Nicht viel«, erwiderte sie trocken. »Die Jahrmillionen der Evolution passen nur nicht richtig in unsere Computer.« Sie warf einen Blick auf den Computerausdruck, den sie mitgebracht hatte. »Einen kleinen Erfolg können wir allerdings verzeichnen. Ihre durchschnittliche Körpertemperatur liegt jetzt bei 35,9°. Das sind noch einmal zwei Zehntel weniger als bisher.«
»Und um wieviel erhöht das meine Lebenserwartung?«
»Um ungefähr fünfzehn bis zwanzig Jahre. Außerdem zeigen die PerScam- und SonarScam-Untersuchungen, daß Ihr Körper die Zellverpflanzungen toleriert. Wenn wir dieses Programm weiter fortsetzen, müßte das Ihre Lebenserwartung noch einmal um fünfundzwanzig Jahre steigern. Bei einer durchschnittlichen Lebenserwartung von achtzig Jahren – soviel kann man bei einem Mann in Ihrer Gesellschaftsschicht und Einkommensklasse erwarten – beträgt Ihre rechnerische Lebenserwartung jetzt ungefähr einhundertfünfundzwanzig Jahre.«
»Unsterblichkeit ist das nicht gerade«, sagte Judd mit einer Stimme, die so trocken wie Sandpapier war.
Dr. Zabiski schwieg.
»Sollen wir es noch einmal mit dem Laser probieren?« fragte Judd schließlich.
»Nein«, erwiderte sie. »Diesmal haben wir gerade noch Glück gehabt. Das nächste Mal zerstören wir vielleicht den Hypothalamus, und Sie bleiben für immer kalt.«

Seine Augen wurden so blau wie die Nacht. »Dann müssen wir uns auf die Gentechnologie konzentrieren.«
»Ich fürchte, es wird noch sehr lange dauern, bis wir über den genetischen Code genug wissen, um ihn für unsere Zwecke zu nutzen«, seufzte sie.
»Zeit hätte ich ja«, lächelte er. »Haben Sie mir nicht gerade gesagt, ich könnte hundertundfünfundzwanzig Jahre alt werden?« Er grinste sie an. »Okay, wann kann ich hier raus?«
»Morgen früh. Körperlich sind Sie in guter Verfassung. Es geht Ihnen heute besser als zu dem Zeitpunkt unserer ersten Begegnung vor vier Jahren. Sie haben heute, mit sechsundvierzig, die Konstitution eines Vierzigjährigen.«
»Das ist besser als erwartet, nicht wahr?«
»Ja«, erwiderte sie. »Aber Sie müssen Ihre Lebensgewohnheiten ändern. Beim Essen, beim Trinken und Schlafen. Sie müssen mit dem Rauschgift aufhören.«
»Über Sex haben Sie nichts gesagt.«
»Der Priapismus ist nur vorübergehend«, erklärte sie. »Wenn das vorbei ist, sollten Sie es trotzdem nicht übertreiben.«
»Ich weiß nicht«, grinste er. »Vielleicht sollte ich die kleine Dauererektion doch lieber behalten. Ich finde es richtig praktisch, wenn man allzeit bereit ist.«
Dr. Zabiski lächelte nicht. »Ich glaube nicht, daß es Ihnen viel Spaß machen würde, Ihr Leben durch Ihren Schwanz wegzuspritzen.«
»Und wie wollen Sie die Erektion kontrollieren?« fragte er.
»Ich habe nicht die Absicht, Ihre Erektion zu kontrollieren«, sagte sie spöttisch. »Das müssen Sie schon selbst tun. Ich denke da an Biofeedback mit Hilfe elektromyographischer Kontrolle und an Yoga. Was halten Sie davon?«
»Das klingt nach Zauberei«, sagte er.
»Jedenfalls ist es besser als Salpeter.« Sie erhob sich. »Wissen Sie, Judd, ich fange an, Sie zu mögen, und ich möchte, daß Sie selbst für sich sorgen. Ich teile Ihren Traum von der Unsterblichkeit, aber Sie sind derjenige, der ihn verwirklichen muß. Deshalb möchte ich, daß Sie sich selbst keinen Schaden zufügen.«

17

Das abhörsichere Telefon auf Merlins Schreibtisch klingelte zweimal. Er nahm den Hörer ab. »Hier Merlin.«

»John D. vom Sicherheitsdienst«, meldete sich eine männliche Stimme.

»Nun, was gibt's, John?«

»Unser Agent hat sie bis Mexico City beschattet. Aber dann haben wir sie verloren.«

»Wieso?«

»Sie hat einen Aeromexico-Flug nach Havanna gebucht, und unser Mann hatte kein Visum für Kuba.«

»Haben wir denn keine Leute in Havanna?«

»Doch, Sir. Sechs Männer.«

»Ich möchte, daß drei davon sie bei der Ankunft erwarten und rund um die Uhr beschatten. Ihr Telefon muß unbedingt abgehört werden. Verstanden?«

»Ja, Sir.«

»Alle drei Stunden brauche ich einen Bericht«, befahl Merlin.

»Wird gemacht«, sagte John D. »Übrigens liegt ein Bericht vor, demzufolge Li Chuan ebenfalls auf dem Weg nach Havanna ist. Er scheint sich in einer Maschine der Air Canada zu befinden. Es ist nicht ausgeschlossen, daß die beiden sich treffen.«

»Er soll ebenfalls überwacht werden«, ordnete Merlin an.

»Ja, das tun wir ohnehin. Haben Sie den Bericht über das Quaaludin aus Hongkong schon gelesen?«

»Ja. Drei Millionen Einheiten pro Jahr. Das sind unheimlich viele Quaaludin-Pillen.«

»Es sind ja auch fünfzehn Millionen Dollar von den Konten der Crane Pharmaceuticals auf Nummernkonten in der Schweiz und auf den Bahamas transferiert worden. Wir versuchen gerade, die Inhaber dieser Konten zu ermitteln.«

»Ich habe die stille Vermutung, daß eines dieser Konten Li Chuan gehört und das andere der rotchinesischen Regierung«, meinte Merlin. »Unser Interferon-Konto liegt unter ei-

ner Million Dollar.«
»Wir werden das alles herausfinden. Sonst noch etwas, Sir?«
»Nein, im Augenblick nicht, danke.« Merlin blätterte in dem Computerausdruck, der vor ihm auf dem Tisch lag. Alles sah sauber und vollkommen korrekt aus, nicht der kleinste Fehler war zu entdecken. Das wiederum irritierte Merlin. Normalerweise fanden sich zahllose kleine Mängel in den Berichten: Schreibfehler, Korrekturen, Wiederholungen. Diesmal war alles perfekt. Zu perfekt.
Merlin nahm den Telefonhörer und rief die Computerzentrale in Kalifornien an. »Bitte lassen Sie alle Transaktionen der letzten drei Jahre noch einmal überprüfen«, bat er den Direktor der Computer Services. »Vor allem möchte ich wissen, ob irgend jemand unsere Leitungen angezapft haben und in unsere Datenbank eingedrungen sein könnte.«
»Das wird doch routinemäßig jeden Tag überprüft«, erwiderte der Direktor.
»Das ist mir bekannt«, knurrte Merlin. »Ich möchte, daß Sie ein neues Programm zur Überprüfung entwickeln. Und wenn Sie das Ergebnis vorliegen haben, möchte ich es sofort wissen, aber bitte über den Zerhacker.«
»Das wird Mütterchen aber gar nicht gefallen«, schmollte der Direktor. »Sie wissen doch, wie empfindlich sie auf eine Störung der Routine reagiert.«
Merlin konnte es gar nicht leiden, wenn der Direktor seinen Computer zum Familienmitglied hochstilisierte. »Dann sagen Sie der alten Dame bitte, sie soll mit dem Gejammer aufhören, sonst nehmen wir ihr die Mikrochips raus und stecken statt dessen Kartoffelchips rein.« Er knallte den Telefonhörer auf die Gabel.
»Scheißmütterchen!« fluchte er still vor sich hin. Er nahm den Telefonhörer erneut in die Hand, um Judd anzurufen, überlegte es sich dann aber anders. In ein, zwei Tagen wollte Judd sowieso zurück im Büro sein. Bis dahin würden genauere Informationen vorliegen. Es war besser, noch zu warten, bevor er Judd von seinem Verdacht etwas sagte. Sehr viel größer würde der Schaden in den nächsten Stunden auch nicht mehr

werden.
Die Luft über Havanna war feucht und schwül, obwohl sich die Sonne schon zum Horizont senkte. Als sie endlich in ihrem Hotelzimmer stand, klebten Sofia die Kleider am Leibe.
»Die Klimaanlage ist leider kaputt«, entschuldigte sich der Page, der ihr Gepäck gebracht hatte. Er öffnete die Schiebetüren zur Terrasse. »Wenn es dunkel wird, kommt frische Luft herein.« Vorläufig strömte aber nur die Gluthitze des Nachmittags ins Zimmer.
Sie gab ihm eine Fünfdollarnote, für die er sich überschwenglich bedankte, wartete, bis sich die Tür hinter dem Pagen geschlossen hatte, und ging dann auf die Terrasse hinaus.
Auf dem breiten Boulevard zwischen dem Hotel und dem Strand fuhren nur wenige Autos. Aber die Promenade füllte sich jetzt mit Spaziergängern. Sofia spürte, daß eine leichte Brise vom Meer heraufwehte.
Sie kehrte ins Zimmer zurück und klappte ihren Koffer auf. Ihre beiden Leinenanzüge und die Kleider hängte sie rasch in den Schrank, und die Wäsche steckte sie in die Kommode. Den Morgenrock breitete sie auf dem Bett aus. Das Kosmetikköfferchen trug sie ins Bad, stellte es neben den Waschtisch und ließ Wasser in die Badewanne einlaufen. Das parfümierte Badeöl hatte sie aus Florida mitgebracht. Sie wartete, bis ein aromatischer Duft aus der Wanne aufstieg, und zog sich dann aus. Nackt ging sie ins Zimmer zurück, um ihr Kleid aufzuhängen. Sie wollte gerade den Morgenmantel vom Bett nehmen, als sich ein Schlüssel im Schloß drehte.
Nicolai stand in der Tür, noch ehe sie in den Morgenmantel geschlüpft war. Der Körper des Russen schien fast noch massiger geworden zu sein. Sein schwarzes Haar durchzogen einige graue Strähnen. Er starrte sie schweigend an, während er die Tür hinter sich schloß.
»Ich habe dich noch gar nicht erwartet«, begrüßte sie ihn auf russisch, machte aber keinen Versuch, ihre Blöße zu bedekken, während sie sprach.
»Vier Jahre sind eine lange Zeit«, schnaufte er. »Ich habe dich unten in der Halle gesehen. Da konnte ich es nicht mehr er-

warten, dich zu sehen.«
»Ich lasse mir gerade ein Bad einlaufen. Ich wollte dir nicht so verschwitzt unter die Augen treten.«
Er legte einen Arm um ihre Schultern und küßte sie auf den Mund. »Ich brauche kein Parfum«, murmelte er, »ich brauche nur dich und deinen Geruch.« Sie schwieg und reagierte auch nicht auf seine Umarmung. »Was ist los, Sofia? Stimmt etwas nicht?«
»Es ist fast vier Jahre her, Nicolai. Das vergißt man nicht in einer Sekunde.«
Seine Arme sanken herab. »Liebst du mich nicht mehr? Hast du jetzt einen anderen?«
»Ich brauche nur ein bißchen Zeit«, sagte sie ausweichend. »Ich habe zu lange in einer anderen Welt gelebt, Nicolai.« Sie zog ihren Morgenrock an. »Mein Aktenkoffer steht auf dem Tisch. Warum liest du nicht ein paar von meinen Berichten, solange ich bade?«
»Ich habe eine Flasche Champagner bestellt.«
»Gut, ich bin gleich wieder da.« Sie verschwand im Badezimmer und schloß die Tür hinter sich.
Der Zimmerservice brachte den Champagner im Eiskübel. Nicolai überlegte. Sein Blick wanderte von der geschlossenen Badezimmertür zu der Flasche Champagner. Schließlich knipste er den Draht durch und lockerte behutsam den Korken.
Sofia stieg in ihr duftendes Schaumbad und schloß die Augen, um sich zu entspannen. Das Wasser war sanft und umfloß ihren Körper wie Seide. Plötzlich spürte sie einen kalten Luftzug im Gesicht und drehte sich erschrocken zur Tür um.
Nicolai stand mitten im Bad. Er war vollkommen nackt. In der einen Hand hielt er den Champagner, in der anderen seinen hochaufgerichteten Phallus, der rot aus dem schwarzen Schamhaar herausstand. Er trat an die Wanne, stieß ihr seinen Schwanz ins Gesicht und goß den schäumenden Champagner darüber. »Erinnerst du dich? Trink, Sofia! Mach deinen Mund auf!«
»Nein!« Sofia stieß wütend seinen Schwanz weg.
Er packte ihre Haare und preßte ihr sein Geschlecht ins Ge-

sicht. Im gleichen Augenblick erfolgte auch schon der Erguß.
»Du Miststück«, brüllte er. »Du elende Hure!«
Sofia hustete. Seifenschaum, Samen und Badewasser liefen ihr übers Gesicht. Nicolai zog sich etwas zurück, aber während sie sich noch die Augen rieb, kniete er schon in der Wanne, zog ihre Beine zu sich heran und öffnete ihre Schenkel. Leidenschaftlich drängte er in sie hinein.
Mit beiden Händen stieß sie ihn weg. »Nicht! Bitte nicht«, schrie sie.
»Du warst doch sonst immer scharf darauf«, knurrte Nicolai. »Was ist denn passiert?«
»Bitte, hör auf«, flehte sie. »Ich bin doch schwanger.«
Erstaunt fuhr er zurück. »Du bist schwanger?«
»Ja. Seit zehn Wochen.« Ihre Blicke kreuzten sich.
Einen Moment lang sagte er gar nichts, und sie spürte, wie sein Geschlecht in ihrem Leib schrumpfte. Dann stieß er sie in die Wanne zurück und stand auf. »Du bist nicht nur eine Hure, sondern auch noch dumm. Wer ist denn der Vater? So wie ich dich kenne, weißt du das selbst nicht.« Er musterte sie verächtlich.
»Ich weiß es genau. Judd Crane ist der Vater.«
Schweigend betrachtete er ihren Körper, dann nahm er ein Badetuch und schlug es sich um die Hüften. »Ich möchte gern deinen Aktenkoffer mitnehmen und die Papiere im Büro fotokopieren. Ich bringe dir alles zurück, wenn ich dich zum Essen abhole.«
»Wie du willst«, sagte sie dumpf.
»Li Chuan wird auch kommen.«
»Gut.«
Als sich die Tür hinter Nicolai geschlossen hatte, spürte Sofia eine schreckliche Müdigkeit in sich aufsteigen. Langsam stand sie auf, ließ das Wasser ablaufen und wusch sich mit der Dusche die letzten Samenfäden aus dem Gesicht.
Ein plötzlicher Schwächeanfall ließ ihre Knie zittern, und sie mußte sich an die Wand lehnen, um nicht zu fallen. Sie nahm ein Badetuch und ging in ihr Zimmer.
Den Aktenkoffer hatte Nicolai mitgenommen, das stellte sie

mit einem Blick fest. Sie setzte sich auf den Rand ihres Bettes und kramte in ihrer Handtasche, bis sie die Kapsel mit dem Kokain fand, das Judd ihr geschenkt hatte. Gierig saugte sie zwei Fingerspitzen davon in die Nase.
Der erwartete Auftrieb blieb aus. Sie war zu erschöpft, zu deprimiert und zu müde. Sie schob das Kokain zurück in die Tasche, streckte sich auf dem Bett aus und schlief sofort ein.

18

Es war kühler geworden, als sie erwachte. Sie setzte sich im Bett auf und stellte fest, daß ihre Haut nach dem langen, traumlosen Schlaf bereits wieder völlig schweißverklebt war. Sie erhob sich, hüllte sich in den Morgenmantel und schloß die Tür zur Terrasse. Jetzt, in der Dunkelheit, schimmerte rings um die Bucht ein Lichterkranz, der dem großen Boulevard folgte.
Ein Blick auf die Uhr zeigte ihr, daß es halb neun war. Sie ging unter die Dusche und zog dann ein leichtes Leinenkostüm an.
Sie war gerade mit ihrem Make-up fertig, als das Telefon klingelte.
»Bist du wach?« fragte Nicolai.
»Und fertig angezogen auch.«
»Gut. Ich komme in einer Viertelstunde und hole dich ab.«
»Kommst du hierher, oder soll ich dich unten in der Halle erwarten?«
»Bleib in deinem Zimmer«, bat er. »Wir werden in einem Restaurant essen. Li Chuan kommt erst um zehn, und bis dahin haben wir noch etwas Zeit.«
»Gut.« Sie legte den Hörer auf und kehrte vor den Spiegel zurück. Make-up konnte wirklich Wunder bewirken. In ihrem Gesicht war keine Spur von Müdigkeit mehr zu sehen. Aber das war nur die Oberfläche, denn tief im Inneren war sie immer noch müde und niedergeschlagen. Unzufrieden griff sie

nach ihrer Handtasche.

Aus einem verschlossenen inneren Fach zog sie ein silbernes Pillendöschen und die Kokainkapsel. Ohne Wasser schluckte sie zwei Aufputschtabletten, dann saugte sie noch zwei Prisen Kokain von dem kleinen goldenen Löffel, den Judd ihr geschenkt hatte. Ihre Initialen waren auf dem Stiel eingraviert.

Diesmal spürte sie den Kokainstoß sofort. Die Mischung erweckte sie mit einem Schlag zum Leben. Ihr Herz begann lebhaft zu pochen, und sie atmete tief. Nun fühlte sie sich stärker. Sie würde mit allem fertig werden, was ihr bevorstand, dessen war sie sich sicher. Sie steckte die Kokainkapsel und das Pillendöschen in die Tasche zurück und stellte sich erneut vor den Spiegel. Jetzt, da ihre Augen leuchteten, gefiel sie sich wirklich.

Nicolai wartete, bis der Page die Champagnerflasche geöffnet und ihnen eingeschenkt hatte. Als sie wieder allein waren, reichte er Sofia eines der beiden Gläser und trank ihr dann zu. »Ich bitte um Entschuldigung.«

Sie blickte ihm fest in die Augen. »Dazu besteht kein Grund, Nicolai.«

»Es war dumm von mir.« Er wirkte zerknirscht. »Ich hätte ein bißchen darüber nachdenken sollen, was du alles durchgemacht hast.«

»Darauf kommt es doch nicht an. Jeder von uns muß seine Pflicht tun. Das ist alles, was zählt.«

Er berührte mit seinem Sektkelch den Rand ihres Glases. »Auf dein Wohl, Sofia. Für mich hat es nie eine andere gegeben als dich.«

Sie nippte an ihrem Glas. »So darfst du nicht mit mir reden, Nicolai. Und bitte, sieh mich auch nicht so an.«

»Verflucht!« fuhr er auf. »Ich weiß, es ist Unsinn, aber ich bin eifersüchtig. Ich bin eifersüchtig auf all die Monate, die du mit ihm zusammen warst und nicht mit mir.«

»Nicky«, sagte sie leise. »So etwas darfst du nicht sagen. Wir tun doch alle nur unsere Pflicht.«

»War es wirklich nicht mehr für dich? Hast du gar nichts für ihn empfunden?«
»Das habe ich nicht gesagt. Aber du kennst mich ja. Besser als jeder andere. Damals dachte ich immer, ich müßte um jeden Preis Sex haben. Mit oder ohne Gefühl. Manchmal dachte ich, mein Körper braucht Sex noch dringender als Luft oder Nahrung. Damals, als ich am Institut eingesperrt war, habe ich meinen Vibrator oft drei- bis viermal am Tage benutzt. Und wenn ich ihn benutzt habe, habe ich immer von dir phantasiert.«
Er trank einen Schluck und lachte. »Erinnerst du dich noch an die Zeit, als wir uns kennengelernt haben? Damals war ich fest überzeugt, du wärst Nymphomanin. Du wolltest nie aufhören.«
Sofia lachte nicht. »Als ich noch jung war, habe ich das selbst gedacht«, sagte sie ernsthaft. »Und ich wurde seelisch damit erst fertig, als mir die Ärzte erklärten, daß meine Geschlechtsorgane einfach besonders empfindlich waren. Echte Nymphomaninnen erreichen keine Befriedigung und haben fast nie einen Orgasmus. Du weißt selbst am besten, daß das auf mich nicht zutrifft, Nicky. Ich brauche dich nur anzusehen, um feucht zu werden. Und wenn ich mit dir rede, fängt meine Klitoris an zu zappeln.«
»Ich möchte dich anfassen«, murmelte er.
»Tu es nicht, Nicky. Ich habe mich verändert. Ich bin nicht mehr das junge Mädchen, das du gekannt hast. Ich bin erwachsen geworden.«
»Ich liebe dich aber immer noch«, wandte er ein. »Ich liebe dich mehr als je zuvor. Und du liebst mich auch, das weiß ich genau. Dieser Judd Crane hat dir den Kopf verdreht mit seinem Geld, seiner Macht, seinem Luxus, seinem Lebensstil und den Drogen. Hat er dir je gesagt, daß er dich liebt?«
Sofia gab keine Antwort.
»Hat er dich je gefragt, ob du ihn heiraten willst?«
Sie schüttelte schweigend den Kopf.
»Er benutzt dich doch nur«, fuhr Nicolai fort. »Er benutzt alle Leute für seine Zwecke, für seine ständige Suche nach ewiger

Macht. Irgendwann wirft er dich weg wie ein Spielzeug, das ihm nicht mehr gefällt. Irgendwann kann er dich nicht mehr gebrauchen, und dann schickt er dich weg.«

»So ist er nicht«, wehrte sie ab. »Er ist sehr rücksichtsvoll und ehrlich. Auch wenn seine Ehrlichkeit manchmal in ihrer Direktheit verletzend ist.«

»Du verteidigst ihn nur, um dich selbst zu überzeugen. Du willst deine Zweifel verdrängen. Wenn du nicht schwanger wärst, würdest du anders reden, da bin ich ganz sicher.«

»Vielleicht«, sagte sie nachdenklich. »Aber letzten Endes ging es doch nur um ein Experiment. Ich bin nicht die erste Wissenschaftlerin, die ihren Körper einsetzt, um ein Experiment durchzuführen. Die alte Dame befürchtete, unsere Behandlung habe ihn unfruchtbar gemacht.«

»Du hast dich also von ihm ficken lassen, um das auszuprobieren?«

»Nein, so war es nicht. Das Sperma wurde ihm auf künstlichem Weg abgezapft und zehn verschiedenen Frauen in den Gebärmutterhals injiziert.«

»Sind sie alle schwanger geworden?«

»Nein, nicht alle. Nur acht«, antwortete sie.

»Und du hast eines der Glückslose gezogen.« Er klang verbittert.

Sofia gab keine Antwort.

»Und wie geht es jetzt weiter?« fragte er.

»In der nächsten Woche sind zweieinhalb Monate um, dann findet bei mir eine Abtreibung statt.«

»Und du wirst dem zustimmen?«

»Ja.«

Nicolai starrte sie ungläubig an. »Ausgerechnet du? Warum hast du denn überhaupt dabei mitgemacht? Du bist doch eine der Ärztinnen. Es wäre doch bestimmt kein Problem gewesen, eine andere Frau zu finden. Warum hast du dich beteiligt?«

»Ich war neugierig. Ich wollte meinen eigenen Körper besser kennenlernen. Ich bin noch nie schwanger gewesen, obwohl ich mich nie um Empfängnisverhütung bemüht habe. Außer-

dem ist dieser Mann so dynamisch . . . ich wollte einfach wissen . . .«
»Jetzt kommen wir der Wahrheit schon näher«, fuhr er dazwischen. »Du wolltest ein Kind von ihm haben. Das steckt dahinter.«
»Ja«, bestätigte sie. Dann hob sie den Blick. »Es lohnt sich nicht, darüber zu streiten. Nächste Woche ist es weg.«
Nicolai sah sie nachdenklich an. »Wir sind nun schon seit so vielen Jahren zusammen. Warum hast du dich nicht von mir schwängern lassen?«
»Du hast mich nie darum gebeten«, sagte sie leise.

Der offene Aktenkoffer stand vor ihm, als Sofia zurückkam. Er blätterte in ihrem Bericht. »Die alte Dame ist schlau«, bemerkte er. »Seit acht Jahren beobachten wir sie, aber wir wissen immer noch nicht, welche Methode sie anwendet, um die Zellen geklont zu befruchten.«
»Die Methode der Zellbefruchtung ist uns bekannt. Lediglich die Methode des Klonens hält sie geheim. Daran arbeitet sie immer nur ganz allein in ihrem Laboratorium.«
»Bist du jemals mit ihr im Laboratorium gewesen?« fragte er so beiläufig wie möglich.
»Nein«, erwiderte sie. »Und ich kenne auch niemanden, der mit ihr jemals dort gewesen ist. Ich bin mir auch gar nicht so sicher, ob sie schon über eine geeignete Methode des Klonens verfügt. Ich habe den Verdacht, daß sie darauf spekuliert, die Computer und Laboratorien von Crane würden die richtige Methode schon für sie finden.«
Er legte die Papiere auf den Tisch und wechselte abrupt das Thema. »Hat sie dir schon mitgeteilt, daß du in die Sowjetunion mußt?«
Sofia war überrascht. »Nein. Warum?«
»Du sollst Breschnew behandeln.«
»Davon hat sie mir bisher noch kein Wort gesagt.«
Nicolai schwieg eine Weile. »Vielleicht war sie der Ansicht, daß es besser wäre, wenn sie dich erst nach der Abtreibung darüber informiert.«

»Das kann sein. Woran leidet denn der Generalsekretär?«
»Ich weiß es nicht. Manche sagen, er hätte Krebs; andere sprechen von einem Infarkt und Gehirnblutungen. Bislang handelt es sich dabei nur um Gerüchte. Ich habe allerdings selbst beobachtet, daß er sich nur sehr mühsam bewegen kann und seine Aussprache undeutlich ist. Dr. Zabiski ist im letzten Jahr viermal bei ihm gewesen. Dann wurde bekannt, daß du zu seiner Betreuung abgestellt werden sollst.«
»Und was wird aus meiner jetzigen Arbeit?«
»Das ist eine Frage der Prioritäten. Breschnew ist wichtiger für uns als Crane.«
Sofia nickte nachdenklich. »Sie ist wirklich schlau, Nicky. Es gibt mindestens vier Assistenten, die sie zu Breschnew schikken könnte. Aber indem sie mich nach Moskau schickt, verringert sie die Chancen, daß ich ihre Methode entdecke.«
»Und wieso glaubst du, daß du eine Chance hättest?«
»Alles, was mit Crane und seinen Geschäften zu tun hat, wird in der Computerzentrale in Crane City in Kalifornien gespeichert. Ich erwarte zwar nicht, daß Dr. Zabiskis Formeln direkt in diese Datenbank eingespeist worden sind, aber dafür speichert der Computer alle Vorgänge, die mit der Beschaffung von Material und Instrumenten zu tun haben. Wenn wir an dieses Material herankommen, haben wir gute Aussichten, ihre Methode kennenzulernen.« Sie seufzte. »Allerdings würde man den richtigen Code brauchen, um den Computer befragen zu können. Und ich kenne bloß drei Personen, die diesen Code kennen: Judd Crane, Marcus Merlin, sein persönlicher Assistent, und der Direktor der Computerzentrale.«
Nicolai runzelte nachdenklich die Stirn. »Vielleicht gibt es noch jemanden, der an solche Informationen herankommt«, sagte er zögernd.
Sofia warf ihm einen fragenden Blick zu. »Ich verstehe nicht ganz.«
»Li Chuan. Das ist auch der Grund, warum wir mit ihm verabredet sind. Er behauptet, er besitze den Code und könne uns Zugang zu Cranes Computern verschaffen.«

»Das kapiere ich nicht. Selbst wenn er den Code hätte, kann ich nicht glauben, daß er uns hilft. So altruistisch ist der Mann nicht.«
»Mit Altruismus hat das gar nichts zu tun«, lachte Nicolai. »Es geht dabei um zwanzig Millionen Dollar.«

19

Das melodische Klingeln seines Privattelefons übertönte das Fernsehprogramm. Judd nahm den Hörer ab und meldete sich.
»Haben Sie schon geschlafen?« fragte Merlin.
»Nein. Ich hatte den Fernseher an.«
»Ich würde gern mit Ihnen sprechen.«
»Genügt es morgen früh um acht?«
»Jetzt gleich wäre besser.«
Judd überlegte nicht lange. Es hatte keinen Sinn, seinen Assistenten zu fragen, ob es wirklich so dringend sei. Wenn es das nicht wäre, hätte Merlin nicht gefragt.
»Wie lange brauchen Sie, um herzukommen?«
»Ich bin im Büro in Boca Raton«, erwiderte Merlin. »Ich brauche bestimmt nicht mehr als dreißig oder vierzig Minuten. Um diese Zeit ist ja nicht mehr viel los auf den Straßen.«
»Lassen Sie sich von Fast Eddie herbringen. Er soll gleich etwas zum Anziehen für mich einpacken.«
»Wird gemacht«, sagte Merlin und hängte ein.
Judd drückte den Klingelknopf, um die Krankenschwester zu rufen, und schaltete den Fernseher aus. Einen Augenblick später kam Bridget ins Zimmer.
»Mr. Crane?« fragte sie.
»Ziehen Sie die Nadeln aus meinen Armen und helfen Sie mir unter die Dusche«, sagte Judd. »Ich habe eine Verabredung.«
»Das geht nicht ohne ausdrückliche Anweisung von Frau Dr. Zabiski«, erwiderte Bridget.

»Dann rufen Sie Frau Dr. Zabiski!«
Die Krankenschwester sah ihn unschlüssig an.
»Sofort«, befahl er ungeduldig.
Die Tür schloß sich hinter dem Mädchen. Eine Sekunde später klingelte das Telefon.
»Schwester O'Malley hat mir mitgeteilt, daß Sie aufstehen möchten, Mr. Crane«, meldete sich die Ärztin. »Ist das wirklich unvermeidlich?«
»Ja«, erwiderte Judd trocken.
»Na gut«, willigte Dr. Zabiski ein. »Aber ich möchte dabeisein, wenn Sie aufstehen. Ich ziehe mich an und komme in zehn Minuten zu Ihnen. Schwester O'Malley wird alles vorbereiten.«
Einen Augenblick später kehrte Bridget zurück. Sie trug ein Tablett mit einer von einem Tuch bedeckten Injektionsspritze. »Bitte legen Sie sich auf die Seite, ich muß Ihnen das Ding hinten reinjagen.«
»Was ist das?« fragte er neugierig.
»Ich bin bloß die Krankenschwester«, erwiderte Bridget. »Meine Aufgabe besteht darin, die Behandlung durchzuführen, die Frau Dr. Zabiski verordnet hat. Ich bin nicht befugt, irgendwelche Diskussionen zu führen.«
Widerwillig drehte sich Judd zur Seite, während sie ihm die Bettdecke wegzog. Er spürte den kühlen, mit Alkohol getränkten Wattebausch auf der Haut und dann den Einstich der Nadel.
»Bitte, halten Sie still«, bat sie. »Es dauert einen Moment.«
»Scheiße«, fluchte er.
Bridget lachte.
»Sie sind ein Sadist«, knurrte er. Es entstand eine Pause. Dann sagte er plötzlich:
»Bridget, ich glaube, ich krieg einen Steifen. Möchten Sie vielleicht ein bißchen dran nuckeln?«
»Nein, danke.« Sie zog die Nadel zurück und klebte ihm ein Pflaster auf das Gesäß. »Es ist Ihre eigene Schuld. Sie hatten es doch so eilig mit dem Aufstehen. Aber keine Sorge, ich glaube, die Spritze wird zu Ihrer Beruhigung beitragen.«

Er rollte sich auf den Rücken und starrte sie unglücklich an. »Ach, Bridget, warum wird einem nur jegliche Freude im Leben genommen?«
»Bleiben Sie einen Augenblick ruhig liegen«, befahl sie. »Ich bringe Ihnen einen frisch gepreßten Orangensaft.«
»Ich hätte lieber ein Cherry-Cola.«
»Sie werden Orangensaft trinken«, lächelte sie und zog die Tür hinter sich ins Schloß.
Er saß auf der Bettkante und baumelte mit den Beinen. Dr. Zabiski war gerade damit fertig, seinen Blutdruck zu messen. »Sehr gut«, murmelte sie. »Hundertzwanzig zu fünfundachtzig.«
Sie winkte eine Laborantin heran, die mit ein, zwei Handgriffen einen Riemen um Judds Oberarm schnallte und seiner Vene vier Blutproben entnahm. Dann legte sie ihm einen tragbaren Atemmesser an und hielt ihm einen Plastikschlauch hin. »Atmen Sie bitte tief ein und blasen Sie dann hier in die Röhre.« Er tat, was das Mädchen verlangte. »So, nun gleich noch einmal. Noch ein bißchen tiefer, wenn es geht.« Das Mädchen wartete, bis er seine Lungen gefüllt hatte. »Bitte blasen Sie, so stark Sie nur können.«
Aus den Augenwinkeln konnte er sehen, wie sie den Bildschirm am Fuß des Bettes beobachtete. Er preßte seinen Atem heraus, bis er keuchend zurücksank.
»Gut«, sagte die kleine Ärztin. »Jetzt nur noch einen kleinen Test, bitte.« Ein Assistent schob einen Elektrokardiographen ins Zimmer. »Legen Sie sich auf den Rücken«, bat Dr. Zabiski. »Es dauert nicht lange.«
Der Mann befestigte die üblichen kleinen Elektroden auf Judds Brust und Beinen, drückte auf die Knöpfe an der Maschine und prüfte den Kontrollstreifen, den das Gerät ausspuckte. Judd bemerkte, daß die Ärztin die Meßergebnisse auf einem Bildschirm verfolgte. Als das EKG fertig war und der Assistent das Zimmer verlassen hatte, stellte Dr. Zabiski mit einer Fernsteuerung die Bildschirme an, die einen Teil der Wand bedeckten.
Auf allen Bildschirmen tanzten farbige Symbole in rhythmi-

scher Harmonie wie ein abstraktes Ballett. Judd warf Dr. Zabiski einen fragenden Blick zu. »Was bedeutet das alles?«
»Das ist Ihre Blutanalyse«, erklärte die Ärztin. »Wir haben jeden Tropfen in Ihrem Körper unter Kontrolle.« Sie beobachtete einige Augenblicke die Bildschirme, dann nickte sie zufrieden. »Es scheint alles in Ordnung zu sein.«
»Kann ich jetzt duschen?«
»Nein«, erwiderte die Ärztin. »Ich möchte nicht, daß Sie sich überanstrengen. Bridget wird Sie ein bißchen waschen, dann helfen wir Ihnen beim Aufstehen. Ich möchte, daß Sie eine Weile im Rollstuhl bleiben, bevor Sie wieder herumlaufen. Wir dürfen nicht vergessen, daß Sie drei Wochen im Bett gelegen haben und sich an so einfache Dinge wie die Schwerkraft erst wieder gewöhnen müssen. Ich möchte nicht, daß Sie stürzen, wenn Sie aufstehen.«
»Na gut, Sie sind die Ärztin.«
»Richtig, und deshalb muß ich Ihnen auch sagen, daß ich gern bei Ihrer Besprechung anwesend wäre. Ich möchte nicht, daß Sie in eine Streßsituation kommen, ohne daß ich Ihnen helfen kann.«
»Was soll denn passieren?«
»Das kann man nie wissen. Wir befinden uns auf völlig unbekanntem Gebiet, Mr. Crane. Das dürfen Sie niemals vergessen.«
Judd musterte sie schweigend. Er war der Ansicht, daß sie inzwischen wußte, warum er noch nicht zugestimmt hatte.
»Glauben Sie mir«, sagte sie ernsthaft. »Ich interessiere mich nicht im mindesten für Ihre Privatangelegenheiten.«
»Das weiß ich. Aber wenn all die Untersuchungsergebnisse so positiv sind, wie Sie gesagt haben, dann kann doch gar nichts so Schlimmes passieren, daß Sie gleich an Ort und Stelle sein müssen.«
»Wahrscheinlich haben Sie recht«, räumte sie ein. »Aber ich bin Ihre Ärztin und trage für Sie die Verantwortung. Ich bin vielleicht übervorsichtig, aber das ist mir lieber, als einen Fehler aus Leichtsinn zu begehen.«
Judd dachte einen Moment nach. »Okay«, willigte er schließ-

lich ein. »Allmählich komme ich mir vor wie ein Baby, das jeden Augenblick bewacht werden muß.«
»Judd«, sagte sie leise, »was glauben Sie denn, wie *ich* mir vorkomme? Und in gewisser Weise sind Sie tatsächlich mein Baby. Ich glaube, es gibt auf der ganzen Welt keine Mutter, die so ein Kind hervorgebracht hat, wie Sie eins sind.«

»Sie sehen gut aus«, begrüßte ihn Merlin.
»Ich fühle mich auch gut«, lächelte Judd. Er ließ den Rollstuhl noch etwas näher an den Konferenztisch heranfahren.
Fast Eddie grinste. »Diese irische Krankenschwester, die Sie da haben, ist Klasse.«
»Leider immer die gleiche Geschichte bei mir. Wenn das richtige Material da ist, habe ich keine Zeit«, lachte Judd.
Merlin warf einen fragenden Blick auf Dr. Zabiski, die in einer Ecke des Raumes saß. Judd nickte. »Es ist okay. Reden Sie nur.«
Merlin öffnete seinen Attachékoffer. Er entnahm ihm einen Stapel Computerausdrucke, die er über den Tisch schob. »Ich habe noch nicht alle Informationen, aber ich bin der festen Überzeugung, daß der Zugangscode für die Datenbank geknackt worden ist.«
Judd sah ihn überrascht an. »Wie kommen Sie darauf?«
»Da sind ein paar Kleinigkeiten«, erklärte Merlin. »Die Ausdrucke sind neuerdings so perfekt. Es gibt überhaupt keine Fehler und Wiederholungen mehr.«
»Eine Ahnung, ja?«
»Im wesentlichen.«
Judd zögerte einen Moment. »Gut, ich glaube Ihnen. Lassen Sie den Code ändern.«
»Ich bin froh, daß Sie zustimmen.« Merlin atmete auf. »Ich habe der Computerzentrale schon die entsprechenden Anweisungen gegeben, aber ich brauche Ihre Unterschrift, damit es offiziell wird.« Er legte ein Blatt Papier und einen Federhalter auf den Tisch. Judd zeichnete den Text ab. Den einen Durchschlag behielt er selbst, den anderen packte Merlin in seine Tasche. Das Original würde im Safe der Computerzen-

trale aufbewahrt werden, zu dem nur der Direktor selbst Zugang hatte.
»Gibt es sonst noch etwas?«
Merlin zeigte auf die Papiere, die er Judd hingelegt hatte. »Das ist der erste Kontoauszug der South and Western Savings and Loan Association seit der Fusion.«
»Ja und? Irgend etwas Besonderes?«
»Sehen Sie sich mal Seite zwei an. Zinslose Tagegelder einschließlich der persönlichen Girokonten: zweihundert Millionen Dollar. Und dann sehen Sie sich mal die Kundenkartei an, Seite zwei. Da stehen die Kontoinhaber mit den höchsten Einlagen. Es handelt sich um insgesamt elf Namen, die Konten in allen einhundertfünfzehn Filialen der Bank unterhalten. Ich habe diese Namen vom Sicherheitsdienst überprüfen lassen. Fünf Kolumbianer, vier Kubaner und zwei Peruaner, die alle im Ruf stehen, am internationalen Rauschgifthandel beteiligt zu sein.«
Judd blätterte in den Papieren, ohne ein Wort zu sagen. Schließlich hob er den Blick. »Sieht so aus, als hätten wir keine Bank, sondern eine Wäscherei für schmutzige Dollars gekauft.«
Merlin lächelte nicht.
»Wieviel von diesem Geld ist bei der Federal Deposit Insurance Corporation versichert?« fragte Judd.
»Wenn in jeder Filiale auf jedem der Konten etwa hunderttausend Dollar liegen, so müßten es ungefähr einhundertfünfzehn Millionen Dollar sein.«
»Was immer das für Leute sein mögen, dumm sind sie auf jeden Fall nicht.«
»Das stimmt«, bestätigte Merlin. »Wir haben die Einzahlungen noch einmal überprüft und festgestellt, daß nie mehr als neuntausend Dollar auf einmal eingezahlt worden sind. Auf diese Weise brauchte die Bank das Geld nicht dem Finanzamt zu melden.«
Judd nickte. »Sehr schlau. Aber das ist wohl Routine bei solchen Geschäften, nicht wahr?«
»Ja«, lächelte Merlin. »Aber was machen wir jetzt?«

»Wir melden es dem Finanzministerium«, sagte Judd lakonisch. »Die werden sich der Sache schon annehmen.«
»Die Publicity würde die Bank ruinieren«, gab Merlin zu bedenken. »Wir könnten vierhundert Millionen Dollar dabei verlieren.«
»Was würden Sie tun?« Judd lächelte gequält.
»Wir könnten die Konten stillschweigend schließen und die Einlagen auszahlen«, schlug Merlin vor.
Judd schüttelte den Kopf. »Das wäre Beihilfe zu einem Kapitalverbrechen. »Eines habe ich von meinem Vater und von Judge Gitlin gelernt: Eine hoffnungslose Situation soll man nicht durch Tricks zu verbessern versuchen, sonst steckt man bald bis zum Hals in der Scheiße. Man muß eine Niederlage hinnehmen können und dann weitermachen, so gut es eben geht.«
Merlin schwieg.
»Wer ist für diese Geschichte verantwortlich?« fragte Judd.
»McLaren, der Präsident der Crane Financial Division.«
»Und er hat nie etwas darüber gesagt?«
»Mir ist nichts zu Ohren gekommen.«
»Und es steht auch nichts in den Akten?«
»Nein.«
»Dann feuern Sie ihn«, befahl Judd. Seine kobaltblauen Augen waren eiskalt. Er schwieg ziemlich lange, bevor er fragte: »Gibt es noch etwas, worüber ich Bescheid wissen muß?«
»Li Chuan«, antwortete Merlin und wartete eine Sekunde.
Judd nickte. »Er hat das Quaaludin-Geschäft auf eigene Rechnung gemacht, aber in unserem Namen und über die Bücher der Firma.«
»Schmeißen Sie den Kerl auch raus«, sagte Judd ruhig. »Haben Sie noch einen dritten auf Ihrer Liste?«
Merlin wurde verlegen. Er warf einen Blick zu Dr. Zabiski hinüber, die immer noch in der Ecke saß. Er zögerte, aber schließlich nickte er.
Die kleine Ärztin schien das Zögern bemerkt zu haben. Sie erhob sich. »Wie es scheint, haben Sie keine Probleme, Mr. Crane. Wenn es Ihnen lieber ist, kann ich gern gehen.«

Judd schüttelte den Kopf. »Nein, bleiben Sie nur. Jetzt können Sie auch den Rest mit mir durchstehen.«
Merlins Blick wanderte zwischen Dr. Zabiski und Judd hin und her. »Es geht um Sofia. Sie ist in Havanna. Und Li Chuan ist auch in Havanna. Und außerdem noch Nicolai Borovnik, die Nummer drei im KGB. Der Sicherheitsdienst behält sie im Auge, aber wir haben noch keinen Bericht.«
Judd warf der Ärztin einen prüfenden Blick zu.
»Hat Ihre Assistentin etwas mit dem KGB-Mann zu tun?« fragte er kühl.
Die Ärztin sah ihm fest in die Augen. »Von dieser Geschichte da weiß ich nichts. Mir war bekannt, daß Sofia die Geliebte von Borovnik war, als sie in Moskau arbeitete, und daß er sich scheiden lassen wollte, um sie zu heiraten. Als die Scheidung nicht zustande kam, entschloß sie sich damals, zu mir nach Dubrovnik zu kommen.«
Judd musterte sie kritisch. »Warum sollte sie sich dann noch die Mühe machen, ihn jetzt in Havanna zu treffen?«
»Ich weiß es nicht«, erwiderte sie. »Aber vielleicht wollte er mit ihr über Breschnew reden.«
»Breschnew? Leonid Breschnew? Den Kremlchef?« Judd war verblüfft und machte keinen Versuch, das zu verbergen.
»Ja. Er sollte ihr nächster Patient sein.«
»Dann kommt sie also nicht mehr zurück?« fragte Judd trokken.
»Sie wird zurückkommen«, sagte die Ärztin.
»Trotz des Generalsekretärs?«
»Ja.«
»Trotz des Politbüros?«
»Ja.«
»Trotz des KGB?«
»Ja.«
»Und das kann sie sich leisten?«
»Nun, es gibt noch einen sehr wichtigen Test im Zusammenhang mit Ihrer Behandlung, den nur Dr. Ivancich durchführen kann.«
»Und dabei kann sie niemand vertreten?«

»Nein.«
»Was soll das sein, Frau Dr. Zabiski?«
»Eine Abtreibung. Bei ihr selbst.«
Judd starrte sie ungläubig an. »Soll das heißen, sie ist eine der . . .«
»Ja, Mr. Crane«, bestätigte die Ärztin.
»Warum hat sie mir das nicht gesagt?«
»Sie wollte nicht.«
»Und warum hat sie es getan?« Er entdeckte einen winzigen Lichtfleck im Augenwinkel der Ärztin. »Sie wissen vermutlich die Antwort, nicht wahr?«
»Ja.«
»Dann sagen Sie mir, warum sie das getan hat, Frau Dr. Zabiski.«
»Das kann ich nicht, Mr. Crane.«
»Auch nicht, wenn ich Sie darum bitte?«
»Auch nicht, wenn Sie Befehle erteilen.«
»Ärztliche Schweigepflicht, was?«
»Ja. Vielen Dank für Ihr Verständnis.«
»Ich verstehe es zwar nicht, aber ich muß es wohl hinnehmen.«
»Ich kann Ihnen nur eins sagen: Es geschah auf ihren eigenen Wunsch. Sie wollte eine der Freiwilligen sein.«
Judd holte tief Atem, und ein unsicheres Grinsen spielte um seine Mundwinkel. Aber dann knurrte er doch bloß: »Ach, Scheiße.«

20

Das Restaurant lag auf einer großen Hazienda außerhalb von Havanna. Die Küche konnte mit jedem Restaurant in Paris und New York konkurrieren, aber das Lokal war fast der gesamten kubanischen Bevölkerung vollkommen unbekannt. Hier verkehrte nur die Elite von Castros Welt. Zwischen üppigen Blumenarrangements standen altmodische große Eßti-

sche mit weißen Damastdecken, silbernen und goldenen Bestecken, feinstem Porzellan und französischen Baccaratgläsern. Die Gäste waren in den weichen Goldglanz der Kerzen getaucht, die auf den Tischen standen. Das Wichtigste aber war die Diskretion. Die Tische standen weit auseinander und konnten auf Wunsch mit schweren, burgunderroten Samtvorhängen vollkommen von der Außenwelt abgeschirmt werden.
Sofia war die einzige Frau am Tisch. Links und rechts von ihr saßen Nicky und Li Chuan. Neben Nicolai saß Karpov, der KGB-Mann in der sowjetischen Botschaft, und ihr gegenüber der Gastgeber, Santos Gomez, ein schlanker, etwa dreißigjähriger Kubaner, der die beiden Sterne eines Generalmajors auf dem offenen Kragen seiner Feldbluse trug. Der sechste am Tisch – ein zierlicher Chinese im grauen Anzug, der auf den Namen Doy Sing hörte – war der inoffizielle Botschafter der Volksrepublik China.
Das Dinner hatte um Mitternacht begonnen, und erst jetzt, gegen halb zwei, brachten die Kellner den Kaffee, Napoleon Brandy und die allgegenwärtigen schweren Zigarren. Zugleich wurden auch die Vorhänge geschlossen, um der Gruppe die nötige Intimität zu verschaffen.
Li Chuan trank nur schwarzen Kaffee. Als er sich von seinem Platz erhob, herrschte gespannte Aufmerksamkeit. »Vielleicht werden euch meine Worte schockieren, Genossen«, begann er, »aber wir sind hier zusammengekommen, um über Macht zu reden. Nicht über die Theorie der Macht, sondern über konkrete Macht. Die konkrete Macht liegt schon seit langem nicht mehr im Bereich der Politik. Macht ist identisch mit Geld, und am meisten Geld verdient man derzeit mit Energie. Öl und Gas. Das sind die Quellen der ökonomischen Macht der Araber und der übrigen Staaten der OPEC. Auch die Macht der Vereinigten Staaten beruht auf den Rohstoffvorkommen, die sie kontrollieren; denn sie haben sich die politische und militärische Hegemonie in allen rohstoffproduzierenden Ländern außerhalb des Ostblocks gesichert.

Das Erstaunliche ist, daß die Macht der Vereinigten Staaten auch heute, wo immer mehr Staaten eigene Rohstoffquellen erschließen, immer noch wächst. Ich will euch sagen, warum. Weil die rohstofferzeugenden Länder miteinander konkurrieren. Sie versuchen sich gegenseitig auszustechen und möglichst intensiv am Welthandel teilzunehmen. Dabei sind sie aber immer die unterlegenen Partner. Der Yankee-Imperialismus hält alle Trümpfe in der Hand und bestimmt außerdem noch die Spielregeln. Aber der Handel mit Rohstoffen und Energie ist nur eines der Schlachtfelder. Es gibt andere Kriegsschauplätze, und dort können wir gewinnen, wenn wir den Mut haben.«
Sein Blick war eine stumme Herausforderung an seine Zuhörer, aber niemand reagierte darauf. Mit einem schwachen Lächeln, das sich bald auflöste, setzte Li Chuan seine Ansprache fort: »Ich spreche nicht von einer militärischen Auseinandersetzung, auch nicht vom Guerillakrieg oder Solidaritätskampagnen der Dritten Welt. Solche politischen Schachspiele haben mit den Realitäten von Macht und Geld nichts zu tun. Ich beziehe mich vielmehr auf eine Schwäche der westlichen Welt, die gerade auf ihrem Reichtum beruht und die sich wie ein Krebsgeschwür ausbreitet. Ich meine den chronischen Mangel an Bestätigung und Befriedigung, der den westlichen Menschen zur Drogen- und Medikamentensucht treibt. Diese Krankheit der Industrienationen ist in den sechziger Jahren in Amerika entstanden und hat sich mit rasender Geschwindigkeit über den Globus verbreitet. Betroffen sind gerade die wohlhabenden Staaten. Deshalb liegt hier eine Chance, den Reichtum der Welt neu zu verteilen.«
Li Chuan machte eine lange, bedeutsame Pause.
Aber seine Zuhörer waren nicht unvorbereitet gekommen. Gelassen warteten sie ab, was nun kommen würde. »Die Welt des Drogenhandels«, fuhr Li Chuan fort, »wurde ein paar Jahre lang von der Mafia allein kontrolliert. Aber diese von Sizilien über Frankreich bis in die Vereinigten Staaten hinein verästelte Organisation wurde bald zum Angriffsziel anderer geldgieriger Unternehmer, die sich mit Erpressung, Beste-

chung und Gewalt einen Teil des Weltmarkts zu sichern versuchten. Die Profite, um die es bei diesem Geschäft geht, sind, um es vorsichtig auszudrücken, gewaltig. Der Kapitalfluß wurde schon bald so enorm, daß sich neben den ehemaligen Schmugglern, Zuhältern und Spielkasinobesitzern auch Chemiekonzerne, Börsenmakler und sogar abgehalfterte Politiker einschalteten. Alle möglichen gierigen Amateure des Kapitalismus sahen plötzlich im Drogenhandel den entscheidenden Ausweg aus allen wirtschaftlichen, finanziellen und politischen Problemen.«

Er machte eine weitere bedeutungsvolle Pause und warf jedem einzelnen seiner Zuhörer einen dramatischen Blick zu: »Und was, Genossen, was, frage ich, tun wir in dieser Situation?«

Es kam keine Antwort. »Aber sprechen wir nicht von Moral«, nahm Li Chuan den Faden wieder auf. »Sprechen wir lieber von Fakten. Bei unserem Kampf geht es nicht um Moral, sondern um Leben und Tod. Nur die Ergebnisse zählen. Entweder wir haben die Kraft, unser Ziel zu erreichen – oder wir müssen damit rechnen, weitere hundert Jahre von den Industrienationen geknechtet zu werden und auf den Knien liegend darauf zu warten, was die Yankees und ihre Helfershelfer beschließen. Wir haben das Kapital, die Rohstoffe und die Organisation, um den Drogenhandel weltweit zu übernehmen. Jetzt müssen wir handeln. Die Zeit ist reif, die westlichen Gesellschaften sind morsch, aber wir müssen den entscheidenden Stoß führen. Die Drogen sind der beste Weg zur Macht.«

General Santos Gomez schob die Trennscheibe zu und stellte den Ventilator an, damit sein Assistent und sein Chauffeur das Gespräch im Fond der Limousine nicht mithören konnten.

»Li Chuan ist ein Idiot«, bemerkte er zu Sofia und Nicolai. »Er redet zuviel.«

Sofia warf Nicolai einen fragenden Blick zu. Der Russe preßte die Lippen zusammen und schüttelte unmerklich den Kopf.

Sofia schwieg.
»Ich habe lange genug mit ihm geredet, um zu erfahren, was ich wissen muß, Genosse General«, meinte Nicolai.
»Glauben Sie, wir sollten von ihm den Code für die Crane-Computer kaufen?« wollte der Kubaner wissen.
»Nein«, erwiderte Nicolai. »Wahrscheinlich wäre der sowieso geändert, ehe wir eine Chance hätten, ihn zu benutzen.«
»Der Meinung bin ich eigentlich auch«, stimmte ihm Gomez zu. »Der Mann träumt immer von Dingen, die sehr weit entfernt liegen. In Wirklichkeit ist er bloß gierig und dumm.« Er dachte einen Augenblick nach. »Sorgen macht mir Doy Sing. Die Chinesen werden ziemlich wütend sein, wenn sie merken, was los ist.«
Nicky sah hinaus auf die nachtdunklen Straßen. »Wir haben gar keine Wahl. Wenn sie erfahren, daß Li Chuan den Code kennt, werden sie rasch begreifen, daß wir bereits nach seinem Plan arbeiten.«
»Es wäre mir lieber, ich könnte Fidel Bescheid sagen«, überlegte der General.
»Das geht mir genauso. Aber wenn wir warten, ist es womöglich zu spät. Doy Sing wird sofort Bericht erstatten, wenn er wieder in der Handelsmission ist, und wer zuerst auf dem Markt ist, hat die stärkste Position.«
Der General nickte. »Sie haben recht.« Er nahm den Hörer des Autotelefons und drückte auf einen Knopf. Eine unverständliche Stimme meldete sich. Gomez sagte nur ein einziges Wort: »Jetzt.«
Er legte den Hörer zurück auf die Gabel, seufzte erleichtert und wandte sich dann an seine beiden Fahrgäste. »Vor der Revolution gab es eine Show in Havanna, die vor allem bei den reichen Amerikanern ungeheuer beliebt war. Sogar Hemingway hat darüber geschrieben. Nach der Revolution wurde diese Show natürlich sofort verboten. Aber für wichtige Gäste ist sie immer geöffnet. Haben Sie vielleicht Lust, sie zu sehen? Dort ist die ganze Nacht Betrieb.« Er zog eine Zigarre aus seiner Brusttasche und warf Sofia einen prüfenden Blick zu. »Die Sache ist natürlich schrecklich pornogra-

phisch, Genossin. Vielleicht möchten Sie lieber nicht hingehen?«
Sofia sah erst Nicolai und dann den General an, ohne etwas zu sagen.
»Wir haben die Show natürlich nur deshalb behalten«, lächelte Gomez und zündete seine Zigarre an, »damit wir niemals vergessen, wie dekadent und pervers unsere Vorgänger waren.«
Sofia spürte, daß Gomez auf ihre Zustimmung wartete. »Unter diesen Umständen«, sagte sie schließlich, »wäre es sicher sehr lehrreich für uns, diesen Klub zu besuchen. Auf diese Weise können wir vielleicht noch etwas über die Verkommenheit der Kapitalisten erfahren.«
»Ich bin sicher, Sie werden sich gut amüsieren, Genossin«, grinste der General befriedigt.

Der Nachtklub befand sich in einem unauffälligen Gebäude in der Nähe des Hafens. Der Wagen hielt in einer engen Gasse. Zwei bullige Wächter grüßten militärisch, als sie den General erkannten, und öffneten eine kleine Holztür aus kräftigen Bohlen. Sie traten in ein dämmriges Foyer, das von einem zierlichen Kronleuchter nur spärlich erhellt wurde. Ein eleganter Empfangschef im Frack verbeugte sich vor dem General und führte sie an einer Reihe geschlossener Türen vorbei durch den Flur. Erst die letzte wurde geöffnet, so daß sie eintreten konnten.
Das kleine Séparée glich der Loge in einem Theater. Rund um einen niedrigen Tisch standen drei üppige Sofas. Dahinter war eine rot und rosa beleuchtete Bühne erkennbar, deren matte Scheinwerfer die einzigen Lichtquellen waren. In den benachbarten und gegenüberliegenden Logen waren dunkle Schatten zu sehen. Ob die Logen aber wirklich besetzt waren oder ob die Gestalten, die die Eintretenden zu sehen glaubten, nur Einbildung waren, ließ sich nicht feststellen.
Auf dem niedrigen Tisch sah Sofia Champagnerflaschen, Cognac, Scotch, Wodka und Rum. Gläser und Eiswürfel standen bereit. Ein leichter Haschisch- oder Marihuanadurft lag

in der Luft, und niemand war überrascht, daß ein silbernes Döschen mit Kokain und dazu passende Löffel bereitlagen.
»Champagner?« fragte Gomez.
»Ja, bitte«, nickte Sofia.
Der General nickte dem Befrackten zu, der sich schweigend entfernte. Zwei junge Männer und zwei junge Mädchen, die lediglich einen Lendenschurz trugen, traten herein. Sie öffneten die Champagnerflasche und füllten die Gläser. Die Mädchen boten das Kokain an.
»Nehmen Sie lieber den Löffel oder den Strohhalm?« fragte der General.
»Ich passe«, sagte Nicolai.
Sofias Blick wanderte vom einen zum anderen. »Ich nehme den Strohhalm«, murmelte sie schließlich.
Die Mädchen legten auf einen kleinen Spiegel die Kokainstreifen und hielten Sofia den Strohhalm hin. Sie zog sich je einen Streifen in jedes Nasenloch. Das Kokain explodierte in ihrem Gehirn.
Gomez lachte, als er Sofias verblüfftes Gesicht sah. »Das ist wirklich reines Kokain, das kriegen Sie nirgendwo sonst.« Er selbst nahm für jedes Nasenloch zwei Streifen. »Nicolai«, lächelte er, »Sie wissen gar nicht, was Ihnen entgeht.«
»Es bedeutet mir nichts, Genosse General. Ich habe mich nie damit beschäftigt. Wodka genügt mir.«
Gomez hob sein Champagnerglas. »Das ist eine wunderbare Zusammenstellung. *Santé!*«
»Die Show wird gleich anfangen«, versprach der General. »Aber bis dahin können unsere reizenden Kellnerinnen und Kellner Sie vielleicht unterhalten?«
»Ich bin völlig zufrieden«, bedankte sich Sofia.
»Wie Sie wünschen«, meinte der General. Er winkte einen der Männer zu sich heran und hob seinen Lendenschurz hoch. »Erstaunlich, was? Jeder dieser Burschen muß einen Schwanz haben, der mindestens siebzehn Zentimeter lang ist, wenn er hier arbeiten will. Das sind mindestens sechs Zoll, oder?«
Sofia wurde es heiß. Sie versuchte ganz ruhig zu sprechen. »Ich kann nicht gut kopfrechnen, Genosse General.«

»Und was meinen Sie, Genosse?« fragte Gomez.
»Ich interessiere mich nicht sehr für mathematische Probleme«, erwiderte Nicolai. »Aber ich kann Ihnen versichern, daß ich von der kapitalistischen Dekadenz außerordentlich fasziniert bin.«
Der General lachte. »Wir wollen die Sache mal ganz undogmatisch betrachten, dann ist es viel amüsanter.« Er senkte seinen Strohhalm erneut auf den Spiegel und sog noch mehr Kokain in die Nase. Er nickte einem der beiden Mädchen zu, die wartend bereitstanden. »Gib dem Jungen mal eine kleine Behandlung, damit seine wahre Größe erkennbar wird.«
Das Mädchen kniete sich vor den jungen Mann hin, nahm sein Glied in die Hand und ließ ihre Zunge über die rote Spitze gleiten. Der Junge blieb völlig ruhig, kein Muskel zuckte in seinem Gesicht, aber sein Glied schwoll an und richtete sich ruckartig auf. Im selben Augenblick klopfte es an der Tür.
Der befrackte Empfangschef trat ein und flüsterte dem General ein paar Worte ins Ohr. Gomez stand auf. »Ein Anruf«, entschuldigte er sich, »ich komme gleich wieder.«
Die Tür schloß sich hinter ihm. Das Mädchen und der junge Bursche machten weiter, als ob ihr Auftraggeber noch da wäre. Nicolai berührte Sofia am Arm. »Widerlich«, flüsterte er auf russisch, »sie benehmen sich wie Tiere.«
»Ich weiß nicht«, entgegnete Sofia, »ich finde Sex ohne Emotionen eigentlich ganz aufregend.«
»Du bist eine Hure«, zischte er wütend.
»Ich bin bloß ehrlich«, erwiderte sie. »Ich sage wenigstens, was ich empfinde. Du kannst mir doch nicht erzählen, daß du es nicht aufregend findest.«
»Ich bin nicht aus Holz.«
»Noch nicht«, lachte sie, »aber du bist auf dem besten Wege dazu. Zwischen deinen Beinen steht schon ein ziemlicher Knüppel.«
»Du Flittchen«, murmelte er.
»Flittchen? Wieso? Weil ich meine körperlichen Bedürfnisse akzeptiere, so wie sie sind? Ihr Männer seid doch alle Phari-

säer«, sagte sie leise. Mit einem Ruck flog die Tür auf. Der General wirkte nervös; selbst im Dämmerlicht der Loge war zu erkennen, daß sein Gesicht rot und erregt war.
»Er ist tot!« rief er.
Sofia sprang auf. »Wer?«
»Li Chuan! Und die anderen auch!«
Nicolai blieb vollkommen ruhig. »Ihre Leute sind sehr tüchtig, Genosse General.«
»Wir haben sie nicht umgebracht«, widersprach Gomez. »Meine Männer waren nicht einmal in der Nähe, als es passierte. Li Chuan und die anderen wurden erschossen, als sie aus dem Restaurant kamen.«
»Hat jemand die Mörder gesehen?« fragte Nicolai.
»Nicht einmal die Schüsse hat jemand gehört! Es sind offenbar Schalldämpfer benutzt worden. Die Leichen sind erst entdeckt worden, als der Chauffeur die Männer abholen wollte.«
»Dann war es der CIA.« Nicolai verzog keine Miene. »Ich habe gehört, daß Li Chuan auch für die andere Seite gearbeitet hat.« Er zuckte die Achseln. »Wenn die gemerkt haben, daß er mit uns zusammengearbeitet hat . . . Im Grunde ist es egal. Die Leute, die ihn beseitigt haben, haben uns einen Gefallen erwiesen. Jetzt brauchen wir die Sache jedenfalls nicht zu erklären.«
»Andererseits bedeutet dieses Attentat aber auch, daß die Mörder wissen, mit wem Li Chuan es zu tun gehabt hat. Vielleicht sind sie jetzt auch hinter uns her?« Der General war nervös.
Nicolai lächelte. »An uns sind sie nicht interessiert. Bei uns wissen sie genau, auf welcher Seite wir stehen.«
»Und wo gehöre ich hin?« fragte Sofia leise.
Nicolai schüttelte den Kopf. »Du hast nichts zu befürchten. An dir hat der CIA überhaupt kein Interesse.«
»Ich glaube, du verstehst mich nicht richtig«, sagte Sofia. »Ich rede nicht vom CIA. Ich rede von Judd Crane.«
Nicolai zuckte verächtlich die Achseln. »Das ist bloß ein einzelner Mann, und außerdem ein krasser Egoist. Was kann der

schon ausrichten?«
»Ich glaube, da irrst du dich, Nicky«, sagte Sofia. »Als Li Chuan von Macht sprach, dachte er an Judd Crane. Dieser Mann hat eine unglaubliche Macht. Wenn es tatsächlich Leute vom CIA waren, die Li Chuan umgebracht haben, dann kam der Befehl von Judd Crane.«
Nicolai starrte sie nachdenklich an.
»Ich glaube, Sie sollten zusätzlich ein paar Leibwächter für uns bestellen, Genosse General«, sagte Sofia. »Ich möchte das Flugzeug nach Mexico City morgen früh lebend erreichen.«

21

Judd lehnte sich in den Kissen zurück, trank einen Schluck Orangensaft und sah zu, wie Bridget eine Eintragung in sein Krankenblatt machte.
»Ich habe eine wunderschöne Erektion«, bemerkte er.
»Das ist normal«, entgegnete die Krankenschwester. »Sobald Sie Wasser lassen, wird sie verschwinden.«
»Sie sind ein Biest. Können Sie denn nicht mal vergessen, daß Sie Krankenschwester sind, und wie eine Frau reagieren? Warum sind Sie nicht ein bißchen nett zu mir, anstatt mich rein therapeutisch zu sehen?«
»Mr. Crane«, lächelte sie, »ich weiß wirklich nicht, was Sie erwarten. Sind Sie eigentlich ein geiler Teenager oder ein schmutziger alter Bock?«
»Warum nicht beides?«
Bridget verzog keine Miene. »Man muß seine Patienten richtig einschätzen können und dementsprechend behandeln.«
Das Telefon klingelte, und Judd nahm den Hörer. »Ja?«
Merlin meldete sich. »Wie geht es Ihnen heute, Sir?«
»Ich bin drauf und ran, das Krankenhaus zu verlassen. Wird ja auch langsam Zeit. Die Ärztin sagt, in einer Stunde bin ich soweit.«
»Gut. Wir haben eine Meldung vom Sicherheitsdienst.«

»Ja?«
»Li Chuan ist tot. Der Sicherheitsdienst hat sein Zimmer überprüft, als er zum Essen weg war. Sie haben verschiedene interessante Dinge gefunden, darunter den Code für unsere Computerzentrale. Wir wissen inzwischen, daß er ihn für zwanzig Millionen Dollar verkaufen wollte.«
»Wie dumm von ihm«, sagte Judd kühl. »Kein Mensch würde eine solche Summe für einen Computercode bezahlen. Jeder halbwegs informierte Laie weiß doch, daß solche Codes nur dazu gemacht werden, um notfalls wieder geändert zu werden.«
»Von praktischen Dingen verstand er sehr wenig«, bestätigte Merlin. »Der Sicherheitsdienst hat übrigens in seiner Reisetasche auch einen Ausdruck der wichtigsten Konten bei der South and Western Savings and Loan Bank gefunden. Jetzt wissen wir wenigstens, wozu er unseren Computer angezapft hat. Wir müssen bloß noch herausfinden, wie er die Gelder von unseren Konten auf seine bewegt hat.«
»Wer hat ihn denn umgebracht?«
»Ich habe lange darüber mit dem Sicherheitsdienst diskutiert. Diese Leute leben in einer ganz eigenen Welt. Aber sie sind der Ansicht, daß Sofias ehemaliger Freund diesen Todesfall arrangiert hat.«
Judd dachte einen Augenblick nach. »Was ist mit Sofia?« fragte er schließlich.
»Sie hat eine Menge zu tun gehabt«, erwiderte Merlin. »Meistens im Bett. Ich habe sämtliche Tonbandaufzeichnungen da. Ich kann Sie Ihnen gern vorspielen, wenn Sie zu mir ins Büro kommen.«
Judd lachte. »Sie haben das Zeug zum Voyeur, Merlin. Das hätte ich nicht von Ihnen gedacht. Wie steht es mit der Behandlung des kranken Genossen Breschnew? Muß sie nach Moskau?«
»Ja, allerdings.«
»Heißt das, sie fliegt direkt von Havanna nach Rußland?«
»Nein, sie hat einen Flug von Mexico City gebucht. Sie müßte heute abend wieder hier in Florida sein.«

»Gut. Was gibt es sonst noch?«
»Nichts, was nicht warten könnte, bis Sie wieder im Büro sind.«
Judd legte den Hörer zurück und musterte die Krankenschwester, die immer noch in seinem Zimmer hantierte. »Ich bin nach wie vor scharf auf Sie, Bridget.«
Sie streckte ihm ein Glasschälchen mit einer grünen Pille entgegen. »Nehmen Sie diese Tablette mit einem Schluck Orangensaft. Wenn Sie dann auf der Toilette gewesen sind und kalt geduscht haben, sollte das Problem sich erheblich verkleinert haben.«
Judd schluckte widerwillig die Pille. »Sie sind ein eiskaltes Luder«, knurrte er wütend.
»Wir brauchen eine hundertprozentige Kontrolle«, sagte Dr. Zabiski.
Judd streifte seinen Pullover über.
»Wie meinen Sie das?«
»Genauso, wie ich es gesagt habe«, erwiderte die Ärztin. »Wenn wir keine vollständige Kontrolle über Ihre Lebensweise und Ihre Umgebung haben, können wir Ihre Lebenserwartung nicht steigern. Ihre bisherige Lebensweise stellt alles in Frage, was wir mit unseren therapeutischen Maßnahmen bis jetzt erreicht haben. Unsere gesamte Technologie kann den Raubbau an Ihrer Gesundheit nicht ausgleichen, den Sie selbst täglich betreiben.«
Judd wandte sich ärgerlich ab. »Ich kann doch nicht ewig im Krankenhaus bleiben. Ich würde ja durchdrehen.«
»Ich weiß.«
»Da könnte ich ja gleich in einer Raumstation leben. Laborbedingungen sind nichts für mich.«
»Das kann ich mir denken.«
»Also was schlagen Sie vor?«
»Richten Sie sich eine eigene kontrollierbare Umwelt ein. Sie haben die Möglichkeiten dazu.« Die Ärztin suchte Judds Blick. »In gewisser Weise verfügen Sie schon über Ihre eigene Welt. Ihr Flugzeug ist ja beinahe ein Raumschiff. Aber dieses dauernde Herumreisen ist äußerst schädlich für Sie.

Ich verstehe zwar, daß Sie überall auf der Welt Ihre Geschäftsinteressen wahrnehmen müssen, aber das bedeutet doch, daß Ihnen Ihre Gesundheit nicht so wichtig ist wie andere Dinge.« Dr. Zabiski stand auf. »Denken Sie darüber nach, Judd. Gibt es irgendwas auf der Welt, was Sie nicht veranlassen könnten, zu Ihnen zu kommen? Gibt es irgend jemanden, der so mächtig wäre, daß Sie ihn unbedingt selbst aufsuchen müßten? Wenn Sie sich eine kontrollierte Umwelt schaffen würden, könnten Sie sich Kommunikationssysteme, Technologien und Versorgungssysteme aufbauen, die sowohl Ihren persönlichen Wünschen als auch den medizinischen Anforderungen vollkommen entsprechen. Auch die menschlichen Kontakte, an denen Ihnen so liegt, ließen sich mühelos aufrechterhalten. Alle kommen zu Ihnen, wenn Sie es verlangen.«
Judd starrte sie nachdenklich an. »Das würde bedeuten«, sagte er schließlich, »daß ich mir eine kleine Stadt nur für mich selbst bauen lassen müßte.«
Die Ärztin zuckte mit den Schultern. »Na und? Sie hegen doch die Absicht, für immer zu leben. Warum sollten Sie da nicht eine Stadt bauen, in der Sie genauso leben können, wie es Ihnen gefällt?«
»Verrückt«, entfuhr es ihm.
»Eigentlich gar nicht«, entgegnete Dr. Zabiski. »Sie haben genügend Geld, um Ihr Ziel zu erreichen. Sie brauchen nur zu wollen.«
Judd schwieg.
»Denken Sie darüber nach«, fuhr die Ärztin fort. »Diese Insel vor der Küste von Georgia zum Beispiel, die Ihnen gehört. Da steht doch bloß dieses eine Ferienhotel drauf. Das wäre die ideale Umgebung.«
»Ich überlege es mir.«
»Gut«, nickte die Ärztin.
»Ich will aber kein zweiter Howard Hughes werden«, sagte Judd.
»Darum geht es auch nicht«, erwiderte Dr. Zabiski, »Howard Hughes ist vor der Welt davongelaufen, weil er Angst vor ihr

hatte. Weil er Angst vor dem Tod hatte. Sie fürchten sich weder vor dem einen noch vor dem anderen, weder vor der Welt noch vor dem Tod. Die Welt können Sie jederzeit zu sich rufen, und der Tod ist für Sie nur ein Ergebnis der Evolution, das Sie ändern möchten. Um die von Ihnen angestrebte Unsterblichkeit zu erlangen, müssen Sie allerdings akzeptieren, daß sich Ihr Lebensstil ebenfalls ändert.«

Nicolai telefonierte, als sie aus dem Badezimmer zurückkam. Sie ging zur Kommode und nahm frische Höschen und einen Büstenhalter heraus. »Du brauchst dich nicht zu beeilen«, sagte er. »Wir haben neue Befehle.«
Sofia warf ihm einen fragenden Blick zu. »Die Maschine nach Mexico City geht um zehn, und die nächste erst heute abend um sechs.«
»Du fliegst nicht nach Mexico City«, lächelte Nicolai. »Wir fliegen zusammen nach Moskau. Mit Aeroflot, kurz nach zwölf. Unsere Plätze sind schon gebucht.«
»Aber was wird aus der Schwangerschaftsunterbrechung?« fragte Sofia. »Die ist für morgen geplant. Es ist alles vorbereitet in Boca Raton.«
»Wir brauchen dich in Moskau. Und eine Abtreibung findet nicht statt. Du wirst das Baby behalten.«
»Das ist doch reiner Wahnsinn.« Sofias Augen waren weit aufgerissen. »Niemand weiß, was aus diesem Embryo wird. An Cranes biologischem System ist soviel herumgemurkst worden, daß ich vielleicht ein Ungeheuer im Leib trage.«
»Dieses Risiko müssen wir eingehen«, sagte Nicolai. »Die Zentrale sieht das sicher ganz anders. Wir dürfen doch nicht übersehen, daß dieses Kind vielleicht sein einziger Erbe sein wird. Wenn wir das Kind haben, haben wir irgendwann alles: den ganzen Konzern, das Geld und sämtliche Informationen. Einer der größten Industriekomplexe der westlichen Welt würde uns einfach so in den Schoß fallen.«
»Aber es war doch ein Experiment.«
»Das kann schon sein. Jetzt ist es eine Tatsache. Jetzt geht es um Macht. Erinnere dich bitte an das, was der tote Chinese

gesagt hat.«
»Da mache ich nicht mit. Ich fliege nach Mexico City. Genau wie geplant.«
»Nein, du wirst den Befehlen gehorchen, Sofia.«
»Und wenn ich das nicht tue?«
»Das wäre Verrat, und du weißt, was mit Verrätern geschieht.«
Sie ließ den Büstenhalter zuschnappen und zog das Spitzenhöschen an. »Wer wird mich denn umbringen?« fragte sie beiläufig. »Du vielleicht?«
»Ich habe meine Befehle.«
»Aber du liebst mich doch«, flüsterte sie. »Das hast du doch immer gesagt.«
»Das stimmt auch«, nickte er. »Und ich werde dich immer lieben.«
»Aber deine Befehle liebst du noch mehr, ja?« Die Bitterkeit in ihrer Stimme war nicht zu überhören.
Nicky gab keine Antwort.
»Dann liebst du mich auch nicht«, sagte sie. »Dir geht es nur um deine Karriere, um deinen Ehrgeiz, um deine Machtgier.«
Immer noch sagte er nichts.
»Jetzt wird mir einiges klar, Nicky. Ich war ja so dumm. Du hast dich nie scheiden lassen wollen von Ekaterina. Das hätte ja alle deine Pläne durcheinandergebracht. Das kannst du dir gar nicht leisten, dazu ist ihr Vater viel zu mächtig im Politbüro.«
Nicolai schüttelte den Kopf. »Nein, so war es nicht ganz, Sofia. Ich will mit dir ehrlich sein. Ja, ich habe dich für meine Pläne benutzt, und eine Ehe kam nie in Frage. In Moskau kennt man dich viel zu genau. Die hätten dich nie akzeptiert.«
Sofia nahm schweigend ihren Koffer vom Schrank, legte ihn aufs Bett und wollte ihn aufklappen. Dann überlegte sie es sich anders und streifte sich mit knappen Bewegungen den hellen Leinenanzug über, in dem er sie zuerst gesehen hatte. Sie schlug den Kofferdeckel hoch und legte ihre Sachen hin-

ein. »Du wirst mich umbringen müssen, Nicky. Ich fliege nach Mexico City.«
Er starrte sie ärgerlich an. »Das ist nicht dein Ernst, Sofia!«
Sie schloß den Koffer und verriegelte ihn sorgfältig. »Ist es denn dein Ernst, daß du mich umbringen willst?«
Mit zusammengepreßten Lippen saß er auf dem Stuhl neben dem Telefon. »Ich bin Soldat. Ich habe meine Befehle.« Er zog eine blauschwarze Beretta aus der Innentasche seiner Jacke. »Bleib hier, Sofia, du hast gar keine andere Wahl.«
Sie lachte und drehte sich um. Das gedämpfte Krachen, mit dem der Koffer explodierte, hörte Nicolai schon nicht mehr. Die erste Explosion hatte ihm die Brust aufgerissen, die zweite schnitt sein Gesicht auf wie eine Melone. Die Wucht der beiden Treffer riß ihn vom Stuhl.
Sofia bückte sich und nahm ihm die Pistole aus der Hand. Alles war mit Blut bespritzt. Sie warf ihm einen bedauernden Blick zu.
»Armer Nicky«, sagte sie leise. »Du warst dir deiner Sache wohl ein bißchen zu sicher. Du konntest ja auch nicht wissen, was mir Judd Crane beigebracht hat: Man hat immer die Wahl.«

22

»Vater des Jahres!« rief er. »Hervorragend! Dabei habe ich keine einzige von diesen Damen persönlich geschwängert.«
Doc Sawyer lachte. »Sie dürfen sich nicht beschweren, Judd. Es war Ihre eigene Idee.« Er dachte einen Augenblick nach. »Aber Dr. Zabiski hat recht. Wir brauchen wirklich nicht auf halbem Weg stehenzubleiben.«
»Onkel Paul und die Rechtsabteilung werden wahrscheinlich durchdrehen.«
»Dazu sind sie ja da. Ich bin sicher, sie werden die richtige Lösung finden.«
Merlin kam zu ihnen in die Kabine. »Wir landen in dreißig

Minuten in Mexico City.«
»Gut«, sagte Judd. »Was ist mit Sofia?«
»Sie befindet sich offenbar an Bord einer Aeromexico-Maschine, die eine Stunde nach uns in Mexico City eintreffen wird. Jedenfalls stand ihr Name bis zum Abflug auf der Passagierliste.«
»Ist der Sicherheitsdienst darauf vorbereitet, sie herauszuholen, wenn es Schwierigkeiten gibt?«
»Wir tun, was wir können«, antwortete Merlin. »Es war ein Riesenglück, daß unsere Leute als erste ihr Hotelzimmer betraten, nachdem sie abgereist war. Sie haben die Leiche gefunden und weggeräumt, bevor die kubanische Polizei kam. Aber wie lange wir die Kubaner noch hinhalten können, wissen wir nicht.« – »Wenn wir sie aus dem Flugzeug herauskriegen, sind wir schon so gut wie zu Hause«, sagte Judd.
»Aufgrund der Tonbandaufzeichnungen wissen wir, daß er sie umbringen wollte«, sagte Merlin. »Wie sie ihn reingelegt hat, wissen wir aber immer noch nicht.«
»Ich glaube, ich weiß es«, schmunzelte Judd. »Sie hat meinen kleinen Koffer mit auf die Reise genommen.«
Merlin zog die Augenbrauen hoch. »Den mit der automatischen Achtunddreißiger unter den Schlössern?«
Judd nickte. »Dieses Köfferchen kann eine Menge. Nur nicht von alleine weglaufen. Und in meinem Zimmer war es nicht, als ich aus dem Krankenhaus kam.«
Merlin nickte anerkennend. »Die Dame hat Köpfchen. Das bedeutet jedoch, daß sie auch gefährlich ist.«
»Alle Frauen, die der Mühe wert sind, sind auch gefährlich«, lächelte Judd und nahm ein Blatt Papier vom Tisch. »Was ist mit den übrigen Mädchen? Werden die künftigen Mütter gleichmäßig über die Vereinigten Staaten verteilt?«
»Der Sicherheitsdienst wird Ihnen die Pläne heute abend noch vorlegen«, antwortete Merlin. »Was haben Sie wegen Sofia beschlossen?«
»Ich denke noch darüber nach. Ich muß mit ihr reden.«
»Sie haben in Mexico City einen Termin im Präsidentenpalast. Wir sind der Ansicht, Sie sollten nicht am Flughafen

sein, falls etwas passiert. Der Wirtschaftsminister erwartet Sie zu einem Gespräch über das Zweigwerk von Crane Pharmaceuticals. Anschließend findet ein Mittagessen mit Lopez Portillo statt, danach kehren Sie zum Flughafen zurück. Der Abflug nach Brasilien ist für heute nachmittag um vier Uhr vorgesehen. Auf diese Weise haben Sie eine ganze Menge Zeit zum Nachdenken, Sir.« Merlins ironischer Tonfall täuschte nicht darüber hinweg, wie bedenklich er die Situation fand.

Judd warf einen Blick auf seine Armbanduhr und blickte dann gereizt in die Runde. Es war bereits halb vier, und Präsident Lopez Portillo war noch immer nicht da. Judd wandte sich an den Wirtschaftsminister, der neben ihm saß. »Der Herr Präsident hat sicher wichtige Dinge zu erledigen. Ich habe volles Verständnis, wenn er dieses Essen absagen möchte.«

»Es liegt nichts Dringendes vor, Mr. Crane«, sagte der Minister in höflichem Englisch. »Aber vor vier Uhr nachmittags ißt der Herr Präsident niemals zu Mittag.«

Judd warf Merlin einen kurzen Blick zu und wandte sich dann wieder dem Wirtschaftsminister zu. »Entschuldigen Sie mich bei dem Herrn Präsidenten. Leider habe ich sehr gedrängte Termine. Ich werde in Brasilien erwartet. Meine Abreise ist für vier Uhr geplant, deshalb muß ich sofort zum Flughafen. Vielleicht können wir das Essen nachholen, wenn ich in die Staaten zurückfliege.«

Der Minister war sichtlich schockiert. »Aber der Herr Präsident wird außerordentlich enttäuscht sein, Señor Crane. Er hat sich so auf diese Begegnung gefreut.«

»Ich mich auch«, versicherte Judd. »Ich wollte unbedingt mit ihm reden.«

»Und das Geschäft, über das wir gesprochen haben«, stotterte der Minister. »Ich bin sicher, der Herr Präsident möchte das mit Ihnen besprechen.«

»Da gibt es nicht mehr viel zu besprechen. Ich kenne Ihre Position. Ich habe verlangt, daß Sie ein Laboratorium und eine

Fabrik für dreißig Millionen Dollar bauen. Dafür gehört Ihnen Crane Pharmaceuticals Mexico dann zu fünfzig Prozent. Sie dagegen wollen nur fünf Millionen bezahlen und verlangen von mir, daß ich den Rest, also fünfundzwanzig Millionen Dollar, selbst finanziere. Das ist, schlicht gesagt, für mich nicht sehr interessant. Ich bin Geschäftsmann, Herr Minister, und habe nicht die Absicht, Ihrem Land Geld zu leihen, von dem ich nicht weiß, ob ich es zurückerhalten werde. Ich bin der Ansicht, daß die Schulden die finanziellen Möglichkeiten des Landes weit übersteigen.«

»Diese Ansicht steht in deutlichem Gegensatz zur Auffassung der zahlreichen Banken, mit denen wir finanzielle Vereinbarungen haben«, erwiderte der Minister verärgert. »Mexikos Ölfelder sind die größten der Welt, und sie haben bisher noch immer als Sicherheit ausgereicht, auch wenn unsere jeweiligen Zahlungsverpflichtungen hoch waren.«

»Gewiß, Exzellenz«, beschwichtigte Judd. »Aber ich besitze weder Öltanker noch Raffinerien und bin auch sonst an Ihren Energiequellen nicht interessiert. Ich halte mich an die Fakten. Wir haben jetzt Ende 1979, und Mexiko hat Auslandsschulden in Höhe von fünfundfünfzig Milliarden Dollar. Da Sie sich ständig weiter verschulden, können diese Verpflichtungen bis zum Ende der Amtszeit des Präsidenten im Jahre 1981 auf über achtzig Milliarden anwachsen. Bis dahin wird die Welt im Öl schwimmen. Man wird darüber nachdenken müssen, wie man die Ölproduktion einschränken kann. Ich glaube nicht, daß Sie Ihre Schulden dann mit Öl bezahlen können.«

»Aber wenn Ihre Prognose zuträfe, müßten sich dann auch zahlreiche andere Länder in Schwierigkeiten befinden. Das Problem müßte nicht nur bei uns gelöst werden, sondern überall auf der Welt.«

»Das ist richtig«, bestätigte Judd. »Aber das wird nicht mein Problem sein. Keine meiner Banken hat irgendwelche Kredite vergeben, die durch Öl oder Ölprodukte abgedeckt werden. Ich bin der Ansicht, daß unsere Zukunft nicht mehr im Bereich der Energieversorgung und Produktion liegt, sondern im Bereich der Information, der Kommunikation und der medizinischen Versorgung. Wir befinden uns jetzt schon im postindustriellen Zeitalter. Die pharmazeutische Fabrik, die ich Ihnen anbiete, kostet Sie nur ein Minimum an Investitionen, gemessen an dem, was die Ölindustrie kostet. Aber die dreißig Millionen Dollar, die ich heute von Ihnen verlange, werden Ihnen schon in zwei Jahren Umsätze in Höhe von mindestens zweihundert Millionen Dollar einbringen, das verspreche ich Ihnen. Das nächste Unternehmen, das ich für Sie aufbauen will, Herr Minister, wird erst errichtet, wenn das erste rentabel arbeitet. Das bedeutet allerdings auch, daß wir in unseren Fabriken jegliche Korruption unterbinden werden. Den Schlendrian, der manche Unternehmen in Ihrem Land lähmt, können wir uns nicht leisten. Ich biete Ihnen elektronische Industrie, Kommunikations- und Informationstechnik, und mit unserem Know-how kann Mexiko zur führenden Industrienation der spanischsprachigen Welt aufsteigen. Es wird alles hier in Mexiko hergestellt, aber der Marktanteil, den Sie erreichen können, ist Milliarden wert. Bitte teilen Sie dem Präsidenten das mit.«

Der Minister starrte Judd verblüfft an. »Sie sprechen eine sehr deutliche Sprache, Señor.«

»Ich spreche immer eine deutliche Sprache, Herr Minister. Der Fortschritt kann nur auf den Felsen der Wahrheit gebaut werden, nicht auf Verfall und Entartung.«

»Ihre Arroganz ist typisch amerikanisch«, meinte der Wirtschaftsminister gelassen. »Immer glauben Sie, alle anderen Völker belehren zu müssen, und südlich des Rio Grande wohnen Ihrer Ansicht nach ohnehin nur die armen Verwandten.«

»Präsident Carter ist mit einem Olivenzweig nach Mexico City gekommen. Er wollte die Beziehungen zwischen unseren Ländern und das gegenseitige Verständnis mit einem Schlage verbessern. Das war vermutlich naiv; man kann wohl keine Wunder erwarten, jedenfalls heutzutage nicht mehr. Aber warum hat man ihn so abblitzen lassen? Warum, Herr Minister, starren Sie alle nach Kuba? Was macht denn Fidel

Castro so faszinierend für Sie? Er stellt doch Ihre Regierungsform und Ihre demokratische Ordnung dauernd in Frage. Warum brüskieren Sie nicht mal Fidel Castro?«
Der Minister gab keine Antwort.
»Früher haben Sie Ihren Zucker selbst angebaut. Heute importieren Sie Zucker. Früher haben Sie Kakao, Kaffee und Weizen angebaut, heute konzentriert sich ganz Mexiko fieberhaft auf das Öl, das unter dem Meeresboden liegt. Es dauert Jahre, um die Ölreserven zu erschließen, und ehe sie rentabel genutzt werden können, ist das Öl vielleicht schon durch andere Energien ersetzt worden.«
»Ich bedaure sehr, daß Sie uns Mexikaner so wenig schätzen«, sagte der Minister kühl.
»Aber ich schätze Sie sehr«, widersprach Judd. »Ich liebe das mexikanische Volk. Seine Tapferkeit und Großzügigkeit. Ich beschäftige legal und illegal mehr als anderthalb Millionen Mexikaner in meinen Betrieben. Ich finde sie außerordentlich tüchtig und fleißig. Die Mexikaner tun mir aber auch leid, vor allem die zukünftigen Führer des mexikanischen Volkes; denn in zwei Jahren, wenn eine andere Regierung die Macht übernimmt, werden die neuen Politiker soviel Scheiße von den Stiefeln zu kratzen haben, daß sie dem Volk kein Essen mehr auf die Gabeln tun können.«
»Ist das Ihre ehrliche Überzeugung?« fragte der Minister höflich.
»Ja. Und ich bin sicher, Sie wissen meine Ehrlichkeit zu schätzen.«
»Und was sollen wir Ihrer Meinung nach tun?«
Judd blickte ihm fest in die Augen. »Ich bin kein Mexikaner und ich bin kein Politiker. Ich kann keine Lösungen anbieten, und es geht mich ja auch gar nichts an. Aber ich finde, daß Mexiko die führende Rolle in Lateinamerika spielen sollte. Jetzt ist es nur der Vasall eines Vasallen, der von Leuten beherrscht wird, die Sie im Grunde alle verachten.«
Der Minister seufzte. »Können Sie Ihren Abflug nicht aufschieben?«
»Tut mir leid, Herr Minister.«

»Aber Sie kommen noch einmal nach Mexico City?«

»Wenn ich eingeladen werde, komme ich gerne, Herr Minister«, versicherte Judd.

»Ich werde mich dafür einsetzen«, lächelte der Minister. Das Telefon neben ihm klingelte plötzlich. Er nahm den Hörer ab, hörte einen Augenblick zu, stellte ein paar Fragen auf spanisch, bedeckte dann die Muschel mit der Hand und sagte zu Judd: »Die Einwanderungsbehörden auf dem Flughafen haben auf Wunsch der kubanischen Polizei eine Frau Dr. Ivancich festgenommen. Die Kubaner verlangen ihre Auslieferung. Frau Dr. Ivancich hat sich darauf berufen, daß sie Ihr Gast sei und für Sie arbeite und auf dem Flughafen lediglich in Ihr Flugzeug umsteigen wolle. Sie besitzt einen gültigen Paß ihres eigenen Landes und ein gültiges Visum für die Vereinigten Staaten.«

»Wo befindet sich Frau Dr. Ivancich jetzt?« fragte Judd.

»Im Büro der Flughafenpolizei in der Transithalle.«

Judd schob das Kinn vor. »Frau Dr. Ivancich spielt bei unseren medizinischen Forschungen eine sehr wichtige Rolle. Ich wäre Ihnen sehr dankbar, wenn Sie Ihre Einwanderungsbehörden veranlassen würden, Frau Dr. Ivancich zu meinem Flugzeug zu bringen. Es wäre sicher nützlich, wenn Sie den Beamten mitteilen könnten, daß Sie mir freies Geleit für Frau Dr. Ivancich zugesagt haben.«

»Die Kubaner haben uns wissen lassen, daß Frau Dr. Ivancich eines schweren Verbrechens beschuldigt wird.«

»In Kuba«, fragte Judd, »oder in Mexiko?«

»In Mexiko liegt nichts gegen sie vor.«

»Die Transithalle ist aber mexikanisches Hoheitsgebiet, nicht wahr? Die kubanischen Behörden haben da gar nichts zu sagen, oder?«

»Das ist richtig. Die Polizeigewalt liegt bei unseren Behörden.«

»Frau Dr. Ivancich arbeitet aufgrund einer besonderen Vereinbarung zwischen den Vereinigten Staaten und der Sozialistischen Republik Jugoslawien bei mir. Falls Sie Ihre eigenen Hoheitsreichte zugunsten der Kubaner aufgäben und Frau

Dr. Ivancich weiter festhielten, so brächte das für die mexikanische Regierung nur unnötige diplomatische Verwicklungen mit sich. Deshalb würde ich es sehr begrüßen, wenn Sie meiner persönlichen Bitte durch das Gewicht Ihres Amtes etwas Nachdruck verleihen könnten.«
Der Minister nickte, hob den Hörer und gab einige Anweisungen auf spanisch. Dann legte er auf. »Frau Dr. Ivancich wird in Begleitung einiger Beamter zu Ihrem Flugzeug gebracht werden, Mr. Crane.«
»Vielen Dank, Herr Minister.«
»In ungefähr zehn Minuten müßte sie an Bord Ihres Flugzeugs sein, Mr. Crane.«
»Vielen Dank.«
»Noch eine Frage, Mr. Crane. Waren Sie nicht auf der Harvard Business School?«
Judd nickte. »Ja.«
Der Minister lächelte zufrieden. »Ich habe dort auch mein Diplom gemacht.« Er hielt Judd die Hand hin. »Zu Ihren analytischen Fähigkeiten gratuliere ich Ihnen, Mr. Crane. Ich hoffe nur, daß Sie das Spiel in Zukunft auch einmal aus meiner Position spielen.«
»Oh, das habe ich in der Vergangenheit bereits öfter getan, Herr Minister.«
»Und haben Sie gewonnen?«
»Es geht doch nicht um gewinnen oder verlieren. Wir wollen doch alle das Beste.«

23

Die Lichter von Mexico City verschwanden im braunen Smog, der wie ein Leichentuch über der Stadt lag. Ein paar Minuten später hatte die Maschine das endlose Blau des Himmels und den Glanz der Nachmittagssonne erreicht. Judd warf einen Blick auf die riesige Stadt.
»Völlig mit Scheiße bedeckt«, sagte er verächtlich.

»Hier sind Ihre Pillen, Mr. Crane.« Bridget stellte ihm ein Glas Orangensaft hin.
»Das vergessen Sie auch nie«, stellte er mürrisch fest.
»Dafür werde ich von Ihnen bezahlt«, entgegnete Bridget und wartete, bis er die Pillen mit dem Saft heruntergespült hatte. »Um sieben Uhr dreißig gibt es Abendessen. Licht aus um neun.«
»He, he«, beschwerte sich Judd. »Ich bin doch nicht mehr im Krankenhaus.« – »Laut ärztlicher Anordnung sollen Sie den Tagesplan von Boca Raton noch zwei Wochen lang beibehalten«, erwiderte Bridget.
»Wie wäre es mit einem kleinen Fick?« fragte er.
»Das gehört nicht zu meinem Aufgabenbereich. Im übrigen geht es Ihnen schon wieder viel besser. Wahrscheinlich können Sie die Dinge bald wieder selbst in die Hand nehmen.«
»Vielen Dank«, knurrte er. »Aber warten Sie nicht zu lange auf Ihre Prämie. Ich werde nicht so leicht vergessen, daß Sie mich im Stich gelassen haben, als es mir mies ging.«
Er beobachtete, wie die Krankenschwester die Kabine verließ.
»Alles Fotzen!« knurrte er und lehnte sich über die Theke.
Fast Eddie lächelte verbindlich. »Natürlich, Boß.«
»Dieser Orangensaft schmeckt nach Pisse. Gib mir ein Cherry-Coke, Eddie.«
»Das geht nicht, Boß. Denken Sie an das, was Ihnen die Ärztin gesagt hat.«
»Scheiß auf die Ärztin«, brüllte Judd. »Du arbeitest immer noch für mich und für niemanden sonst.«
»Aber . . .«
»Tu jetzt, was ich gesagt habe.«
Rasch mixte Fast Eddie den Drink. Judd nahm einen großen Schluck und seufzte befriedigt. »Das tut gut. Ärzte wissen eben auch nicht alles.«
Doc Sawyer und Merlin betraten den Raum. »Alles in Ordnung?« fragte Judd.
»Alles in Ordnung«, sagte Merlin.
»Was ist mit Sofia?«
»Es geht ihr gut«, antwortete Doc Sawyer. Dann fiel ihm

Judds leerer Gesichtsausdruck auf. Er wandte sich fragend an Merlin: »Haben Sie ihm gar nichts erzählt?«

Merlin schüttelte den Kopf. »Ich dachte, Sie . . .«

Judd schlug mit der Faust auf die Theke. »Wovon reden Sie eigentlich, meine Herren?«

Doc Sawyer fuhr sich mit der Hand über das Kinn. »Ein Scharfschütze mit Schalldämpfer wollte sie abschießen, als sie durch die Transithalle ging. Zum Glück hat er sie nicht richtig getroffen. Sie hat bloß eine Fleischwunde am linken Arm.«

»Haben sie den Kerl erwischt?« fragte Judd.

»Es hat ihn keiner gesehen«, erwiderte Merlin. »Die Mexikaner haben nicht mal gemerkt, daß sie angeschossen worden ist. Die Dame hat Nerven wie Drahtseile. Sie ging durch die Transithalle, ohne auch nur einmal zu mucksen. Sie legte einfach die Hand auf das Loch, damit man das Blut nicht sah, und ging eiskalt zum Flugzeug.«

»Und wo ist sie jetzt?« fragte Judd.

»Sie schläft in ihrer Kabine«, erwiderte Doc Sawyer. »Sie hat natürlich eine Menge Blut verloren. Ich habe ihr anderthalb Liter Plasma gegeben, die Wunde genäht und ihr eine Beruhigungsspritze verpaßt. Sie wird ungefähr zehn oder zwölf Stunden lang schlafen.«

»Gut gemacht«, gratulierte Judd. »Aber eine Schweinerei ist es doch! Ich würde gern wissen, was in Havanna passiert ist.«

»Das wissen wir ziemlich genau«, sagte Merlin. »Die Dame war kaltblütig genug, Borovniks Unterlagen einzustecken, bevor sie abreiste. Ich habe die Papiere durchgelesen. Dabei hat sich gezeigt, daß diese problematischen Konten bei der South and Western Savings and Loan Association von der kubanischen Regierung garantiert worden sind. Die Dealer wurden von den Kubanern gedeckt.«

»Da haben wir uns eine Menge Ärger eingekauft, was?«

Merlin nickte.

»Und was machen wir jetzt?« fragte Judd.

»Wir können gar nicht viel tun. Die Behörden haben die Sache schon fest im Griff«, erklärte Merlin. »Das Finanzministerium, die Federal Deposit Insurance Corporation, die Steuerfahndung, der Zoll, das FBI und der CIA schnüffeln geradezu um die Wette.«

Judd hob den Kopf und warf Merlin einen prüfenden Blick zu. »Und wie sieht die Bilanz für uns aus?«

»South and Western Savings ist so gut wie erledigt. Zuerst sah es so aus, als ob wir mit Einbußen in Höhe von vierhundert Millionen Dollar davonkämen, aber jetzt, nachdem die Behörden praktisch alle Konten prüfen, ziehen die Kunden scharenweise ihre Einlagen zurück. Wir müssen wahrscheinlich mehr als sechshundert Millionen auszahlen, und damit ist die Bank pleite. Wenn wir sie halten wollen, müssen wir mindestens dreihundert Millionen aus unseren Mitteln zuschießen.«

Judd zögerte keinen Moment. »Tun Sie das, Merlin.«

»Es besteht aber die Gefahr, daß wir die auch noch verlieren.«

»Unser guter Name steht auf dem Spiel. Das Geld ist auch gar nicht so wichtig. Was mich ärgert, ist unsere eigene Dummheit.«

Die Männer schwiegen einen Moment. »Sonst noch was?« fragte Judd.

»Die Mädchen haben jetzt alle die ersten Vorsorgeuntersuchungen hinter sich und befinden sich in ausgezeichnetem Zustand«, sagte Doc Sawyer. »Die Verträge liegen der Rechtsabteilung unterschrieben vor, von daher bestehen also keine Bedenken. Der Sicherheitsdienst hat die Mädchen einzeln in verschiedenen Städten untergebracht. Keins der Mädchen weiß, daß es noch andere gibt, und natürlich wissen sie auch nicht, daß wir mit der Sache zu tun haben. Die Stiftung, die für ihren Lebensunterhalt sorgt, hat ihre Arbeit schon aufgenommen. Die Mädchen sind völlig zufrieden. In sechs oder sieben Monaten haben wir einen Babyboom, wie ihn bisher nur Ibn Saud erlebt haben dürfte.«

»Ibn Saud hat über neunhundert Kinder gehabt«, meinte Judd. »Und er hatte das Vergnügen, jedes persönlich zu ma-

chen.«
»Ja, man kann nicht alles gleichzeitig haben«, lachte Doc Sawyer. »Und wir sind hier nicht in Arabien.«
Judd dachte einen Augenblick nach. »Eine von den Frauen weiß aber sehr genau, was vorgeht«, sagte er schließlich. »Sofia.«
Doc Sawyer nickte. »Ich habe das mit Dr. Zabiski erörtert. Wir haben beschlossen, daß die Abtreibung bei Dr. Ivancich so bald wie möglich durchgeführt wird. Daß die anderen die Kinder austragen werden, wird sie niemals erfahren.«
Judd sah zum Fenster hinaus. Eine dünne rote Linie erstreckte sich dort, wo die Sonne hinter den Horizont sank. »Es sieht so aus, als hätten Sie alles unter Dach und Fach, Doc.«
»Wir haben unser Bestes getan«, bestätigte Doc Sawyer.
»Gut.« Judd wandte sich an Merlin. »Was macht unsere neue Residenz?«
»Die Leute von Crane Construction haben einen Planungsstab zusammengestellt. Jetzt brauchen sie noch ein paar Spezialisten, die wirklich begreifen, was wir uns vorstellen. Aber sie glauben, daß sie uns die ersten Entwürfe in zwei Monaten vorlegen können.«
»Und wie lange rechnet ihr für die Bauzeit?«
»Ungefähr ein Jahr für die Rohbauten und ein weiteres Jahr für den Innenausbau.« Merlin warf ihm einen skeptischen Blick zu. »Wollen Sie sich wirklich darauf einlassen, Sir? Ich schätze, das kostet uns mindestens vierzig Millionen.«
»Wir werden uns die Pläne genau ansehen, ehe wir uns entscheiden. Wir haben ja Zeit.«
In diesem Augenblick betrat Bridget die Kabine. »Tut mir leid, meine Herren, Sie müssen jetzt gehen. Der Patient muß sich vor dem Essen noch hinlegen.«
»Süße Sklavenhalterin«, murmelte Judd, aber es war nicht böse gemeint.
Er fühlte sich tatsächlich müde.

Zuerst hörte er das leise Summen der Triebwerke, dann öffnete er langsam die Augen. Bridget stand neben dem Bett. Mit ihrer weißen Uniform sah sie in der abgedunkelten Kabine wie ein schönes Gespenst aus. »Stehen Sie schon lange da?« fragte Judd.

»Ein paar Minuten«, erwiderte das Mädchen. »Sie haben so fest geschlafen, daß ich nicht wußte, ob ich Sie zum Essen wecken soll oder nicht.«

»Nachdem das Mittagessen ausgefallen ist, möchte ich schon einen Happen zu Abend«, knurrte er.

»Gut. Ich sage in der Küche Bescheid.«

Judd setzte sich auf. »Ich gehe inzwischen ins Bad. Wann ist das Essen denn fertig?«

»Wann immer Sie wünschen.«

»In einer halben Stunde. Ist das okay?«

»Natürlich, Sir.«

Er wartete, bis sie gegangen war, knipste dann das Licht an und gähnte.

Das rote Licht auf dem Telefon blinkte. Er nahm den Hörer und meldete sich.

»Ihre Stiefmutter hat angerufen, während Sie schliefen, Sir«, sagte der Funkoffizier.

»Rufen Sie zurück.« Judd legte auf.

Das Telefon klingelte, als er im Bad war. Er nahm den Hörer des Wandtelefons.

»Ich habe Mrs. Marlowe am Apparat, Sir.«

»Vielen Dank.« Es klickte. »Barbara?«

»Seit sechs Wochen habe ich nicht mehr mit dir geredet«, sagte sie. »Wo bist du denn gerade?«

»Im Augenblick sitze ich auf dem Klo.«

»Idiot!« lachte sie. »Ich meine, wo bist du?«

»Ich glaube, irgendwo über dem Amazonas. Aber genau weiß ich das nicht. Ich bin soeben erst aufgewacht.«

»Geht es dir gut?«

»Es ist mir nie bessergegangen.«

»Und diese Therapie? Bekommt sie dir einigermaßen?«

»Alles okay, keine Probleme. Und wie geht es dir und Jim?«

»Sehr gut«, antwortete Barbara. »Ich habe gehört, daß du zu Reagans Vereidigung kommst?«
»Ja.«
»Wir sind auch eingeladen. Vielleicht könnten wir uns sehen.«
»Das ist eine gute Idee. Ich rufe dich rechtzeitig an.«
»Fein«, meinte sie. Es entstand eine Pause. »Bist du ganz sicher, daß es dir gutgeht?«
»Ja, Barbara, ganz ausgezeichnet. Grüß Jim schön. Küßchen.«
»Ja, Küßchen. Ich freu mich darauf, dich in Washington zu sehen. Bis dann, Judd.«
Er hängte den Hörer ein und stellte sich über die marmorne Kloschüssel. Nachdem er eine Weile gewartet hatte, drückte er auf den Rufknopf.
Bridget betrat sein Schlafzimmer. Als sie ihn dort nicht fand, kam sie ins Bad. »Haben Sie Probleme?«
»Ja. Sehen Sie sich das an. Ich habe unglaublichen Druck auf der Blase, aber mit dieser Erektion da kann ich nicht pissen.«
»Und woher kommt diese starke Erregung?«
»Ich habe mit meiner Stiefmutter telefoniert«, sagte er. »Auf die war ich früher schon scharf. Wahrscheinlich bin ich es heute noch.«
Bridget musterte ihn kühl. »Sie machen offensichtlich vor nichts halt. Am besten, Sie duschen jetzt erst einmal kalt. Danach dürften Sie keine Schwierigkeiten mehr haben.«

24

»Wir sind jetzt zehn Meilen östlich der Küste«, sagte die Stimme des Kapitäns über den Bordlautsprecher.
Judd bediente die Sprechanlage. »Zeigen Sie es uns auf dem Bildschirm.«
Raoul, der Chefsteward, schaltete den großen Monitor an der Stirnseite von Judds Kabine ein und verdunkelte die Fenster.

Auf dem Bildschirm erschien ein leuchtender Sandstrand. Vor dem Strand war eine riesige Wasserfläche zu erkennen, dahinter endlose Wälder.
»In der Bildmitte ist das Amazonasdelta zu sehen«, erklärte der Kapitän.
»Gehen Sie näher ran mit der Kamera«, befahl Judd.
»Wir fliegen in vierzehntausend Meter Höhe«, gab der Kapitän zu bedenken. »Es wird wahrscheinlich ein bißchen unscharf.«
»Das macht nichts«, versicherte ihm Judd. »Ich möchte es sehen. Folgen Sie dann dem Fluß.«
»Jawohl, Sir.« Es klickte im Lautsprecher.
Judd starrte fasziniert auf den Bildschirm. Die Erdoberfläche schien näher zu kommen, immer genauer erkannte man, wo das schlammige Wasser des Amazonas ins Meer strömte. Bald begann das blaue Meer zu verschwinden, der Strand rückte zentimeterweise weiter an den unteren Bildrand, und schließlich sah man nur noch den lehmigen Fluß, der sich immer weiter ausdehnte, bis man glaubte, der Monitor sei zu klein für den gewaltigen Strom.
»Die Fabrikanlagen werden jeden Augenblick auftauchen«, sagte die Stimme des Kapitäns.
»Können wir ein bißchen heruntergehen und über den Anlagen eine Schleife drehen?« fragte Judd.
»Der genehmigte Flugplan sieht vierzehntausend Meter vor, Sir. Wenn ich heruntergehe, kriegen wir Ärger mit der Flugsicherung.«
»Zum Teufel mit der Flugsicherung«, knurrte Judd. »Gehen Sie auf zehntausend Meter herunter. Ich übernehme die Verantwortung.« Er drehte sich zu Merlin um, der neben ihm saß. »Was soll's? Wegen der Fabriken sind wir schließlich hier, oder etwa nicht?«
Merlin gab keine Antwort, seine Augen klebten am Bildschirm.
Jetzt war die erste Fabrik zu erkennen. Über sechs großen Schornsteinen stiegen häßliche grauschwarze Rauchwolken auf. Lange Förderbänder führten aus den Fabrikhallen hinun-

ter zum Fluß, wo mehrere Frachtschiffe vertäut waren. »Das muß die Papierfabrik sein«, meinte Judd.
Nun wurde die nächste Fabrik sichtbar. Das Bild war schärfer geworden, und man sah jetzt, daß die Fabriken nicht an Land standen, sondern auf schwimmenden Inseln, die auf gleiche Höhe mit dem Ufer gebracht worden waren. »Das ist die Holzfabrik, in der von den dicksten Bohlen bis zum feinsten Furnier alle möglichen Holzprodukte hergestellt werden. Die Abfälle werden per Schiff zur Papierfabrik gebracht.«
»Erstaunlich«, sagte Merlin. »Mitten im Dschungel solche riesigen Fabriken.«
»D. K. ist ein Genie«, lächelte Judd. »Diese Fabriken waren seine Idee. Er wußte, daß er sie nicht in Brasilien bauen konnte. Also ließ er sie in Japan bauen, übers Meer schleppen und hier im Amazonas verankern. Die Arbeit konnte praktisch von einem Tag auf den anderen beginnen.«
Eine dritte Fabrik erschien auf dem Bildschirm. Oberhalb des Gebäudes verschwand der Fluß unter Hunderttausenden von Baumstämmen, die auf der Wasseroberfläche trieben.
»Das ist die Sägemühle«, erklärte Judd, »in der die Stämme entrindet, gereinigt, sortiert und geschnitten werden.« Ein gewaltiger Staudamm erschien auf dem Bildschirm. Judd wies mit dem Finger darauf. »Ein schlauer Kerl, dieser Ludwig. Er verläßt sich weder auf Öl noch auf Kernkraft. Das Wasser genügt ihm. Er beutet die Natur nicht aus, sondern sorgt auch für Wiederaufforstung. So kann er alle fünfzig Jahre neue Bäume abholzen.«
»Dann verstehe ich nicht, warum er das alles aufgeben will«, sagte Merlin.
»Ich glaube, dafür gibt es zwei Gründe«, meinte Judd. »Zum einen hat er sich im Dschungel getäuscht. Er hat mit fünfzigjährigen Wiederaufforstungsphasen gerechnet. Aber der Urwald wächst in rasendem Tempo. Ludwig hat festgestellt, daß er mindestens tausend Leute braucht, um seine Pflanzungen, seine Fabriken und die übrigen Anlagen davor zu schützen, daß der Dschungel sie überwuchert.«
»Und was ist der andere Grund?« fragte Merlin.

»D. K. selbst. Der Mann ist über achtzig und hat wohl inzwischen eingesehen, daß ihm nicht mehr viel Zeit bleibt.« Judd dachte einen Augenblick nach. »Ob er die Sache wohl auch aufgäbe, wenn er die Unsterblichkeit hätte?«
Merlin gab keine Antwort.
Judd drückte auf die Sprechtaste. »Danke, Kapitän, wir haben jetzt alles gesehen. Sie können den alten Kurs wieder aufnehmen.«
»Jawohl, Sir. In drei Stunden und fünfunddreißig Minuten werden wir in Brasilia landen.«
Während Raoul die Verdunkelung entfernte und den strahlenden Sonnenschein durch die Fenster hereinließ, kam Bridget in die Kabine. »So, es ist wieder mal Zeit für die Pillen.« Sie stellte das Tablett auf den Tisch.
Judd nahm seine Medikamente und spülte sie mit einem Glas Orangensaft herunter. »Wird Ihnen das niemals langweilig?« fragte er.
»Das ist mein Job«, entgegnete die Krankenschwester. »Frau Dr. Ivancich ist jetzt wach.«
»Wie geht es ihr?« fragte Judd.
»Gut. Sie kleidet sich gerade an. Doc Sawyer hat ihr geraten, den Arm in einer Schlinge zu tragen.«
»Ich gehe gleich mal runter«, sagte Judd.
»Das wird nicht nötig sein«, meinte Bridget. »Sie hat sowieso die Absicht, zu Ihnen zu kommen, sobald sie etwas Make-up im Gesicht hat.«
Judd warf ihr einen belustigten Blick zu. »Sind Sie etwa eifersüchtig, Bridget? Sie haben so einen spitzen Ton in der Stimme.«
»Eifersüchtig? Doch nicht auf Frau Dr. Ivancich, Sir! Sie ist wie eine Mutter zu mir.« Bridget verließ die Kabine mit einem winzigen Hüftschwung, den Judd bisher nicht bemerkt hatte.
Er warf Merlin einen befriedigten Blick zu. »Ich habe den Eindruck, Miß Bridget taut allmählich auf.«
»Kann schon sein.« Merlin zog die Augenbrauen hoch. »Die Zahlen, mit denen ich mich gerade beschäftige, laufen aller-

dings nicht so hübsch in die Breite, sondern mehr von oben nach unten.«
»Wie steht es denn mit der South and Western Bank?« fragte Judd. »Gibt es was Neues?«
»Nicht viel. Daß sämtliche Behörden jetzt in den Konten herumwühlen, wissen Sie ja schon. Und daß Ihr bester Geschäftspartner bei der South and Western Bank ausgerechnet Fidel Castro ist, habe ich wohl auch schon erwähnt.«
»Ach, Scheiße«, fluchte Judd. »Warum müssen denn alle Politiker unbedingt Geschäfte machen?«
Merlin erhob sich. »Haben Sie etwas dagegen, wenn ich mich ein bißchen aufs Ohr lege? Ich bin fast die ganze Nacht wach gewesen.«
»Schlafen Sie nur. Wer weiß, wann Sie wieder Gelegenheit dazu haben werden. Morgen wird ein schwerer Tag.«
Merlin verschwand, und Judd winkte Fast Eddie. »Mach mir ein Cherry-Coke«, rief er.
»Sofort, Boß.«
Als Sofia zur Tür hereinkam, nahm Judd gerade den ersten Schluck. Sie zögerte einen Moment, als ob sie nicht sicher sei, wie man sie aufnehmen werde.
»Komm herein«, sagte Judd lässig und stellte seinen Drink auf den Tisch.
Sie trat zu ihm heran, beugte sich zu ihm hinunter und küßte ihn auf die Wange. »Vielen Dank.«
»Wie geht es dir, Mädchen?«
»Danke, gut.«
»Keine Schmerzen?«
»Nein, Judd. Es ist alles in Ordnung.«
Er musterte sie von oben bis unten. »Du brauchst dich nicht zu entschuldigen, Sofia. Du brauchst mir auch nichts zu erklären. Wir sind doch Freunde, nicht wahr?«
»Ja. Das hoffe ich auch.«
Er zeigte auf den gegenüberliegenden Sessel und wartete, bis sich Sofia gesetzt hatte. »Jeder muß tun, was er für richtig hält.«
»Ich hatte Angst, du könntest glauben, daß ich dich verrate«,

sagte sie.
»Das hast du gedacht?« fragte er.
Sie zögerte. »Nein, ich habe gehofft, du verstehst mich.«
»Du hast mich also nicht verraten?«
»Es ist eine alte Geschichte«, seufzte sie. »Soll ich sie dir wirklich erzählen?«
Judd schüttelte den Kopf. »Das brauchst du nicht, ich kenne sie schon.«
»Bist du wütend?«
Er lachte. »Nein. Ich bin alt genug, um zu wissen, daß es schwer ist, sich aus alten Verpflichtungen zu lösen.«
Sofia schwieg. Sie zeigte auf seinen Drink. »Dieses Zeug ist Gift für dich, das ist dir doch klar, oder?«
»Ich weiß, aber ich halte eben auch meinen alten Freunden die Treue.«
Sofia preßte die Lippen zusammen.
»Außerdem sind Sie im Augenblick nicht im Dienst, Frau Doktor«, lächelte er.
»Das stimmt.«
Er betrachtete sie aufmerksam. »Du siehst müde aus«, stellte er fest. »Magst du ein Löffelchen Schnee?«
»Ich könnte eine Stärkung gebrauchen«, gab sie zu.
Judd winkte Fast Eddie, der die goldene Kapsel brachte. Aber Sofia kam wegen des verbundenen Arms mit der Prise nicht zurecht. Eddie mußte ihr den Löffel direkt unter die Nase halten. Sie nahm zwei große Portionen. Eddie zog sich wieder hinter die Bar zurück.
»Das tut gut«, lächelte sie. »Judd, du bist ein eigenartiger Mensch.«
Er gab keine Antwort.
»Glaubst du wirklich, du könntest für immer leben?«
»Für immer? Davon war nie die Rede«, erwiderte er. »Unsterblichkeit war das Wort, das ich benutzt habe.«
»Das ist doch dasselbe, oder?«
»Das weiß ich nicht, ich bin kein Sprachwissenschaftler. Aber Unsterblichkeit ist das, worum es mir geht.«
»Ich hoffe, du kriegst, was du willst.« Es entstand eine Pause.

Nach einer Weile sagte Sofia: »Deine neue Krankenschwester kann mich nicht ausstehen.«
»Das spielt keine Rolle.«
»Du schläfst natürlich mit ihr?«
»Zufällig nicht«, lächelte Judd.
»Aber du würdest gern, oder?«
»Kann schon sein«, gab er zu. »Aber das spielt auch keine Rolle.«
Sofia schwieg einen Augenblick. Dann sagte sie zögernd: »Nächste Woche soll bei mir eine Abtreibung durchgeführt werden.«
Judd nickte. »Ich weiß.«
Sofia hielt seinen Blick fest. »Ich möchte dein Baby lieber behalten.«
»Das will ich nicht«, fuhr er auf. »Du weißt genauso wie ich, daß es nur ein medizinisches Experiment war.«
»Eins von zehn«, wandte Sofia ein. »Das stellt kein großes Problem für dich dar.«
»Eins von zehn ist immer noch eins zuviel. Es war ein Experiment, Sofia, und genau das wird es bleiben.«
»Und was bleibt von dir, wenn du stirbst?«
»Ich werde nicht sterben. Und wenn ich sterben sollte, ist auch nichts verloren.«
Sofia schwieg einen Moment.
»Bekomme ich noch eine Prise Schnee?« fragte sie schließlich.
Judd winkte Fast Eddie, ohne etwas zu sagen. Wortlos trank er sein Cherry-Coke, während sie das Kokain einsog.
Sofia warf einen Blick aus dem Fenster. »Der Himmel ist so blau.«
»In vierzehntausend Meter Höhe ist er das immer«, bemerkte Judd trocken.
Sofia senkte den Kopf. »Ich habe Angst«, flüsterte sie. »Ich möchte nicht sterben.«
»Du wirst auch nicht sterben.«
»Du kennst diese Leute nicht«, widersprach sie. »Die sind anders als du. Ich habe die gemeinsame Sache verraten. Das

werden sie niemals vergessen. Früher oder später werden sie mich umbringen.«

»Du könntest ›verloren‹gehen«, schlug Judd vor. »In Amerika haben sich schon viele vor ihnen versteckt und sind niemals entdeckt worden. Sie haben sogar einige ihrer größten Wissenschaftler aus den Augen verloren und schließlich vergessen.«

»Das kann schon sein. Aber mich vergessen sie nicht. Mein Verbrechen besteht nicht nur im Verrat. Ich habe jemanden ermordet, der kurz vor der Aufnahme ins Politbüro stand.« Sie nahm eine Zigarette vom Tisch, zündete sie an und drückte sie gleich wieder aus. »Ich bin noch nie gut gewesen beim Weglaufen. Ich kann genausogut gleich nach Moskau gehen.«

Judd nickte. »Wenn du willst.«

Sie warf ihm einen verächtlichen Blick zu. »Es ist dir also egal, wenn ich sterbe, ja?«

»Du wirst nicht sterben«, versicherte er. »Du vergißt etwas sehr Wichtiges: Du wirst noch gebraucht.«

»Wozu?« fragte sie mit einem skeptischen Blick.

»Für Breschnew«, lächelte Judd. »Für deinen nächsten Patienten.«

Sofia schwieg verblüfft.

»Glaubst du, sie würden Breschnews Leben gefährden, bloß weil du dem Schwiegersohn eines Politbüro-Bürokraten, einem drittklassigen KGB-Funktionär, ein Loch in seinen dämlichen Schädel gemacht hast? Andropow ist doch nicht dumm! Wenn du Breschnews Leben um ein paar Monate verlängern kannst, so hat er mehr Zeit, seine Aussichten als Nachfolger zu konsolidieren.«

Sofia hob den Kopf. »Glaubst du das wirklich?«

»Ich garantiere es dir. Crane Industries hat überall seine Kontakte. Auch im Politbüro.«

25

Brasilia war eine brandneue Stadt. Sie war so neu, daß ihr Herz noch gar nicht begonnen hatte zu schlagen. Die Straßen waren breit und sauber, und die Gebäude bestanden alle aus Glas und Beton. Die Autos, Busse und Lastwagen schienen ebenfalls ihren Beitrag zur Sauberhaltung der Stadt leisten zu wollen: Sie fuhren nicht mit Benzin oder Diesel, sondern mit einem Alkoholgemisch, das praktisch rückstandsfrei war. Der Himmel über der Stadt war von keiner Luftverschmutzung getrübt.

Die Konferenz fand in einem eleganten Besprechungszimmer im zwanzigsten Stock statt. Große Fenster erlaubten einen Überblick über die Straßen der Stadt. Die Teilnehmer saßen auf weichen Ledersesseln um einen rustikalen Konferenztisch aus prachtvoll gemaserter Eiche.

Judd saß dem Leiter der brasilianischen Delegation direkt gegenüber, links und rechts von ihm saßen Doc Sawyer und Merlin. Auch Dr. Schoenbrunn, dem Sprecher der Brasilianer, standen zwei Berater zur Seite.

Die Verhandlungen wurden in englischer Sprache geführt, aber der deutsche Akzent des Brasilianers war unüberhörbar.

»Wenn ich Sie recht verstehe«, sagte Judd, »so hat Mr. Ludwig eine halbe Milliarde in das Projekt investiert.«

Dr. Schoenbrunn nickte.

»Und was erwarten Sie von mir?« fragte Judd.

Dr. Schoenbrunns Akzent wurde stärker. »In dieser Angelegenheit erwarten wir gar nichts von Ihnen, Mr. Crane.«

Judd war verblüfft. Zahlreiche Fragen lagen ihm auf der Zunge, aber er wollte sich seine Überraschung nicht anmerken lassen. Deshalb blieb er zunächst einmal stumm.

»Unsere Gespräche mit Mr. Ludwig haben bereits zu einem Ergebnis geführt«, erklärte Schoenbrunn. »Die Fabriken werden vom brasilianischen Staat übernommen. Mr. Ludwig erhält eine angemessene Verzinsung und einen Anteil der Überschüsse. Seine Investitionen werden im Lauf der kommenden Jahre nach Maßgabe der wirtschaftlichen Entwick-

lung getilgt.«
Judd verzog keine Miene. »Herzlichen Glückwunsch. Damit haben Sie einen glänzenden Beitrag zur Steigerung der Wirtschaftskraft Ihres Landes geleistet, Herr Dr. Schoenbrunn.«
»Vielen Dank.« Schoenbrunn erlaubte sich ein bescheidenes Lächeln.
»Ich vermute«, sagte Judd, »daß Sie mir einen anderen Vorschlag unterbreiten wollen? Sonst hätten Sie mich ja schwerlich hierherkommen lassen.«
»Das ist richtig«, bestätigte Schoenbrunn. »Bitte entschuldigen Sie, daß wir Sie über den wahren Grund unserer Einladung im dunkeln gelassen haben. Aber die Welt hat viele Ohren, und wir sind der Ansicht, daß absolute Geheimhaltung notwendig ist.«
Er schwieg einen Augenblick und fuhr dann fort: »Uns geht es um Crane Pharmaceuticals. Die chemische Industrie ist in Brasilien noch so gut wie gar nicht entwickelt. Ich will ganz ehrlich zugeben, daß wir schon mit anderen Partnern gesprochen haben. Aber Hoffman-LaRoche hat sich für Costa Rica als Standort entschieden, und die Firma Bayer wollte lediglich Konsumgüter bei uns produzieren, aber alle längerfristigen Entwicklungen in Deutschland behalten.«
Judd nickte. »Was ist mit Du Pont? Und Monsanto?«
»Sie waren durchaus interessiert«, erwiderte Schoenbrunn, »aber sie haben kalte Füße gekriegt, als Präsident Carter die Prinzipien seiner Menschenrechtspolitik proklamierte. Sie fürchteten, am Schluß Probleme mit der amerikanischen Regierung zu kriegen, wenn sie hier investiert hätten.«
»Und so sind Sie schließlich auf Crane gestoßen?« fragte Judd trocken.
»In gewisser Weise haben Sie recht«, gab Dr. Schoenbrunn offen zu. »Aber es gibt Bereiche, da arbeiten wir schon seit Jahren direkt auf Sie zu.«
»Was meinen Sie?«
Schoenbrunn beugte sich vor und tippte mit dem Zeigefinger auf die Tischplatte. »Nuklearmedizin.«
Judd spitzte die Lippen. »Die Deutschen«, sagte er.

Schoenbrunn nickte. »Das Betreiben von nuklearen Forschungen war nach dem Krieg in Deutschland verboten. Nicht aber in Brasilien. Deshalb kamen viele Wissenschaftler, die sich nicht schon die Amerikaner und Russen geholt hatten, in dieses Land. Wir nennen diesen Bereich ›die schweigende Industrie‹. Niemand redet darüber, aber wir sind recht erfolgreich. Wir verfügen heute über zwei sehr leistungsfähige Kernkraftwerke, die sowohl Brasilia als auch Rio und Sao Paulo mit Strom versorgen.«
»Und in diesen Kernkraftwerken arbeiten ausschließlich Deutsche?« erkundigte sich Judd.
»Nicht nur«, sagte Schoenbrunn sofort. »Wir haben auch viele Franzosen und Amerikaner.«
Judd warf ihm einen prüfenden Blick zu. »Sie haben Atombomben?«
»Nein.« Schoenbrunn schüttelte den Kopf. »Aber wir könnten natürlich welche bauen, wenn wir das wollten.«
»Weitere Kernwaffen finde ich unnötig«, bemerkte Judd.
»Ich finde Kernwaffen überhaupt unnötig.« Schoenbrunn spitzte die Lippen. »Aber wir haben eine kerntechnische Anlage, die Sie vielleicht interessiert.«
»Worum handelt es sich dabei?«
»Wir haben in einem Berg, dessen Topographie an einen Vulkan erinnert, einen Reaktor gebaut. Ursprünglich wollte Ludwig diese Anlage zur Erweiterung seiner Kapazität nutzen. Aber jetzt will er verkaufen, und wir haben gegenwärtig nicht die finanziellen Mittel, um den Betrieb aufzunehmen. Der Reaktor ist Investitionsruine und kostet uns Geld.«
»Und was soll ich damit?«
»Ich dachte, Sie könnten den Reaktor zum Aufbau einer nuklearmedizinischen Forschungsanstalt und Produktionsstätte benutzen. Wir haben bisher drei Milliarden investiert. Wir würden Ihnen das Ganze für ein Drittel dieses Betrages überlassen, und mit weiteren zwei Milliarden könnten Sie daraus die modernste derartige Anlage auf der ganzen Welt machen. Die Existenz dieser Anlage, die wir Xanadu nennen, ist natür-

lich vollkommen geheim. Ich brauche Ihnen sicher nicht zu erklären, welche unschätzbaren Vorteile die Abschirmung von der Außenwelt bietet.«
»Woher sollte ich denn die Leute nehmen, um die Anlage auszubauen und in Betrieb zu nehmen?« fragte Judd.
»Das ist kein Problem. Wir haben schon die komplette Mannschaft zusammengestellt. Die Leute warten nur auf das Startzeichen.«
Judd überlegte einen Moment. »Die Sache klingt gar nicht so übel. Wann kann ich die Anlage sehen?«
»Wann immer Sie wünschen«, erwiderte Schoenbrunn.
Judd erhob sich. »Ich melde mich bei Ihnen. Vielen Dank, Herr Dr. Schoenbrunn.«

»Ganz schön abenteuerlich, die ganze Sache«, bemerkte Judd zu Doc Sawyer, als ihm Bridget seinen Orangensaft gab. Müde schluckte er seine Pille. »Sie wollen bloß drei Milliarden Dollar, mehr nicht.«
»Ein echtes Sonderangebot«, sagte Doc Sawyer sarkastisch.
Judd lachte. »Mexiko ist dagegen die reinste Idylle. Die wollen ja bloß einen Marktanteil in der Korruptionsbranche.«
»Sie investieren also nicht?«
»Doch, doch. Vielleicht werde ich ihnen etwas anderes vorschlagen, aber das Geschäft wird groß genug sein, um die Beziehungen sehr zu verbessern.« Judd lächelte müde. »Um Geschäfte zu machen, muß man sich anpassen.«
Doc Sawyer nickte. »Was meinen Sie, woher die Ausrüstung stammt? Die Aufschriften und Bedienungsanleitungen waren alle auf englisch. Aber aus den Vereinigten Staaten stammen die Sachen bestimmt nicht. Das hätte Carter nie zugelassen.«
»Die Sachen kommen aus Frankreich, da könnte ich wetten.«
Doch Sawyer verzog ungläubig das Gesicht. »Und was ist mit dem Atomsperrvertrag?«
»Sie sind ja naiv, Doc«, lächelte Judd. »Atomsperrvertrag hin oder her, wenn es um Devisen geht, finden die Franzosen immer einen Trick, um Reaktoren und Kerntechnologie in die

ganze Welt zu verkaufen.«
»Schöne Freunde.«
»Mit solchen Freunden braucht man keine Feinde«, bestätigte Judd. Er sah zum Fenster hinaus und drückte dann auf die Sprechtaste der Gegensprechanlage. »Sind wir irgendwo in der Nähe von Rio?« fragte er.
»Rio liegt etwa zweihundertsechzig Seemeilen hinter uns«, erwiderte der Kapitän.
»Dann kehren wir um. Bitten Sie um Landeerlaubnis.« Er grinste. »Wir brauchen ein bißchen Spaß«, sagte er zu Doc Sawyer.
»Sie sollen um neun Uhr dreißig im Bett liegen«, wandte Sawyer ein.
»Können Sie nicht *einmal* vergessen, daß Sie mein Arzt sind? Ich habe diese therapeutischen Schwanzmassagen endgültig satt, die ich dauernd bekomme. Die Mädchen von Ipanema sind wirklich Spitze. Sie kennen das Lied doch? Und Ihnen würde ein bißchen Sex auch mal guttun.«

Bridget wachte mitten in der Nacht auf. Verwirrt sah sie sich um. Ihr Kabine war vollkommen dunkel. Von irgendwoher kam Gelächter. Die Leuchtziffern ihres Weckers zeigten halb vier. Sie warf einen Blick aus dem Fenster hinaus auf die Rollbahn und sah zwei große Limousinen, denen Judd, Doc Sawyer und drei oder vier kichernde Mädchen entstiegen.
Kopfschüttelnd legte Bridget sich wieder ins Bett und starrte ins Dunkel. Ihre Kabine befand sich am hinteren Ende des Flugzeugs, deshalb konnte sie jetzt nichts mehr hören. Sie drehte sich zur Wand und versuchte einzuschlafen.
Fast Eddie hatte bereits zwölf lange Kokain-Lines auf den polierten Tisch in Judds Kabine gelegt. Die Mädchen nahmen ihre Strohhalme und saugten den Schnee kichernd ein.
»So etwas Verrücktes«, bemerkte Fast Eddie. »So was habe ich auch noch nicht erlebt. Welche nehmen Sie denn?«
»Ich nehme sie alle«, lachte Judd. »So wie ich mich jetzt fühle, fick ich sie in Grund und Boden.«
»Langsam, langsam«, warnte Doc Sawyer. »Vergessen Sie

nicht, daß Sie ein bißchen vorsichtig sein müssen.«
»Vorsichtig lebe ich morgen«, grinste Judd. »Jetzt bin ich erst mal ein Bär im Bienenstock. Jetzt muß ich die Süßigkeiten vernaschen.«

»He, Judd, warum kommst du denn nicht?« keuchte Sylvia mühsam. »Dein Schwanz ist so hart, daß es mir weh tut.«
Die beiden anderen Mädchen nickten. »Mir tut auch alles weh. So einen brutalen Knüppel habe ich noch nie dringehabt«, sagte die eine. Und die andere fügte hinzu: »Er wird überhaupt keinen Augenblick weich. Er rammelt drauflos, als hätte er eine Luftpumpe zwischen den Beinen. Es tut höllisch weh.« Sie zögerte einen Moment und versicherte dann hastig: »Es war aber trotzdem ganz himmlisch!«
Judd hielt inne. »Was ist mit dir, Mädchen?« fragte er die dritte.
Das Mädchen dachte eine Sekunde lang nach. Dann meinte sie: »Manchmal habe ich das Gefühl, daß ich blute, aber es macht wirklich riesigen Spaß.«
Judd setzte sich auf. »Tut mir leid, wenn ich euch weh getan habe. Vielleicht habe ich zuviel Kokain im Leib.«
»Normalerweise macht zuviel Kokain die Schwänze doch weich«, widersprach Sylvia.
»Jeder reagiert anders auf Drogen«, erklärte Judd abschließend. Er stand auf und zog seinen Morgenmantel an. »Ihr möchtet jetzt sicher nach Hause. Vielleicht haben wir das nächste Mal mehr Spaß.«
Sylvia starrte seinen Schwanz an. »Er ist ja immer noch hart. Irgendwie habe ich das Gefühl, als hätten wir Sie nicht richtig bedient.«
»Nein, nein«, versicherte Judd. »Ihr seid alle sehr schön, und ihr habt mich vollkommen richtig bedient. Es war mir ein Vergnügen.«
»Lassen Sie bald wieder von sich hören?« fragte Sylvia.
»Sobald ich kann«, versprach er.
Rasch zogen die Mädchen sich an. Judd drückte auf einen Knopf, und Fast Eddie erschien. »Schaff sie weg«, befahl

Judd.
Er gab jedem der Mädchen einen Kuß auf die Wange, als sie die Kabine verließen. »Denken Sie dran«, lächelte Sylvia, »Sie haben ›bald‹ gesagt.«
»Ich werde dran denken.«
Während er sich auf den Weg ins Bad machte, sah er, wie Eddie jedem der Mädchen einen Tausenddollar-Schein hinwarf.
Judd verriegelte die Tür und ließ den Morgenmantel fallen. Seine Erektion war noch größer geworden und tat unglaublich weh. Eilig trat er unter die Dusche und ließ eiskaltes Wasser auf sich herabprasseln.

26

Als Doc Sawyer den Salon betrat, putzte Fast Eddie gerade die Theke. »Ist Mr. Crane in seiner Kabine?«
»Ja«, nickte Fast Eddie.
»Glauben Sie, daß er noch wach ist?«
»Ich glaube, er hat gerade die Dusche abgestellt.«
Doc Sawyer klopfte an die Tür der Kabine. »Darf ich eintreten?« rief er.
»Ja«, murmelte Judd mit dumpfer Stimme.
Sawyer öffnete die Tür. Erst konnte er beinahe nichts erkennen, denn in der Kabine war es fast vollkommen dunkel. Es dauerte einen Moment, bis sich seine Augen an das Dämmerlicht gewöhnt hatten.
Judd saß vornübergebeugt auf dem Boden und preßte die Arme gegen den Leib.
»Das Mädchen . . .«, wollte Doc Sawyer beginnen, unterbrach sich dann aber rasch: »Fehlt Ihnen was?«
Judd hob den Kopf. »Ich weiß nicht.« Seine Stimme klang gequält, als käme sie aus großer Entfernung. »Ich glaube, jetzt habe ich wirklich Probleme.«
Sawyer knipste das Licht an. Judds Gesicht war blaß und schmerzverzerrt. Dicke Schweißtropfen standen auf seiner

Stirn, die kobaltblauen Augen waren fast vollkommen schwarz. Sawyer streckte die Hand aus, um Judd zu berühren. Seine Haut war unter der Nässe eiskalt. »Können Sie aufstehen?« fragte der Arzt, half Judd aber nicht.
»Ich glaub schon«, erwiderte Judd.
Mühsam versuchte er, sich mit beiden Händen am Tisch hochzuziehen. Seine Lippen preßte er so fest aufeinander, daß sie schneeweiß wurden. Seine Nüstern zuckten, während er verzweifelt nach Luft rang. Der Schweiß lief ihm in Strömen übers Gesicht. Er kam fast zum Stand, dann fiel er wieder zurück. »Ich schaffe es nicht.« Seine Stimme war eigentümlich tonlos.
»Versuchen Sie es lieber nicht weiter«, sagte Doc Sawyer. »Ich werde Ihnen helfen.« Er griff Judd mit beide Händen unter die Arme und zog ihn hoch. »Wir gehen ganz langsam zum Bett. Nur keine Aufregung. Das kriegen wir schon wieder hin.«
»Ich werde mich bestimmt nicht aufregen«, lachte Judd bitter. »Ich bin ja schließlich unsterblich.«
Behutsam ließ Sawyer ihn auf das Bett gleiten und rief nach Fast Eddie. »Rufen Sie die Krankenschwester! Sie soll meine Tasche und den Erste-Hilfe-Kasten mitbringen. Bitten Sie Frau Dr. Ivancich, sofort zu kommen. Raoul soll die kleine Sauerstoffflasche herschaffen.«
»Verstanden.«
Eddie machte sich sofort auf den Weg.
Doc Sawyer kniete sich neben das Bett. »Wo tut es denn weh?«
Judd starrte ihn an, mit weitaufgerissenen Augen. »Angefangen hat es im Schwanz, dann verwandelten sich meine Eier in Steine, und mein Schwanz wurde so dick, daß sie fast in mein Arschloch gezerrt wurden. Dann wanderten die Schmerzen im Körper nach oben. Inzwischen fühlen sich auch meine Blase und die Nieren wie Glasscherben an. Ich wollte unbedingt pissen, aber es ging nichts mehr durch. Es ist, als wäre alles aus Stein.«
»Okay«, beruhigte ihn Sawyer. »Versuchen Sie sich zu ent-

spannen. Wir werden uns der Sache annehmen.«
Judd bleckte die Zähne. »Vielleicht war die Party doch keine so gute Idee.«
»Vielleicht«, lächelte Doc Sawyer. »Aber Spaß gemacht hat es trotzdem. Wahrscheinlich haben Sie es nur übertrieben.«
»Doc Sawyer?« Bridget stand in der Tür.
»Bereiten Sie einen Tropf vor«, ordnete der Arzt an. »Zwanzig Milligramm Valium und fünf Kubikzentimeter Morphin in einer Salzlösung.«
Bridget nickte und klappte den Erste-Hilfe-Kasten auf. Mit zwei Handgriffen schraubte sie den verchromten Ständer zusammen, an dem die Flasche aufgehängt werden sollte, und fügte das Valium und das Morphin der Salzlösung bei. Sie steckte den Plastikschlauch auf die Flasche, befestigte eine Nadel am Schlauch und hängte das Ganze an den dafür vorgesehenen Haken. »Setzen Sie ihm die Spritze, Herr Doktor?«
»Ja. Halten Sie seinen Arm.«
Bridget gehorchte, und einen Augenblick später schob Doc Sawyer dem Patienten die Kanüle in die Armvene. Bridget hielt sie mit einem Heftpflaster fest. »Die Sauerstoffflasche steht hier auf dem Wagen.«
»Die Maske, bitte«, sagte der Arzt. »Wir geben ihm erst einmal eine Stunde lang zwei Liter in der Minute.«
»Ja, Herr Doktor.«
Doc Sawyer wühlte in seiner Tasche, während Bridget dem Patienten die Maske aufsetzte. Eine rasche Temperaturmessung mit dem elektronischen Thermometer ergab lediglich 37°.
Die elektronische Blutdruckmessung zeigte siebzig zu hundertzwanzig.
Auch Judd hatte die roten Ziffern der Digitalanzeige gelesen. Die Medikamente im Tropf zeigten bereits ihre Wirkung. »Was haben Sie erwartet, Doc?« lächelte er. »Wahrscheinlich steckt mein ganzes Blut im Schwanz.«
»Das kann ich gern überprüfen«, lachte Sawyer. »Er ist jetzt so dick, daß er die Manschette ohne weiteres ausfüllt.«

Judd zog den Mund schief. »Aber nur, wenn Bridget das macht.«
Die Krankenschwester gab keine Antwort.
»Ich wette, Sie haben noch nie so einen Knüppel gesehen«, grinste Judd. »Jedenfalls in Ihrem alten Pflegeheim nicht.«
»Lassen Sie doch die Angeberei«, schnaubte sie. »Ich habe schon Fälle behandelt, neben denen Ihr Glied wie eine Salzstange aussieht.«
Jetzt kam Sofia herein. »Tut mir leid, daß es so lange gedauert hat. Ich hatte Schwierigkeiten beim Anziehen wegen des Arms. Was ist denn los?«
»Akuter Priapismus«, erklärte Doc Sawyer.
Sofia sah dem Arzt über die Schulter. Judd lächelte sie an. »Ein ganz schönes Ding, nicht?«
Sofia lachte. »Ganz phantastisch. Ich bin richtig verliebt.«
»Sehen Sie, Bridget«, grinste Judd. »Es gibt doch noch Leute, die ich beeindrucken kann.«
Bridget lächelte nicht. »Das verwundert mich keineswegs.«
»Wie geht es Ihnen jetzt?« fragte Sawyer, um die Situation zu entkrampfen.
»Besser«, erwiderte Judd. »Ich glaube, ich könnte mal pinkeln.«
»Holen Sie bitte die Bettflasche«, bat Doc Sawyer.
Bridget nickte. »Ich glaube, eine Eispackung wäre ganz nützlich.«
»Sie sind der Experte«, sagte Doc Sawyer. »Machen Sie eine Eispackung.«
Als Bridget hinausging, zupfte Judd Sofia am Ärmel. »Einen kleinen Kuß könntest du mir aber schon geben.«
»Ich glaube nicht, daß ich dir damit helfe«, lächelte sie. »Mir scheint, du hast schon Probleme genug.«
»He, Doc«, rief Judd, »der Tropf scheint zu wirken. Sehen Sie nur, wie der Mächtige schrumpft.«

Als Bridget aus Judds Kabine zurückkam, saßen die anderen im Salon um den Tisch.
»Er schläft jetzt«, verkündete sie.

»Gut«, seufzte Doc Sawyer. »Hat sich sein Zustand irgendwie verändert?«
»Nur geringfügig«, erwiderte die Krankenschwester. »Er hat ein bißchen Wasser gelassen, aber man hat den Eindruck, daß er auch im Schlaf noch Schmerzen leidet.«
»Ich habe mit dem Urologen in Boca Raton gesprochen. Er war der Ansicht, daß wir versuchen sollten, seine Prostata zu massieren, damit sie sich entleert.«
»Ich habe in Devon mehrere Patienten mit diesem Leiden gehabt. Wir konnten in der Regel gar nichts ausrichten, ehe die Turgeszenz nicht wenigstens so weit zurückgegangen war, daß wir eine Ejakulation herbeiführen konnten, die den Druck dann bis zur normalen Entspannung abbaute.«
Doc Sawyer warf Sofia einen fragenden Blick zu. »Was halten Sie davon, wenn wir ihm Compesin spritzen?«
Sofia nickte. »Das wird ihm helfen, sich zu entspannen, und wenn es nicht wirken sollte, dann schadet es wenigstens nicht.«
»Wie lange muß er denn noch am Tropf bleiben?« fragte Sawyer.
»Eine Viertelstunde«, erwiderte Bridget.
»Gut«, sagte Sawyer. »Dann geben wir ihm das Compesin, sobald der Tropf abgehängt werden kann.«
»Soll er weiterhin Sauerstoff kriegen, Herr Doktor?«
»Ja.«
»Vielen Dank.« Bridget kehrte in Judds Kabine zurück.
Sofia wartete, bis die Krankenschwester die Tür hinter sich geschlossen hatte. »Ein merkwürdiges Mädchen. Was um alles in der Welt mag sie dazu gebracht haben, Krankenschwester für deformierte Schwänze zu werden?«
Doc Sawyer grinste anzüglich. »Vielleicht hat sie ihre Jugend damit verbracht, ihren Freunden auf dem Rücksitz einen runterzuholen.«
Merlin lachte, während Sofia den Kopf schüttelte. »Sollen wir hierbleiben«, fragte Merlin, »oder bringen wir ihn nach Boca Raton?«
»Fliegen wir lieber nach Hause«, entschied Doc Sawyer. »Mir

ist wohler, wenn wir ihn stationär behandeln können. In Boca Raton stehen alle Spezialisten zu seiner Verfügung.«
»Dafür haben wir dort ein anderes Probloem«, seufzte Merlin, »und das betrifft Frau Dr. Ivancich.«
»Ach, ja?« fragte Sofia nervös.
»Der Sicherheitsdienst hat uns mitgeteilt, daß sich die Zahl der Kubaner in Boca Raton in den letzten Tagen dramatisch erhöht hat. Es sind alles Fremde, über die wir nichts wissen. Wir vermuten allerdings, daß sie nach Ihnen Ausschau halten, Frau Doktor.«
»Ich habe so etwas befürchtet.« Sofia schluckte einmal leer. »Ich habe auch mit Judd darüber gesprochen.«
»Ich weiß«, sagte Merlin. »Er hat mich bereits gebeten, eine andere Reiseroute für Sie zu entwerfen.«
»Haben Sie schon etwas unternommen?« fragte Sofia.
»Ja«, erwiderte Merlin. »Ich habe einen neuen Paß und neue Papiere für Sie besorgt. Sie werden ab sofort als Ehefrau eines unserer Sicherheitsleute reisen, der mit an Bord ist. Sie fliegen von hier aus nach Dallas und steigen dort nach Washington um. Wir besitzen eine kleine Privatklinik außerhalb der Stadt, dort werden Sie sich unter einem weiteren falschen Namen in Behandlung begeben. Judd besucht Sie dann nächste Woche, wenn er zur Vereidigung des Präsidenten nach Washington kommt.«
Sofia zögerte einen Moment. »Ich vermute, mir bleibt keine andere Wahl, oder?«
»Nicht, wenn Sie weiterleben wollen«, erwidete Merlin.
Sofia nickte nachdenklich. »Ich nehme an, in dieser Privatklinik soll auch die Abtreibung stattfinden?«
»Das ist richtig.«
Sie fuhr mit der Zunge über ihre Lippen, die plötzlich trocken und spröde waren. »Judd hat nicht zufällig die Absicht, mich fallenzulassen?«
»Wenn er Sie hätte fallenlassen wollen, hätte er sich in Mexiko nicht so um Sie bemüht«, beruhigte Doc Sawyer die Ärztin. »Er hätte Sie einfach der kubanischen Polizei überlassen. Aber so etwas ist nicht sein Stil.«

27

»Es handelt sich um Mikrochirurgie mit Lasern«, erklärte der Urologe Dr. Orrin. »Die Methode wurde ursprünglich für die Netzhautverpflanzung am Auge entwickelt, aber inzwischen wurde sie so weit verbessert, daß sie sich von ihren Anfängen unterscheidet wie die Columbia-Raumfähre vom Flugzeug der Brüder Wright in Kitty Hawk.«
Judd warf ihm einen skeptischen Blick zu. »Ist diese Technik denn bisher schon erprobt worden?«
»Bei Menschen noch nicht und auch nicht bei Tieren. Sie wurde speziell für Sie entwickelt. Aber sie ist zigmal vom Computer geprüft worden. Sie kann gar nicht schiefgehen.«
Judd schwieg einen Moment, dann wandte er sich an Doc Sawyer. »Was meinen Sie?«
»Ich habe deswegen mit Frau Dr. Zabiski telefoniert, und wir waren beide der Ansicht, daß die Operation vollkommen harmlos ist und unser gerontologisches Programm in keiner Weise beeinträchtigen wird.«
»Ich weiß nicht recht.« Judd wirkte unsicher.
Doc Sawyer lachte. »Sie sind ein merkwürdiger Mann. Sie haben bei unseren Experimenten immer wieder Ihr Leben riskiert, ohne auch nur einmal zu zögern. Jetzt haben Sie plötzlich Bedenken. Man könnte meinen, Ihr Schwanz sei Ihnen wichtiger als Ihr Leben.«
Judd wandte sich wieder an Dr. Orrin. »Was wäre denn die Alternative?«
»Die alte Methode«, erwiderte der Urologe und zuckte die Achseln. »Wir durchtrennen die Blutgefäße, mit denen die Schwellkörper im Penis versorgt werden. Damit ist der Priapismus ein für allemal beseitigt, aber Sie sind impotent für immer. Der Vorgang kann nicht mehr rückgängig gemacht werden.«
Judd seufzte und wandte sich wieder dem winzigen Mikrochip zu, der auf dem Tisch lag. Das glitzernde Metallstück war nicht größer als ein Stecknadelkopf. »Und das ist wirklich alles?« fragte er. »Das Ding muß nie gewartet oder ausge-

tauscht werden und braucht auch keine neuen Batterien oder dergleichen?«
Der Urologe nickte. »So ist es. Der Energieverbrauch ist minimal. Die elektrische Spannung in Ihrem Nervensystem genügt völlig. Das Ding besteht aus Titan und ist absolut organverträglich. Der kleine Nerv, der bei der Nukleartherapie zerstört worden ist, wird dadurch auf Dauer ersetzt. Und vor allem: Dieser Mikrochip hält ewig.«
»Das heißt, ich kann vögeln, als ob ich völlig normal wäre?«
»Nicht *als ob,* Mr. Crane. Sie werden ganz einfach normal sein. Wir ersetzen nur den zerstörten Nerv durch einen künstlichen. Die Erektion, der Orgasmus, die Ejakulation und die Rückbildung der Erektion erfolgen im natürlichen Reaktionszyklus«, erklärte der Urologe.
»Wie lange würde ich denn für eine neue Erektion brauchen?« erkundigte sich Judd.
Dr. Orrin lachte. »Das hängt von Ihnen ab, Mr. Crane. Ich kann wirklich nicht vorhersagen, mit wem Sie vögeln und wieviel Spaß Sie dabei haben werden. Das hängt nicht von Ihrem Penis, sondern von Ihrem Kopf ab.«
Judd nickte zufrieden. »Wie lange dauert das Ganze?«
»Die eigentliche Operation dauert sieben Minuten. Für die Vorbereitungen brauchen wir eine Stunde, weil wir dicht an der Prostata arbeiten müssen. Die Nachbehandlung ist relativ kurz. Wahrscheinlich sind Sie vierundzwanzig bis sechsunddreißig Stunden nach dem Eingriff wieder vollkommen fit.«
Judd sah erst Doc Sawyer und dann den Urologen nachdenklich an. »Morgen früh«, murmelte er schließlich. Er wartete, bis Dr. Orrin gegangen war. »Ist es nicht witzig«, sagte er, »daß mein Schwanz der erste unsterbliche Körperteil wird?«

»Harlem, sehen Sie, da unten liegt Harlem!« Fast Eddie zeigte aus dem Fenster des Hubschraubers, der sie vom Flughafen Newark nach New York brachte. »Wir sind wieder zu Hause!«
Judd lachte. Er fühlte sich wohl. Der Arzt hatte recht gehabt. Die Operation lag erst drei Tage zurück, aber er fühlte sich

vollkommen gesund. Die Schmerzen waren vorbei.
»Ich sehe das Empire State Building«, rief Bridget aufgeregt. »Ich kann noch gar nicht glauben, daß wir wirklich da sind. Es kommt mir vor wie im Film.«
»Waren Sie noch nie in New York?« fragte Judd.
Sie verneinte seine Frage.
»Nun, Sie werden Zeit genug haben, um sich ein bißchen umzusehen«, lächelte Judd. »Wir bleiben zwei Tage, ehe wir zur Vereidigung von Präsident Reagan nach Washington weiterfliegen.«
»Kann ich auch ein paar Tage frei haben, Boß?« fragte Eddie. »Ich würde gern meinen Großvater und ein paar Freunde besuchen.«
»In Ordnung.« Judd wandte sich an Bridget. »Sie können sich auch freinehmen, Schwester.«
»Sind Sie sicher, daß Sie mich nicht brauchen?«
»Wozu?« lächelte Judd. »Ich bin doch wieder gesund.«
»Bitte vergessen Sie nicht, daß wir in einer Stunde im Büro sein müssen, Mr. Crane«, rief Merlin von hinten.
»Kein Problem. Fast Eddie kann Bridget mit dem zweiten Wagen ins Appartement bringen.«
Der New Yorker Verkehr war wie immer die Hölle. Obwohl das Büro nur dreißig Blocks vom Landeplatz des Hubschraubers entfernt lag, brauchte Judds Limousine fünfunddreißig Minuten.
Judd betrat das ehemalige Büro seines Vaters um Viertel vor elf, fünfzehn Minuten vor der geplanten Besprechung. Er schloß die Tür hinter sich und stellte sich vor das Bild seines Vaters, das ernst auf ihn herabschaute. Es war ihm, als hörte er eine Stimme, die ihn begrüßte: *»Hallo, mein Sohn!«*
»Hallo, Vater«, gab er leise zur Antwort. »Siehst du, es ist alles noch, wie es war, genauso, wie du es wolltest. Wir haben nichts verändert.«
»Verändert haben wir nichts«, sagte die Stimme in seinem Inneren, *»aber es ist auch nichts mehr so, wie es war.«*
Judd schwieg und starrte das Bild an.
»Aber so muß es auch sein«, sagte die Stimme. *»Die Welt da drau-*

ßen hat sich verändert, mein Sohn. Deine Welt ist das jetzt.«
»Deine Welt ist es auch, Vater«, flüsterte Judd. »Wir haben sie beide gemacht. Ohne dich wäre sie nicht das, was sie ist.«
Die Stimme gab keine Antwort. Judd trat hinter den Schreibtisch und sah zum Fenster hinaus auf die Stadt. Dann setzte er sich. Der altmodische Ledersessel mit hoher Lehne, den auch schon sein Vater benutzt hatte, knackte behaglich. Judd griff nach dem Telefonhörer und drückte den Vorzimmerknopf. »Hier spricht Crane. Bitte entschuldigen Sie, daß ich Ihren Namen nicht weiß.«
Die Stimme aus dem Hörer klang sehr tüchtig und sogar sehr vertraut. »Sie brauchen sich nicht zu entschuldigen, Mr. Crane.«
»Barbara!« lachte er überrascht.
»Sie befinden sich hier in den Büroräumen eines großen Industriekonzerns, Mr. Crane«, sagte die Stimme. »Vertraulichkeiten während der Dienstzeit können wir leider nicht dulden.«
Judd legte den Hörer auf den Tisch und sprang auf. Mit drei großen Schritten durchquerte er sein Büro, und als er die Tür zum Vorzimmer aufstieß, hatte Barbara den Hörer noch in der Hand.
»Grüß dich!« rief er begeistert, schloß sie in die Arme und hob sie hoch.
»Aber Judd«, protestierte sie lachend, als er sie abküßte.
Er zog sie in sein Büro und machte die Tür zu. »Einen Augenblick lang«, lachte er, »fühlte ich mich wieder als kleiner Junge.«

So wie früher sein Vater saß jetzt Judd am Kopfende des kleinen Konferenztisches. Barbara saß zu seiner Rechten, Judge Gitlin zu seiner Linken. Außerdem saßen noch Merlin, zwei feierlich aussehende Rechtsanwälte und eine Sekretärin mit einem Stenogrammblock am Tisch.
Judd grinste. »Onkel Paul, du siehst jeden Tag ein bißchen mehr wie Burl Ives aus. Warum läßt du dir nicht den Bart und die Haare mal stutzen, anstatt hier den Hippie zu spielen?«

»Mir gefällt's«, erwiderte Paul Gitlin. »Und wenn wir hier schon Komplimente verteilen, dann sollte ich dich vielleicht an deine Manieren erinnern, mein Junge. Dein Vater hat immer dafür gesorgt, daß bei allen Konferenzen eine Flasche Glenmarangie vor mir auf dem Tisch stand.«
Judd lächelte, hob eine Flasche hoch, die neben ihm auf dem Fußboden stand, und stellte sie, zusammen mit einem geschliffenen Whiskyglas, auf den Tisch. »Wir konnten nicht zulassen, daß du weiter untätig bleibst, Onkel Paul. Wir mußten dich schon deshalb aus dem Ruhestand wieder zurückholen, weil wir sonst hilflos vor dem größten Glenmarangievorrat der Welt gestanden hätten. Geht's dir jetzt besser?«
»Danke.« Gitlin öffnete die Flasche, goß sich ein halbes Glas ein und trank. »Nun zum Geschäft.«
»Ich bin ganz Ohr«, sagte Judd.
»Der South-and-Western-Bankskandal hat uns voll getroffen«, fing Gitlin an. »Ich habe aus zuverlässigen Kreisen gehört, daß der Kongreß einen Untersuchungsausschuß einsetzen wird, sobald die Vereidigung Reagans vorbei ist. Sie wollen mich gründlich verhören. Soviel ich weiß, sollst du auch vorgeladen werden. Und sämtliche leitenden Beamten der Bank natürlich auch, sowohl die jetzigen als auch die früheren.«
»Die können uns doch nicht sehr viel anhaben. Schließlich haben wir die Regierung ja selbst alarmiert.«
»Darauf kommt es nicht unbedingt an. Hier geht es nicht um die Wahrheit, sondern um Politik, und Politik lebt von Schlagzeilen. Die Wahrheit steht irgendwo im Innenteil auf der vorletzten Seite ganz unten.«
»Was schlägst du vor?«
»Wir haben Freunde«, meinte Gitlin. »Die werden wir bitten, uns zu helfen. Jetzt wird sich zeigen, wer zu uns steht und wer nicht.«
»Okay. Bring das in Gang.«
»Es wird allerdings eine Menge Geld kosten.«
»Dafür haben wir Geld«, erwiderte Judd. »Was gibt es sonst noch für Neuigkeiten?«

Gitlin goß sich einen weiteren Drink ein. »Du hattest recht, die brasilianischen Reaktoren stammen tatsächlich von einem unserer europäischen Verbündeten. Unserer Regierung ist das allerdings völlig egal. Die Militärs sind sogar sehr zufrieden mit den Brasilianern. Es genügt ihnen vollkommen, daß sie antikommunistisch sind und uns gegen die Sowjetunion unterstützen.«

»Dann ist ja alles in Ordnung«, sagte Judd. »Dann machen wir das Geschäft mit Brasilien.«

»Und was wird aus Mexiko?« fragte Gitlin.

»Da steigen wir auch ein. Aber in kleinerem Maßstab. Von dort aus bedienen wir nur den mittelamerikanischen Markt.«

»Das klingt vernünftig«, sagte Gitlin. »Einen Punkt möchte ich noch zur Sprache bringen, dann wären wir fertig für heute.«

»Worum geht es?« fragte Judd.

»Crane Island. Diese Insel für vierzig Millionen zu einem Ein-Mann-Paradies ausbauen zu lassen, ist völlig verrückt. Vor allem, weil du ja dort nur einen Zwischenaufenthalt machen willst, bis Xanadu selbst fertig ist. Warum wartest du nicht einfach noch ein, zwei Jahre? Du holst diese Investitionen doch nie wieder herein.«

»Zeit ist wichtiger als Geld. Das Crane-Island-Projekt geht mit voller Kraft weiter.« Judd sah sich um. »Sonst noch etwas?«

»Nichts Besonderes«, sagte Gitlin. »Ich wollte dir nur sagen, daß die Russen deinem Vorschlag zugestimmt haben und sich bedanken. Die Sache mit der jugoslawischen Ärztin geht also in Ordnung.«

»Dann schließe ich hiermit die Sitzung.« Judd stand auf und küßte Onkel Paul auf die Wange. »Vielen Dank.«

»Das ist eine ziemlich ungewöhnliche Methode, eine Konferenz zu beenden«, lächelte Gitlin. »Ich habe ja noch nicht mal die halbe Flasche leer.«

»Die darfst du in deinem Handtäschchen mit nach Hause nehmen und dort in Ruhe austrinken«, grinste Judd.

28

Zum Mittagessen gingen sie mit Onkel Paul ins Four Seasons an der Park Avenue. Barbara und Judd saßen direkt neben dem Wasserbassin, in dem glitzernde grüne Luftblasen aufstiegen. Jim, Barbaras Ehemann, saß Judd gegenüber.

Judge Gitlin war Stammgast in diesem modernen Restaurant. Kaum hatten sie Platz genommen, stellte ein Kellner auch schon einen doppelten Scotch vor den Gastgeber. *»Cheers«*, sagte Paul und trank einen Schluck.

Paul Kovi und Tom Margittai, die beiden Geschäftsführer, erschienen mit einer eiskalten Flasche rosa Champagner, noch ehe sie etwas zu trinken bestellt hatten. »Cristale 75«, lächelte Paul und küßte Barbara die Hand.

»Meine Lieblingsmarke.« Barbara war gerührt. »Wie lieb von dir, daß du daran gedacht hast.«

»Warum kommen Sie so selten zu uns?« wandte sich Tom mit einem höflichen Lächeln an Barbara und Judd.

»Ich bin nicht sehr oft in der Stadt«, lachte Judd. »Ich muß für meinen Lebensunterhalt arbeiten.«

Paul Kovi warf Judd einen anerkennenden Blick zu. »Ich weiß nicht, Sir, wie Sie das machen, aber Sie sehen jünger aus als vor drei Jahren, als Sie das letzte Mal hier waren. Worin besteht Ihr Geheimnis?«

Judd lachte. »Mit den Hühnern aufstehen und mit den Hühnern ins Bett, Sie kennen das Sprichwort.«

Die beiden Geschäftsführer lächelten, verbeugten sich und gingen, während Orestes, der Oberkellner, mit großem Zeremoniell die Champagnerflasche aufmachte. Judd kostete und nickte zufrieden. Orestes füllte die schlanken Kelche und zog sich dann diskret zurück.

Judd hob sein Glas. »Auf eure Gesundheit.«

»Und vor allem auf deine«, fügte Barbara mit einem warmen Lächeln hinzu.

Gitlin nickte zufrieden. »Trotz aller Probleme wächst der Konzern. Die Maschine läuft. Wenn man alles zusammenrechnet, die Crane Foundation, die Trusts und deine persönli-

chen Beteiligungen, dann beläuft sich die Bilanzsumme dieses Jahr voraussichtlich auf fünfhundert Milliarden Dollar.«
»Das sind doch bloß Zahlen«, erwiderte Judd leichthin. »Soviel Geld gibt es auf der ganzen Welt nicht. Und wenn es doch soviel gibt, dann brauchst du dich auch nicht über die Investitionen auf Crane Island zu beschweren.«
Gitlin ließ sich einen weiteren doppelten Whisky einschenken. »Wahrscheinlich hast du wieder mal recht. Mein Pessimismus scheint sich ja nie zu bestätigen, wenn du etwas unternimmst.«
»Vielen Dank, Onkel Paul«, grinste Judd. »Ich hatte die Hoffnung schon aufgegeben, daß du das einmal zugibst.«
Ein Bote in einer grauen Uniform näherte sich mit einem Telefonapparat in der Hand. »Mr. Crane, ich habe ein Gespräch für Sie.« Judd nickte, und der junge Mann schloß den Apparat an eine Telefonbuchse an, die in den Zweigen des Baumes hinter Judds Stuhl versteckt war.
Judd suchte in seinen Taschen nach Trinkgeld, fand aber nichts. »Könntest du dem jungen Mann etwas geben, Onkel Paul?«
Gitlin gab dem Boten fünf Dollar. »Jetzt weiß ich, wie du zu Geld kommst«, brummelte er.
Judd meldete sich am Telefon. »Hier Crane.«
»Guten Tag«, sagte Dr. Zabiski mit ihrem slawischen Akzent. »Merlin hat mir gesagt, wo ich Sie finde.«
»Wo sind Sie denn?« fragte Judd.
»Auf dem John-F.-Kennedy-Flughafen«, erwiderte die Ärztin. »Ich muß Sie unbedingt sprechen.«
»Mit welcher Fluglinie sind Sie gekommen?«
»Pan American.«
»Warten Sie am Schalter«, sagte Judd. »Ich hole Sie in einer halben Stunde ab.« Er legte den Hörer zurück und stand auf. »Ihr müßt mich leider entschuldigen. Es ist mir etwas dazwischengekommen.«
Die anderen hüteten sich, ihn zu fragen, was los war. »Kommst du zum Abendessen?« fragte Barbara nur.
»Ich weiß noch nicht«, erwiderte Judd. »Ich werde dich anru-

fen.«
Er winkte noch einmal und ging. Der Chauffeur saß draußen im Wagen. »Fahren Sie mich zum Pan-Am-Terminal am Kennedy-Flughafen.«

Sie schafften es in dreiundzwanzig Minuten. Judd stieg aus und stürmte in die Ankunftshalle. Dr. Zabiski saß gleich neben dem Eingang. Sie hatte zwei kleine Koffer bei sich. Judd küßte sie auf die Wange, nahm die beiden Koffer und führte sie zu seinem Wagen. Der Chauffeur wollte das Gepäck im Kofferraum verstauen, aber Dr. Zabiski erhob dagegen Einspruch.
»Bitte nicht«, bat sie. »Ich möchte die Koffer bei mir im Wagen haben.«
»Jawohl, Madame.« Der Chauffeur stellte die Koffer vor der kleinen Ärztin hin. »Wohin fahren wir, Sir?« fragte er, als er wieder hinter dem Steuer saß.
»In die Wohnung an der Fifth Avenue.«
»Dazu bleibt wahrscheinlich nicht genug Zeit«, widersprach Dr. Zabiski. »Ich muß Sofia abholen und heute abend mit Aeroflot nach Moskau bringen.«
»Dann fahren Sie uns zur Crane Aviation auf dem LaGuardia-Flughafen«, sagte Judd. Er ließ die Trennscheibe hoch und sagte: »Der Wagen ist abhörsicher. Wir können uns ungestört unterhalten.«
Dr. Zabiski zog eine Zigarette aus ihrer Tasche und zündete sie mit zitternden Händen an. »Es gibt so viele Dinge, die ich Ihnen erzählen will. Ich weiß gar nicht, wo ich anfangen soll.«
»Eins nach dem anderen«, lächelte Judd.
Ihre bernsteingelben Augen verschwammen. »Ich habe Krebs. Mir bleiben wahrscheinlich nur noch zwei Monate.«
»Ist das sicher?« fragte Judd. Seine kobaltblauen Augen verdüsterten sich.
»Ganz sicher«, erwiderte sie sachlich. »Ich weiß es schon lange. Jetzt läuft die Uhr ab.«
»Das tut mir leid.«

»Ich habe mein Leben gelebt«, sagte sie. »Sie denken wahrscheinlich, ich wäre erst Mitte Sechzig. Das stimmt nicht. Ich bin bereits zweiundsiebzig.«

Judd schwieg.

Die Ärztin zog an ihrer Zigarette. »Ich möchte nicht, daß die Ergebnisse meiner Forschungsarbeiten den Sowjets in die Hände fallen. Ich habe fast alle Akten in Jugoslawien gelassen, damit sie nicht mißtrauisch werden.« Sie zeigte auf die beiden Koffer. »Aber in diesen beiden Koffern befinden sich sämtliche relevanten Unterlagen: die Magnetbänder, die Mikrofilme und meine Notizbücher. Vielleicht fehlt das eine oder andere, und ich habe meine Aufzeichnungen auch auf sehr naive Weise verschlüsselt, aber ich bin sicher, Ihre Computer werden alles ohne Mühe entziffern. Ich möchte Sie lediglich bitten, mit meinen Forschungen vorsichtig umzugehen und die Ergebnisse nicht nur zur Steigerung Ihrer Profite einzusetzen, sondern zum Wohle der Menschheit.«

Judd nickte. »Entschuldigen Sie mich für einen Moment.« Er nahm das Telefon und tippte eine zweistellige Nummer.

»Hier Crane Aviation«, meldete sich eine Stimme.

»Hier spricht Judd Crane. Ich bin in ungefähr zwölf Minuten bei Ihnen. Ich brauche den kleinen Jet, Falcon Twenty. Lassen Sie sich eine Starterlaubnis nach Langley Field, Washington, geben. Beim Hinflug haben Sie zwei Passagiere, auf dem Rückflug sind wir zu dritt.«

»Jawohl, Mr. Crane«, sagte die Stimme.

Judd schob das Telefon weg und wandte sich der Ärztin zu. »Ich werde Sofia nicht vorwarnen. Wenn ich sie jetzt anrufe, besteht immer noch die Gefahr, daß jemand den Anruf verfolgt und sie findet.«

»Ich verstehe«, nickte Dr. Zabiski. Sie drückte ihre Zigarette aus und warf ihm einen anerkennenden Blick zu. »Ich weiß zwar nicht, wie Sie es geschafft haben, Mr. Crane, aber eines muß ich Ihnen lassen: Die Russen haben jeden Groll gegen Sofia begraben. Ich bin beauftragt, sie direkt zu Breschnew zu bringen.«

»Was soll sie denn machen, wenn er tot ist?«
»Das weiß ich nicht. Ich hoffe nur, daß sie genug über meine Arbeit weiß, um sie fortzusetzen. Ich würde es begrüßen, wenn sie hier bei Ihnen arbeiten würde, aber das kann ich nicht bestimmen.«
»Also fliegen Sie nach Jugoslawien zurück, wenn Sie Sofia nach Moskau gebracht haben?« fragte Judd.
»Nein«, erwiderte die Ärztin. »Ich werde mich im Maxim-Gorki-Krankenhaus in Moskau aufhalten.«
»Dann kann ich Sie also nicht mehr sehen?«
»Wohl kaum.«
Judd schwieg. »Das ist sehr schade.« Er warf ihr einen langen Blick zu. »Ich werde Sie sehr vermissen.«
»Ich werde Sie auch vermissen«, sagte die Ärztin leise. »Ich habe noch keinen Mann getroffen wie Sie.« Sie legte ihre Hand in seine. Sie war weich, zierlich und schien sehr zerbrechlich. »Alte Damen können sich auch noch verlieben«, lächelte sie.
Er küßte ihr die Hand. »Deshalb bleiben sie auch für immer schön.«

Auf dem Flughafen Langley stand eine Limousine mit zwei Sicherheitsbeamten für sie bereit. Sobald die Limousine sich in Bewegung gesetzt hatte, nahm Judd das Telefon und rief die Privatklinik an. Er wurde sofort mit Sofia verbunden.
Er nannte weder ihren noch seinen eigenen Namen. »Ich komme in dreißig Minuten«, sagte er. »Laß alles stehen und liegen. Zieh einfach deinen Mantel an, als ob du einen Spaziergang vorhättest. An der Ecke Langley- und Arlington Street ist ein Einkaufszentrum mit einem Drugstore. Setz dich da rein, in die Nähe des Eiskremverkäufers, und zwar so nahe wie möglich ans Fenster, damit du sehen kannst, was draußen passiert. Warte dort, bis ich dich abhole. Alles verstanden?«
»Ja«, sagte sie und hängte ein.
Eine halbe Stunde später betrat Judd den Drugstore. Sofia saß genau dort, wo er sie vermutete. Er nahm neben ihr Platz.

»Frau Dr. Zabiski wartet draußen im Wagen«, sagte er leise. »Ist alles klar?«
»Ich glaube, ich werde verfolgt«, erwiderte sie.
»Wo ist er?«
»Da drüben beim Andenkenladen. Ein untersetzter Typ mit einem dicken schwarzen Mantel. Ich glaube, ich habe ihn auch in der Klinik schon mehrfach gesehen.«
Judd nickte und hob den kleinen Metallknopf, den er in der Hand hatte, zum Ohr. »Habt ihr das gehört?« fragte er. Es entstand eine kurze Pause. »Dann zieht ihn aus dem Verkehr.«
Er stand auf und legte einen Fünfdollarschein auf den Tisch.
Während sie zum Ausgang gingen, rollte die Limousine heran. Frau Dr. Zabiski hielt ihnen die hintere Tür auf. Judd schob Sofia hinein, folgte ihr sofort und zog die Tür hinter sich zu. Mit beiden Händen zwang er die Frauen, den Kopf einzuziehen, während sie losbrausten. Ein vorsichtiger Blick aus dem Rückfenster zeigte ihm, daß sein Befehl befolgt worden war. Der Mann im schwarzen Mantel lag zusammengekrümmt vor dem Andenkenladen. Von dem zweiten Sicherheitsbeamten war nichts mehr zu sehen. Eilig fuhren sie zum Flughafen.

Das rote Licht blinkte bereits.
»Dritter Aufruf für den Aeroflot-Flug nach Moskau«, ertönte die Stimme der Stewardeß.
Judd sah die kleine Ärztin stumm an. Dann küßte er sie dreimal. Einmal auf jede Wange und schließlich noch auf den Mund. »Sie sind eine großartige Frau«, murmelte er.
»Viel Glück, Judd«, lächelte Dr. Zabiski. »Mögen alle Ihre Träume wahr werden.«
Sie drehte sich um und ging hinaus auf den Flugsteig.
Erst als sie nicht mehr zu sehen war, wandte sich Judd an Sofia.
Sie sah ihn an. Ihre Lippen zitterten, und in ihren Augen schimmerten Tränen. »Es tut mir so leid, ich hätte so gerne dein Baby gehabt.«
»So ist es besser«, entgegnete er.

Sofia schüttelte den Kopf. »Ich weiß nicht.«
Judd gab keine Antwort.
Sie holte tief Atem. »Werde ich dich je wiedersehen?«
»Das hoffe ich.«
»Meinst du das ehrlich?«
»Ja«, sagte er. »Du bedeutest sehr viel für mich, etwas ganz Besonderes. Ich hoffe wirklich, daß wir uns wiedersehen.«
Sie umarmte ihn heftig und küßte ihn. »Ich liebe dich, Judd. Auf meine Weise liebe ich dich tatsächlich.« Sie drehte sich um und rannte zum Ausgang.
Judd wartete, bis sich die Türen hinter ihr geschlossen hatten, dann ging er langsam zu seinem Wagen.
Der Chauffeur hielt ihm den Schlag.
»Mr. Crane«, sagte er respektvoll, »die junge Dame hat etwas für Sie hinterlassen.« Er hielt Judd einen zusammengfalteten Zettel hin.
Judd setzte sich in den Wagen. Nachdenklich starrte er hinaus in die Nacht. Erst als sie schon fast in der Stadt waren, las er den Zettel: *»Für Judd! Vergiß nicht: Den Lebenden gehört das Leben, Unsterblichkeit gehört der Geschichte. Alles Liebe, Sofia.«*

Zweites Buch

Die Entdeckung
1983–1984

1

Das Sonnenlicht, das von der Solaranlage reflektiert wurde, bildete einen gleißenden Lichtstrahl, der weit ins Blau des Himmels hinaufstach. Doc Sawyer zeigte durch das Fenster des Hubschraubers hinaus auf die Insel. »Da liegt Crane Island.«

Sofia blinzelte und setzte ihre Sonnenbrille auf. »Die Insel ist viel größer, als ich dachte.«

»Achtzehn Kilometer lang und bis zu zwölf Kilometer breit«, erklärte Doc Sawyer. »Judds gegenwärtiges Environment – ein Haus kann man es wirklich kaum nennen – ist eine Kuppel, die aus Tausenden von Solarzellen zusammengesetzt ist. Sie hat einen Durchmesser von fünfhundert Metern. Drei Stockwerke liegen über der Erde, zwei liegen darunter.«

Sofia drehte sich um. »Und da will er nun leben?«

Doc Sawyer nickte. »Nicht für immer, aber jetzt ist er schon neun Monate da und hat seither keinen Fuß mehr aufs Festland gesetzt.«

Sofia schüttelte den Kopf. »Das Ganze war vermutlich eine Idee von Dr. Zabiski, nicht wahr?«

»Am Anfang schon«, bestätigte Doc Sawyer, »aber ich glaube nicht, daß sie geahnt hat, zu was für einem Mammutprojekt sich die Sache auswachsen würde.«

Sofia schüttelte wieder den Kopf. »Die alte Dame war verrückt. Am Schluß war sie völlig verrückt. Ich habe sie noch an ihrem letzten Tage im Krankenhaus besucht. Sie hat mich angesehen und gesagt: ›Ich werde heute noch sterben, aber Judd wird ewig leben. Ich habe ihm alle Informationen gegeben, die er dazu braucht.‹

›Was für Informationen‹, fragte ich sie. ›Alle‹, erwiderte sie. ›Aber er muß sie zusammensetzen. Vorläufig sind es noch lauter Bruchstücke, aber mit seinen Computern müßte er es ohne weiteres schaffen. Computer können in einer Sekunde berechnen, wofür ein Mensch Millionen Jahre bräuchte. Mein Leben reichte dafür nicht aus. Aber Judd Crane verfügt über das nötige Werkzeug. Er wird erreichen, was ich nicht geschafft habe. Du wirst es erleben!‹ ›Und warum haben Sie ausgerechnet ihm die Informationen gegeben‹, fragte ich, ›anstatt sie der ganzen Welt mitzuteilen?‹ Sie sah mich an und sagte: ›Weil ich ihn geliebt habe. Er ist der einzige, dem ich diese Informationen anvertrauen konnte. Die Welt würde nur nach Macht und Profit streben; Judd Crane hat längst alles Geld, was er braucht. Er interessiert sich nur für die Ewigkeit und für meine Entdeckung.‹ Dann hat sie die Augen geschlossen, und ich bin leise gegangen.«

»Haben Sie noch einmal mit ihr gesprochen?« fragte Doc Sawyer.

»Nein«, erwiderte Sofia. »Ich mußte mich um meine eigene Arbeit kümmern. Der Generalsekretär sollte eine Reise antreten, und ich hatte den Auftrag, ihn zu begleiten. Noch am selben Abend ist sie gestorben.«

»Und das war der Grund, weshalb Sie Judd angerufen haben?«

Sofia machte ein verblüfftes Gesicht. »Der einzige Mensch, dem ich das erzählt habe, war der Generalsekretär. Ich habe nicht mehr mit Judd gesprochen, seit wir uns damals auf dem Flughafen in New York getrennt haben. Das ist mehr als drei Jahre her.« – »Irgend jemand muß es ihm aber erzählt haben«, beharrte Doc Sawyer.

»Ich wüßte nicht, wer«, meinte Sofia. »Judd hat mir allerdings selbst erzählt, daß er gute Beziehungen ins Politbüro habe.«

»Das überrascht mich nicht«, nickte Doc Sawyer. »Judd hat überall auf der Welt seine Kontakte.«

»Das glaube ich gerne«, lächelte Sofia. Ein Gongschlag ertönte, und die Lichtzeichen über den Sitzen verlangten, daß sie sich anschnallten. »Als ich seine Nachricht erhielt, war ich gerade in Bangladesh.«

»Waren Sie überrascht?«

Sofia nickte. »Ich dachte, Andropow und der KGB wüßten als einzige, wo ich mich nach dem Tod des Generalsekretärs aufhielt.«
»Glauben Sie, die wissen, wo Sie jetzt sind?«
»Wahrscheinlich. Ich glaube, die wissen alles, was ich tue und lasse.«
»Aber sie haben nicht versucht, Sie aufzuhalten?«
»Nein«, bestätigte Sofia. »Aber ich glaube, sie werden sich rühren, wenn sie mich brauchen.«
Im Lautsprecher meldete sich jetzt der Pilot des Hubschraubers. »Wir landen auf dem nördlichen Heliport. Fast Eddie wird Sie dort abholen.«
Sofia lächelte. »Fast Eddie«, sagte sie. »Ich freue mich darauf, ihn zu sehen.«

»Der Golfstrom führt ungefähr neun Meilen östlich vorbei«, erklärte Fast Eddie. Er saß am Steuer eines vollklimatisierten Landrover. »Das Wasser bleibt auch im Winter sehr warm. Der kleine Seminolenstamm, der hier lebte, hat ihn den ›Heiligen Fluß‹ genannt.«
»Sehr interessant«, sagte Sofia mit geheuchelter Begeisterung. »Und wie nennt ihr ihn?«
»Langweilig«, grinste Fast Eddie.
Sofia betrachtete die schmale Straße, die unter großen Ahorn- und Hickorybäumen dahinführte. »Ihnen gefällt es hier wohl nicht, was?«
»Nein.«
»Und was sagt Mr. Crane?«
Fast Eddie warf ihr einen flüchtigen Blick zu. »Mr. Crane sagt gar nichts. Ich weiß nicht, wie er darüber denkt.«
»Ist er wirklich seit neun Monaten ununterbrochen hier auf der Insel?«
»Soweit ich weiß, ja«, erwiderte Fast Eddie. »Aber ich fahre jeden Monat eine Woche nach Hause.«
Er bog von der Straße ab und hielt vor einem kleinen Haus. »Hier werden Sie wohnen. Wir haben zwölf solche Häuser für unsere Besucher.«

Sofia schwieg. »Eddie«, sagte sie schließlich. »Ich glaube, ich könnte ein bißchen Schnee brauchen. Es ist ziemlich lange her, wissen Sie . . .«
Eddie warf ihr einen prüfenden Blick zu. »Ich verstehe«, sagte er und nahm die Kapsel von der goldenen Kette. Er klappte den Deckel herunter und gab ihr den Löffel.
Ihre Hände zitterten, als sie den Stoff einsog. Dann wurde sie plötzlich ganz ruhig. Der *Flash* setzte ein. »Das war gut«, seufzte sie.
Fast Eddie grinste zufrieden.
»Ich habe Angst«, flüsterte Sofia.
Eddie gab keine Antwort.
»Hat er sich verändert?« fragte sie zögernd.
»*Dope* mag er immer noch«, grinste Fast Eddie. »Also kann er sich nicht völlig verändert haben.« Er sprang aus dem Wagen, um ihr die Tür aufzuhalten. »Kommen Sie! Ich zeige Ihnen das Haus.«
Die Eingangstür öffnete sich, als sie sich näherten. Ein Schwarzer mit einer weißen Jacke trat heraus und verbeugte sich leicht. Neben ihm stand eine adrette junge Frau, die eine weiße Schürze über einem grauen Rock trug.
»Das sind Max und seine Frau Mae«, sagte Fast Eddie. »Sie werden für Ihr leibliches Wohl sorgen.« Er wandte sich an die beiden Schwarzen. »Das ist Frau Dr. Ivancich, euer Gast.«
»Guten Tag«, lächelte das schwarze Paar. »Herzlich willkommen.«
»Vielen Dank.« Sofia warf einen Blick in die Halle. Auf der einen Seite befand sich ein gemütlicher Wohnraum, auf der anderen Seite ein Eßzimmer, im Hintergrund ging es zur Küche. Eine Treppe führte ins obere Stockwerk, wo vermutlich die Schlafzimmer lagen.
»Die beiden werden sich Ihrer annehmen«, sagte Fast Eddie. »Es wird Ihnen an nichts fehlen. Wenn Sie etwas brauchen, sagen Sie Max und Mae Bescheid.« Er machte eine kleine Pause und fuhr dann fort: »Der Schnee ist in der mittleren Schublade Ihrer Kommode.«
»Sie haben ja wirklich an alles gedacht.« Sofia war beein-

druckt.
»Nicht ich«, sagte er rasch, »sondern Mr. Crane. Abendessen gibt es um neun. Ganz zwanglos. Max fährt Sie hinüber.«
»Werden noch andere Gäste da sein?« fragte Sofia.
»Nein«, antwortete Fast Eddie. »Nur Sie und Mr. Crane selbst.«
»Was ist denn mit Doc Sawyer?«
»Er wird gegen sechs Uhr aufs Festland zurückkehren.«
Sofia sah auf die Uhr. Es war jetzt halb vier.
»Nehmen Sie sich Zeit, Frau Doktor«, sagte Fast Eddie. »Entspannen Sie sich. Nehmen Sie in aller Ruhe ein Bad. Schlafen Sie ein bißchen. Vergessen Sie nicht, daß Sie eine lange Reise hinter sich haben. Sie werden sich wundern, wieviel besser es Ihnen geht, wenn Sie ein bißchen ausgeruht und die Nase gepudert haben.«
Sofia nickte. »Okay. Vielen Dank.«
Eddie winkte Max mit der Hand. »Bring bitte die Koffer hinauf«, bat er. Dann wandte er sich wieder an Sofia. »Denken Sie daran«, lächelte er. »Ich bin jederzeit für Sie da.«

2

Judd trug einen Jogginganzug und Turnschuhe. Sein tiefbraunes Gesicht war von einem leichten Schweißfilm bedeckt. Er winkte Doc Sawyer, einstweilen Platz zu nehmen, solange er noch telefonierte. »Schaffen Sie uns die verdammte Bank endgültig vom Hals«, bellte er in den Hörer. »Sagen Sie den Behörden, wir verzichten darauf.«
»Das sind zweihundert Millionen Dollar«, sagte Merlin am anderen Ende der Leitung erschrocken.
»Das ist doch sehr preiswert«, meinte Judd. »Was glauben Sie, was es uns kostet, wenn ich den Rest meines Lebens vor irgendwelchen Untersuchungsausschüssen verbringe und dämliche Fragen beantworte?«
»Aber wir sind doch im Recht, und das können wir auch be-

weisen«, sagte Merlin.
»Das ist mir egal«, erwiderte Judd. »Ich habe jetzt schon vier Jahre mit diesem Unsinn vertrödelt. Die Transatlantic will den Laden haben. Sorgen Sie dafür, daß sie ihn kriegt. Sollen die sich doch den Kopf darüber zerbrechen.«
»Sie sind der Boß«, seufzte Merlin. Plötzlich begann er zu lachen. »Wahrscheinlich haben Sie recht. Nostradamus hat prophezeit, daß 1983 ein schlechtes Jahr für Finanzgeschäfte sein würde.«
Judd grinste. »Ich möchte nur wissen, ob Nostradamus dieses Geheimnis auch David Rockefeller mitgeteilt hat.«
»Wir vermissen Sie, Chef«, sagte Merlin. »Wann kommen Sie wieder runter von Ihrer Insel?«
»Bald«, erwiderte Judd. »Ich habe versprochen, es ein Jahr zu probieren. Noch zwei Monate, dann ist es vorbei.«
»Seien Sie schön brav!« sagte Merlin.
»Ich werde es versuchen«, lächelte Judd. Er legte den Hörer zurück auf die Gabel und wandte sich an Doc Sawyer. »Ich war gerade beim Joggen, als ich den Hubschrauber einfliegen sah. Ich habe euch im Büro auf dem Bildschirm gesehen, als ihr aus der Maschine gestiegen seid. Sofia sah gut aus, nicht wahr?«
»Sie ist dünner geworden«, sagte Doc Sawyer.
»Das konnte ich auf dem Bildschirm nicht sehen.« Judd nahm sich eine Zigarette, drehte sie aber nur in den Fingern, ohne sie anzuzünden. »Hat Sofia etwas darüber gesagt, was sie in Bangladesh gemacht hat?«
»Nein«, sagte Doc Sawyer. »Warum fragen Sie?«
Judd warf die Zigarette in den Papierkorb. »Ich bin nicht sicher, aber ich glaube, ich weiß es«, meinte er nachdenklich. »Ich habe das Gefühl, die alte Dame hat mir nur einen Teil ihrer Papiere hinterlassen und den Rest Sofia gegeben. Die Aufzeichnungen, die in unserem Besitz sind, beginnen im Jahre 1953, als sie den Brunnen von Ponce de León gründete. Aber es gibt viele Hinweise auf frühere Protokolle.«
»Ich habe alles gelesen«, sagte Doc Sawyer. »Aber das ist mir nicht aufgefallen.«

»Wir hatten diese Teile des Textes noch nicht übersetzt«, erklärte Judd. »Sie waren in Urdu verfaßt, einer der indischen Sprachen. Sie zitiert einen Propheten, der damals im heutigen Bangladesh lebte, den Maharishi Raj Naibuhr, den sie offenbar kannte. ›Der Mensch kann nur dann Unsterblichkeit erlangen, wenn sein Inneres mit der Außenwelt eins wird.‹ Wahrscheinlich hat sie deshalb verlangt, daß ich diese Insel zu meinem Zufluchtsort mache.«

»Glauben Sie, daß Sofia die Protokolle gefunden hat?«

Judd lächelte. »Es wäre ein Wunder, wenn sie die Papiere in Bangladesh gefunden hat. Der Maharishi grast längst auf grüneren Weiden.«

»Ist er gestorben?«

Judd lachte. »Nein, keineswegs. Reich ist er geworden. Er hat in den Bergen bei San Bernardino eine Universität mit über zweitausend Studenten und nördlich von Malibu einen Ashram gegründet.«

»He, warten Sie mal«, rief Doc Sawyer aufgeregt. »Der war doch neulich im Fernsehen.«

»Stimmt«, nickte Judd. »Genau der. Aber im wirklichen Leben kommen Sie nicht an den ran. Den kriegen Sie genausowenig zu Gesicht wie Andropow oder Reagan.«

»Aber Sie glauben, daß Sofia zu ihm vordringen kann?«

»Ich hoffe es«, sagte Judd. »Vielleicht steht irgend etwas in den Papieren der alten Dame, was Sofia unwiderstehliche Überzeugungskraft gibt. Außerdem soll der Maharishi eine Schwäche für schöne Frauen haben, aber das wissen nicht einmal seine Anhänger.«

»So jung kann er doch gar nicht mehr sein«, sagte Doc Sawyer.

»Ich glaube, er ist bereits über siebzig. Er selbst behauptet allerdings, daß er in seiner jetzigen Inkarnation schon über tausend Jahre alt sei.«

»Nicht schlecht«, lachte Doc Sawyer.

»Ich habe den Eindruck, die alte Dame hat ihn behandelt. Ich glaube, er war einer ihrer Patienten.«

»Das macht die Sache noch interessanter«, sagte Doc Sawyer.

»Aber was hat dann Sofia in Bangladesh gesucht?«
»Ja, wenn ich das wüßte«, erwiderte Judd. »Ich werde sie fragen.« Er warf dem Arzt einen Blick zu. »Haben Sie Lust, zum Abendessen zu bleiben?«
Doc Sawyer schüttelte den Kopf. »Ich muß zurück nach Florida, ich stecke bis zum Hals in Problemen. Ich bin Arzt, kein Geschäftsmann. Crane Medical Research und Crane Pharmaceuticals machen ungefähr drei Millionen Dollar Verluste im Monat. Wenn das so weitergeht, brauchen wir bald eine riesige Kapitalspritze, sonst müssen wir uns einschränken, vielleicht sogar einige Beteiligungen verkaufen.«
»Sie werden die Sache schon in den Griff kriegen«, beruhigte ihn Judd.
»Vielen Dank für Ihr Vertrauen«, seufzte Doc Sawyer. »Aber ich bin kein Unternehmer. Mein Verstand funktioniert nicht nach den gleichen Prinzipien wie Ihrer.«
»Die Computer liefern Ihnen alle Informationen, die Sie brauchen«, sagte Judd. »Es dürfte eigentlich kein Problem sein.«
»Für Sie vielleicht«, entgegnete Doc Sawyer. »Aber für mich sind die Informationen aus dem Computer nur ein einziger Datensalat. Die Entscheidung liegt immer bei mir, und ich weiß nicht, wie ich sie aus dem Wust von Informationen herausziehen soll.«
Judd dachte einen Augenblick nach. »Wenn es wirklich so schlimm ist, dann stoßen Sie so viele Unternehmen ab, bis Sie das Gefühl haben, Sie hätten die Sache im Griff.«
»Ich fühle mich aber nicht berechtigt, Ihr Eigentum zu verkaufen. Die Verantwortung für solche Entscheidungen müssen Sie meiner Meinung nach selbst übernehmen.«
»Ich stehe voll hinter Ihnen«, sagte Judd. »Sie können von mir aus alles wegschmeißen, wenn Sie es für richtig halten, und ich werde kein Wort darüber verlieren. Es ist mir alles egal.«
»Das tut mir leid«, sagte Doc Sawyer leise. »Warum sind Sie so resigniert? Sie sind ein außergewöhnlicher Mensch, Judd. Sie haben der Welt doch so viel zu geben.«
»Ich fühle mich schrecklich alt, Doc. Ich habe alles schon einmal gemacht, ich habe schon so viele Spiele gewonnen, und

jetzt finde ich sie alle so langweilig.«
»Sie sind doch erst fünfzig«, widersprach Doc Sawyer. »Wenn Sie jetzt schon so resigniert sind, was soll dann erst werden, wenn Sie älter werden und womöglich unsterblich? Glauben Sie, dann nehmen Sie wieder mehr Anteil am Leben und Ihren Geschäften und fühlen sich jünger? Ich fürchte, Sie werden sich eher noch älter und gelangweilter fühlen. Leben heißt doch nicht bloß körperlich existieren, es besteht doch darin, daß man sich anderen mitteilt und der Welt etwas gibt.«
»Ich wußte gar nicht, daß Sie ein Philosoph sind«, sagte Judd trocken.
»Ich bin kein Philosoph«, erwiderte Sawyer. »Ich bin Arzt. Aber inzwischen ist soviel geschehen, daß ich mir gar nicht mehr klar bin, was ich bin und was man von mir erwartet.«
Judd nickte. »Sie sind müde, Doc. Sie brauchen ganz einfach Urlaub.«
Doc Sawyer lachte sarkastisch. »Ich brauche keinen Urlaub, Judd, ich brauche Sie. Ohne Ihre Hilfe, ohne Ihren Rat und Ihre Anregungen kann ich nicht leisten, was ich gern möchte.«
Judd schwieg.
»Den anderen geht es übrigens genauso«, fuhr der Arzt fort. »Barbara, Merlin, alle sagen, ohne Sie geht es nicht . . .«
»Noch zwei Monate«, sagte Judd sachlich. »Solange brauche ich noch, ehe ich weiß, wie es weitergeht. Können Sie mir diesen Spielraum verschaffen?« – »Ich habe jetzt schon so lange mit Ihnen und für Sie gearbeitet, da kann ich auch noch zwei Monate durchhalten«, sagte Doc Sawyer.
»Die Außenwelt existiert überhaupt nicht mehr, wenn man hier auf der Insel ist«, sagte Sofia. »Man kommt sich vor, als wäre man in einem anderen Sonnensystem.«
Doc Sawyer trat ans Fußende ihres Bettes und betrachtete sie. »Es ist auch ein anderes Sonnensystem«, lächelte er. »Und den Mittelpunkt bildet Judd.«
Sofia dachte einen Augenblick nach, dann stieß sie die Bettdecke weg und stand auf. Sie war nackt. Erst nach einigen

Schritten streifte sie nachlässig den seidenen Mantel über, der auf dem Stuhl lag. »Haben Sie Zeit, eine Tasse Tee mit mir zu trinken, Lee?«
Er nickte.
Sofia nahm den Telefonhörer auf. Max meldete sich.
»Ja, bitte?«
»Können wir eine Kanne Tee haben, bitte?«
»Ja, sofort. Ist Ihnen Orange Pekoe recht, Frau Doktor?«
»Ja, natürlich«, erwiderte sie.
»Kekse oder Petits fours?«
»Danke, bloß Tee.«
»Sofort, Frau Doktor.«
Sofia wandte sich wieder dem Arzt zu. »Gehen wir ein bißchen auf die Terrasse?«
Schweigend traten sie auf den Balkon. Sofia schloß die Tür hinter ihnen. »Glauben Sie, es sind Mikrophone im Zimmer?« fragte er.
»Ja«, erwiderte sie. »Mikrophone und Videokameras.«
»Wissen Sie das genau?« fragte er.
Sie schüttelte den Kopf. »Nur eine Eingebung. Wenn ich Judd wäre, würde ich den Raum überwachen – und wahrscheinlich auch diesen Balkon.«
Doc Sawyer sah sie nachdenklich an. »Vielleicht«, meinte er. »Ich kann ihn gar nicht mehr einschätzen.«
»Hat er sich so verändert?« fragte Sofia.
»Ja und nein. Ich könnte gar nicht sagen, was es ist. Deshalb wollte ich auch noch mit ihm reden, ehe ich aufs Festland zurückkehre. Sie sind Ärztin. Ich möchte, daß Sie ihn beobachten und mich auf dem laufenden halten.«
Max klopfte von innen an die Balkontür. Er trug ein Tablett mit einer Kanne Tee, einer Kanne mit heißem Wasser, einem Milchkännchen, einem Teller mit Zitronenscheiben, einem Honigtöpfchen und Zucker und stellte es auf dem Gartentisch ab.
»Sonst noch etwas, Frau Doktor?« fragte er höflich.
Sofia verneinte. Als sich der Schwarze zurückzog, schenkte sie den Tee ein. Sie wartete, bis Max auch die Tür des Schlaf-

zimmers hinter sich geschlossen hatte, bevor sie weitersprach. »Sie sind doch sein Arzt«, sagte sie und reichte Doc Sawyer seine Tasse. »Warum glauben Sie, ich könnte ihn besser beurteilen als Sie? Sie kennen ihn doch schon viel länger.«

»Das ist richtig. Aber ich habe ihn heute zum ersten Mal wiedergesehen, seit er sich hier auf dieser Insel versteckt. Sonst haben wir immer nur telefoniert. Ich habe natürlich jede Woche den Computerausdruck gelesen, der alle medizinischen Untersuchungsergebnisse enthält.«

»Er hat also hier einen Arzt?«

»Nein«, erwiderte Doc Sawyer, »nur ein paar Schwestern und medizinisch-technische Assistentinnen, die sich um die Maschinen kümmern, mit denen er überwacht wird.«

»Ist dieses Mädchen aus Irland, diese Bridget, noch bei ihm?«

»Nein, die hat uns in New York verlassen, bald nachdem Sie abgereist waren.«

»Kennen Sie die Schwestern?« fragte Sofia.

»Eigentlich nicht. Ich habe sie zwar alle eingestellt, aber ich hatte keine Zeit, sie persönlich kennenzulernen. Es sind auch mehr Technikerinnen als Krankenschwestern. Sie verstehen mehr von Computern und Meßgeräten als von Patienten.«

»Können Sie mir eine Kopie des letzten Computerausdrucks besorgen?«

»Ich habe ihn bei mir.« Doc Sawyer zog einige zusammengefaltete Blätter aus der Innentasche seines Jacketts. Sofia studierte sie rasch. Dann hob sie den Kopf.

»Das ist interessant«, sagte sie. »Alle seine Lebensfunktionen haben sich deutlich verlangsamt. Sowohl die Schlagzahl des Herzens als auch der Blutdruck und die Körpertemperatur haben sich erheblich verringert. Die Lungenkapazität hat sich so gesteigert, daß er viel langsamer atmet. Der Blutspiegel und die Urinanalyse sind offensichtlich ohne Befund.« Sie faltete die Blätter wieder zusammen und gab sie zurück. »Wenn das stimmt, ist sein Gesundheitszustand ja ganz ausgezeichnet. Warum sind Sie so beunruhigt?«

Doc Sawyer sah ihr zu, wie sie ihren Tee trank. »Sein Geisteszustand«, sagte er schließlich. »Früher hat er sich niemals gelangweilt. Jetzt ist ihm angeblich alles egal.«
»Vielleicht braucht er nicht mich, sondern einen Psychiater«, bemerkte Sofia trocken.
»Vielleicht«, nickte Doc Sawyer. »Aber Sie sind der einzige Mensch, dem ich trauen kann.« Er blickte ihr fest in die Augen. »Helfen Sie mir?«
Sofia erwiderte seinen Blick. »Ich weiß nicht, ob ich von großem Nutzen sein werde, aber ich werde mein Bestes versuchen.«
Doc Sawyer nickte zufrieden. »Eins weiß ich sicher: Wir müssen ihn wieder in diese Welt zurückholen. Die Unsterblichkeit, der er jetzt nachjagt, ist schlimmer als jeder Verfall.«

3

Ein paar Minuten nachdem Doc Sawyer gegangen war, klopfte es an die Tür. »Herein«, rief Sofia.
Mae trat ins Zimmer. Sie trug eine große Kleiderschachtel. »Mr. Crane schickt Ihnen dies, Ma'am.«
Sofia nahm ihr die Schachtel ab, las die Aufschrift und stellte sie auf den Tisch. Christian Dior. »Ach, wären Sie so nett, sie zu öffnen«, bat Sofia die junge Schwarze.
»Jawohl, Frau Doktor«, sagte Mae. »Das ist auch noch für Sie.« Sie gab Sofia einen kleinen Briefumschlag.
Sofia riß den Umschlag auf und nahm eine Visitenkarte heraus. Auf der einen Seite stand: Judd Crane. Auf der anderen: »*Das habe ich für Dich gekauft, aber Du bist gegangen, ehe ich es Dir geben konnte. Ich hoffe, es kommt nicht wieder zu spät. Judd.*«
Die Schachtel war jetzt offen, und Sofia nahm ein langes weißes Abendkleid heraus, das seitlich bis über die Oberschenkel geschlitzt war. Das Oberteil wurde auf der linken Seite durch zwei dünne Bänder gehalten. »Oh, ist da schön«, flüsterte Sofia. »Aber ich kann es nicht anziehen. Es ist viel zu

eng. Da passe ich bestimmt nicht hinein.«
»Warum probieren Sie es nicht einfach mal an?« fragte Mae. »Ein paar kleine Änderungen macht Max Ihnen gern.«
Sofia zögerte. »Ich weiß nicht.«
»Es schadet doch nichts, wenn Sie es probieren«, drängte Mae.
»Warten Sie«, sagte Sofia, nahm das Kleid und ging damit ins Bad. Sie zog sich aus und versuchte, das Abendkleid über ihre Arme zu ziehen. »Ich kriege es nicht über die Schultern«, rief sie durch die offene Tür.
Mae näherte sich. »So geht das nicht«, lächelte sie. »Sie müssen das Kleid von unten nach oben hochziehen.«
Sofia folgte der Anweisung der jungen Schwarzen. Das Kleid saß wie angegossen. Sofia trat vor den Spiegel und stellte fest, daß es tatsächlich wie eine zweite Haut war. Ihre Brustwarzen standen deutlich sichtbar heraus, und um ihre Hüften und Schenkel spannte sich der Stoff, als wolle er bersten. Sofia warf Mae im Spiegel einen Blick zu. »Es ist viel zu eng«, sagte sie. »Es platzt bei der ersten Bewegung.«
»Nein«, lachte Mae. »Der Stoff ist elastisch.«
»Selbst wenn«, sagte Sofia. »So etwas kann ich nicht tragen. Ich sehe ja vollkommen nackt aus.«
»Mr. Crane wird es sicher gefallen«, widersprach die Schwarze.
Sofia drehte sich um. »Wie kommen Sie darauf?«
»Man arbeitet nicht neun Monate lang auf Crane Island, ohne zu wissen, was der Boß mag und was nicht.«
»Hat er viele Mädchen hiergehabt?« fragte Sofia.
Mae zögerte und gab keine Antwort.
»Sie können ruhig mit mir reden«, lächelte Sofia. »Ich bin seine Ärztin, auch wenn ich eine Frau bin.«
»Ich weiß nicht . . .«, stotterte Mae.
Sofia versuchte es mit einem Trick. »Fast Eddie hat Ihnen wohl einiges erzählt über mich?«
»Ja«, nickte Mae.
»Dann können Sie mir ruhig alles sagen, was ich wissen muß«, sagte Sofia. »Ich bin keineswegs neugierig. Doc Saw-

yer hat mich beauftragt, Mr. Cranes Zustand zu überwachen, und je mehr ich weiß, desto besser kann ich ihm helfen.«

Mae hielt den Blick auf den gekachelten Boden gerichtet. »Mr. Crane läßt sich jede Woche drei Mädchen vom Festland herüberkommen. Sie bleiben meist eine Nacht oder zwei, und dann läßt er sie wieder zurückbringen.«

»Immer dieselben Mädchen?«

»Nein«, erwiderte Mae. »Immer wieder andere. Kein Mädchen kommt zweimal.«

Sofia dachte einen Augenblick nach. »Und jeder hat er so ein Kleid geschenkt?«

Mae nickte.

»In welcher Farbe?«

»Immer weiß. Er läßt sie aus Paris kommen. Immer vierundzwanzig auf einmal.«

Sofia schwieg.

»Sie werden doch niemandem verraten, was ich Ihnen erzählt habe?« fragte Mae ängstlich.

»Kein Sterbenswörtchen«, versicherte Sofia. Sie streifte die Träger von den Schultern und zog sich das Kleid aus.

»Sie werden es also nicht tragen?« fragte Mae.

Sofia gab ihr das Kleid. »Bügeln Sie es mir bitte. Ich werde mich später entscheiden. Jetzt nehme ich erst mal ein Bad. Ich muß nachdenken. Ich rufe Sie dann.«

»Jawohl, Frau Doktor.«

Als Mae das Zimmer verlassen hatte, zog sich Sofia den Morgenmantel an, überlegte einen Augenblick und öffnete dann die mittlere Schublade ihrer Kommode. Die kleine Flasche war genau da, wo Eddie gesagt hatte. Das Kokain verschaffte Sofia sofort das Gefühl, die Lage zu überblicken.

Noch einmal nahm sie die Karte in die Hand, die Judd ihr geschickt hatte. Merkwürdig. Warum hatte er versucht, sie über das Kleid zu belügen? Es hätte doch völlig genügt, ihr das Paket mit der Bitte zu schicken, das Kleid anzuziehen. Doc Sawyer hatte recht, Judd hatte sich tatsächlich verändert. Früher hatte er niemals gelogen, er schien es gar nicht zu können.

Sie setzte sich auf die Bettkante. Schritt für Schritt überdachte sie noch einmal Judds Therapie. Es hatte so viele Einzelmaßnahmen gegeben, und jede einzelne konnte sein Gemüt verwirrt haben. Im Grunde wußte sie überhaupt nichts. Vielleicht würde es nie jemand wissen. Nicht einmal Judd selbst.

Die gewaltige Kuppel, in der Judd sich aufhielt, glänzte wie ein geschliffener Diamant in der Nacht. Die Limousine rollte aus, und Max stellte den Motor ab. »Ich sehe gar keinen Eingang«, rief Sofia, die im Fond des Wagens saß.
»Doch, doch«, sagte Max. »Der Eingang ist da. Sie werden gleich sehen, Frau Doktor.«
Einen Augenblick später hörte man das Summen eines starken Elektromotors unter dem Wagen, und vor ihnen öffneten sich zwei große gläserne Türen. Verblüfft bemerkte Sofia, daß sie auf den Eingang zuglitten. »Eine elektrische Einfahrt?« fragte sie.
»Jawohl, Ma'am, das heißt: eigentlich eine Drehscheibe. Damit keine Autoabgase in die Filteranlagen kommen.«
Die Glastüren schlossen sich hinter dem Wagen, und die Drehscheibe kam vor dem inneren Eingang zum Stillstand. Max hielt ihr den Schlag, als sie ausstieg. Im gleichen Augenblick glitten die Schiebetüren beiseite, und Fast Eddie kam ihr entgegen.
»Haben Sie sich ausgeruht, Frau Doktor?« fragte er lächelnd.
»Ein bißchen«, nickte sie.
»Gut«, sagte Eddie. »Ich bringe Sie hinauf in Mr. Cranes Wohnung.«
»Wann soll mich Max abholen?« fragte Sofia.
»Das ist kein Problem«, sagte Eddie. »Wir haben immer eine Fahrbereitschaft mit mehreren Wagen.«
Die Eingangshalle war ein großer, runder Raum mit weißen Wänden. Der Fußboden bestand aus weißem Marmor, der Tisch des Sicherheitsbeamten in der Mitte der Halle hatte ebenfalls eine weiße Marmorplatte. Die übrigen Möbel bestanden aus Stahlrohr und weißem Leder. Der Sicherheitsbeamte selbst trug eine weiße Kasinojacke und weiße, lockere Hosen. Sofia bemerkte, daß er eine große Pistole im Schulter-

halfter trug. Auch der prüfende, fast neugierige Blick mit dem der Mann sie musterte, entging Sofia nicht. Sie hörte, wie die Glastür sich hinter ihr schloß.
Weitere Türen aus halbdurchlässig verspiegeltem Glas führten vor der Eingangshalle tiefer in das Gebäude, ließen aber keinerlei Einblicke zu. Zwischen den Türen standen auf mattglänzenden Stahlsockeln jeweils zwei lebensgroße Statuen aus schneeweißem Marmor. Ob es Adam und Eva oder Apoll und Venus sein sollten, konnte Sofia nicht gleich entscheiden. Nur der unbewegliche Blick, mit dem die Figuren sich ansahen, über die Zeiten hinweg, beeindruckte sie.
Fast Eddie führte sie zur rechten Tür, und auf sein Nicken hin drückte der Sicherheitsbeamte einen Knopf. Die Türflügel glitten zur Seite und gaben den Eingang zum Lift frei. Sie stiegen ein, Fast Eddie drückte einen Sensorknopf, die Türen schlossen sich, und sie fuhren nach oben. Sofia konnte den Sicherheitsbeamten noch einen Augenblick lang hinter seinem Tisch sitzen sehen, ehe sie im Zwischenstock waren.
»Sehe ich eigentlich irgendwie merkwürdig aus?« fragte sie. »Ich fand, daß mich der Sicherheitsmann ziemlich neugierig angestarrt hat.«
»Das war wegen des Saris«, lachte Fast Eddie. »Er hat wegen der bunten Farben gestaunt. Für gewöhnlich tragen hier alle nur Weiß.«
Sofia stellte fest, daß auch Fast Eddie sich an dieses Gesetz hielt. Auch er trug eine weiße Kasinojacke, Leinenhosen und weiße Schuhe. »Und warum?« erkundigte sie sich.
»Mr. Crane hat es gern so. Weiß ist sauber und hygienisch. Außerdem glaubt er, daß die weißen Uniformen Eitelkeit und Konkurrenz beim Personal verhindern.«
»Und was ist mit Besuchern?« fragte Sofia. »Müssen die auch Weiß tragen? Hat er mir deshalb dieses Abendkleid geschickt?«
»Ich weiß von keinem Abendkleid«, erwiderte Fast Eddie, und sie hatte das Gefühl, daß er ihre Frage nicht beantworten wollte. Auch das nächste Stockwerk wurde von einem Sicherheitsbeamten bewacht. »Was ist denn auf diesem Stock unter-

gebracht?« fragte sie.
»Die Nachrichtenzentrale, die Verwaltung und die Computer«, erklärte Fast Eddie. »Unten im Erdgeschoß, wo Sie hereingekommen sind, liegen die Wohnräume für das Personal. Im ersten Untergeschoß gibt es ein Kino, Sportanlagen und andere Erholungsräume; im zweiten Untergeschoß liegt die Klinik, und ganz unten sind die Maschinenräume, mit denen wir alles in Gang halten. Die Wohnung von Mr. Crane ist ganz oben, im dritten Stock. Er hat allen Komfort: Schlafzimmer, Bad, Trimmstudio, Wohnzimmer, Eßzimmer, Küche, eine Bar, eine Bibliothek und sein privates Büro.«
Sofia dachte einen Augenblick nach. »In gewisser Weise«, sagte sie, »ist es wie damals das Flugzeug. Nur größer.«
»Stimmt«, nickte Eddie. »Es ist wirklich so ähnlich. Möchten Sie etwas Schnee?«
Sofia warf ihm einen prüfenden Blick zu. »Sehe ich so aus, als hätte ich es nötig?«
»Kann ja nichts schaden«, grinste Eddie. Er hielt ihr die Kapsel hin und sah zu, wie sie das Kokain auf den Löffel schob. »Nehmen Sie eine große Portion«, riet er. »Sie betreten jetzt eine eigenartige Welt.«
Sofia gab ihm die Kapsel zurück, und die Türen öffneten sich, ehe sie fragen konnte, wie er das gemeint habe.

4

Sitarmusik empfing sie, als sie den Aufzug verließen. Fast Eddie führte Sofia direkt in die Bibliothek, deren Einrichtung aus zwei Couches, einem kleinen Cocktailtisch und der unvermeidlichen Getränketheke bestand. Eddie winkte mit der Hand in Richtung der Sitzecke, und Sofia nahm Platz. Kurz darauf stellte der Schwarze ein silbernes Tablett mit einer Kilodose eisgekühlten Kaviar auf den Tisch. Auf der einen Seite des Kaviars standen eine Flasche Champagner und eine eiskalte Flasche Wodka, auf der anderen Seite Toast, Butter,

Eier, Sauerrahm und Zwiebeln. Eddie warf ihr einen fragenden Blick zu.
»Wodka«, entschied sie. Das dünne Glas beschlug sofort, als Eddie die eiskalte Flüssigkeit einfüllte. »Mr. Crane wird in wenigen Minuten bei Ihnen sein«, sagte Eddie und schloß die Tür hinter sich, als er ging.
Sofia warf einen Blick aus dem Fenster. Der bleiche Mond legte eine glitzernde Bahn auf das Meer. Es war ein Anblick von überirdischer Schönheit. Sofia nahm das Wodkaglas und setzte es an die Lippen.
»Nasdarowje«, sagte eine Lautsprecherstimme.
»Nasdarowje«, wiederholte sie automatisch und trank das Glas aus. Dann sah sie sich um. Der Raum war immer noch leer.
»Judd?« fragte sie. »Hörst du mich, Judd?«
»Ja.«
»Es ist schon so lange her«, sagte Sofia. »Ich würde dich gern sehen.«
»*Ich* kann dich sehen.«
»Das ist nicht fair«, maulte Sofia. »Ich kann dich nicht sehen.«
»Warum trägst du das Kleid nicht, das ich dir geschickt habe?«
»Es war zu eng«, erwiderte sie. »Vor drei Jahren hätte es vielleicht noch gepaßt, aber jetzt nicht mehr.«
Judd schwieg.
»Kommst du bald?« fragte Sofia.
»Ja«, sagte Judd. »Neben deinem Stuhl sind die Knöpfe für die Fernbedienung des Fernsehers.«
»Ich brauche kein Fernsehen«, sagte Sofia. »Der Mond und das Meer sind so schön. Ich genieße einfach die Aussicht.«
Der Lautsprecher klickte, und dann war wieder die Sitarmusik zu hören. Sofia füllte ihr Glas noch einmal und trank in langsamen Schlucken. Plötzlich wurde sie hungrig und häufte sich einige Löffel Kaviar auf den Toast. Als Judd schließlich kam, hatte sie vier Scheiben Toast verzehrt und drei weitere Wodkas getrunken.
Sie fühlte sich schwindlig, als sie sich erhob. »Ich glaube, ich

bin ein bißchen betrunken«, entschuldigte sie sich.
Judd lächelte, küßte sie und faßte sie behutsam am Arm. »Dann setz dich lieber gleich wieder hin.«
»Was hast du mir in den Wodka getan?« fragte sie und sah zu ihm hoch.
»Nichts«, beruhigte er sie. »Es wird dir gleich bessergehen, wenn du etwas gegessen hast.«
»Du siehst gut aus«, sagte sie. Sein dunkles Haar war von ein paar grauen Strähnen durchzogen, und seine kobaltblauen Augen leuchteten in seinem tiefgebräunten Gesicht. Er trug ein weißes Hemd mit offenem Kragen, weiße Leinenhosen und Mokassins.
»Du siehst auch sehr gut aus«, erwiderte Judd.
»Ich habe ein bißchen zugenommen«, seufzte Sofia. »Zu viele Kohlehydrate und zuwenig Eiweiß. Es gibt nicht viel Abwechslung auf der Speisekarte in Bangladesh.« Sie häufte sich einen weiteren Löffel Kaviar auf ihren Toast. »Da geht es nicht ganz so üppig zu wie bei dir.«
Judd lächelte. »Ich kann es mir vorstellen.«
»Soll ich dir auch einen Toast machen?«
»Nein, danke«, winkte er ab. »Im Kavier ist zuviel Salz für mich.«
»Wie hast du mich eigentlich in Bangladesh gefunden?« fragte Sofia.
»Ach, das war einfach«, erwiderte er. »Dein Name stand auf einer Bestellung. Alle Bestellungen von Krankenhäusern werden bei Crane Pharmaceuticals im Computer gespeichert und mit der Personenkartei des Sicherheitsdienstes verglichen. Wenn sich ein interessanter Zusammenhang zeigt, wird mir das mitgeteilt.«
»Ich habe gedacht, du hättest beim KGB nachgefragt«, sagte sie.
»Nein, das wäre mir zu kompliziert gewesen.«
»Und warum wolltest du mich sehen?«
»Wegen der Unterlagen von Dr. Zabiski«, antwortete er. »Sie hat mir nur einen Teil gegeben. Ich habe keine Aufzeichnungen aus den Jahren vor 1953.«

Sofia schwieg einen Augenblick. »Das verstehe ich nicht. Ich habe noch am Tag, an dem sie starb, mit ihr gesprochen, und sie hat mir gesagt, sie hätte dir alles gegeben.«
»Dann hat sie etwas ausgelassen in ihren Berichten«, erklärte Judd. »Wir haben die Formel immer noch nicht.«
»Das hat sie auch mir mitgeteilt. Sie hat gesagt, sie hätte dir das nötige Werkzeug gegeben, aber die Formel müßtest du selbst finden.«
»Seit drei Jahren haben meine Experten das Zeug überprüft«, sagte er, »und das Ergebnis ist null.«
Sofia holte tief Atem. »Die alte Hexe«, sagte sie leise.
»Was meinst du damit?«
»Sie hat uns alle zum Narren gehalten. Dich und mich, sogar Andropow und den KGB. Sie liegt im Grab und lacht uns aus.« Sofia hob den Blick. »Verstehst du nicht? Sie wollte, daß wir zusammen weiterarbeiten. Ich bin der letzte Experte, der dir noch bleibt.«
Judd musterte sie schweigend.
»Du hast mich rufen lassen, nicht wahr?« sagte sie und fuhr dann rasch fort: »Wir müssen wieder von vorne anfangen.«
»Bist du deswegen in Bangladesh gewesen?« fragte Judd.
»Zum Teil«, erwiderte sie. »Außerdem wollte mich Andropow aus der Sowjetunion und aus Jugoslawien raushaben.«
»Weil Breschnew gestorben ist, genauso wie Mao?«
Sofia warf ihm einen kühlen Blick zu. »Ich hatte weder mit dem Tod des einen noch mit dem Tod des anderen etwas zu tun.«
»Aber weiß das auch Andropow?« fragte er. »Mao ist gestorben, und du warst der behandelnde Arzt. Jetzt ist Andropow krank, soviel ich gehört habe. Aber er hat dich nicht ans Krankenbett gerufen, obwohl er dich zu Mao und Breschnew geschickt hat. Vielleicht hat er das Vertrauen in deine Heilkunst verloren.«
Sofia hielt seinem Blick stand. »Ich weiß nicht, was Andropow denkt. Er hat mich nicht ins Vertrauen gezogen.«
»Vor langer, langer Zeit«, sagte Judd, »hat Dr. Zabiski mir gesagt, daß sie alle sterben, wenn ihre Zeit kommt. Daß es keine

Garantien gibt, ewig zu leben. Daß sie lediglich die Lebensqualität der letzten Jahre verbessern könne.«
»Das hat sie mir auch gesagt.«
»Und doch hat sie mir weismachen wollen . . .« sagte er zögernd.
Sofia lächelte. »Vielleicht hat sie geglaubt, du könntest verwirklichen, was sie nie erreicht hat.«
Es klopfte. Fast Eddie trat ein. »Das Dinner ist angerichtet«, gab er bekannt.

Das Eßzimmer war nicht sehr groß. Ein einzelner starker Scheinwerfer verwandelte den runden Glastisch mit durchsichtigen Beinen zu einem schillernden Lichtsee, der in allen Regenbogenfarben strahlte. Sechs Personen hätten mühelos Platz gefunden, aber es waren nur zwei Gedecke aufgelegt worden. Die Sets waren makellose Metallspiegel, und das silberne Besteck funkelte genauso wie die silbernen Ringe mit den schlichten Damastservietten und die eleganten, schmucklosen Baccaratgläser. Neben jedem Gedeck stand ein silberner Leuchter mit einer weißen Kerze. Die federnden Stahlrohrstühle hatten bequeme Rückenlehnen und Sitze aus schneeweißem Leinen.
Sofia saß ihrem Gastgeber gegenüber. Judd drehte am Dimmer, und im ganzen Raum erloschen die Lichter, bis ihre Gesichter nur noch von den Kerzen und den Reflexen auf der Tischplatte erhellt wurden.
Sofia lächelte. »Das ist ja wie im Kino bei dir.«
Judd lachte. »Ein Innenarchitekt hat das entworfen. Ich mag diese dramatischen Effekte. Die meisten Speisezimmer sind so langweilig, bloße Schuppen zum Verzehren von Mahlzeiten. Hier werden auch die anderen Sinne befriedigt.«
»Das ist eine gute Idee«, sagte sie. »Es gefällt mir.«
Sie hörte, daß sich eine Tür öffnete. Zwei Serviererinnen kamen herein. Sie waren sehr jung. Beide trugen weiße Hemden und Miniröcke, die kaum ihre Oberschenkel bedeckten. Ihre schlanken schwarzen Glieder bildeten einen reizvollen Kontrast zum leuchtenden Weiß ihrer knappen Bekleidung.

Sie waren einander so ähnlich, daß sie Zwillinge hätten sein können. Das Haar floß ihnen über die Schultern, ihre Augen sprühten vor Lebenslust und ihre Zähne schimmerten weiß. An den Händen trugen sie weiße Spitzenhandschuhe und auf dem Kopf ein winziges Häubchen. Sie stellten das erste Gericht auf den Tisch und verließen dann leise den Raum.

»Hübsche Mädchen«, stellte Sofia fest.

»Natürlich«, erwiderte Judd. »Was denn sonst? Hattest du etwas anderes bei mir erwartet?«

»Amerikanerinnen?«

»Nein«, erwiderte er. »Sie kommen aus Mauritius. Mein Agent hat mir sechs von ihnen geschickt. Sie haben alle einen Zweijahresvertrag.«

»Sie sehen so jung aus.«

»Sechzehn oder siebzehn sind sie, glaube ich. Sie sprechen Französisch und Englisch, und vor allem sind sie sehr willig. Sie lernen gern und geben sich große Mühe, alle Wünsche zu erfüllen.«

»Und was geschieht mit ihnen, wenn der Vertrag abgelaufen ist?«

»Dann fliegen sie wieder nach Hause, und wir holen uns andere.«

»Für dich ist das sicher eine gute Lösung«, sagte Sofia kühl. »Aber was haben die Mädchen davon?«

»Eine solide Ausbildung«, grinste Judd, »eine Menge neuer Erkenntnisse und einen schönen Zuschuß zu ihrer Mitgift. Ihnen gefällt es sehr gut.«

»Ihr habt alles hervorragend organisiert«, lächelte Sofia. »Typisch amerikanisch.« Sie kostete den Krabbensalat. »Köstlich, unglaublich frisch.«

»Baby Shrimps. Wir haben sie heute morgen aus dem Golf von Mexiko eingeflogen. Das sind die besten, die es überhaupt gibt.«

»Alles bei dir ist das Beste«, lächelte Sofia.

»Jetzt machst du dich über mich lustig.«

»Nein«, beteuerte sie. »Ich bin ganz überwältigt.«

Judd schwieg.

»Versteh mich nicht falsch«, fuhr sie fort. »Gestern war ich noch in Bangladesh, und jetzt bin ich hier. Es ist eine ziemliche Umstellung. Eine ganz andere Welt.«
Das Dinner war sehr amerikanisch: kräftige, halbrohe T-Bone-Steaks, Kartoffeln mit Soße, Erbsen und Salat. Die Weine kamen aus Frankreich: Montrachet zu den Krabben, Château Margeaux zum Fleisch. Als Nachtisch gab es Vanilleeis mit einem Löffel Crème de Menthe.
Sofia blickte ihren Gastgeber zufrieden an. »Ich hatte schon fast vergessen, daß man sein Essen so genießen kann.« Sie bemerkte allerdings auch, daß Judd nur sehr wenig aß. Im wesentlichen schien er die Erbsen von einer Seite des Tellers auf die andere zu schieben.
»Ich freue mich, wenn es dir schmeckt«, lächelte Judd. »Den Kaffee oder Likör trinken wir in der Bibliothek.« Er stand auf und hielt ihren Stuhl. »Du bist immer noch eine sehr hübsche Lady«, raunte er.
»Das hatte ich auch schon beinahe vergessen«, murmelte sie. »Ich kam mir richtig alt vor neben diesen schönen Kindern, die du hier hast.«
»Das ist etwas anderes. Das sind Kinder, die spielen. Du bist eine wirkliche, sehr aufregende Frau.«

5

Eine silberne Kaffeekanne mit weißen Mokkatassen stand auf dem Cocktailtisch, als sie in die Bibliothek zurückkehrten. Daneben eine rauchige Cognacflasche mit zwei großen Gläsern. Entspannt ließ Sofia sich auf die Couch sinken. »Kaffee?« fragte Judd.
»Ja, bitte.«
Er schenkte ein. »Cognac?«
»Hast du etwas dagegen, wenn ich beim Wodka bleibe?«
»Aber ich bitte dich.« Er schnippte mit den Fingern, und Fast Eddie erschien. »Den Wodka«, bat Judd.

»Und die übrigen guten Sachen auch?« fragte Eddie.
Judd warf Sofia einen fragenden Blick zu. »Wir haben Marihuana, Kokain, Uppers, Downers, bewußtseinserweiternde Drogen und was dir sonst noch so einfällt.«
»Mir fällt gar nicht viel ein«, sagte sie. »In Bangladesh gab es nur Haschisch.«
»Kein Opium?« fragte er.
»Doch«, gab sie zu. »Aber daran war ich nicht interessiert. Davon bekommt man nur schwere Träume.«
»Wir haben ein opiumgetränktes Marihuana, das dich wirklich ganz hoch hinaufschießt. Es erweitert das Bewußtsein fast so wie LSD, aber die Trips sind echt Klasse. Du behältst alles unter Kontrolle und wirst kein bißchen müde.«
»Das klingt interessant«, sagte sie. »Wie lange wirkt es denn?«
»Solange du willst«, erwiderte er. »Ich sagte doch: Du behältst alles unter Kontrolle. Du kannst es jederzeit abstellen.«
»Woher hast du den Stoff?«
»Das Marihuana ist Sensimilla, die Spezialbehandlung haben wir selbst durchgeführt. Wir haben unten im Keller ein Laboratorium.«
»Nimmst du das Zeug?« fragte Sofia.
»Manchmal.«
»Auch die anderen Sachen?«
»Auch manchmal. Kommt darauf an, wie ich mich fühle.«
»Dr. Zabiski hat alle Drogen strikt abgelehnt. Es wundert mich, daß sie dir nie verboten hat, welche zu nehmen. Sie war fest überzeugt, daß sie der Therapie schaden.«
»Sie hat es mir gesagt«, gab Judd zu. »Aber ich war anderer Ansicht. Drogen hat es in allen Kulturen gegeben. Ich glaube, das hat seinen Grund.«
Sofia dachte einen Augenblick nach. »Willst du jetzt etwas nehmen?«
Er zuckte die Achseln. »Ich weiß nicht. Ich spüre nur, daß wir uns beide ein bißchen unbehaglich fühlen. Wir reden nicht miteinander wie früher, sondern wir fechten mit Worten.«

»Ist das nicht ganz normal?« fragte sie. »Wir haben uns doch immerhin jahrelang nicht gesehen. Man kann doch nicht einfach da weitermachen, wo man aufgehört hat.«
»Das stimmt«, bestätigte er, »aber ein bißchen Stoff wirkt oft Wunder.«
»Ich möchte jetzt nur eine Prise Kokain. Für irgendwelche Experimente ist es mir noch zu früh«, entschied Sofia.
Judd nickte. »Gib Frau Dr. Ivancich, was sie möchte, Eddie. Und sag Amarintha, sie soll mir zwei XTC-Pillen bringen.«
»Ja, Sir.«
Sofia wartete, bis sich die Tür hinter dem Schwarzen geschlossen hatte. »Was ist das für eine Pille?«
»Das ist ein Stimmungsaufheller, den wir in unseren Laboratorien entwickelt haben. So etwas Ähnliches wie Elavil oder Triavil. Ein leichtes Hoch, das innere Ängste beseitigt.«
»Aber du hast doch alles, was du willst. Wovor hast du denn Angst?« fragte Sofia.
Judd sah ihr direkt ins Gesicht. »Vor dir.«
Das Kobaltblau seiner Augen war dunkel geworden. Sofia schwieg.
»Ich habe Angst vor dir«, wiederholte Judd langsam. »Du kennst mich so gut. Du kennst die Therapie. Du kennst womöglich die Antwort, und ich kenne sie nicht.«
Sofia atmete sacht. »Weißt du denn nicht, daß kein Mensch die Antwort kennt? Kein Mensch auf der Welt?«
Judd stand auf, drehte ihr den Rücken zu und sah zum Fenster hinaus. »Sofia, ich glaube dir nicht. Du hast so viele Jahre bei der alten Dame verbracht. Vielleicht kennst du die Lösung und weißt es bloß nicht.« Er drehte sich zu ihr um. Seine Stimme klang zornig. »Kennst du einen gewissen Maharishi Raj Naibuhr?«
»Nein.«
»Du bist also nicht in Bangladesh gewesen, um nach ihm zu suchen?«
»Nein«, erwiderte sie. »Ich habe noch nie von ihm gehört.«
»Dr. Zabiski hat ihn gekannt«, sagte er. »In ihren Akten finden sich zahlreiche Hinweise auf ihn.«

»Das kann schon sein«, entgegnete Sofia. »Mir gegenüber hat sie ihn niemals erwähnt.«
Die Tür hinter ihr öffnete sich, leise Schritte glitten über den Boden. Sofia drehte sich um. Ein Mädchen mit langen braunen Haaren, grünen Augen und hellerem Teint als die anderen stand vor ihr. Sie lächelte freundlich und nickte erst ihr und dann Judd zu. Dann kniete sie nieder und stellte das silberne Tablett, das sie mitgebracht hatte, auf dem Tisch ab.
»Mr. Crane«, sagte sie mit melodischer Stimme. »Soll ich Sie gleich bedienen? Oder warten Sie noch?«
»Kümmere dich erst um unseren Gast«, sagte Judd rauh.
Das Mädchen senkte den Kopf. Schweigend goß sie den Wodka ins Glas, dann hielt sie Sofia die Kokainkapsel hin.
»Ich kann ebenfalls warten, mein Kind«, sagte Sofia.
Judd setzte sich wieder und warf Sofia einen ärgerlichen Blick zu. »Frustrationen«, knurrte er. »Überall Frustrationen. Ich komme einfach nicht weiter.«
Sofia gab keine Antwort.
Judd wandte sich an das Mädchen. »Steh auf!«
Amarintha stand auf. Sie war noch weniger bekleidet als die Mädchen beim Essen. Sie trug ein knappes, weitausgeschnittenes Hemd, unter dem sie sichtbar nackt war.
»Amarintha ist siebzehn«, erklärte Judd. »Sie hat einen der schönsten Körper, die ich je gesehen habe.«
Sofia nahm wortlos einen Schluck Wodka.
»Möchtest du sie gern sehen?« fragte Judd.
Sofia warf ihm einen prüfenden Blick zu. Seine Augen waren vollkommen ausdruckslos.
»Wenn du willst«, meinte sie.
Ohne den Blick von Sofia abzuwenden, befahl Judd: »Zieh dich aus, Amarintha!«
Das Mädchen zog sich das Hemd aus und ließ es nachlässig fallen. Die Arme behielt sie in wohleinstudierter Pose über dem Kopf, so daß ihre Brüste sich in voller Spannung hervorwölbten.
Sofias Blick glitt über die nackte Gestalt. Sie mußte Judd recht geben. Das Mädchen war eine Schönheit.

»Dreh dich um, Amarintha«, befahl Judd. »Zeig dich der Dame von hinten, damit sie deine ganze Vollkommenheit sieht.«
Ohne alle Schüchternheit drehte das Mädchen sich um und schaute über die Schulter zurück zu Sofia.
Mit ihrer spitzen kleinen Zunge fuhr sie sich über die lächelnden Lippen.
»Amarintha mag Frauen«, sagte Judd. »Möchtest du sie während deines Aufenthalts hier behalten?«
Sofia riß sich von dem erfreulichen Anblick los, den das nackte Mädchen bot. »Ich verstehe nicht, Judd.«
»Ich kenne dich doch«, lachte Judd. »Ich weiß genau, daß du rot wirst, wenn deine Möse naß ist.«
»Du denkst, ich wäre scharf auf das Mädchen?«
Judd schwieg und sah sie nur vielsagend an.
Sofia räusperte sich. »Na gut. Der Anblick hat mich erregt, aber es war nicht nur das. Du bist schließlich auch noch da, Judd, und ich habe deine Blicke und die Schwellung in deiner Hose sehr wohl bemerkt.« Sie keuchte ein bißchen, stellte ihr Glas mit zitternder Hand auf den Tisch und stand auf. Mit einem Ruck riß sie den Verschluß des Saris auf, den sie trug, und das bunte Tuch fiel zu Boden. Darunter erschien das enge weiße Diorkleid, aus dem ihre Brüste wie Dolche herausstachen. Mit der einen Hand versuchte sie den nassen Fleck zu bedecken, der sich zwischen den Schenkeln abzeichnete, mit der anderen packte sie Judd an der Schulter. »Ich habe, seit ich hier bin und deine Stimme im Lautsprecher hörte, einen Höhepunkt nach dem anderen gehabt. Ich brauchte gar keine Amarintha.«
Judd sah sie an und sagte kein Wort.
»Du wolltest wohl wissen, ob du mich noch in deiner Gewalt hast?« fragte sie bitter.
Judd wollte den Kopf schütteln und etwas sagen, aber sie unterbrach ihn sofort.
»Das wäre nicht nötig gewesen. Wenn du dir meiner nicht sicher bist, dann bist du ein Narr. Weißt du denn nicht, daß ich vom ersten Augenblick an deine Sklavin gewesen bin?

Mehr als jedes Mädchen, das du jemals gekauft und bezahlt hast.«
»Soll das heißen, daß du seit drei Jahren keinen Mann mehr gehabt hast?« fragte Judd. »Erwartest du, daß ich das glaube?«
»Das habe ich nicht gesagt«, erwiderte Sofia gereizt. »Du weißt besser als jeder andere, wie sehr ich Sex brauche. Das ist etwas anderes. Ich bin nicht auf deinen Schwanz fixiert, sondern auf dich. Genügt es dir nicht, daß ich Nicky umgebracht habe, um zu dir zurückkehren zu können? Genügt es dir nicht, daß ich auf deinen Wunsch hin alles habe stehen- und liegenlassen und um die halbe Welt geflogen bin, um bei dir zu sein?«
Tränen stiegen ihr in die Augen. Judd ergriff ihre Hand. »Es tut mir leid«, flüsterte er.
Sofia schüttelte schweigend den Kopf.
»Ich glaube, du nimmst besser kein Kokain mehr«, sagte Judd. »Vielleicht ist es besser, du schläfst jetzt.«
»Nein«, widersprach sie. »Außer, wenn ich bei dir schlafen kann.«
»Das würde dir vielleicht nicht gefallen«, lächelte er. »Ich habe nachts immer zwei Mädchen bei mir. Das ist eine chinesische Sitte. Sie sind meine Schlafgeister Yin und Yang, damit ich die wahre Ausgeglichenheit und körperliche Entspannung finde.«
»Können wir nicht vorher vögeln?« fragte Sofia.
»Das tue ich eigentlich nicht mehr«, sagte Judd zögernd. »Meistens lieben sich die beiden Mädchen, und ich lasse nur ihre erotischen Energien auf meinen Körper einwirken.«
»Und was geschieht dann?« fragte Sofia.
»In der Regel wache ich sehr erfrischt auf.«
»Und was ist mit den Mädchen?«
»Die sind meist sehr erschöpft und schlafen den ganzen Tag über.«
Sofia lachte. »Das klingt ziemlich bescheuert.«
»Vielleicht«, sagte Judd leicht pikiert. »Aber man kann ja nie wissen, oder?«

»Das ist wahr«, bestätigte Sofia. »Aber wann vögelst du dann?«
»Bevor ich ins Bett gehe«, erwiderte Judd.
Sofia holte tief Luft. »Wenn ich das richtig sehe, bist du jetzt nicht im Bett. Die Gelegenheit wäre also nicht schlecht, nicht wahr?«
Judd nickte. »Amarintha«, befahl er, »mach die XTC-Pillen fertig.«
Das Mädchen kniete sich wieder neben den Tisch. »Mr. Crane«, sagte sie mit schmelzendem Augenaufschlag, »darf ich auch eine nehmen?«
Judd warf Sofia einen fragenden Blick zu.
Sofia musterte das nackte Mädchen. Ihre Schönheit faszinierte sie immer mehr. Sie ließ sich von der Couch gleiten und kniete sich neben Amarintha auf den Fußboden. »Laß sie auch eine nehmen«, bat sie heiser. »Vielleicht entdecken wir ein ganz neues Yin und Yang für dich, Judd.«

6

Sie mußte geschlafen haben. Plötzlich waren ihre Augen offen, und sie realisierte, daß sie auf der Couch in der Bibliothek lag. Am Horizont stieg ein fahles Licht übers Meer. Amarintha hockte auf dem Boden, und als sie bemerkte, daß Sofia erwacht war, hob sie die Hand an die Lippen, um sie zum Schweigen zu bringen.
Sofia nickte. Judd war nicht mehr im Raum. Sie erhob sich und griff nach ihrem Sari. Ehe sie ihn überstreifen konnte, war Amarintha bei ihr und berührte sie zärtlich am Arm. Komm mit, sagten ihre Augen.
Leise, mit nackten Füßen, gingen sie zur Theke, hinter der sich ein schmaler Durchgang befand. Die Tür zum Raum dahinter stand offen. Amarintha führte Sofia bis an die Schwelle.
Es war ein zellenähnlicher Raum mit schrägen Wänden. Die

Fenster bildeten eine durchsichtige Pyramide, durch die das Morgenlicht hereinfiel. Im Mittelpunkt des Raumes, auf einem runden Polster von ungefähr zehn Zentimeter Höhe, saß Judd in der Lotusposition.
Sofia stellte fest, daß er sich offensichtlich in Trance befand. Er saß vollkommen unbeweglich und schien nicht einmal zu atmen, aber seine Augen waren weit offen.
Amarintha legte Sofia die Hand auf den Arm und zog sie zurück in die Bibliothek. Eine Tür auf der anderen Seite führte in einen weiteren großen Raum. Es handelte sich um eine Art Bad, dessen Wände aus spiegelnden Schränken bestanden. In den Boden war ein großes Marmorbassin mit duftendem Wasser eingelassen.
Lautlos schloß Amarintha die Tür hinter ihnen. »Komm«, flüsterte sie. »Wir werden uns waschen.«
Zögernd folgte Sofia dem Mädchen. »Kommt Judd auch?« fragte sie.
»Nein«, erwiderte Amarintha. »Der Meister reist in den Sternen. Wenn die Sonne seine Augen schließt, wird er sich ins Bett legen und schlafen. Yin und Yang werden dann in ihn eingehen, die Säfte seines Körpers hervorlocken, seine inneren Spannungen auflösen und sein seelisches Gleichgewicht wiederherstellen.«
»Aber er hat doch mit uns beiden geschlafen.« Sofia war verwirrt. »Hat ihn das nicht befriedigt?«
»Doch, sehr«, lächelte Amarintha. »Aber das ist nicht die Art, in der er sich ausdrückt.«
»Meinst du, er hat keinen Orgasmus?« fragte Sofia.
Das Mädchen schlug die Augen nieder. »Ja. Das ist nicht seine Art.«
Sofia musterte sie schweigend.
»So erlangt er Stärke und bewahrt sein Wesen«, erklärte das Mädchen.
»Warum schläft er dann überhaupt mit uns?« fragte Sofia. Sie hatte allmählich das Gefühl, mit einem Kind zu reden.
»Er sammelt die Kräfte unserer Körper und stärkt damit seine Seele.«

»War das bei allen Mädchen so, die er sich geholt hat?«
»Ja«, bestätigte Amarintha. »Er drückt sich nur im Schlaf aus. Dann wacht er auf, und seine Stärke ist wieder bei ihm.«
»Er hat mir gesagt, du interessiertest dich mehr für Frauen. Ist das der Grund?«
Amarintha gab keine Antwort.
»Geht es den anderen Mädchen genauso?«
Amarintha nickte.
»Will denn keine von euch jemals mehr?« fragte Sofia.
»Nein«, sagte Amarintha leise. »Wir sind glücklich, dem Meister dienen zu dürfen.«
Sofia schwieg einen Moment.
»Ich möchte lieber in mein Haus zurückkehren«, sagte sie schließlich.
Amarintha neigte den Kopf. »Wie Sie wünschen.« Sie öffnete einen der Schränke und nahm einen Frotteeanzug für Sofia heraus. Während Sofia sich anzog, streifte Amarintha ein frisches Hemd über, genauso knapp und durchsichtig wie das vom Abend zuvor. »Kommen Sie«, sagte sie. »Ich bringe Sie zu Ihrem Wagen.«
Als Sofia am Nachmittag aufwachte, drang helles Sonnenlicht durch die Jalousien ins Zimmer. Sofia sah auf die Uhr. Es war zwei Uhr. Sie griff nach dem Telefon.
Max meldete sich. »Was kann ich für Sie tun, Frau Doktor?«
»Kann ich bitte Orangensaft und Kaffee haben?«
»Sofort, Ma'am. Wollen Sie auch etwas essen?«
»Nein, jetzt noch nicht, danke.«
»Mr. Crane hat angerufen, Ma'am. Er bittet um Ihren Rückruf, sobald Sie wach sind. Außerdem läßt Ihnen Dr. Sawyer berichten, er sei ab sechs Uhr in seinem Büro im Forschungszentrum erreichbar.«
»Vielen Dank, Max. Ich werde Mr. Crane anrufen, sobald ich einen Schluck Kaffee im Leib habe.«
»Ja, Frau Doktor.«
Der Orangensaft war süß und erfrischend, und der Kaffee stark und heiß. Er schmeckte ihr besser als der übliche amerikanische Kaffee. Als sie die erste Tasse geleert hatte, wählte

sie Judds Nummer.
Eine Frauenstimme meldete sich. »Sekretariat Mr. Crane.«
»Hier spricht Dr. Ivancich. Mr. Crane hatte um Rückruf gebeten.«
»Einen Augenblick, bitte«, sagte die Sekretärin.
Es klickte im Telefon, und dann war Judd selbst dran. »Hast du gut geschlafen, Sofia?«
»Sehr gut, danke.«
»Das freut mich«, sagte er. »Ich dachte mir, du hättest vielleicht Lust, die Akten von Dr. Zabiski zu lesen. Ich habe sie komplett auf Band. Du kannst dir aussuchen, in welcher Sprache du sie dir vornehmen willst. Natürlich steht dir auch das handschriftliche Original zur Verfügung.«
»Ich möchte das Original«, bat Sofia. »Aber gib mir auch die englische Fassung.«
»Wird gemacht. Wir lassen es über zwei synchronisierte Bildschirme laufen, dann kannst du vergleichen. Die Anmerkungen und Interpretationen meiner verschiedenen Fachleute stehen ebenfalls zu deiner Verfügung.«
»Das wird mir sehr helfen.«
»Wann willst du anfangen?«
»Morgen früh, wenn es dir recht ist. Ich möchte gern frisch sein, wenn ich arbeite.«
»Ich werde alles Nötige veranlassen. Wir richten dir ein komplettes Büro ein.«
»Vielen Dank«, sagte sie. »Außerdem hätte ich noch eine Bitte.«
»Worum geht es?«
»Es ist über drei Jahre her, daß ich dich untersucht habe. Ich würde dich gern gründlich untersuchen, damit ich mir ein Bild machen kann von deinem Gesundheitszustand. Ich muß wissen, welche Veränderungen in deinem Körper stattgefunden haben.«
»Würde dir das dabei helfen, die Akten besser interpretieren zu können?«
»Das weiß ich nicht«, erwiderte Sofia. »Vielleicht gibt es in deinem Körper irgendeine Besonderheit, die Aufschlüsse

darüber zuläßt, was Frau Dr. Zabiski mit dir vorhatte.«
»Doc Sawyer hat alle Informationen über mich in seinem Computer. Du brauchst dir nur einen Ausdruck der aktuellen Daten geben zu lassen.«
»Bei allem Respekt vor Doc Sawyer, Judd, Computerdaten sind eine feine Sache, aber das sind alles nur Informationen aus zweiter Hand. Ich wäre sehr glücklich, wenn ich dich selbst untersuchen könnte.«
»Ich glaube nicht, daß das notwendig ist.« Judds Stimme klang gereizt.
»Da bin ich anderer Ansicht, Judd. Ich glaube, es ist unbedingt nötig. Bitte, laß dich von mir untersuchen!«
»Nein«, sagte er knapp. Der Hörer wurde aufgelegt, und die Leitung war tot.
Sofia zögerte einen Moment, dann rief sie noch einmal an. Wieder kam die Sekretärin an den Apparat. »Ich möchte gern noch einmal mit Mr. Crane sprechen«, bat Sofia.
»Tut mir leid, Frau Doktor«, sagte die Sekretärin. »Mr. Crane ist nicht zu sprechen.«
»Können Sie ihm etwas ausrichten?«
»Selbstverständlich, Frau Doktor.«
»Sagen Sie ihm bitte, daß ich unter den gegebenen Umständen nicht für ihn arbeiten kann. Ich möchte gern so rasch wie möglich zu meinen bisherigen Aufgaben zurückkehren.«
Zehn Minuten später rief Judd an. »Du bist ein Biest«, knurrte er.
»Kann sein«, gab sie gleichmütig zurück. »Auf jeden Fall bin ich Ärztin und kann meine Untersuchungen nur so durchführen, wie ich es für richtig halte.«
Judd schwieg.
»Du kannst es dir ja noch einmal überlegen«, sagte Sofia. »Jetzt rufe ich Doc Sawyer an und bitte ihn, mir zu helfen.«
»Denkst du, er hätte sonst nichts zu tun?«
»Das weiß ich nicht«, erwiderte sie. »Er ist dein Arzt und dein Freund. Du kannst entscheiden, was er tun soll.«
Judd dachte einen Augenblick nach. »Morgen früh ist er hier«, sagte er schließlich.

»Gut.« Sofia war zufrieden. »Kann ich dich dann vielleicht heute nachmittag eine Stunde für mich haben?«
»Wozu?«
»Für meine Untersuchung natürlich. Es wäre nützlich, wenn du schon vorher eine Harnanalyse und ein Blutbild machen ließest. Das würde Zeit sparen.«
»Sonst noch etwas?« fragte er sarkastisch.
»Ich wüßte noch eine Menge. Aber das genügt vielleicht für den Anfang.«
»Vielen Dank«, sagte er. »Wäre es dir um sechs recht?«
»Ja, natürlich.«
»Also gut. Dann kann ich dir auch gleich dein neues Büro zeigen.«
»Fein«, sagte sie. »Ich habe übrigens keine Lust, noch einmal so ein knappes weißes Kleid anzuziehen.«
»Solange du keinen Sari mehr trägst.«
»Großes Ehrenwort«, lachte sie. »Keinen Sari mehr.«
»Du bist und bleibst ein Biest«, sagte er.
»Aber ich liebe dich«, sagte sie und legte rasch auf.

7

Sofia hob den Kopf und sah Doc Sawyer nachdenklich an. »Sie hatten recht«, sagte sie. »Sein Gesundheitszustand ist ganz ausgezeichnet. Nur eine Kleinigkeit beunruhigt mich. Das EEG zeigt eine geringfügige Verminderung der elektrischen Energie seiner Gehirnströme.«
Doc Sawyer runzelte die Stirn. »Aber der Unterschied ist doch wirklich nur minimal. Das könnte Zufall sein.«
»Nein, Zufall ist das bestimmt nicht. Ich habe die Messung dreimal wiederholt, und zwar im Abstand von jeweils vier Stunden. Die Energieabgabe seines Gehirns ist erheblich gesunken. Glauben Sie, wir können ihn dazu bringen, daß er sich mit dem Scanner abtasten läßt?«
»Das glaube ich nicht«, erwiderte Doc Sawyer, »denn dazu

müßte er die Insel verlassen und nach Boca Raton fliegen. Er hat mir gesagt, er wolle die Insel auf gar keinen Fall vor Ablauf eines Jahres verlassen. Bis dahin sind es noch zwei Monate.«

Sofia hantierte schweigend an der Tastatur des Computers. Neben der graphischen Darstellung des neuesten EEG wurden jetzt die Werte des Vorjahres auf den Bildschirm geworfen.

Sie tippte noch einmal auf die Tasten, und ein Teil des Bildes wurde vergrößert. »Sehen Sie hier: Die Alphawellen erreichen kaum noch neun Impulse in der Sekunde. Ich kann mir das gar nicht erklären.«

»Wir können die Ergebnisse ja dem Computer im Research Center überspielen, dann können sich die Neurologen die Köpfe darüber zerbrechen.«

»Das kann sicher nichts schaden«, seufzte Sofia. »Aber richtig wohl ist mir erst, wenn wir ein Scanner-Bild haben.«

»Haben Sie einen Verdacht?«

»Es ist nur eine Intuition« erwiderte sie. »Erinnern Sie sich daran, daß Sie mir erzählt haben, er langweile sich oft und finde keinen Kontakt mehr zu seiner Umwelt? Ich habe das persönlich erlebt, und zwar in einer sehr intimen Situation.«

»Beim Sex?« fragte Doc Sawyer.

»Ja. Körperlich beteiligt er sich, aber innerlich ist er weit weg. Er scheint nichts zu empfinden, selbst wenn er Drogen nimmt, um es sich zu erleichtern.«

»Drogen haben ja oft eine ganz andere Wirkung, als man erwartet, nicht?«

Sofia schüttelte den Kopf. »Es geht nicht um die Drogen. Deshalb rede ich auch nicht von einem Verdacht, sondern von Intuition. Ich bin eine Frau. Ich weiß, wann ein Mann mit dem Herzen dabei ist und wann nicht. Äußerlich ist es ein und dasselbe, aber der Unterschied ist enorm.«

»Es könnten seine Meditationsübungen sein«, überlegte Doc Sawyer. »Sie haben einen sehr unterschiedlichen Einfluß auf ihn. Er hat die verschiedensten Experimente gemacht. Eins davon sollte beweisen, daß seine Potenz unabhängig von der

Samenproduktion ist. Er hatte sich vorgenommen, beim Orgasmus zu ejakulieren, ohne daß Samen im Ejakulat waren. Er versucht, überall zu den Grundlagen vorzustoßen, sowohl im körperlichen als auch im medizinischen und technologischen Bereich. Dazu benutzt er auch Yoga und tantrische Meditation.«

»Das klingt schon besser«, nickte Sofia. »Die Lust sitzt bekanntlich im Kopf, nicht im Schwanz. Trotzdem möchte ich wissen, was vorgeht in seinem Gehirn, und ich bin fest überzeugt, der Scanner könnte uns helfen.«

»Im Moment können wir gar nichts tun«, seufzte Doc Sawyer. »Wir müssen auf Judd warten.«

Sofia schaltete den Bildschirm ab. »Nun ja, wenn es Sie tröstet: Körperlich ist er um keinen Tag gealtert, seit ich ihn das letzte Mal untersucht habe. Also scheint irgend etwas im Gange zu sein, auch wenn wir nicht wissen, was.«

Plötzlich stand Judd in der Tür. »Na, seid ihr zufrieden mit mir?«

»Ich glaube schon«, lächelte Sofia. »Wir haben keinen körperlichen Schaden feststellen können.«

»Das hätte ich dir gleich sagen können«, sagte Judd gleichmütig.

»Trotzdem würde ich gern noch etwas mehr über dich wissen«, fuhr Sofia fort. »Vor allem dein Gehirn interessiert mich.«

Judd starrte sie verständnislos an. »Wie meinst du das?«

»Das EEG zeigt eine minimale Verringerung deiner Alphawellen-Aktivität«, erklärte sie.

»Ist das nicht ganz natürlich?« fragte Judd. »Schließlich sind doch alle meine Körperfunktionen stark reduziert worden.«

»Ich weiß nicht.« Sofia sah ihm direkt in die Augen. »Wie fühlst du dich denn? Hast du noch das Gefühl, richtig wach zu sein und auf Draht? Ich finde, du interessierst dich nicht mehr so für die Dinge wie früher.«

»Manche Dinge interessieren mich wirklich nicht mehr«, gab er trocken zu. »Früher habe ich alle möglichen Spiele gespielt: Geschäfte, Geld, Leute. Das alles langweilt mich jetzt. Ich

finde das, was ich jetzt tue, viel wichtiger und interessanter. Geld verdienen kann jeder. Ich habe mehr Geld als jeder andere verdient, auf diesem Gebiet brauche ich mich nicht mehr zu beweisen. Für Frauen und Sex gilt dasselbe. Das habe ich alles hinter mir. Jetzt kommt es nur noch darauf an, die Maschinerie des Körpers fit zu halten.«
Sofia warf Doc Sawyer einen raschen Blick zu und wandte sich dann wieder an Judd. »Und was bedeutet dir die Liebe?«
»Gefühlsmäßig, meinst du?«
Sofia nickte. »Ich finde, die Liebe müßte dir sowohl körperlich als auch seelisch etwas bedeuten.«
»Denkst du, ich wäre verrückt?« fragte Judd ruhig. »Denkst du, ich hätte keine Gefühle?«
Er wandte sich an Doc Sawyer. »Denken Sie das etwa auch?«
Sawyer hob die Hände. »Ich kann dazu nichts sagen. Ich weiß nicht, wovon Sie reden.«
Judd lächelte. »Sofia, ich glaube nicht, daß meine Gefühle so tief sind wie deine, aber ich habe durchaus Gefühle. Diese Gefühle sind nur anderer Art. Ich werde unsterblich sein. Das heißt, ich überlebe euch alle. Ihr lebt nur eine gewisse Zeit, ich lebe für immer. Das heißt, ich darf mich an niemanden allzu sehr binden. An keinen von euch. Denn in zwanzig oder hundert oder weiß ich wieviel Jahren werdet ihr alle weg sein, und ich lebe mit anderen Menschen, in einer anderen Zeit.«
»Du unterdrückst also deine Gefühle, weil du Angst hast, diejenigen, die du liebst, zu verlieren?« fragte Sofia. »Du hast Angst, du könntest unter dem Verlust leiden?« Sie spürte, wie ihr die Worte im Hals steckenblieben.
»Vielleicht.« Judd wirkte nachdenklich. »Vielleicht gehören Sterblichkeit und Liebe zusammen. Mit allem, was man liebt und verliert, stirbt man ein bißchen.«
Sofia mußte ihre Tränen zurückhalten. »Wenn du Kinder hättest, könntest du in ihnen weiterleben.«
»Das wäre kein Leben«, entgegnete er. »Mein Vater lebt doch auch nicht. Ich will wirklich leben und keine bloße Erinnerung sein.«
Sofia drehte sich zum Computer um und drückte mehrere Ta-

sten. Auf dem Bildschirm erschienen Zahlenreihen und Buchstaben. Sie drückte zwei weitere Tasten, und das Bild verwandelte sich in eine demographische Kurve. Ohne sich umzudrehen sagte Sofia: »Nach diesen Angaben hast du jetzt eine Lebenserwartung von einhundertunddreißig Jahren. Mit deinen neunundvierzig Jahren hast du den Gesundheitszustand eines Einunddreißigjährigen.« Sie drehte sich zu ihm um. »Männer deiner Gesellschaftsschicht haben gegenwärtig eine durchschnittliche Lebenserwartung von vierundsiebzig Jahren, deine Lebenserwartung ist fast doppelt so hoch.«
Judd sah sie irritiert an. »Was willst du damit sagen?«
»Vor drei Jahren hatte dich Dr. Zabiski bei einer rechnerischen Lebenserwartung von einhundertfünfzig, und bei dem Versuch, noch mehr zu erreichen, brachte sie dich beinahe um. Willst du dich nicht lieber mit dem begnügen, was du erreicht hast, anstatt immer weiter zu experimentieren und dich vielleicht dabei zu zerstören?«
»Wenn ich sterben muß«, erwiderte er, »dann ist es mir egal, wie lange ich noch zu leben habe und wann es geschieht. Jetzt oder irgendwann später. Was ich suche, ist das ewige Leben, Unendlichkeit.«
»Nichts ist ewig«, sagte Sofia leise. »Nicht einmal die Sterne.«
Judd dachte einen Augenblick nach. Sein Gesicht wurde starr. »Ich habe mich untersuchen lassen, wie du es gewünscht hast. Kannst du morgen früh mit der Prüfung der Akten von Dr. Zabiski anfangen?«
»Ja«, erwiderte Sofia.
»Gut«, nickte Judd. »Dinner heute abend um neun?«
»Ja, vielen Dank«, sagte Sofia.
»Wie sieht es mit Ihnen aus, Doc?«
Sawyer schüttelte den Kopf. »Nein, danke. Ich muß wieder zurück. Aber aufgeschoben ist nicht aufgehoben, oder?«
»Bestimmt nicht«, lächelte Judd. »Laßt uns nach oben gehen und etwas trinken.«

Judd trank Orangensaft, Doc Sawyer hatte sich einen Scotch

on the rocks geben lassen, während Sofia ein eiskaltes Wodkaglas in der Hand hielt. Das Telefon klingelte. Judd nahm den Hörer und gab ihn dann Sawyer. »Es ist Ihr Büro, Doc.«
»Was gibt's?« fragte Sawyer.
Die Stimme seiner Sekretärin klang beunruhigt. »Entschuldigen Sie, daß ich störe, Herr Doktor, aber ich dachte, es wäre wichtig. Das Außenministerium hat angerufen. Sie fragen, ob Frau Dr. Ivancich hier wäre. Ich habe ihnen gesagt, sie wäre nicht in Boca Raton.«
»Gut«, nickte Doc Sawyer. »Außerdem ist es die Wahrheit.«
»Sie haben gefragt, ob ich Frau Dr. Ivancich erreichen könnte. Ich habe nein gesagt. Dann haben sie nach Ihnen gefragt, und ich habe ihnen gesagt, Sie wären unterwegs und seien morgen früh in Ihrem Büro zu erreichen.«
»Sehr gut.« Doc Sawyer legte den Hörer zurück auf die Gabel. »Das State Department sucht nach Sofia.«
»Merkwürdig«, sagte Judd. »Hast du eine Ahnung, warum sich das State Department für dich interessiert?«
Sofia zuckte die Schultern. »Das ist eure Regierung, nicht meine. Ich habe keine Ahnung, wie sie funktioniert. Ich weiß ja nicht einmal, wie unsere Regierung arbeitet.«
»Hast du dir in Bangladesh ein Visum geben lassen?«
»Nein. Ich hatte ja noch das unbegrenzte Einreisevisum, das du mir 1976 beschafft hast.« Sie dachte einen Augenblick nach. »Als ich auf dem John-F.-Kennedy-Flughafen war, habe ich auf das Einreiseformular geschrieben, ich wollte das Crane Medical Center in Boca Raton besuchen.«
»Völlig korrekt«, sagte Judd. Er überlegte einen Augenblick. »Meistens überprüfen die Einwanderungsbehörden die ausländischen Besucher.«
»Das hat meine Sekretärin auch gesagt«, bestätigte Sawyer.
»Rufen Sie doch noch einmal an«, sagte Judd. »Fragen Sie, ob sie sich den Namen des Beamten gemerkt hat, der am Telefon war. Wenn wir einen Namen haben, können wir den Sicherheitsdienst darum bitten, die Sache zu überprüfen. Wenn es wirklich das State Department gewesen ist, dann steckt etwas dahinter, und ich wüßte gern, was.«

8

Sie nahmen das Abendessen an einem kleinen, runden Tisch ein, der in einem Erker der Bibliothek stand. »Du trägst ja das weiße Kleid«, bemerkte Judd.
Sofia lächelte. »Ich habe es ändern lassen.«
»Das wäre doch nicht nötig gewesen. Ich hätte dir gern ein neues geschickt.«
»Ach, ich habe inzwischen eine ganz besondere Vorliebe für dieses.«
Judd reichte ihr ein kaltes Glas Wodka. Dann hob er sein eigenes. *»Santé!«*
»Santé.« Sie warf einen Blick auf sein Glas. »Cherry-Coke?«
Judd lachte. »Ich habe eben auch meine besonderen Vorlieben, und denen bleibe ich treu. Ich bin keineswegs so gefühllos, wie du vielleicht denkst.«
»Verzeih bitte, wenn ich deine Gefühle verletzt habe«, murmelte Sofia. »Das wollte ich nicht.«
»Schon gut. Daß ich ein Ziel verfolge, heißt noch lange nicht, daß ich keine menschlichen Regungen habe.«
»Deswegen mache ich mir auch gar keine Sorgen. Du bist durchaus menschlich, vielleicht sogar zu menschlich.«
»Ich verstehe nicht ganz«, sagte er steif.
»Das macht nichts«, lächelte Sofia. »Denk einfach, es wäre nur dummes Gerede. Du weißt doch: Frauen sind töricht und sentimental.«
Irritiert wechselte Judd das Thema. »Ich finde, wir sollten heute früh zu Bett gehen. Es war ein anstrengender Tag, und für dich geht es gleich morgen früh weiter.«
Das Dinner war leicht und bekömmlich: Dünngeschnittene Truthahnbrust, gedämpfte Karotten und Zuckererbsen. Dazu gab es frischen Salat und ein Stück Brie. Sofia trank einen trockenen Chablis, während Judd sich mit Wasser begnügte. Auf Kaffee verzichteten beide. »Sehr gut.« Sofia schob ihren Stuhl zurück. »Jetzt bin ich angenehm satt.«
»Wirst du gut schlafen?«
»Ich werde es zumindest versuchen. Wenn es nicht klappt,

nehme ich eine Tablette.«
»Bist du enttäuscht?« fragte er.
Sofia zuckte die Achseln. »Eigentlich nicht. Ich kenne dich mittlerweile gut genug, um zu wissen, daß dich Gefühle nur begrenzt interessieren.«
»Bist du wütend?« fragte er.
Sofia stand auf. »Nein«, sagte sie beiläufig. »Was hast du mir einmal gesagt? Andere Länder, andere Sitten.«
»Das klingt eigentlich mehr nach Fast Eddie«, grinste Judd.
Sofia lachte. »Ist ja egal, von wem ich es habe.« Sie sah von oben auf ihn herunter. »Ich mag die Liebe jedenfalls noch. Ich ficke gern, ich brauche es einfach.«
»Amarintha . . .«
Sofia unterbrach ihn rasch. »Ich will sie nicht. Ich will dich.«
»Amarintha ist sehr begabt«, lächelte er. »Sie hat zierliche weiche Hände, und mit ihrer kleinen Faust kann sie dich besser befriedigen als jeder Mann.«
»Vielen Dank«, sagte Sofia. »Dann nehme ich lieber einen Vibrator. Ich glaube, für heute bleibe ich lieber bei meiner Tablette.«
Judd seufzte und stand ebenfalls auf. Er küßte sie auf die Wange und nahm ihre Hand. »Komm, ich bring dich zu deinem Wagen.«

Das Telefon klingelte, als er ins Schlafzimmer kam. Er stellte den Lautsprecher und das Raummikrophon an. »Hier Crane«, sagte er in normaler Lautstärke.
»Ich hoffe, ich habe Sie nicht geweckt«, meldete sich Merlin.
»Nein, keineswegs«, beruhigte ihn Judd. »Wir haben ja gerade erst elf.«
»Der Verkauf der South and Western Bank ist jetzt abgeschlossen. Transatlantic überweist morgen fünfhundert Millionen und übernimmt gleichzeitig alle Rechte und Pflichten.«
»Hat das Justizministerium seine Einwilligung gegeben?«
»Alles klar«, erwiderte Merlin. »Die Stiftung kriegt vierhundert Millionen. Was sollen wir mit Ihren hundert Millionen

machen?«
»Wieviel Steuern muß ich denn davon zahlen?«
»Gar keine«, erklärte Merlin. »Den hundert Millionen Veräußerungsgewinn stehen immer noch Verluste in Höhe von zweihundert Millionen gegenüber.«
Judd überlegte einen Augenblick. »Überweisen Sie Crane Medical fünfundzwanzig Millionen als persönliches Darlehen. Den Rest verteilen Sie bitte auf meine Konten in der Schweiz und auf den Bahamas.«
»Crane Medical könnte noch erheblich mehr brauchen«, sagte Merlin ausdruckslos. »Aber schließlich ist es ja Ihr Geld.«
»Stimmt«, bestätigte Judd. »Es ist mein Geld.«
Merlin schwieg.
»Sonst noch etwas?« fragte Judd.
»Mitsubishi Heavy Industries haben uns ein Übernahmeangebot für Crane Engineering and Construction gemacht«, sagte Merlin zögernd. »Sie bieten anderthalb Milliarden Dollar.«
»Und was ist die Firma jetzt wert?«
»Drei Milliarden netto. Also doppelt soviel.«
Judd überlegte einen Augenblick. »Teilen Sie ihnen mit, sie können den Laden haben, wenn sie zwei Milliarden bezahlen.«
»Dazu sage ich lieber nichts«, bemerkte Merlin resigniert. »Ich habe das Gefühl, Sie wollen jetzt alles abstoßen.«
»Vielleicht haben Sie recht«, sagte Judd weiter. »Geld bedeutet mir nichts mehr. Ich habe mehr, als ich brauche.«
»Aber wenn wir das Mitsubishi-Angebot annehmen, verlieren wir eine Milliarde.« Merlin war verzweifelt.
»Was müssen wir denn an Steuern bezahlen, wenn wir drei Milliarden bekommen?« fragte Judd ruhig. Er konnte förmlich sehen, wie Merlin die Daten in den Computer eingab.
Eine Sekunde später kam schon die Antwort. »Ungefähr sieben- oder achthundert Millionen Dollar.«
»Was bringt uns dann die eine Milliarde mehr?« fragte Judd.
»Nicht genug, um uns mit dem Finanzministerium zu streiten. Wenn wir drei Milliarden herausholen, bleiben uns die

Steuerfahnder fünf Jahre lang auf den Fersen und kontrollieren jeden Cent, den wir ausgeben. Wenn wir nur zwei Milliarden kriegen, ist es ganz klar, daß wir einen Verlust gemacht haben. Dabei betragen die Nettoverluste nur hundertundsechzig Millionen für die Stiftung und vierzig Millionen für mich.«

Merlin schwieg.

»Seien Sie nicht so betrübt«, versuchte Judd ihn aufzuheitern. »Es wird Zeit, daß wir ein paar von unseren Verpflichtungen loswerden. Vielleicht können wir dann alle unser Leben etwas mehr genießen.«

Merlins Seufzen war im Lautsprecher deutlich zu hören. »Ich glaube nicht, daß Ihr Vater auch so gedacht hätte.«

»Mein Vater ist tot«, sagte Judd trocken. »Und ich bin der Ansicht, daß ich lange genug bei diesem Spiel mitgemacht habe. Denn im Gegensatz zu meinem Vater lebe ich noch und gedenke noch sehr lange zu leben.«

»Okay.« Merlin gab sich geschlagen. »Ich werde Mitsubishi über Ihr Angebot unterrichten.«

»Vielen Dank«, sagte Judd. »Gute Nacht.«

»Gute Nacht«, verabschiedete sich Merlin.

Judd unterbrach die Verbindung und ging quer durchs Zimmer zum Fenster. Der Mond ging gerade auf, und sein Licht tanzte hell auf dem Wasser. Konzentriert begann Judd seine Atemübungen und spürte bald, wie sein Körper ruhiger wurde.

Leise Schritte näherten sich, weiche Finger lösten seine Kleider. Hemd und Hosen wurden ihm abgestreift, ohne daß es seine Konzentration störte. Kleine Hände führten ihn zu einem harten Lager in der Mitte des Raumes. Ohne die Person wahrzunehmen, die sich um ihn bemühte, und ohne den Blick vom Meer abzuwenden, nahm er den Lotussitz ein. Das Licht im Raum wurde soweit gedämpft, daß es dem Nachthimmel entsprach. Direkt vor seinen Augen flackerte jetzt eine Kerze.

Judd starrte ins Licht, bis seine Lider schwer wurden. Zarte Finger schlossen ihm die Augen, aber das Abbild der Kerze flackerte immer noch auf seiner Netzhaut. Die Schritte entfernten sich leise. Schweigen umgab ihn, jetzt war er völlig allein.

Sein Geist bewegte sich durch seinen Körper. Er konzentrierte sich auf seine Zehen, bis er jede einzelne spürte. Dann wanderten seine Gedanken in seinem Körper nach oben: über die Füße zu den Waden, von den Schenkeln zu den Leisten. Seine Hoden und sein Geschlecht waren warm und entspannt, sein Becken und seine Bauchdecke locker und weich. Sein Brustkasten hob und senkte sich mühelos, und sein ruhiger, starker Herzschlag hallte in seinem inneren Ohr wider.

Bald war er weit fort und verlor das Bewußtsein seiner Person. Er fühlte sich eins mit dem All. Die Kraft des Universums durchströmte ihn, und sein Geist schwang sich hoch hinauf in die endlose Nacht seiner Seele. Mit Lichtgeschwindigkeit flog er zu einem anderen Stern, einem anderen Stern, einem anderen Stern . . .

9

Die Leuchtziffern neben dem Bett zeigten halb sieben. Sofia drückte auf den Bedienungsknopf für die Jalousien und ließ die Morgensonne herein. Dann griff sie zum Telefon.

»Guten Morgen, Ma'am«, meldete sich Max.

»Grapefruit, bitte, Rühreier mit Schinken und eine große Kanne Kaffee.«

»Jawohl, Frau Doktor. Sofort. Vielen Dank.«

Sie hängte ein, stand auf und ging ins Bad. Mit einer heißen und kalten Dusche brachte sie ihren Kreislauf in Schwung, fühlte sich aber immer noch ziemlich müde, als sie ins Schlafzimmer zurückkehrte. Der Frühstückstisch war schon gedeckt.

Noch im Stehen goß sie sich eine Tasse Kaffee ein. Erst als ihr die heiße, schwarze Flüssigkeit durch den Leib strömte, setzte

sie sich und griff nach der Grapefruit.
In diesem Augenblick klingelte das Telefon. Sie brauchte nicht aufzustehen, um sich zu melden. »Hier Frau Dr. Ivancich«, sagte sie.
»Guten Morgen, Sofia«, sagte Doc Sawyer. »Ich hoffe, ich habe Sie nicht geweckt?«
»Nein, ich bin schon beim Frühstück.«
»Ich habe ein paar interessante Experimente gemacht«, berichtete Sawyer. »Ich habe die EEGs der letzten fünf Jahre mit den jeweiligen Scanner-Bildern verglichen. Ich habe die EEG-Werte als Computergraphiken ausdrucken lassen, und siehe da: Sie sehen fast genauso aus wie die Scanner-Bilder. Mit dem EEG von gestern habe ich das gleiche gemacht. Die Ergebnisse sind wirklich verblüffend.«
»Das klingt ja sehr spannend«, meinte Sofia. »Das würde ich auch gerne sehen.«
»Das können Sie ohne weiteres«, erklärte Doc Sawyer. »Stellen Sie einfach Ihren Fernseher an. Er ist mit dem Zentralcomputer verbunden. Geben Sie folgenden Code ein: 748.61.011.953 – haben Sie das?« Er wartete, bis Sofia sich wieder meldete.
»Ich habe alles getan, was Sie gesagt haben, aber es rührt sich nicht viel.«
»Dann geben Sie noch folgendes Wort ein: COMPUTRAC.«
Sofia gehorchte, und auf dem Bildschirm begann es zu arbeiten. In kürzester Zeit war eine vierfarbige Computergraphik erkennbar, die wie ein Scanner-Bild eines menschlichen Gehirns aussah. »Jetzt ist das Bild da«, sagte sie. »Wonach soll ich suchen?«
»Ich lege jetzt die neuen EEG-Werte über das Bild. Achten Sie auf die kleine blaue Linie.«
»Ich sehe sie.«
»Das ist die jetzige Alphawellen-Aktivität. Sie scheint eine Kleinigkeit langsamer zu sein als auf den anderen Bildern. Aber vor allem ist das letzte Scanner-Bild irgendwie größer als die früheren.«
»Wollen Sie damit sagen, daß sein Gehirn wächst?« fragte So-

fia ungläubig.
»Ich bin mir nicht sicher, aber wie es scheint, hat sich das Gewicht seines Gehirns tatsächlich um etwa zwei Gramm erhöht«, erklärte Sawyer. »Wenn das zuträfe, wäre damit auch die Verlangsamung der Alphawellen erklärt. Er benutzt jetzt mehr Gehirnzellen, und die stärkere Belastung hat das Gehirn zur Bildung neuer Zellen veranlaßt.«
»Ich kann es noch gar nicht glauben.« Sofia war ratlos.
»Wir müssen auch vorsichtig sein«, meinte Sawyer. »Es ist schließlich nur eine Computergraphik und nicht das Gehirn selbst. Trotzdem ist mir noch etwas eingefallen. Wissen Sie, ob Dr. Zabiski ihm bei der Zelltherapie auch Gehirnzellen injiziert hat?«
»Ich weiß nicht. Diesen Teil der Therapie hat sie immer geheimgehalten. Dabei durfte ihr nie jemand zusehen.«
»Es war nur so eine Idee. Aber jetzt bin ich auch überzeugt, daß wir so bald wie möglich ein neues Scanner-Bild machen sollten.«
»Wir können Judd ja diese Graphiken zeigen«, schlug Sofia vor. »Vielleicht stimmt er dann zu.«
»Sehen Sie ihn heute noch?«
»Wahrscheinlich. Ich fange heute vormittag mit den Zabiski-Aufzeichnungen an. Ich werde ihm von der Sache erzählen, sobald ich ihn sehe.«
Der Bildschirm erlosch. »Viel Glück«, wünschte Doc Sawyer.
»Vielen Dank«, sagte Sofia. »Ihnen auch.«

Judd spürte die Wärme des Sonnenlichts auf seinen Lidern und schlug, ohne sich zu bewegen, die Augen auf. Der Raum schien verschwommen, und es dauerte einen Moment, bis er die beiden Mädchen erkannte, die neben seinem harten Lager auf dem Fußboden saßen.
»Guten Morgen, Meister«, begrüßten sie ihn beinahe gleichzeitig.
»Guten Morgen«, sagte er mühsam.
»Sind Sie weit gereist?« fragten sie.

»Ja«, murmelte er, »sehr weit, sehr weit.«
»Das ist schön«, sagten sie. »Wir sind sehr glücklich. Vielen Dank, Meister.« Ihre nackten Körper glänzten golden im Sonnenlicht, als sie aufstanden und leise davonliefen.
Judd blieb still liegen. Plötzlich begann er zu zittern. Er rührte sich nicht. Wieder überlief ihn ein Frösteln. Er hörte, wie sich die Tür öffnete, bewegte aber weder den Kopf noch die Augen.
Amarintha stand vor ihm. Sie trug ein durchsichtiges weißes Hemd, ihre Augen waren dunkel und feucht. Wieder fröstelte er, dann trafen sich ihre Blicke.
»Du bist weit gereist«, sagte das Mädchen. »Dein Körper ist kalt von der Reise. Ich möchte dich wärmen. Komm, laß dich wärmen.«
Judd bewegte sich nicht, sondern sah ihr nur in die Augen. Sie kniete sich neben ihn hin und umfaßte sein Geschlecht, das groß und hart zwischen seinen Schenkeln herausstand. Mit den Fingerspitzen streichelte sie seine Hoden. Er seufzte, wandte seinen Blick aber nicht von ihrem Gesicht ab.
»Deine Kraft ist so groß wie ein Baum«, sagte sie. »Laß den Quell der Liebe herausspringen.« Ihre Augen öffneten sich unter seinem kobaltblauen Blick. »Bitte, Meister«, bettelte sie. »Laß mich dir dienen.«
Judd blieb stumm.
Sie hob ihr Hemd und kniete sich über ihn. Während sie sich langsam auf ihre Schenkel herabließ, schob sie sich sein Geschlecht in den Leib. Zunächst behutsam und dann immer schneller bewegte sie ihre Hüften. »Meister«, keuchte sie. »Meister, komm, schwängere mich. Meister, ich möchte dein Baby!«
Dann öffnete sie die Augen und sah, daß seine Augen starr wurden. Unbeweglich lagen sie in ihren Höhlen, von einem undurchdringlichen Schleier überzogen, unerreichbar für sie. »Meister«, schluchzte sie, »warum nicht? Warum?« Tränen liefen ihr über die Wangen, als er aus ihr herausglitt. Sie rückte beiseite. Seine Erektion war verschwunden. Warme Tränen fielen auf seine Hand. »Es tut mir so leid, Meister«,

stammelte sie. »Es tut mir so leid, daß ich dich nicht befriedigen konnte.«
Er wandte sich um und küßte ihr Gesicht. »Sei nicht traurig, mein Kind«, sagte er freundlich. »Du hast mich befriedigt. Ich bin es, der dir kein Glück geben kann.«
Er setzte sich auf. »Laß uns ein Bad ein«, befahl er. »Dann spielen wir zusammen im Wasser, mein Kind.«
»Ich verstehe nicht, Meister, warum du niemals in mir kommst.« Amarintha wirkte niedergeschlagen.
»Mach dir keine Sorgen, mein Kind«, sagte Judd. »Der Tod kommt nur, wenn ich ihn zu mir heranlasse.«
»In meiner Heimat sagen die Leute, daß Kinder das Leben verlängern.«
»Das ist ein anderes Land und ein anderer Erdteil«, murmelte Judd.

Als er sein Privatbüro betrat, stand das übliche Glas Orangensaft bereits auf dem Tisch. Es war elf Uhr. Judds gebräuntes Gesicht war schweißbedeckt, und auch sein weißer Jogginganzug zeigte feuchte Stellen. Während er seinen Orangensaft trank, ließ er sich aus der Computerzentrale seine Anrufe mitteilen. Merlin hatte angerufen, der Chef des Sicherheitsdienstes, Doc Sawyer, Barbara und Dr. Schoenbrunn aus Brasilien.
Sein erster Anruf galt Dr. Schoenbrunn, das war der wichtigste Mann auf der Liste. Der Computer stellte die Verbindung in Sekundenschnelle her. Der Crane-Satellit funktionierte perfekt. Dr. Schoenbrunn erschien auf dem Bildschirm.
»Guten Morgen«, sagte Judd. »Wie geht es Ihnen?«
Der Deutsche lächelte zufrieden. »Ich habe gute Nachrichten für Sie, Mr. Crane.«
»Das freut mich.« Judd lächelte ebenfalls. »Ich kann ein paar gute Nachrichten brauchen.«
»Der Reaktor ist jetzt fertiggestellt«, verkündete Dr. Schoenbrunn. »Zwei Wochen früher als geplant.«
»Ich gratuliere«, sagte Judd. »Und wann können Sie ihn in Betrieb nehmen?«

»In drei Monaten. Vielleicht auch früher. Bis dahin haben wir alles überprüft.«
»Ich werde ihn selbst in Betrieb nehmen. Sorgen Sie dafür, daß ihn sonst niemand anrührt.«
»Selbstverständlich, Mr. Crane«, sagte Dr. Schoenbrunn. »Sie haben die Fertigstellung des Reaktors ermöglicht. Da ist es nur recht und billig, daß Sie ihn auch selbst in Betrieb nehmen.«
Judd dachte einen Augenblick nach. »Das Projekt Xanadu«, sagte er mehr zu sich selbst. »Drei Jahre läuft es jetzt.«
»Ja«, bestätigte Dr. Schoenbrunn.
»Ich möchte von jetzt an wöchentliche Berichte.«
»Natürlich, Mr. Crane, ganz wie Sie wünschen.« Dr. Schoenbrunn lächelte verschmitzt. »Kein Mensch hat auch nur die geringste Ahnung. Es ist der leistungsfähigste Reaktor der Welt, aber niemand weiß, daß er hier versteckt ist, Hunderte von Kilometern entfernt von jeglicher Zivilisation.«
»Ohne Ludwigs Vorarbeiten hätten wir es vielleicht nie versucht«, meinte Judd.
»Nein, nein.« Dr. Schoenbrunn schüttelte den Kopf. »Die Anlage ist einzig und allein Ihrem Genie zu verdanken. Selbst mir fällt es schwer zu glauben, daß die Anlage soweit automatisiert ist, daß ein einziger Mann genügt, um sie zu bedienen.«
»Unterschätzen Sie Ihre eigene Leistung nicht, Herr Doktor«, lächelte Judd. »Vielleicht erfährt die Welt eines Tages davon. Ich bin Ihnen jedenfalls heute schon dankbar.«
»Das ist sehr freundlich von Ihnen, vielen Dank.« Dr. Schoenbrunn zögerte einen Moment.
Judd ahnte, worauf der Wissenschaftler hinauswollte. »Auf Ihr Schweizer Konto werden heute noch fünf Millionen Dollar überwiesen. Weitere fünf Millionen Dollar erhalten Sie, wenn ich den Knopf drücke, der den Reaktor in Betrieb setzt.«
»Vielen Dank, Mr. Crane.« Dr. Schoenbrunn schien sich vor der Kamera zu verneigen.
»Auf Wiedersehen, Herr Dr. Schoenbrunn.« Judd drückte auf

die Tastatur seines Terminals und unterbrach die Verbindung. Als nächstes rief er den Sicherheitsdienst an. John D. war selbst am Apparat.

»John?« meldete sich Judd. »Hier ist Judd Crane. Was gibt es?«

»Guten Tag, Sir«, sagte der Sicherheitschef. »Haben Sie den Zerhacker eingeschaltet?« John D. war immer sehr vorsichtig.

»Ja«, nickte Judd. »Sie können frei sprechen.«

»Ihre Ärztin sitzt wieder mal in der Tinte«, sagte John D.

»Wieso?«

»Sie steht auf verschiedenen Hitlisten, Sir. Auf der russischen, auf der jugoslawischen und auf der chinesischen. Die Kubaner haben sogar die Mafia angeheuert, um sie zu jagen. Das macht zusammen vier. Vier Asse. Die zu schlagen, dürfte recht schwer sein.«

»Ich verstehe nicht, was das soll, John. Sie hat fast drei Jahre in Bangladesh zugebracht, und sie hätten sie jeden Tag schnappen können. Warum sind sie denn jetzt plötzlich hinter ihr her?«

»Anscheinend haben sie den Verdacht, daß Dr. Ivancich ein paar streng geheime Papier mitgenommen hat, die mit den Untersuchungen von Dr. Zabiski zu tun haben.«

»Das müssen die Akten sein, die mir Dr. Zabiski selbst anvertraut hat«, meinte Judd nachdenklich.

»Nein«, erwiderte John D. »Von denen wissen die Russen seit langem. Ich glaube, die Russen haben es Dr. Zabiski ausdrücklich erlaubt, Ihnen diese Akten zu geben. Sie haben wohl Angst gehabt, Sie würden sonst Dr. Ivancich nicht zu Breschnew fliegen lassen.«

Judd schwieg. »Wo sind denn diese anderen Aufzeichnungen?« fragte er schließlich.

»Im Besitz von Dr. Ivancich, nehme ich an. Warum sollten sie sonst so aufgeregt nach ihr suchen?« John D. zögerte einen Moment. »Ich glaube, wir müssen die Sicherheitsmaßnahmen rings um Crane Island erheblich verstärken. Sie werden nicht lange brauchen, um sie zu finden.«

»Weiß Doc Sawyer von dieser Geschichte?«
»Bisher noch nicht«, erwiderte John D. »Sie sind der Chef. Sie erfahren alles zuerst.«
»Sagen Sie ihm erst einmal nichts«, befahl Judd. »Ich möchte nicht, daß er nervös wird. Aber schirmen Sie ihn gut ab. Ich möchte nicht, daß ihn irgend jemand auseinandernimmt und Informationen aus ihm herauspreßt.«
»Jawohl, Sir«, sagte John D. »Und was ist mit Crane Island?«
»Vier schwerbewaffnete Hubschrauber sichern den Luftraum über der Insel. Sie sollen vierundzwanzig Stunden am Tag patrouillieren. Das Seegebiet um die Insel wird von acht bewaffneten Motorbooten abgeriegelt, die ebenfalls Tag und Nacht draußen sind. Auf der Insel selbst sollen Ihre besten zwanzig Scharfschützen Posten beziehen.«
»In sechs Stunden sind wir bei Ihnen, Sir.«
»In zwei Stunden«, verbesserte Judd. »Womöglich haben wir keine sechs Stunden mehr Zeit.«

10

Sofia war wütend. »Diese alte Hexe. Sie hat uns alle hereinlegen wollen.«
Judds Stimme blieb gleichmütig. »Das wissen wir doch.«
Sofia nahm den Telefonhörer in die andere Hand. »Ja, verstehst du denn nicht? Sie hat nie die Absicht gehabt, dir die Lösung zu geben.«
»Ich bin ja nicht blöde«, erwiderte Judd. »Das wußte ich doch. Oder was hast du gedacht, weshalb ich dich habe herkommen lassen? Ich war fest überzeugt, daß du etwas wüßtest. Ist es nicht so? Hast du den Russen nicht ein paar Akten gestohlen?«
»Woher weißt du das?« fragte sie.
»Das ist doch egal«, sagte Judd. »Der halbe Ostblock ist hinter dir her. Du hast keine Chance, dich irgendwo zu verstecken. Außer bei mir.«

»Hat das State Department dir das gesagt?«
»Teilweise«, bestätigte Judd. »Was ist jetzt mit deinen Akten?«
»Ich beschaffe sie dir«, erwiderte sie. »Aber das genügt nicht. Es gibt noch mehr Akten. Aber ich glaube, ich weiß, wo sie sind.«
»Sag es mir«, verlangte er. »Wer hat sie?«
»Dieser Inder, der in deinen Unterlagen erwähnt wird. In den russischen Akten wird er nicht erwähnt. Deine Akten umfassen den Zeitraum von 1953 bis heute. Die Russen haben eine Kopie deiner Akten, nur die Hinweise auf den Maharishi fehlen darin. Dafür gehen die russischen Akten bis 1944 zurück, als ihnen das deutsche Laboratorium in die Hände fiel, in dem Dr. Zabiski vorher gearbeitet hatte.«
»Sie hat für die Deutschen gearbeitet?« Judds Stimme klang überrascht.
»Ja«, bestätigte Sofia. »Wundert dich das? Habt ihr damals nicht alle deutschen Raketenwissenschaftler aus Peenemünde gefangengenommen und sofort in die Vereinigten Staaten geschafft?«
»Okay, okay«, sagte er unwillig. »Aber was war mit Dr. Zabiski?«
»Die Russen haben sie und ein paar andere Ärzte geschnappt, aber die Aufzeichnungen aus den Jahren 1941 bis 1943 wurden niemals gefunden. Sie hat behauptet, die Akten wären verbrannt. Zusammen mit einem indischen Wissenschaftler, den die Nazis für einen Nichtarier hielten. Ich glaube aber, Dr. Zabiski hat den Inder mit allen Unterlagen herausgeschmuggelt, ehe die Rote Armee das Lager besetzte.«
»Und wie sind dann die Hinweise auf diesen Maharishi in meine Akten gekommen?« fragte Judd.
»Sieh dir mal das Original genau an«, sagte Sofia. »Die Hinweise auf den Maharishi sind alle nachträglich mit Kugelschreiber eingefügt worden. Es ist ihre eigene, typische Kurzschrift. Alle anderen Aufzeichnungen wurden entweder mit der Schreibmaschine oder mit einem Federhalter gemacht. Ich vermute, daß sie die Hinweise auf den Inder erst in letzter

Minute hinzugefügt hat. Wahrscheinlich im Flugzeug, als sie schon auf dem Weg nach New York war. Ich glaube, der Inder war keiner der Ärzte aus ihrem Team, aber er hat wohl entscheidend zum Erfolg ihrer Untersuchungen beigetragen, deshalb hat sie versucht, ihn zu retten.«

»Und was geschah mit den anderen Ärzten?«

»In den russischen Akten werden zahlreiche Experimente erwähnt, die zusammen mit den Wissenschaftlern begraben wurden, die sie seinerzeit durchgeführt haben.« Sofia schwieg einen Moment. »Ich glaube, du hattest recht, als du sagtest, sie wäre sehr hart.«

»Sie war eine sehr energische Lady.«

»Aber außerdem war sie auch ein Genie, und du warst der einzige, dem sie jemals getraut hat.« – »Allerdings nicht so weit, daß sie mir alles gesagt hätte, wie es scheint.«

»Vielleicht wollte sie nicht riskieren, alle Teile des Puzzles zusammenzufügen. Sonst hätten womöglich die Russen die Akten entdeckt und beschlagnahmt. Du warst der einzige Mensch, dem sie freiwillig den größten Teil ihrer Forschungen anvertraut hat.« Sofia zögerte einen Moment. »Was machen wir jetzt?«

»Warum hast du dich nicht schon früher bei mir gemeldet?«

»Ich habe es einmal versucht. Aber ich hatte nur wenig Zeit, und du warst wieder einmal nicht zu erreichen. Ich mußte den Versuch aufgeben und alles vertuschen. Ich war schließlich ein wichtiger Kader: die Ärztin des Generalsekretärs. Als Breschnew gestorben war, wurde ich an eine Kinderklinik nach Bangladesh versetzt, aber ich wurde dauernd beobachtet. Als ich deine Nachricht erhielt, habe ich mich sofort auf den Weg gemacht. Ich bin mitten in der Nacht geflohen; denn wenn ich bis zum nächsten Morgen gewartet hätte, wäre ich verloren gewesen. Ich bin ziemlich sicher, daß sie schon am nächsten Tag von deiner Nachricht gehört haben. Wenn ich gewartet hätte, wäre ich entführt worden, vielleicht auch ermordet. Ich war zwar nützlich für sie, aber ich wußte auch zuviel.«

Judd schwieg.

Sofia war plötzlich sehr müde. »Ich glaube, jetzt ist es sowieso aus. Ich kann genausogut gleich nach Moskau zurückfliegen. Du kannst meine Unterlagen behalten. Du solltest sie im Falle meines Todes ohnehin kriegen.«
»Ich würde sie aber lieber lesen, solange du noch lebst«, sagte Judd trocken. »Ich möchte dich ungern verlieren.«
»Ist das dein Ernst?«
»Sonst hätte ich es ja nicht gesagt, oder?« knurrte er ins Telefon. »Und jetzt hör genau zu: Du bleibst in deinem Büro, verriegelst die Tür und machst erst wieder auf, wenn du meine Stimme hörst, ist das klar?«

Sie hörte, wie er einhängte. Zögernd legte sie den Hörer aus der Hand und stand auf.
Leise klopfte es an die Tür.
Sie griff nach ihrer Handtasche und zog einen kurzläufigen Magnum-Revolver heraus. Sie umklammerte die Waffe mit beiden Händen und zielte damit auf die Tür. »Ja, bitte? Wer ist da?«
»Ich bin es, Ma'am.« Die Stimme von Max war sehr leise. »Mr. Crane hat gesagt, ich solle Sie zum Essen abholen.«
»Kommen Sie herein«, sagte sie ruhig.
Die Tür ging auf, und Max trat herein. Seine rechte Hand steckte in der Innentasche seiner Jacke. Als er die Waffe in ihrer Hand sah, weiteten sich seine Augen erschrocken. Es war das letzte, was er je sah.
Die Schüsse aus der großkalibrigen Waffe schleuderten ihn zurück durch die Tür auf den Flur. Seine Jacke färbte sich rot. Vergeblich griffen seine Hände ins Leere, und als er vor dem Fahrstuhl zusammenbrach, breitete sich eine große Blutlache aus. Das Echo der Schüsse kam wie Donnergrollen aus den Korridoren zurück.
Sofia blieb in ihrem Büro und klammerte sich an den Revolver. Sie hörte hastige Schritte auf dem Flur, gleichzeitig surrte der Aufzug.
Fast Eddie sprang aus der Aufzugtür, den großen Colt in der Faust. Als er die Leiche des Schwarzen auf dem Flur liegen

sah, bückte er sich, um sie zu untersuchen. Sicherheitsleute stürmten von allen Seiten heran, Judd folgte ihnen dichtauf.
Judd bemerkte als erster, daß sich die Tür am anderen Ende des Flurs öffnete. »Hinter dir«, schrie er.
Fast Eddie wollte sich umdrehen, aber Sofia war schneller. Sie drückte sofort auf den Abzug ihres Revolvers, als Mae auf dem Flur stand. Der Schuß riß die Schwarze zu Boden, und die Salve aus ihrer Uzi-Maschinenpistole ging wirkungslos in die Decke. Die Waffe rutschte ihr aus der leblosen Hand, und plötzlich war es sehr still.
Fast Eddie hatte sich als erster wieder gefaßt. »Die hat's auch erwischt«, bemerkte er trocken.
Judd machte einen Schritt über die Leiche von Max weg und legte seinen Arm um Sofia. Sie war schneeweiß im Gesicht und zitterte am ganzen Leib. Behutsam nahm Judd ihr die Waffe aus der Hand. »Eigentlich wollten ja wir dich beschützen«, lächelte er.
Ihre Schultern entspannten sich, und die Angst wich aus ihren Augen. Sie holte tief Luft und seufzte. »Ich dachte mir, das wäre der beste Abgang, wenn du schon unsterblich bist, Judd.« Ein winziges Lächeln stand in ihren Augen.
»Sie waren ja nicht hinter mir her«, grinste Judd.
»Auch Querschläger verändern die Lebenserwartung gelegentlich drastisch«, sagte Sofia. »Wo geschossen wird, muß man sich ziemlich im Hintergrund halten.«
Judd untersuchte Sofias Revolver. Er entriegelte die Trommel, hielt den Lauf nach oben und ließ die Patronen herausfallen. Die Trommel enthielt drei Patronen und drei leere Hülsen. Judd drehte die Patronen in der Hand. »Hübsch«, sagte er. »Explosivgeschosse. Das ist eine ganz besondere Waffe. Wo hast du die her?«
»Vom KGB«, erwiderte sie. »Die haben da einen Experten, der sich auf solches Spielzeug spezialisiert hat.«
Judd nickte. »Hast du das Ding denn schon lange?«
»Seit zehn Jahren vielleicht. Das war das erste Mal, daß ich es wirklich benutzt habe. Sonst habe ich nur auf dem Schießstand geschossen.«

Judd steckte sowohl die Waffe als auch die Patronen in seine Jacke. Im Korridor drängten sich inzwischen zwei Dutzend Sicherheitsleute. Judd faßte Sofia bei der Hand und winkte Fast Eddie. »Kommt, wir gehen in mein Büro.«
Sie betraten die Aufzugskabine. Aber ehe Judd den Bedienungsknopf drückte, wandte er sich noch einmal an die Sicherheitsleute. »Wer von Ihnen ist für diesen Abschnitt verantwortlich?« fragte er.
Ein hochgewachsener Mann mit schwarzem Haar, das sich an den Schläfen schon grau färbte, trat einen Schritt vor. »Ich, Mr. Crane«, sagte er. »Mein Name ist Carlin.«
»Beiseitigen Sie dieses Chaos, Carlin«, befahl Judd. »Dann schicken Sie ein paar Leute in das Gästehaus hinüber. Überprüfen Sie alles, und lassen Sie Dr. Ivancichs Gepäck in mein Appartement bringen.«
»Jawohl, Sir.« Carlin wirkte zerknirscht. »Es tut mir leid, Mr. Crane, daß das passiert ist. Wir waren gar nicht darauf vorbereitet. Beide Angreifer waren berechtigt, sich hier aufzuhalten.«
»Es war nicht Ihr Fehler, Carlin«, nickte Judd. »Wir werden mit dem Abschirmdienst darüber reden.« Er drückte auf den Knopf, und die Aufzugstüren schlossen sich hinter ihm.

11

»Es tut mir leid, Mr. Crane«, sagte John D. »Ich fürchte, Sie müssen von der Insel herunter. Wir können Sie hier nicht länger schützen.«
Judd sah sich um. Merlin saß neben dem Sicherheitschef. Sofia und Doc Sawyer saßen auf der Couch, und Fast Eddie stand hinter der Bar. Judd starrte hinaus in den nächtlichen Himmel. Das Meer sah bedrohlich und schwarz aus: Wolken bedeckten den Mond.
»Ich weiß nicht, wie Max und Mae sich hier einnisten konnten, ohne daß wir sie entdeckt haben«, fuhr John D. fort.

»Aber sie waren jedenfalls da. Im Gästehaus haben wir nichts gefunden, was ihnen persönlich gehört hätte oder Hinweise auf ihre wahre Identität geben könnte. Wir müssen aber davon ausgehen, daß sie ihre Anweisungen aus Havanna erhielten und die Kubaner jetzt bis in alle Einzelheiten darüber informiert sind, was auf Crane Island geschieht. Unser Kontaktmann beim FBI hat nämlich anhand ihrer Fingerabdrücke ermittelt, daß sie schon vor zehn Jahren als Flüchtlinge aus Kuba eingereist sind.« John D. preßte verlegen die Lippen zusammen. »Wie uns das bei der Sicherheitsprüfung entgehen konnte, weiß ich auch nicht. Wir haben einen Fehler gemacht, und ich kann Sie nur um Entschuldigung bitten, Sir.«

Judd sah ihn ausdruckslos an. »Ich muß noch zwei Monate hierbleiben.«

»Selbst wenn wir eine ganze Armee hierherbringen würden, Sir, könnte die Gegenseite in einer einzigen Nacht die Insel besetzen oder Dutzende von Attentätern und Saboteuren einschleusen. Ich kann Sie nur beschützen, wenn Sie dauernd unterwegs sind.«

Sofia stand auf und trat an den Schreibtisch.

»Laß mich nach Moskau zurückgehen, Judd«, bat sie. »Ich bin diejenige, hinter der sie her sind. Dann kannst du wieder ungestört deinen Geschäften nachgehen.«

Judd schüttelte den Kopf. »Du irrst dich, Sofia. Sie haben es nicht nur auf dich abgesehen. Sonst hätten sie ihre Agenten nicht schon vor Monaten hier auf die Insel gebracht, lange bevor jemand wissen konnte, daß du hierherkommen würdest. Ich habe das deutliche Gefühl, die wollen uns beide, entweder zusammen oder getrennt, aber auf jeden Fall beide.«

»Ich bin ebenfalls der Ansicht von Mr. Crane«, wandte sich John D. an Sofia. »Die Sache betrifft nicht nur Sie, Frau Doktor.«

»Und wenn ich denen alle Akten zurückbringe?« fragte Sofia.

»Ich weiß nicht, welche Akten Sie meinen«, sagte John D. »Aber ich kann Ihnen eins sagen: Es ist ganz egal, wie viele

Akten Sie mitbringen, die werden auf jeden Fall glauben, es wären nicht alle.«
»Es tut mir so leid«, sagte Sofia zu Judd.
»Dazu besteht kein Grund«, lächelte er. »Vergiß nicht, daß ich dich hierhaben wollte.« Er wandte sich an Doc Sawyer. »Wann können wir die Geräte nach Xanadu transportieren?«
»Xanadu?« fragte Sawyer. »Ist es fertig?«
»Noch nicht ganz«, erklärte Judd. »Aber wir könnten die Dinge dort etwas schneller vorantreiben. Wir könnten vielleicht nicht alles gleich anschließen, aber an Ort und Stelle bringen könnten wir die Apparate durchaus.«
Doc Sawyer dachte einen Augenblick nach. »Der Abbau der Geräte hier dauert etwa zwei Wochen, der Transport eine Woche und der Wiederaufbau in Xanadu noch einmal zwei oder drei Wochen.«
»Anderthalb Monate insgesamt?« fragte Judd.
»Ungefähr«, bestätigte Doc Sawyer.
»Und was ist Xanadu?« fragte Sofia verblüfft.
»Ich erzähle dir später davon«, sagte Judd. »Als wir Crane Island gebaut haben, wurde mir schon sehr bald klar, daß Dr. Zabiski meine Bedürfnisse nicht richtig eingeschätzt hat. Sie hat sich vorgestellt, daß mein Zufluchtsort für alle Welt offen sein sollte, so wie ihr Institut in Dubrovnik. Sie dachte, eine Insel, die drei Meilen vom Festland entfernt liegt, sei geschützt genug für meine Zwecke. Aber das war ein Irrtum. Das habe ich allerdings selbst auch erst später gemerkt.«
»Und du hast eine neue Anlage aufgebaut, die Crane Island ersetzen soll?« fragte Sofia.
Judd nickte. Dann wandte er sich wieder an seinen Sicherheitschef. »Glauben Sie, wir könnten hier noch sechs Wochen bleiben?«
»Nein.« Der Tonfall war endgültig. »Sie müssen beweglich bleiben. Niemand darf wissen, wo Sie sind, wohin Sie gehen, wie Sie reisen und wann Sie aufbrechen.«
»Und was wird aus den Geräten?« fragte Judd. »Die schlagen hier doch alles kaputt, wenn sie glauben, ich wäre noch hier.«

»Wir werden ganz deutlich machen, daß Sie die Insel verlassen haben«, erklärte John D. »Und dann müssen wir sehr schnell und geschickt sein. Sie tauchen plötzlich irgendwo auf, in aller Öffentlichkeit, und dann sind Sie wieder verschwunden. Sie bewegen sich rasch und ohne großes Gepäck.«
Judd schwieg. Merlin hob abwehrend die Hände. »Und was soll aus dem Konzern werden? Wie sollen wir unsere Geschäftstätigkeit abwickeln?« fragte er stirnrunzelnd.
»Wir müssen Mittel und Wege finden, um in Verbindung zu bleiben. Auf jeden Fall stoßen wir jetzt alle Firmen ab, die nichts mit Medizin und den dazugehörigen Bereichen zu tun haben.«
»Sie werden an die vier Milliarden Dollar einbüßen.« Merlin war erschüttert.
»Für einen Toten macht es keinen Unterschied, ob er vier Milliarden Dollar oder vier Cent hat«, entgegnete Judd. Er wandte sich wieder John D. zu. »Bringen Sie die Sache in Gang«, befahl er. »Ich möchte morgen hier weg sein.«
»Und welches soll die erste Station sein?« fragte der Sicherheitschef.
»Washington, D. C.«, antwortete Judd. »Oder können Sie sich einen publikumswirksameren Auftritt vorstellen als einen offiziellen Besuch beim Präsidenten der Vereinigten Staaten im Weißen Haus?«
»Ich möchte Sie gern mit dem CAT-Scanner abtasten«, sagte Doc Sawyer. »Ich könnte das in Washington arrangieren. Es würde nur ungefähr zehn Minuten dauern. Ließe sich das vor oder nach Ihrem Besuch beim Präsidenten einrichten?«
Judd wandte sich an John D. »Ist das drin?«
Der Sicherheitsmann nickte. »Das kriegen wir hin.«
»Okay«, sagte Judd zu Doc Sawyer. »Sind eigentlich die Versuche zur künstlichen Erzeugung von Zellen beendet?«
»Die Leute vom DNS-Projekt sagen, es funktioniert jetzt perfekt. Man kann die künstlichen Zellen nicht mehr von den natürlichen unterscheiden.«
Sofia sah erst den einen und dann den anderen verblüfft an.

»Ich habe das Gefühl, ich bin hinter dem Mond. Ihr redet hier von Sachen, von denen ich noch nie was gehört habe.«
»Nicht unbedingt«, lächelte Doc Sawyer. »Moskau arbeitet an einem ganz ähnlichen Projekt.«
»Ich weiß davon nichts.«
»Vielleicht haben sie dich deshalb nach Bangladesh abgeschoben«, meinte Judd. »Aber wenn du hierbleibst, bist du bestimmt sehr schnell auf dem laufenden.«
»An eins müssen wir allerdings denken«, sagte Doc Sawyer. »Es handelt sich lediglich um Laborversuche. Diese Zellen sind noch niemals klinisch an Menschen erprobt worden. Lediglich an Labormäusen.«
»Hast du vor, diese Zellen bei dir selbst zu verwenden?« fragte Sofia.
»Im Augenblick nicht«, verneinte Judd. »Nur im Notfall, wenn keine natürlichen Zellen zur Verfügung sein sollten.«
»Das freut mich«, sagte Sofia trocken. »Ich finde, du hast schon viel zuviel mit deinem Körper experimentiert.«
Judd warf einen Blick auf die Uhr. »Jetzt ist es schon eins. Ich glaube, wir sollten uns alle ein bißchen hinlegen. Wir treffen uns wieder um sieben.«
Die Männer verabschiedeten sich, nur Sofia und Fast Eddie blieben bei Judd in der Bibliothek. »Fast Eddie bringt dich in dein Zimmer«, wandte sich Judd an Sofia.
Sofia stand auf und ging zur Tür. Auf der Schwelle drehte sie sich noch einmal um. »Was wird aus den Mädchen?«
»Die werden wieder nach Hause gebracht.«
»Aber Amarintha«, sagte sie mit angehaltenem Atem, »Amarintha liebt dich, Judd.«
Judd sah ihr kühl in die Augen. »Wir haben gar keine andere Wahl. Wir müssen sehen, daß wir heil rauskommen. Ballast können wir einfach nicht brauchen.«
»Ballast?« rief Sofia. »Judd, du redest von einem menschlichen Wesen!«
»Das weiß ich«, sagte Judd leise. »Aber es ist mir lieber, sie ist gesund und lebendig zu Hause. Hier bei uns wäre sie doch nur in Gefahr. Wenn wir wirklich Ärger kriegen, wäre sie be-

stimmt das erste Opfer. Sie ist so unschuldig, sie kann sich doch gegen nichts wehren.«
Sofia atmete auf. »Es wird ihr sehr weh tun. Sie wird nicht verstehen, was vorgeht. Sie wird bestimmt weinen.«
Judds Augen wurden tiefschwarz. »Ich würde noch viel mehr weinen, wenn ich schuld wäre an ihrem Tod.«

12

»Er sieht gut aus«, lächelte Barbara. »Für ihn steht die Zeit immer noch still. Ich weiß, er ist jetzt neunundvierzig, aber er sieht immer noch genauso aus wie mit vierzig.« Sofia wandte kein Auge vom Bildschirm. »Körperlich ist er derselbe geblieben«, bestätigte sie. »Aber seelisch hat er sich ziemlich verändert. Er scheint sich emotional zurückgezogen zu haben.«
Der Präsident schüttelte Judd zum Abschied die Hand. Seite an Seite lächelten die beiden Männer in die Kamera. Als der Präsident zum Abschied winkte und durch die Türen des Weißen Hauses verschwand, ging Judd auf die wartenden Reporter und Kameraleute zu.
»Es handelte sich um einen ganz privaten Besuch«, erklärte er auf entsprechende Fragen der Journalisten. »Wir haben nicht über geschäftliche Angelegenheiten gesprochen.«
»Sie haben den Präsidenten also nicht gefragt, wie er über den bevorstehenden Verkauf der Crane Engineering and Construction Companies an die Japaner denkt?« erkundigte sich einer der Reporter.
»Nein«, erwiderte Judd. »Der Präsident hat sich nicht dazu geäußert. Solche Angelegenheiten werden stets von meiner Rechtsabteilung und den zuständigen Ministerien geklärt.«
»Trifft es eigentlich zu«, fragte ein anderer Reporter, »daß Sie Ihr Wirtschaftsimperium auflösen, Mr. Crane? An der Börse ist man sehr besorgt über diese Verkäufe.«
»Ich verstehe diese Unruhe nicht ganz«, sagte Judd. »Dieser Verkauf ist ein ganz normaler Vorgang. Eine Entscheidung,

wie ich sie jeden Tag treffe. Und da mir sämtliche Firmenanteile gehören, betrifft dieser Vorgang die Börse oder irgendeinen anderen Teil der Finanzwelt nicht im geringsten.«
»Aber diese Gesellschaften sollen zu den profitabelsten Unternehmen der Welt gehören«, wandte der Mann vom *Wall Street Journal* ein. »Warum verkaufen Sie denn überhaupt, Mr. Crane?«
Judd zögerte einen Augenblick. »Würde es Ihnen genügen, wenn ich Ihnen sage, daß mir die Verantwortung für diese vielen Unternehmen allmählich zuviel wird? Ich habe kaum noch Zeit für mein eigenes Leben, und meinen persönlichen Neigungen kann ich nur nachgehen, wenn ich mich aus den geschäftlichen Aktivitäten zurückziehe.«
»Was haben Sie jetzt für Pläne?« fragte der Journalist.
»Sehr viele«, erwiderte Judd. »Aber erst müssen diese geschäftlichen Dinge abgewickelt werden. Meine Pläne nehme ich später in Angriff.«
»Haben Sie darüber mit dem Präsidenten gesprochen?«
»Wie gesagt: Es war ein privater Besuch, nicht mehr und nicht weniger.« Judd unterbrach sich für einen Moment. »Das ist alles, was ich Ihnen sagen kann, Gentlemen. Vielen Dank.« Er verließ die Reporter, die ihm vergeblich nacheilten, und verschwand in der wartenden Limousine. Langsam rollte der Wagen die Auffahrt hinunter.
Barbara stellte den Fernseher ab. »So, das war's. Er hat nichts verraten.«
»Er verrät niemandem etwas«, meinte Sofia lakonisch. »Auch Doc Sawyer und Merlin tappen im dunkeln.«
Barbara zeigte auf die Tasche mit den Disketten und den Notizbüchern, die auf dem Tisch standen. »War das alles, was du ihm mitbringen solltest?«
Sofia nickte.
Barbara warf ihr einen prüfenden Blick zu. »Findest du nicht, du solltest ihm sagen, daß ihr einen Sohn habt?«
Sofia schüttelte den Kopf. »Nein, ich habe Angst. Niemand weiß, was in seinem Kopf vorgeht. Vielleicht steht er kurz vor einer Psychose.«

»Vielleicht bewahrt ihn das Kind auch davor, daß er wahnsinnig wird«, wandte Barbara vorsichtig ein.
»Ich möchte lieber nichts riskieren«, sagte Sofia. »Oder bist du anderer Ansicht?«
Barbara seufzte. »Ach, das ist alles so traurig. Es ist so ein hübsches Kind. Er hat genau dieselben kobaltblauen Augen wie Judd.«
Sofias Augen verschleierten sich. »Ich wünschte, ich könnte mit dem Kleinen reden. Ich weiß, daß ich es lieber nicht tun sollte, sonst würde ich bestimmt nicht mehr von ihm fortwollen.« Sofia seufzte. »Vielleicht später einmal. Vielleicht versteht mich Judd dann auch besser.«
Barbara nickte. »Was hat Judd gesagt, wo ihr hinfliegt?«
»Er hat es mir gar nicht gesagt«, erklärte Sofia. »Ich weiß nur, daß mich der Sicherheitsdienst zu ihm hinbringen wird.«
Barbara sah hinaus auf die Bucht. Die Golden Gate Brücke mit ihren Lichtern funkelte wie ein Diadem in der Dämmerung.
»Wo ist Judd denn jetzt?« fragte sie.
»Das weiß ich nicht«, antwortete Sofia. »Er wollte in Washington noch eine Untersuchung mit dem Scanner durchführen lassen. Seine weiteren Pläne kenne ich nicht.« Sie dachte einen Augenblick nach. »Hat er dir jemals etwas von Xanadu erzählt, Barbara?«
»Xanadu?« wiederholte Barbara. »Ist das nicht eins der neuen Hotels, die Judds Touristikunternehmen jetzt baut? Ich glaube, es steht in Brasilia.«
»Ein Hotel ist es nicht«, widersprach Sofia. »So wie es sich anhörte, als er mit Doc Sawyer sprach, ist es wohl eher ein Laboratorium. Es hieß, daß einige der medizinischen Geräte von Crane Island dort hingebracht werden sollten.«
»Dann weiß ich nicht«, sagte Barbara. »Hast du ihn nicht gefragt?«
»Doch«, erwiderte Sofia, »aber er hat immer nur gesagt, ich würde es schon noch erfahren.«
»Dann wirst du wohl abwarten müssen. Ich habe mich ans Warten gewöhnt. Schon als er ein kleiner Junge war, hat er

nie etwas gesagt, wenn er nicht wollte, und keine Macht der Welt konnte ihn zum Reden bringen.«
Das Telefon summte. »Der Wagen für Frau Dr. Ivancich ist da.«
»Vielen Dank«, sagte Barbara. »Sie kommt gleich herunter.«
Sofia sah sie zögernd an. »Hast du ein Foto von meinem Jungen?«
Barbara nickte schweigend. Sie nahm ein silbern gerahmtes Foto aus der Schublade und gab es Sofia.
Sofia studierte das Bild in allen Einzelheiten. »Wie groß er ist«, flüsterte sie.
»Er ist ja auch schon drei«, lächelte Barbara. »Ein kluges Kerlchen.«
»Er sieht genauso wie Judd aus.« Sofia konnte die Tränen nur mühsam zurückhalten.
»Erzähl das doch seinem Vater.«
»Er wird mir das niemals verzeihen«, seufzte Sofia. »Vor allem, weil ich mich hinter seinem Rücken an dich gewandt habe.« Sie wollte das Foto zurückgeben.
»Du kannst es behalten«, sagte Barbara. »Ich habe noch andere.«
Sofia schüttelte den Kopf. »Ich wüßte nicht, wo ich es verstekken sollte. Judd oder einer seiner Leute würden es unweigerlich finden. Irgendwann, vielleicht schon bald, werde ich es Judd erzählen. Aber jetzt noch nicht.«
Impulsiv umarmte Barbara die Ärztin und küßte sie auf die Wange. Beiden standen Tränen in den Augen.
Sofia nahm die kleine Tasche mit den Disketten und Notizbüchern an sich. Mühsam kontrollierte sie ihre Stimme. »Ich werde dir niemals genug danken können.«
Barbara konnte nicht antworten, ihr versagte die Stimme. Sie wartete, bis Sofia den Raum verlassen hatte, ehe sie das Bild auf den Schreibtisch zurückstellte. Sie betrachtete es lange, dann schlug sie die Hände vor das Gesicht. »Lieber Gott«, flüsterte sie. »Bitte hilf ihm, lieber Gott. Hilf uns allen.«

Zwei Sicherheitsleute empfingen Sofia in der Halle und gingen neben ihr die Treppe hinunter zum Wagen. Ein dritter Mann hielt ihr den Schlag auf. Als sich die schwere Limousine in Bewegung setzte, stellte Sofia fest, daß sie von zwei weiteren Wagen eskortiert wurden. In jedem von ihnen saßen vier Männer.

Sie lehnte sich in das üppige Polster zurück. Ihre beiden Leibwächter hatten rechts und links von ihr Platz genommen. Der dritte Mann hatte sich neben den Chauffeur gesetzt. Alle drei Wagen glitten unbehelligt auf die Straße hinaus.

»Mein Name ist Brad, Frau Doktor«, sagte der Mann, der rechts von ihr saß. »Mein Partner heißt Lance. Wir fliegen mit Ihnen nach Los Angeles.«

»Ich wußte gar nicht, daß wir nach L. A. fliegen.«

»Wenn man es genau nimmt, werden wir in Ontario landen. Auf dem Flughafen von Los Angeles ist zuviel Betrieb.« Brad zog den kleinen Notsitz heraus, der sich in der Trennwand zum Fahrer befand, und setzte sich ihr gegenüber. »So ist es bequemer für Sie«, lächelte er, aber es entging Sofia nicht, daß er einen wachsamen Blick aus dem Rückfenster warf.

Er zeigte auf die Tasche mit den Disketten. »Sind das die Akten?«

Sofia nickte.

»Lassen Sie die Tasche im Wagen, wenn wir ins Flugzeug umsteigen«, bat er. »Wir bringen sie dann ins Büro.«

»Gut«, nickte sie. Sie bemerkte ein Schild, das zur Brücke nach Oakland hinaufwies. »Fahren wir zum Flughafen Oakland?« fragte sie.

»Ja«, bestätigte Brad. »Dort wartet eine von unseren Maschinen.«

Zwanzig Minuten später rollte der Wagen durch das breite Tor im Maschendrahtzaun, hinter dem sich der Privatflughafen befand. Sie umrundeten mehrere Hangars und hielten neben einem schimmernden Lear Jet. Sofia tastete nach dem Türgriff.

Brad hielt ihre Hand fest. »Warten Sie bitte noch.«

Sofia warf einen Blick aus dem Fenster. Mehrere Sicherheits-

leute standen rings um das Flugzeug herum und beobachteten aufmerksam ihren Wagen. Die Männer aus den Begleitfahrzeugen stiegen zuerst aus und redeten mit den Bewachern des Flugzeugs. Einer kletterte die Gangway hinauf und verschwand in der Maschine. Eine Minute später stand er wieder in der Luke und winkte Brad mit der Hand.
»So, jetzt können wir raus«, sagte Brad, öffnete die Tür und stieg aus.
Er half ihr aus dem Wagen und blieb dicht hinter ihr, als sie die Gangway hinaufkletterte. Als sie das Flugzeug betraten, tippte Brad dem Mann in der Luke mit der Hand auf die Schulter. Der Mann nickte und ging. Bald darauf kam Lance an Bord. Die Gangway wurde eingezogen, und die Luke schloß sich.
Sofia setzte sich auf den vordersten Sitz in der kleinen Kabine und blickte neugierig aus dem Fenster. Zwei Männer aus den Begleitfahrzeugen stiegen in die Limousine um, in der sie gekommen war. Die Triebwerke des Jets begannen zu dröhnen, und die Wagen fuhren davon. Einen Augenblick später rollte der Lear Jet zur Startbahn.
Sofia warf einen Blick auf die Uhr. Es war zehn Minuten vor zehn. Über ihrem Kopf leuchtete die rote Warnlampe auf, und sie schnallte sich an. Rasch gewann das Flugzeug an Fahrt und hob ab. Die Lichter von San Francisco verschwanden im Dunkel. Müde lehnte sie sich in den Sitz zurück. »Wie lange dauert der Flug?« fragte sie.
»Ungefähr eine Stunde«, antwortete Brad.
»Und wie geht es dann weiter?«
»Das weiß ich nicht. Wir haben Anweisung, Sie einem anderen Team zu übergeben.«
Sofia wandte sich wieder dem Fenster zu, schloß die Augen und döste vor sich hin. Plötzlich spürte sie eine Hand und einen winzigen Einstich am Arm. Erschrocken öffnete sie die Augen und starrte in das Gesicht ihres Bewachers. »Was . . .«
»Keine Angst«, unterbrach Brad sie gelassen. »Das ist nur eine kleine Spritze gewesen, damit Sie gut schlafen.«

13

Mühsam öffnete Sofia die Augen. Ihre Umgebung erschien ihr äußerst verschwommen. Ihr Blick wanderte von der hellblauen Decke zum Fenster. Helles Sonnenlicht strömte herein. Noch ehe sie die Krankenschwester sah, sagte ihr ein vertrauter Geruch, daß sie in einer Klinik sein mußte.
Die Krankenschwester war eine zierliche Japanerin mit langen schwarzen Haaren, die sich vorteilhaft von ihrer weißen Uniform abhoben. Sie lächelte Sofia freundlich an. Eine kleine runde Brosche glänzte an ihrem Häubchen. »Guten Morgen«, sagte sie in akzentfreiem Amerikanisch. Dann nahm sie den Hörer des Telefons, das neben dem Bett stand. »Dr. Walton, Ihre Patientin ist jetzt wach.«
Mit einem Knopfdruck stellte sie das Kopfteil des Bettes höher, so daß Sofia aufrecht saß. »Ist es bequem so?« fragte sie. »Keine Angst, Sie sind hier bei Freunden.«
Wieder lächelte das Mädchen. »Ich hole Ihnen ein Glas frischen Ananassaft. Das wird Sie muntermachen.«
Benommen sah Sofia zu, wie die Japanerin aus dem Kühlschrank in der Zimmerecke eine Schale mit Ananasscheiben herausnahm und die Stücke in eine Saftpresse kippte. Eine Minute später brachte sie das eisgekühlte Glas mit dem Fruchtsaft.
Das aromatische Getränk war äußerst erfrischend. Sofia leerte das Glas in einem Zug. Sie hatte gar nicht gewußt, daß sie so ausgetrocknet war. Als ob sie ihre Gedanken lesen könnte, preßte ihr die Krankenschwester sofort noch einmal Ananasscheiben aus.
Diesmal trank Sofia langsamer und sah sich gleichzeitig um. Eines der üblichen Krankenhauszimmer war das nicht. Statt kahler weißer Wände gab es zarte blaue Farben, tropische Gemälde, einen Eßtisch mit modernen Stühlen und einen gemütlichen Sessel zum Lesen. »Wo ist denn das Bad?« fragte Sofia.
Die Krankenschwester stieß eine Tür im Hintergrund auf. Sofia sah eine bunte Fülle tropischer Kacheln und blitzender Ar-

maturen. Sie wollte sich aufrichten, fiel aber gleich wieder in die Kissen zurück.

»Wenn Sie sich schwindlig fühlen«, lächelte die Schwester, »kann ich Ihnen gern helfen.«

Sofia schüttelte den Kopf. »Nein, nein, es geht schon.« Sie schob die Beine über den Bettrand, und diesmal klappte es besser. Vorsichtshalber hielt sie sich allerdings am Bettpfosten fest. »Ich komme schon zurecht.«

»Sie können in Ruhe duschen«, sagte die Schwester. »Dr. Walton bleibt bestimmt noch ein paar Minuten im Operationssaal.«

Immer noch etwas unsicher auf den Beinen ging Sofia zum Fenster. Draußen waren ein langer, weißer Strand, eine Palmenpromenade un eine Gruppe von weißen Hochhäusern zu sehen. »Wo sind wir hier?« fragte Sofia. »Ist das Santa Monica?«

Die Krankenschwester sprach zwar akzentfreies Amerikanisch, aber ihr Lachen war gänzlich japanisch. »Sie sind meilenweit von Santa Monica entfernt«, sagte sie. »Sieht das da draußen wie Santa Monica aus?«

»Ich weiß nicht«, erwiderte Sofia. »Ich bin noch nie in Santa Monica gewesen.«

Die Schwester lächelte und zeigte auf eine schmale Landzunge. »Das da draußen ist Diamond Head.«

»Diamond Head auf Hawaii?« fragte Sofia verblüfft.

»Honolulu«, korrigierte die Schwester. »Ihr Zimmer liegt ziemlich genau in der Mitte von Waikiki Beach.«

Sofia starrte ungläubig hinaus auf den Strand. »Und wie lange bin ich schon hier?«

»Ich mache jetzt seit sieben Uhr Dienst«, erklärte das Mädchen. »In Ihrem Krankenblatt steht, daß Sie um zwei Uhr morgens eingeliefert worden sind.«

»Ich kann mich an gar nichts erinnern«, stammelte Sofia.

»Die Nachtschwester sagt, Sie hätten geschlafen, als Sie hierhergebracht wurden«, sagte das Mädchen. Sie kicherte fröhlich. »Wie es scheint, haben Sie die größte Abschiedsparty aller Zeiten gefeiert, Mrs. Evans.«

Sofia schwieg. Mrs. Evans? Wie kam das Mädchen auf Mrs. Evans? Nun ja, es klang so ähnlich wie Ivancich. »Ich glaube, ich werde jetzt duschen«, erklärte sie.
»Das wird Sie aufmuntern«, nickte das Mädchen. »Ich werde Ihnen inzwischen ein nahrhaftes Frühstück bestellen. Rühreier mit Schinken, Toast und Kaffee. Ist das recht?«
»Ja, bitte«, sagte Sofia. »Recht viel Kaffee. Starken Kaffee.«
Wieder war das japanische Lachen zu hören. »Auf starken Kaffee sind wir geradezu spezialisiert, Mrs. Evans. Wir verwenden nur Kona, den stärksten Kaffee der Welt. Er wird hier in Hawaii angebaut.«
»Habe ich noch Zeit genug, bevor der Doktor kommt?«
»Sicher«, beruhigte das Mädchen Sofia. »Wenn Dr. Walton ›zehn Minuten‹ sagt, meint er meistens eine halbe Stunde. Ein Bademantel und Handtücher liegen für Sie bereit.«

Als der Arzt an die Tür klopfte, war Sofia schon bei der dritten Tasse Kaffee. Die Schwester öffnete. »Sie können jetzt eine Pause machen, Jane«, sagte der Arzt noch auf dem Flur. »Ich rufe Sie, wenn ich mit Mrs. Evans fertig bin.« Die Stimme kam Sofia bekannt vor.
Der Arzt trat ein und schloß die Tür hinter sich. »Nun, Mrs. Evans, haben Sie gut geschlafen?« fragte er mit einem schiefen Lächeln.
»Dr. Walton?« fragte Sofia. »Gestern abend hießen Sie Brad.«
»Ich bin Dr. Walton«, lächelte der Mann.
»Ich verstehe nicht ganz, was das soll.« Sofia war verärgert. »Zum Versteckspielen bin ich zu alt. Wie kommen Sie dazu, mich gegen meinen Willen hierher zu verschleppen?«
»Wir waren der Ansicht, daß Sie sicherer wären, wenn Sie nicht in der Gegend herumlaufen, sondern hübsch ruhig auf einer Tragbahre liegen. Als bewußtlose Patientin im Krankenwagen waren Sie fast so unsichtbar, als hätten Sie eine Tarnkappe getragen.«
»Aber es hat uns doch gar niemand belästigt.«
»Das liegt an unserem gemeinsamen Freund«, erklärte er.

»Eine ganze Menge Agenten sind hinter ihm her, offenbar in der Hoffnung, daß er sie zu Ihnen führt. Glücklicherweise ist er wohl zur Zeit nicht das Hauptangriffsziel, sondern Sie.«
»Sind Sie eigentlich Arzt oder Agent?«
»So genau unterscheiden wir da nicht«, sagte er lächelnd. »Sagen wir: Ich bin hauptberuflich Arzt und nebenberuflich Agent.«
»Aha. Und was haben Sie mit mir vor?«
»Ich will es so einfach wie möglich erklären. Die amerikanische Regierung hat ein spezielles Programm entwickelt, um Personen verschwinden zu lassen, die aus irgendeinem Grunde besonders bedroht sind. Bei diesem Programm zur Identitätsveränderung arbeiten das Außen-, das Verteidigungs- und das Justizministerium zusammen. Ich möchte Sie im Auftrag der amerikanischen Regierung als Teilnehmerin willkommen heißen, Mrs. Marissa Evans.«
Sofia starrte ihn verblüfft an. »Und das hat unser gemeinsamer Freund arrangiert?«
»Ja.«
»Und wie hat er das gemacht? Ich denke, das ist ein Regierungsprogramm.«
»Er hat viele Freunde«, lächelte Walton. »Die Regierung war der Ansicht, Sie seien eine äußerst geeignete Kandidatin.«
»Dann sind Sie also ein Regierungsbeamter?« fragte Sofia.
»Nein, nicht direkt«, erwiderte Walton. »Das ist auch nur einer meiner Nebenberufe.«
Sofia dachte einen Augenblick nach. Dann stand sie auf und ging zum Fenster. Ohne sich umzudrehen, fragte sie: »Was für Veränderungen wollen Sie denn bei mir vornehmen?«
»Rein kosmetische Maßnahmen würden unserer Ansicht nach nicht genügen. Wir müssen eine vollständig neue Persönlichkeit schaffen. Dazu gehören nicht nur äußere Veränderungen. Wir müssen auch Ihre Lebensgewohnheiten, Ihre Mimik und Ihre Gesten verändern. Ein Fachmann kann Sie auch an Ihrer Sprache oder an Ihrem Gang erkennen. Das müssen wir alles berücksichtigen. Schließlich bringen wir Sie in einer ganz neuen Umgebung unter, wo Sie in Sicherheit le-

ben können, ohne die ständige Bedrohung, der Sie jetzt ausgesetzt sind.«
Sofia starrte weiter zum Fenster hinaus. »Soll das heißen, ich könnte nie mehr zurück? Soll das heißen, ich müßte alle Menschen, die ich einmal geliebt habe, zurücklassen?«
»Ja«, sagte er einfach.
Sie drehte sich um und sah ihm direkt ins Gesicht. »Und wenn ich das nicht will? Was ist, wenn ich die Person bleiben möchte, die ich jetzt bin?«
»Sie sind keine Gefangene«, erklärte Walton gelassen. »Sie können jederzeit gehen. Aber bitte vergessen Sie nicht, daß wir für Ihre Sicherheit sorgen, während andere, die Sie kennen, eine Gefahr für Sie sind.«
Sofia schwieg und sah ihn aufmerksam an.
»Außerdem wären Sie natürlich völlig auf sich allein gestellt«, ergänzte Walton. »Wir könnten nichts tun, um Sie zu schützen.«
»Auch unser Freund nicht?« fragte Sofia. »Sagt er das auch?«
»Für ihn kann ich nicht sprechen«, meinte Walton. »Ich kann nur sagen, was für unser Programm gilt.«
Sofia atmete tief durch. »Mein ganzes Leben lang habe ich als Ärztin gearbeitet. Mein ganzes Leben lang habe ich daran gearbeitet, die Grenzen des menschlichen Daseins zu erweitern. Wenn Ihr Programm mir nicht erlaubt, weiter zu forschen und mein Ziel zu verfolgen, dann bedeutet mir Sicherheit gar nichts. Dann wäre mein Leben ganz sinnlos.«
»Ihre Arbeit wäre das erste, was Sie aufgeben müßten«, erklärte Walton. »Damit würden Sie sich sofort verraten. Und das wäre wahrscheinlich Ihr Ende.«
Er wartete einen Moment. Seine Stimme klang freundlich und überzeugend. »Ich kann Sie verstehen, Frau Doktor. Aber denken Sie bitte in Ruhe über alles nach, ehe Sie ablehnen. Es gibt so viele schöne Dinge im Leben.«
»Nicht für mich«, sagte Sofia entschieden.
»Na gut«, seufzte Walton. »Es liegt ganz bei Ihnen. Aber vielleicht kann ich Ihnen trotzdem ein bißchen helfen.«
»Wie denn?«

»So, wie Sie jetzt aussehen, wird die Gegenseite Sie nach drei Tagen in der Öffentlichkeit ausfindig machen. Aber ein paar kleine kosmetische Maßnahmen könnten Ihren Vorsprung vielleicht ein bißchen vergrößern. Ich denke an ein paar winzige Veränderungen im Bereich von Augen und Nase. Außerdem könnten wir Ihre Schneidezähne ein bißchen abschleifen, Ihre Augenfarbe durch Kontaktlinsen verändern und aus Ihren langen blonden Haaren eine braune Lockenpracht machen. Dazu gehört dann ein völlig neues Make-up, das Sie noch weiter verändert.« Er dachte einen Augenblick nach. »Es wäre nicht gerade perfekt, aber es verschafft Ihnen bestimmt einen Vorteil. Auf jeden Fall müßte man zweimal hinsehen, um Sie zu erkennen. Vor allem, wenn Sie sich an Ihre neue Identität gewöhnen. Wir geben Ihnen natürlich auch neue Papiere, einschließlich Führerschein, Kreditkarten und einer soliden Bankverbindung.«
»Dürfen Sie das denn machen, wenn ich nicht an Ihrem Programm teilnehme?«
Walton zögerte einen Moment. »Offiziell nicht.«
»Und warum tun Sie es dann?«
»Ich habe von Ihrer Arbeit gehört. Ich habe vor Ihren Forschungen sehr viel Respekt. Sie sind eine großartige Wissenschaftlerin. Es wäre jammerschade, wenn Ihre Kenntnisse nicht mehr genutzt würden.«
Sofia senkte den Blick. »Vielen Dank. Wie lange wird das hier alles dauern?«
»Zehn Tage ungefähr. Vielleicht auch weniger. Das hängt davon ab, wie rasch die Wunden sich schließen.«
Sofia seufzte. »Okay. Wann fangen wir an?«
»Morgen früh.«

14

Nördlich von Malibu gibt es einen kleinen Strand am Pacific Coast Highway, der Paradise Cove genannt wird. Am Wochenende und während der Ferien ist der schmale Fahrweg, der von der Straße herunterführt, von zahllosen Campingbussen und Autos blockiert, deren Besitzer sich am Strand und auf den Surfbrettern tummeln. Für die wohlhabenderen, meist älteren Besucher gibt es ein kleines Restaurant, aber die Jüngeren interessieren sich mehr für Sex, Sonne und Sport als fürs Essen. Entweder haben sie Picknickkörbe dabei, oder sie drängeln sich an den beiden Hot-dog- und Pizzabuden am Parkplatz.

Es war Samstag nachmittag, drei Uhr, und die Sonne stach unbarmherzig auf den Sand und die gebräunten Körper der Strandbesucher herunter. Es waren nicht sehr viele Surfer im Wasser, denn die Wellen rollten nur träge über die ruhige See. Nach Norden zu, wo eine achtzig Meter hohe Felswand aufragte, hatten sich Liebespaare und Schwule in den Felsen ihre Verstecke gesucht. Gelegentlich übertönte das Kreischen der Möwen, die nach Abfällen tauchten, die Stimmen der Badenden und das Rauschen der Wellen.

Plötzlich hörte man ein neues Geräusch. Ein Hubschrauber kam die Küste herauf. Hastig griffen die Mädchen nach ihren Bikinis oder drehten sich auf den Bauch. Erst als die Schrift an der Seite des Hubschraubers sichtbar wurde, beruhigten sich die Sonnenanbeter. Ein Lautsprecher dröhnte auf sie herab: »Die KIRCHE DES EWIGEN LEBENS entbietet euch ihren Gruß! Friede sei mit euch!« Dann brauste der Hubschrauber über die Klippen landeinwärts.

Das Strandleben normalisierte sich wieder. Die Nudisten zogen sich wieder aus, und die Oben-ohne-Mädchen streckten ihre jungen Brüste wieder unbekleidet der Sonne entgegen.

Hinter einem Felsbrocken war eine schrille Knabenstimme zu hören:

»Verdammt, jetzt hast du mir das ganze Gesicht vollgespritzt.«

»Idiot«, sagte eine andere Stimme. »Du hättest eben den Kopf nicht wegdrehen dürfen.«
»Ich habe gedacht, es wäre der Polizeihubschrauber«, jammerte der andere.
Eine schallende Ohrfeige beendete das Gespräch. »Halt's Maul.» Damit stellte sich der normale Geräuschpegel am Strand wieder her.
Völlig unbeachtet war bei alledem ein kleiner Zeppelin geblieben, der in einiger Entfernung über dem Meer schwebte und sich in den grellen Strahlen der Sonne versteckte.

Judd, Fast Eddie und John D. saßen vor einem Super-Fernsehschirm mit einer übergroßen Bildröhre. Ein Kabelgewirr zu ihren Füßen führte zu einer Videokamera mit Teleskoplinse. Ein Richtmikrophon ergänzte die Ausrüstung.
Der Kameramann rief über die Schulter: »Der Hubschrauber landet jetzt. Soll ich rangehen?«
»Ja«, antwortete Judd. »Das wollen wir sehen.« Die drei Männer beugten sich vor.
Aus den Lautsprechern hörte man das Knattern des Hubschraubermotors, als sich die Maschine langsam auf einen Landeplatz herabsenkte, der hundert Meter hinter der Abbruchkante des Steilufers lag. Die Rotorblätter wirbelten nur wenig Staub auf. Als die Maschine zur Ruhe kam und der Motor abgestellt wurde, hörte man lauten Gesang. Junge Stimmen kamen über das Richtmikrophon, als die Leiter des Hubschraubers ausgeklappt wurde.
Zuerst erschienen zwei großgewachsene junge Männer in grauen Gewändern. Sie gingen die Treppe hinunter, wandten sich zur offenen Tür des Hubschraubers um und knieten sich hin. Ihre Stirnen berührten den Boden. Eine Sekunde später erschien der Maharishi selbst. Er war noch größer als seine beiden Begleiter. Sein graues Haar und sein Bart wehten in der Brise, während er schweigend dem Gesang seiner Anhänger lauschte.
»Gehen Sie ein bißchen zurück«, rief Judd dem Kameramann zu. »Ich will die Mädchen sehen.«

Der Bildausschnitt wurde größer. Vierzehn Mädchen in violetten Saris erschienen. Jede von ihnen trug eine weiße Blume im Haar und einen Blumenkorb in der Hand. Ihre Stimmen wiederholten in melodischem Singsang immer die gleichen zwei Worte: *»Hare Krishna, Hare Krishna.«*
Der Maharishi, dessen königliche Gestalt immer noch von der Tür des Hubschraubers umrahmt wurde, schaute gnädig auf seine Jünger herab. Seine Hände waren zum Segen erhoben. Seine Stimme war sanft und voll. »Friede sei mit euch, meine Kinder!« Die Mädchen fielen vor ihm auf die Knie und beugten die Stirnen zur Erde. »Aller Friede kommt vom Vater«, sangen sie. »Alle Liebe kommt vom Vater.«
Der Maharishi nickte zufrieden und winkte ihnen, sich zu erheben. Dann ging er die Treppe hinunter. Die Mädchen liefen ihm jauchzend entgegen und streuten Blumen auf seinen Weg. Die beiden jungen Männer gingen hinter ihm her.
»Ist sie da?« fragte Judd.
»Sie ist bestimmt da«, erwiderte John D. »Holen Sie mal das mittlere Mädchen in der rechten Reihe ein bißchen näher heran«, bat er den Kameramann.
Eines der Sarimädchen füllte den Bildschirm. Sie war sehr hübsch, unterschied sich aber in nichts von ihren Gefährtinnen.
»Woher wissen Sie, daß die es ist?« fragte Judd. »Für mich sehen sie alle gleich aus.«
»Sehen Sie mal genau hin«, sagte John D.
Das Mädchen schien plötzlich zu stolpern, die Blume fiel aus ihrem Haar und sie kniete sich hin, um sie aufzuheben und wieder festzustecken. Dabei drehte sie den Kopf und sah direkt in die Kamera. Es schien fast so, als wüßte sie, daß sie beobachtet wurde.
»Das ist sie«, erklärte John D. »Ich wußte, sie würde da sein. Alana ist wahrscheinlich unsere beste Agentin.«
Judd stand auf. »Wo habt ihr sie her?«
»Sie hat als Zivilbeamtin für die New Yorker Polizei verdeckte Ermittlungen durchgeführt. Als man ihr einen Schreibtisch-Job geben wollte, kam sie zu uns. Sie sitzt nicht gern im

Büro.«
»Sie ist noch sehr jung«, bemerkte Judd.
»Nicht so jung, wie sie aussieht«, sagte John D. »Fünfundzwanzig.«
»Das ist verdammt jung«, knurrte Judd. Er telefonierte mit dem Piloten. »Kehren Sie zur Basis zurück.«
»Wollen Sie das ganze Grundstück und den Ashram noch einmal sehen?« fragte John D.
»Das haben wir doch auf Band, oder?«
»Ja.«
»Dann sehen wir uns das im Büro an«, entschied Judd. »Da ist es gemütlicher als in dieser Sardinenbüchse.«

Das Büro befand sich im achtzehnten Stock eines neuen, ganz mit grünem Glas verkleideten Wolkenkratzers in der Nähe des Flughafens von Los Angeles. Der Konferenzsaal war ein fensterloser Raum im Inneren des Gebäudes. Im Mittelpunkt stand ein großer Tisch, der völlig mit einem detaillierten Pappmachémodell der Kirche des Ewigen Lebens und ihrer Umgebung bedeckt war.
John D. gab mit einem Zeigestock seine Erläuterungen. »Der Maßstab unseres Modells ist eins zu fünftausend. Die rote Linie ist die Grenze des Grundstücks, von der Abbruchkante des Kliffs bis zum Highway. Das hier ist die Privatstraße, die vom Haus zum Highway hinausführt. Das Haupttor liegt direkt an der Straße. Die beiden blauen Bereiche sind der Hubschrauberlandeplatz auf dem Kliff und die Rasenflächen am Haupttor. Die gelben Linien sind unsere Landeplätze.«
»Warum sprengen wir nicht einfach das Haupttor?« fragte Judd.
»Das ist nicht so einfach. Es handelt sich um drei hohe Stahlgittertore, die auf Schienen zur Seite gerollt werden. Das erste öffnet sich nach rechts, das zweite nach links und das dritte wieder nach rechts. Das mittlere Tor ist mit dem elektrischen Stacheldrahtzaun verbunden, der oben auf der Mauer rings um das Grundstück verläuft. Die Alarmanlage hat eine direkte Leitung zur Polizei in Malibu Beach und zur Feuer-

wehr. Der Maharishi hat dafür gesorgt, daß seine Beziehungen zu den örtlichen Behörden außerordentlich herzlich sind.«

»Wie kommen wir denn dann rein?« fragte Judd. »Wollen Sie Fallschirme nehmen?«

»Nein«, erwiderte John D. »Erstens würde man die Flugzeuge hören, und zweitens müßten wir aus mindestens sechshundert Meter Höhe abspringen, um die Fallschirme einigermaßen sicher ins Ziel zu bringen. Wir müssen leise und niedrig anfliegen.«

»Na schön«, seufzte Judd. »Und wie?«

»Wir schicken Drachenflieger hinein.«

»Gute Idee«, nickte Judd.

Der Zeigestab wanderte zu einer Bergkuppe, die sich etwas nördlich des Ashrams auf der anderen Seite des Highways befand. »Dieses Plateau hier liegt ungefähr fünfhundert Meter höher als der Ashram«, erklärte John D. »Ich habe zehn Leute, die behaupten, sie könnten es schaffen.«

»Aber die brauchen doch Aufwinde«, gab Judd zu bedenken. »Am Anfang können sie einfach hinunterfliegen, aber wenn sie über den Highway kommen wollen, brauchen sie doch die nötige Thermik, und die gibt es nicht immer.«

»Ich habe oben auf dem Plateau drei Katapulte aufstellen lassen«, erläuterte John D. »Wir geben ihnen einen Katapultstart wie auf einem Flugzeugträger. Damit haben sie bestimmt genug Schwung.« John D. legte den Zeigestock weg. »Das nächste Problem sind die Leibwächter des Maharishi. In einem Punkt haben wir Glück. Er läßt keine Schuß- und Stichwaffen zu. Aber alle seine Leute sind Nahkampfspezialisten und tragen den Schwarzen Gürtel. Außerdem hat er eine Hundestaffel mit zwölf oder vierzehn Bluthunden und Doggen, die nachts das Grundstück bewachen. Die Hunde sind allerdings nicht darauf abgerichtet zu töten. Sie sollen den Gegner nur zu Boden werfen und festhalten.«

»Das sind also die Pluspunkte«, stellte Judd fest. »Und worin bestehen die Probleme?«

»Erstens die Sicht«, zählte John D. auf. »Ohne Nebel oder

eine niedrige Wolkendecke sind unsere Männer bestimmt gut zu sehen. Zweitens kann es Probleme mit dem Wind geben. Wenn der Wind von der See kommt und mehr als zwanzig Stundenkilometer erreicht, werden unsere Drachenflieger schon weit vor der Grenze des Grundstücks zu Boden gedrückt. Und schließlich können die Wachen einen Alarm auslösen, wenn wir nicht alle Wächter und Hunde gleich zu Anfang erwischen.«
»Wie wollt ihr denn die Wachen zum Schweigen bringen?« fragte Judd.
John D. zog eine eigenartige langläufige Pistole aus der Schublade. »Dieses Ding hier kann zwölf Giftpfeile in zwanzig Sekunden abschießen. Jeder, der so einen Pfeil abbekommt, bleibt vier Stunden bewußtlos, ganz egal, wohin man ihn trifft. Danach hat er noch zwei Stunden lang einen ziemlichen Kater. Für Hunde gilt das natürlich genauso.«
»Und was geschieht, wenn es klappt?« fragte Judd.
»Ich dachte, Sie warten auf dem Highway im Wagen«, sagte John D. »Wir machen das Tor auf, und Sie fahren herein wie der Präsident höchstpersönlich.«
»Wann soll das Ganze denn losgehen?«
»Das hängt vom Wetter ab«, erklärte John D. »Die Vorhersage für die nächste Woche klingt nicht sehr günstig. Es soll die ganze Zeit klar bleiben. Aber hier an der Küste kann man nie wissen. Nebel kann es praktisch jede Nacht geben.«
»Können Sie mir eine gewisse Vorwarnung geben? Sagen wir, vierundzwanzig Stunden?« fragte Judd.
»Ich glaube schon«, meinte John D. »Warum?«
»Sofia hat vor zehn Tagen ihren kleinen Urlaub genommen. Ich dachte mir, ich fliege mal rüber und sehe nach, wie es ihr geht.«
»Sie hat das Programm abgelehnt«, sagte John D.
»Ich weiß«, nickte Judd. »Sie hat gesagt, sie wollte niemand anderes sein, sondern sie selbst bleiben.«
»Das muß man ihr lassen«, lächelte John D. »Die Dame hat Mut.«
Judd lachte. »Und nicht nur das.«

»Wir müssen ganz neue Sicherheitsvorkehrungen treffen«, gab John D. zu bedenken.
»Stimmt«, nickte Judd. »Das sind nun einmal die Spielregeln.«

15

Es klopfte an der Tür.
»Mrs. Evans?«
Sie erkannte Judds Stimme. »Einen Augenblick«, rief sie, stellte sich vor den Spiegel und frischte ihr Make-up auf. Ein bißchen Lipgloss, ein bißchen dunklen Puder, und schon war sie fertig. Sie ging zur Tür und öffnete. »Ja, bitte?« Sie verzog keine Miene.
Judd starrte sie verblüfft an und lächelte unsicher.
»Mrs. Evans? Ich glaube, ich habe mich geirrt. Kenne ich Sie?«
»Judd!« lachte sie und umarmte ihn stürmisch. »Na, erkennst du mich jetzt?« Sie schmiegte sich an ihn und küßte ihn auf den Mund.
»Kein Irrtum mehr möglich«, lächelte er. Er sah sie bewundernd an. »Mein Gott, bist du schön«, sagte er. »Die können mit dir machen, was sie wollen, das können sie dir nicht nehmen. Du bist und bleibst schön.«
»Gefällt es dir wirklich?«
»Ja. Du bist völlig verändert und zugleich wunderschön. Du hattest übrigens recht, dir die Zähne nicht überkronen zu lassen. So wie es ist, genügt es vollkommen.«
»Bring mich bloß nicht zum Heulen«, sagte Sofia und versuchte zu lachen, »sonst verliere ich meine Kontaktlinsen. Ich habe mich noch nicht daran gewöhnt.«
Judd lächelte. »Du bist eben doch eine Frau.«
Sofia nickte, sie wußte, was er meinte.
»Kannst du mir einen ärztlichen Rat geben?« fragte Judd. »Oder hast du keine Lust, über medizinische Fragen zu re-

den?«

Sofia führte ihn zum Fenster, wo sie sich an den Tisch setzten. »Magst du frischen Ananassaft?« fragte sie.

»Gern«, sagte er.

Sofia ging zum Kühlschrank, nahm eine Karaffe heraus und füllte zwei Gläser. »Champagner ist es zwar nicht, aber trotzdem: *Cheers*!«

»*Cheers.*«

»So«, sagte sie. »Was gibt es?«

Judds Gesicht war ernst geworden. »Doc Sawyer will, daß ich mit der gesamten Therapie sofort aufhöre.«

»Hat er gesagt, warum?«

»Die Scanner-Bilder zeigen eine minimale Vergrößerung meines Gehirns. Es handelt sich um eine Volumenvergrößerung von weniger als einem halben Millimeter, und sie erstreckt sich über die gesamte Oberfläche. Es ist also kein Tumor und keine Geschwulst. Andererseits ist diese Vergrößerung innerhalb der letzten zehn Monate eingetreten; denn damals war ich das letzte Mal unter dem Scanner.«

»Spürst du denn einen ungewöhnlichen Druck im Schädel? Oder hast du oft Kopfschmerzen?«

»Nein.«

»Hast du Schwierigkeiten, deine Bewegungen zu koordinieren? Schwindelgefühle? Orientierungsschwierigkeiten? Sinnestrübungen?«

»Nein.«

»Sexuelle Schwierigkeiten, Magen-Darm-Störungen oder urologische Probleme?«

»Nein.«

Sofia dachte einen Augenblick nach. »Leidest du unter Schlafstörungen? Konzentrationsschwierigkeiten? Körperlichen oder geistigen Ermüdungserscheinungen?«

»Nein.«

»Nimmst du zu oder ab?«

»Nein. Mein Gewicht liegt immer bei zweiundachtzig Kilo.«

»Hat sich deine Körpergröße verändert?«

Judd lachte. »Das ist eine komische Frage. Immer noch ein

Meter sechsundachtzig. Warum fragst du?«
»Beim Älterwerden schrumpft das Skelett.«
»So alt bin ich doch noch nicht«, protestierte er lachend.
»Nein«, sagte sie. »Ich frage nur sicherheitshalber.« Nachdenklich trank sie einen Schluck Saft. Dann untersuchte sie seine Augen. Sie waren vollkommen klar und schimmerten im hellen Sonnenschein kobaltblau. »Hast du das Gefühl, daß sich deine Denkvorgänge verlangsamt haben?«
»Ganz im Gegenteil«, erwiderte er. »Ich glaube, ich denke jetzt schneller. Manchmal schießen mir die Gedanken so rasend schnell durch den Kopf, daß ich sie ganz bewußt verlangsamen muß, um sie festhalten zu können. Sonst ist der Gedanke fast schon die Tat.«
»Ist das jetzt auch so?« fragte sie.
»Ich weiß nicht, wie du das meinst.«
»Siehst du mich, wie ich jetzt bin?« fragte sie. »Oder siehst du mich, wie ich vor der kosmetischen Operation war?«
Er starrte sie aufmerksam an. »Du siehst immer gleich aus.«
»Schließ jetzt mal deine Augen«, bat sie. Sie wartete, bis seine Lider geschlossen waren. »So, jetzt beschreibe mich bitte.«
»Du bist einen Meter fünfundsechzig oder siebzig groß, du wiegst ungefähr fünfundfünfzig Kilo. Du hast langes blondes Haar, graue Augen, üppige, birnenförmige Brüste mit spitzen Nippeln, dein Taillenumfang ist ungefähr sechzig, dein Hüftumfang fünfundneunzig oder etwas mehr . . .«
»Das genügt«, unterbrach sie ihn. »So, jetzt mach die Augen wieder auf und beschreibe mich noch einmal, bitte.«
Er machte ein überraschtes Gesicht. »Du siehst ja ganz anders aus, als ich dachte. Du hast kurzes braunes Haar und braune Augen.« Seine Stimme klang unsicher. »Warum habe ich mich denn so geirrt?«
»Du hast deine Erinnerungen beschrieben«, lächelte Sofia, »und nicht die Realität.«
Judd dachte einen Augenblick nach. »Ist das schlimm?«
»Nein«, beruhigte sie ihn. »Ganz normal. Vor unserem inneren Auge stehen immer Erinnerungsbilder. Es dauert eine Weile, bis diese Erinnerungen durch die Wirklichkeit ver-

drängt werden.«
»Aber ich dachte, meine Denkvorgänge hätten sich beschleunigt«, wandte Judd ein.
»Das kann schon sein«, entgegnete Sofia. »Aber mein neues Erscheinungsbild hat sich wahrscheinlich noch nicht sehr stark eingeprägt. Du hast es einfach übersprungen und auf ältere Erinnerungsbilder zurückgegriffen. Wenn du deine Augen jetzt noch einmal schließt, siehst du vielleicht das neue Bild.«
Er schloß seine Augen und konzentrierte sich einen Moment.
»Du hast recht«, bestätigte er, öffnete seine Augen und sah sie enttäuscht an. »Und ich dachte, ich hätte meine geistigen Fähigkeiten ungeheuer gesteigert.«
»Bist du jetzt frustriert?« fragte sie.
»Ja«, nickte er. »Ich dachte, ich wäre allen anderen weit voraus.«
»Das bist du auch«, sagte sie. »Aber vergiß nicht, daß du immer noch ein Mensch bist.«
»Wird das immer so bleiben?« fragte er. »Werde ich immer nur in meinen Erinnerungen leben?«
»Wahrscheinlich«, meinte sie. »Außer wenn du tatsächlich unsterblich wirst. Dann wirst du eine Methode finden müssen, um dein Gehirn von Zeit zu Zeit zu entlasten. Sonst bricht es unter deinen Erinnerungen zusammen.«
Judd runzelte die Stirn. »Ist das vielleicht der Grund, warum mein Gehirn wächst? Versucht es vielleicht, seine Speicherkapazität zu vergrößern?«
»Ich weiß nicht«, sagte Sofia. »Ich glaube nicht, daß es so ist. Das menschliche Gehirn ist das Ergebnis der Evolution. Das Ergebnis eines Vorgangs, der Millionen Jahre gedauert hat. Die Medizin kennt keinen einzigen Fall, in dem ein menschliches Gehirn sich aufgrund einer besonderen Belastung physisch angepaßt hätte. Unsere hundert Milliarden Gehirnzellen reichen vollkommen aus, um alles zu speichern, was uns im Laufe des Lebens begegnet.« Sie dachte einen Augenblick nach. »Trotzdem sollten wir vorsichtig sein. Vergiß nicht, daß das Gehirn nur einen beschränkten Platz hat. Die Schädel-

knochen wachsen nur in der Kindheit.«
Judd starrte an Sofia vorbei an die Wand.
»Außerdem sagt die Größe des Gehirns nichts über seine Funktionstüchtigkeit aus. Das Gehirn einer Kuh ist zum Beispiel viel größer als das eines Menschen.«
Judd sah ihr wieder in die Augen.
»Was rätst du mir dann?«
»Ich bin derselben Ansicht wie Sawyer«, sagte sie. »Wir sollten die Therapie unterbrechen, bis wir genauer wissen, was zu dieser Vergrößerung deines Gehirns geführt hat.«
»Sawyer will, daß ich wieder in die Klinik nach Boca Raton zurückkehre.«
»Das klingt vernünftig«, nickte Sofia.
»Ich habe dazu keine Zeit.«
Sofia sah ihn fragend an. »Wieso hast du keine Zeit für eine Untersuchung, wenn du ewig leben willst?«
Judd gab keine Antwort.
»Ich habe das Gefühl«, sagte sie, »du verheimlichst uns etwas.«
Judd schwieg noch immer.
»Haben Xanadu und die künstliche DNS-Zellerzeugung damit zu tun?«
»Hör auf, mich auszufragen«, sagte er mürrisch. »Ich habe dir gesagt, ich würde dir zu gegebener Zeit alles erklären.«
Sofia zuckte die Achseln. »Aber nach Boca Raton willst du nicht gehen?«
»Nein.«
»Was machst du statt dessen?«
»Ich habe die Absicht, den Maharishi zu treffen.«
»Wann seid ihr denn verabredet?«
»Ich habe nicht gesagt, wir wären verabredet«, erwiderte Judd. »Es soll ein Überraschungsbesuch werden.«
»Ich würde auch gern mit ihm reden«, sagte Sofia langsam.
»Wenn du mitkommst, geht deine Tarnung verloren«, gab Judd zu bedenken.
»An dem Regierungsprogramm nehme ich ja nicht teil«, sagte Sofia.

»Dann werden sie dich früher oder später ausfindig machen.«
Sofia hielt seinem Blick stand. »Das ist mir egal. Meine berufliche Neugier ist viel größer als mein Bedürfnis nach Sicherheit. Vielleicht weiß der Maharishi etwas, was uns interessiert.«
»Und dafür willst du dein Leben aufs Spiel setzen?«
Sofia zuckte nicht mit der Wimper. »Ich habe ja nicht wie du die Absicht, unsterblich zu werden.«
Judd biß sich auf die Lippen. »Allmählich habe ich das Gefühl, daß es sehr egoistisch war, dich zu besuchen.«
»Ach was«, lächelte sie. »Ich liebe dich, Judd. Und wenn du nicht gekommen wärst, hätte ich dafür gesorgt, daß man mich wieder zu dir bringt.«

16

Das Telefon klingelte. Sofia nahm den Hörer ab. »Mrs. Evans.«
»Hier Walton«, sagte die Stimme am anderen Ende. »Ist unser Freund noch bei Ihnen?«
»Ja.«
»Darf ich ihn sprechen?«
»Ja, natürlich«, erwiderte Sofia. »Gibt es Probleme?«
»Ich weiß nicht. Fast Eddie ist gerade zu mir ins Büro gekommen. Er fürchtet, die Gegenseite hätte Ihre Spur aufgenommen.«
»Einen Moment, bitte.«
Judd übernahm den Hörer. »Ja, was gibt's?« Er hörte einen Moment zu, dann warf er Sofia einen Blick zu. »Sieh doch mal aus dem Fenster«, bat er. »Steht da draußen ein weißer Lieferwagen? Etwa zwanzig Meter hinter meinem Wagen?«
Sofia stellte sich hinter den Vorhang und sah vorsichtig hinaus auf die Straße. »Ja«, bestätigte sie. »Ich sehe den Wagen.«

»Steht etwas drauf?«
»Central-Wäscherei.«
»Sonst noch etwas? Eine Telefonnummer? Oder eine Adresse?«
»Ich kann keine sehen.«
»Geh lieber vom Fenster weg«, befahl er. »Die Scheiben sind zwar aus verspiegeltem Glas, aber man kann ja nie wissen.« Er sprach wieder mit Walton. »Central-Wäscherei. Kennt ihr die Firma?«
»Nie gehört«, verneinte Walton. »Für uns ist die Waikiki-Wäscherei zuständig. Außerdem hat mir Fast Eddie erzählt, daß Ihnen zwei Männer in die Halle gefolgt sind. Sie treiben sich immer noch da herum.«
»Scheiße.«
»Sollen wir sie uns schnappen? Oder wegjagen?«
»Das würde uns nur verraten.« Judd dachte einen Augenblick nach. »Wir versuchen es mit dem alten Trick mit dem doppelten Boden«, entschied er schließlich. »Nur daß wir diesmal eine Patientin verdoppeln.«
»Verstanden.«
»Wie lange werden Sie brauchen?« fragte Judd.
»Ungefähr fünfzehn Minuten«, erwiderte Walton und hängte ein.
»Das tut mir leid«, sagte Judd zu Sofia.
»Wieso?«
»Ich habe gegen meine eigenen Regeln verstoßen. Ich habe angeordnet, daß dich um deiner eigenen Sicherheit willen niemand in meine Nähe bringen dürfe, und dann habe ich deine Verfolger selbst zu dir geführt.«
»Mach dir nichts draus«, lächelte sie. »Das mußte früher oder später passieren.«

Walton legte Judd einen Gesichtsverband an. »Kleben Sie es fest«, bat er die japanische Schwester.
Mit energischen Handgriffen klebte das Mädchen Leukoplast über den Verbandsmull. Judds Gesicht war fast völlig bedeckt, nur Augen und Mund waren noch frei. »Ist es so

recht?« erkundigte sich die Schwester.
»Wie fühlen Sie sich?« fragte Walton.
Judd grunzte verärgert. »Als ob meine Nase verstopft wäre.«
»Das muß der schmutzige Schnee von der Straße sein, den Sie geschnupft haben«, grinste Fast Eddie. »Ich habe Ihnen schon immer gesagt, Sie würden mal eine Nase aus Plastik bekommen.«
»Sehr witzig«, knurrte Judd, mußte aber doch grinsen.
Die Japanerin wandte sich an Sofia. »Jetzt sind Sie dran, Mrs. Evans.«
Sofia erschrak. »Ich dachte, ich wäre fertig.«
»Die chirurgischen Eingriffe sind abgeschlossen«, lächelte das Mädchen. »Aber es gibt noch ein paar Kleinigkeiten. Ihre Hände und Ihre Arme zum Beispiel, und der Ausschnitt stimmt auch nicht.«
Sofia musterte ihre Hände. »Ich finde, sie sehen völlig okay aus.«
»Halten Sie die Hände mal vors Gesicht«, befahl Walton. »Sie sind völlig weiß. Ihr Gesicht ist viel brauner. Das würde Sie sofort verraten, wenn Sie jemand genauer ansieht.«
Sofia gab keine Antwort.
»Jane hat einen erstklassigen Bräunungsspray«, lächelte Walton. »Es wird nicht lange dauern.«
»Zwei Behandlungen werden wahrscheinlich genügen«, meinte das Mädchen. »Die erste Schicht bleibt zehn Minuten auf der Haut, dann wird sie abgespült, und wir tragen die zweite Schicht auf. Die brennen wir Ihnen dann mit dem Fön in die Haut. Die Tönung bleibt ungefähr zwei Monate, auch wenn Sie jeden Tag zehnmal duschen.«
Sofia warf Judd einen fragenden Blick zu. »Haben wir noch soviel Zeit?«
»Es bleibt uns gar keine andere Wahl«, sagte er.
Sofia nickte der Japanerin zu und ging ins Bad. »Fangen wir an!«
Die Krankenschwester nahm ihre Tasche und schloß die Badezimmertür hinter sich. »Bitte ziehen Sie sich vollkommen aus, Mrs. Evans. Und waschen Sie Ihr gesamtes Make-up

ab.«
Sofia streifte ihre Sachen ab und entfernte ihr Make-up mit Cold Cream. Dann wusch sie sich das Gesicht mit kaltem Wasser und trocknete es mit einem Handtuch.
»Sehr gut«, sagte Jane. »Jetzt treten Sie bitte in die Duschkabine. Setzen Sie Ihre Duschhaube auf, und schließen Sie fest Ihre Augen.« Sie hatte eine kleine Spraydose in der Hand. »Die Tönung brennt etwas auf der Haut. Aber das geht schnell vorbei. Drehen Sie sich bitte erst um, wenn ich es sage.«
»Okay.« Sofia schloß ihre Augen und hörte das Zischen der Spraydose. Der Farbnebel legte sich auf ihre Haut. Erst war er kühl, dann begann er zu brennen. Langsam bewegte sich das Brennen von ihren Brüsten zu ihren Füßen hinunter. Nach einigen Minuten hörte es auf.
Die Hand des Mädchens berührte ihren Arm. »Halten Sie die Augen weiter geschlossen«, befahl die Schwester. »Ich drehe Sie um. Legen Sie die Hände gegen die Wand, und spreizen Sie etwas die Beine. Bitte bleiben Sie vollkommen ruhig.«
Wieder begann das Brennen. Diesmal wanderte es vom Nakken über den Rücken hinunter. Dann spürte sie den feinen Strahl der Spraydose auf der Innenseite der Schenkel und auf den Waden.
Dann hörte sie Jane kichern. »Es tut mir leid, Mrs. Evans, aber könnten Sie sich etwas bücken? Zwischen Ihren Pobacken sind Sie noch weiß.«
»Wenn es sein muß«, brummte Sofia und beugte sich vor. »Au, verdammt! Das tut aber weh.«
»Es tut mir wirklich sehr leid«, entschuldigte sich Jane. »Aber sonst sähe es vielleicht etwas merkwürdig aus.«
Sofia lächelte über die Verlegenheit des Mädchens. Sie richtete sich auf, verließ die Duschkabine und betrachtete sich im Spiegel. »Ich bin ja vollkommen gelb!« rief sie erschrocken.
Das Mädchen kicherte. »Ja, sehr japanisch. Aber keine Angst, nach der zweiten Tönung wird Ihre Haut so aussehen, als ob Sie sehr sonnengebräunt wären.«
Als Sofia aus dem Bad zurückkehrte, war Judd allein im Zim-

mer. Hinter ihr schlüpfte die Japanerin mit ihrer Tasche heraus. »Ich komme gleich wieder«, sagte sie. »Dann bringe ich Ihnen Ihre Sachen und helfe Ihnen mit dem Make-up, Mrs. Evans.«

»Ich komme schon zurecht«, sagte Sofia, »vielen Dank.« Sie setzte sich an den Schminktisch und zog ihre Lippen nach. Im Spiegel sah sie, daß Judd sie beobachtete. Sie drehte sich um. »Ist was?«

Er schüttelte den Kopf. »Du siehst jedesmal anders aus, wenn ich dich sehe.«

»Das ist wahrscheinlich die Hautfarbe«, lächelte sie. »Ist sie nicht hübsch? Beinahe golden.«

Judd schwieg.

Sofia lockerte den Gürtel ihres Bademantels. »Mich erinnert sie an Amarintha. Nur etwas dunkler.«

Judd wandte sich ab. »Mach dein Make-up fertig«, sagte er mit rauher Stimme. »Wir müssen uns auf den Weg machen.« Er nahm den Telefonhörer und wählte die Nummer von Waltons Büro. »Ist Valerie schon da?«

»Fast Eddie ist gerade mit ihr durch die Halle gegangen«, erwiderte der Sicherheitsmann. »Er hat den beiden Schnüfflern ausgiebig Gelegenheit gegeben, sie zu begutachten. Jetzt sind sie gerade im Fahrstuhl. Ich bringe sie gleich zu Ihnen, wenn sie in meinem Büro sind.«

»Wer ist Valerie?« fragte Sofia, als Judd aufgelegt hatte.

»Eine der Stewardessen aus meinem Flugzeug«, erklärte er. »Du wirst ihren Platz einnehmen, wenn wir hier heraus sind. Dann merken die anderen nicht, daß wir eine neue Frau an Bord haben, wenn wir zurückfliegen.«

»Was geschieht mit dem Mädchen?«

»Sie wird ein paar Tage hierbleiben und dann mit einer Linienmaschine nach Hause fliegen.« Judd ging zum Fenster. »Der Lieferwagen steht immer noch da.«

»Es könnte doch Zufall sein, oder?«

Judd schüttelte den Kopf. »Nein. Als du im Bad warst, haben wir die Nummernschilder überprüfen lassen. Sie sind gefälscht.«

Es klopfte an der Tür. Jane kam mit einem Koffer und einer Reisetasche herein. »Hier ist Ihr Gepäck, Mrs. Evans. Die Sachen, die Sie bei Ihrer Einlieferung getragen haben und Ihre alte Handtasche sind im Koffer.«
»Lassen Sie es hier liegen«, sagte Judd. »Sie braucht diese Sachen nicht mehr.«
»Gut, Sir.« Das Mädchen stellte die Gepäckstücke ab und wandte sich an Sofia: »Kann ich Ihnen helfen, Mrs. Evans?«
»Nein, ich glaube, es ist soweit alles okay.«
Judd unterbrach sie. »Es wäre mir recht, wenn Sie dablieben, Schwester. Vielleicht müssen wir noch ein paar Kleinigkeiten ändern.«
Einen Augenblick später betraten Walton, Fast Eddie und eine hellhäutige Schwarze den Raum, die eine Stewardessenuniform trug. Das Mädchen hatte lebhafte und intelligente Augen, eine Adlernase und volle, sinnliche Lippen. Sie warf einen überraschten Blick auf Judds bandagiertes Gesicht, gab aber keinen Kommentar ab.
»Vielen Dank, daß Sie gekommen sind, Valerie«, sagte Judd. »Ich muß Sie um einen Gefallen bitten.«
»Sie sind der Chef, Mr. Crane«, lächelte das Mädchen.
Judd nickte Sofia zu. »Mrs. Evans, das ist Valerie.«
»Guten Tag.« Sofia reichte dem Mädchen die Hand.
»Valerie, ich möchte, daß Sie Mrs. Evans Ihre Uniform geben«, sagte Judd, »damit sie mit mir an Bord des Flugzeugs gehen kann, ohne daß sie jemand erkennt.«
Die Stewardeß lachte. »Mit der Uniform gibt es keine Probleme, Mr. Crane. Aber als Soul Sister geht Mrs. Evans nie durch.«
»Wieso nicht?« fragte Judd.
»Schwarze Mädchen sind anders als weiße«, erklärte Valerie. »Erstens braucht sie mehr Farbe im Gesicht und am Hals, wo man es sieht. Dann müssen ihre Lippen breiter werden und dicker. Aber das Wichtigste ist ihr Gang. Schwarze Mädchen haben einfach dickere Hintern und bewegen sich deshalb ganz anders. Was sie braucht, sind Polster, so wie man sie in den Anzeigen von Fredericks in Hollywood sieht.«

Judd wandte sich an Brad Walton. »Wissen Sie eine Lösung?«
Walton runzelte die Stirn. »Das Make-up kriegen wir hin, aber der Hintern ist ein Problem.«
»Ich glaube, ich kann Ihnen helfen«, sagte Jane. »Japanerinnen haben meist ein ziemlich flaches Gesäß.« Sie errötete leicht. »Aber es gibt ein paar Geschäfte, die sich auf dieses Problem spezialisiert haben.«
»Soll das heißen, daß Sie einen falschen Hintern tragen?« fragte Judd.
Die kleine Japanerin errötete noch mehr. »Nur wenn ich ausgehen will, Mr. Crane.«
»Ein Hoch auf die Vereinten Nationen«, grinste Fast Eddie. »Man kriegt zwar nicht immer das, was man sieht, aber das macht nichts. *Vive la difference!*«

17

Valerie hüllte sich in Sofias seidenen Morgenmantel und stellte sich ans Fenster. »Jetzt müssen sie jeden Augenblick rauskommen«, sagte sie.
»Da sind sie!« rief Jane.
Von oben war deutlich zu sehen, wie Fast Eddie die Tür der Limousine aufhielt. Judd kam mit eiligen Schritten aus dem Haus, überquerte den Bürgersteig und stieg in den Wagen, dann folgte Sofia. Neben ihr ging Walton. Kaum waren alle im Wagen, sprang Eddie auf den Vordersitz und zog die Tür hinter sich zu. Der Wagen fuhr an und verschwand im Verkehr.
»Jetzt sind sie weg«, sagte Jane.
»Was war eigentlich los?« fragte Valerie.
»Genau weiß ich es auch nicht«, erwiderte Jane. »Aber solche Dinge kommen hier öfter vor. Doktor Walton ist einer der besten Chirurgen für kosmetische Operationen, und viele Patienten möchten gern inkognito bleiben.«

Valerie setzte sich an den Tisch. »Habt ihr noch was anderes zu trinken als diesen Ananassaft?«
»Im Kühlschrank liegt eine Flasche Wein«, sagte Jane.
»Worauf warten wir noch?« fragte Valerie grinsend.
Jane holte zwei Gläser und machte den Wein auf. »Eine besonders tolle Sorte ist es wohl nicht«, meinte sie, als sie den Plastikkorken herauszog.
»Ich beschwere mich bestimmt nicht«, lächelte Valerie. »Jetzt brauchen wir nur noch ein paar Zigaretten und ein bißchen Schnee.«
Jane füllte die beiden Gläser, zog ein Päckchen Zigaretten aus ihrer einen und eine Kapsel mit einem halben Gramm Kokain aus ihrer anderen Tasche und legte beides auf den Tisch. »Das dient natürlich nur medizinischen Zwecken. Es stammt aus der Apotheke der Klinik.«
»So, jetzt feiern wir unsere Party«, grinste Valerie.
Ein paar Minuten später saßen sie entspannt in den Sesseln. Jane hielt der Stewardeß ihr Feuerzeug hin. »Meine Güte, war das alles ein Streß«, seufzte sie.
Valerie stieß den Rauch aus und nahm einen Schluck Wein. »Der Arzt ist süß. Hat er Vorurteile gegen schwarze Mädchen?«
Jane kicherte. »Nein, aber das nützt dir auch nichts.«
»Vielleicht kann ich ihn dazu überreden«, lächelte Valerie.
»Das würde wohl die Hälfte der Schwestern im Krankenhaus gerne tun, aber es wäre völlig umsonst.«
»Warum?« fragte Valerie. »Ist er so ein sturer Wissenschaftler?«
»Stur nicht«, kicherte Jane, »sondern schwul.«
»Mist.« Valerie war enttäuscht. »Immer hab' ich solches Pech. Kaum gefällt mir mal einer, ist er unweigerlich schwul.«
»Dein Chef ist aber auch ganz schön merkwürdig«, sagte Jane. »Verdammt merkwürdig«, nickte die Schwarze.
»Hast du es je mit ihm getrieben?«
»Nein«, erwiderte die Stewardeß, »er ist ein ziemlicher Eisberg.« Sie warf der Schwester einen raschen Blick zu. »Ich frage mich, was er eigentlich an dieser Mrs. Evans findet. Ein

Teenager ist sie ja nicht gerade.«
»Vielleicht hat er eine Schwäche für ältere Frauen«, kicherte Jane.
Valerie lächelte. »Sag mal, Jane, ich habe so eine gewaltige Nase. Glaubst du, dein Chef würde eine kleine Nasenoperation für mich springen lassen? Dann wäre dieser Aufenthalt hier wenigstens kein totaler Verlust.«
Jane lachte.
»O verdammt«, rief Valerie plötzlich und schlug sich mit der flachen Hand auf die Stirn, »jetzt hätte ich es beinahe vergessen. Ich wollte doch meine Schwester besuchen. Sie lebt bei diesem indischen Maharishi in der Kirche des Ewigen Lebens. Und jetzt sitze ich hier in Hawaii fest. Kann ich sie in Los Angeles anrufen?«
»Natürlich«, nickte Jane. »Du kannst direkt durchwählen.«

Summend glitt die große Limousine durch den Verkehr. Walton und Fast Eddie saßen auf den Klappsitzen links und rechts von der Konsole mit der Bar, dem Fernseher, dem Funkgerät, dem Telefon und dem Nummernspeicher. »Setzen Sie sich auseinander«, bat Walton Sofia und Judd, »damit man Sie nicht durchs Rückfenster sieht.«
Er rückte in die Mitte, warf einen Blick nach hinten und wandte sich dann an den Fahrer. »Nehmen Sie die alte Straße zum Flughafen, die hinter dem Einkaufszentrum entlangführt.«
»Wird gemacht«, sagte der Fahrer über die Schulter.
»Sie sind direkt hinter uns«, erklärte Walton. Er drückte einen Knopf auf dem Funkgerät, und eine Reihe von Lämpchen flackerte auf. »Sie benutzen ein Autotelefon. Mal sehen, ob wir mithören können.« Er schaltete den automatischen Frequenzsucher ein.
Fast Eddie drehte sich zum Fahrer um. »Können Sie mir den Trompetenkasten geben, den ich auf den Beifahrersitz gelegt habe?«
Der Fahrer reichte ihm den schwarzen Instrumentenkasten. Fast Eddie legte ihn auf seinen Schoß und ließ die Ver-

schlüsse aufschnappen.
»Wollen Sie jetzt Trompete blasen?« fragte Walton.
Eddie grinste.
»Wißt ihr nicht, daß Musik auch die wildesten Bestien besänftigt?« Er öffnete seinen Kasten und nahm einen schwarzen Zylinder heraus, der ungefähr einen halben Meter lang und zehn Zentimeter dick war. Er befestigte zwei Stahlklammern und einen flachen rechteckigen Kasten an der Röhre und hielt das Gerät beifallheischend in die Höhe. »Ist es nicht hübsch?« fragte er.
Ohne auf eine Antwort zu warten, drückte er auf den Knopf, der das Stahlschiebedach über dem Fond öffnete. Er schob den Zylinder hinaus und schraubte das Gerät auf dem Dach fest, ohne den Kopf aus dem Wagen zu strecken. Dann spähte er durch das Okular am unteren Ende des Geräts und rückte die Klammern noch etwas zurecht. »Fertig«, verkündete er schließlich. »Sehen Sie mal durch.«
Walton preßte sein Auge an das kleine Okular und erkannte den weißen Lieferwagen, der sie verfolgte, im Fadenkreuz eines Visiers. Er lehnte sich wieder zurück. »Ein Periskop«, sagte er. »Wozu soll das gut sein? Wir können die Typen doch genausogut im Rückfenster sehen.«
»Das ist kein Periskop«, erwiderte Eddie gekränkt. »Denkt ihr, ich geb mich mit Spielzeug ab?«
»Was soll es denn dann sein?«
»Das ist eine verkleinerte Ausführung der schwedischen Panzerfaust, die in der U. S. Army benutzt wird. Die kleine Rakete da oben drin wird von einer Druckluftpatrone getrieben und ist zielgenau bis hundertfünfzig Meter. Der Sprengkopf, den sie befördert, verwandelt den Lieferwagen in eine einzige Stichflamme. Wenn ich hier auf den Knopf drücke, bleibt da hinten bloß ein bißchen heiße Asche auf der Straße liegen.« Er warf Walton einen triumphierenden Blick zu. »Na, denken Sie immer noch, das wäre ein Spielzeug?«
Walton starrte ihn einen Augenblick nachdenklich an. Dann sagte er: »Ich glaube, Sie sind ein ganz gemeingefährlicher Typ, Eddie.«

»Ich kann es nur nicht leiden, wenn die Leute frech werden«, grinste Fast Eddie zufrieden. Er zog eine goldene Kapsel aus seinem Hemd. »Möchte jemand einen Sniff?«
»Steh ich nicht drauf«, brummte Walton. Er ließ keinen Blick vom Frequenzsucher.
»Ich könnte schon was gebrauchen«, meldete sich Sofia.
»Okay.« Fast Eddie gab ihr die Kapsel. »Aber seien Sie vorsichtig. Wir haben eine ziemliche Brise im Wagen, wenn das Dach offen ist.«
Sofia beugte sich in ihre Wagenecke und sog das Kokain in die Nase. »Hört mal zu!« rief Walton. »Ich glaube, jetzt habe ich ihre Frequenz.« Er drehte den Lautsprecher hoch.
Man hörte das Krachen atmosphärischer Störungen und dann die Stimme eines Mannes: »Ich habe Ihnen doch gesagt, es ist nur die Stewardeß aus dem Flugzeug im Wagen. Keine weitere Frau.«
Die Antwort der anderen Stimme war nicht zu verstehen. Man hörte nur Knistern und Krachen. Dann kam wieder die Stimme des ersten Mannes: »Ich weiß nicht, warum er sie kommen ließ. Vielleicht soll sie ihm einen blasen auf dem Weg zum Flughafen. Woher soll ich das wissen? Vielleicht wollen sie Händchen halten. Ich habe Ihnen doch schon gesagt, er hat einen großen Verband im Gesicht. Wahrscheinlich hat er sich eine Plastiknase einsetzen lassen. Der Kerl kokst wie verrückt, das wissen doch alle.«
»Diese Arschlöcher!« knurrte Fast Eddie. »Jetzt knall ich sie ab.«
Judd hob die Hand. »Warte! Laß doch mal hören!«
Wieder krachte es im Lautsprecher. Dann kam die Stimme ihres Verfolgers. »Gut. Ich komme nach Hause. *Over and out.*«
Das rote Licht am Funkgerät erlosch. Walton beobachtete, wie der weiße Lieferwagen wendete und in die Stadt zurückfuhr. »Sie hauen ab«, stellte er fest.
Judd seufzte erleichtert. Er drehte sich um und überzeugte sich selbst. »Jetzt könnte ich auch eine Prise gebrauchen«, sagte er zu Fast Eddie. »Du kannst dein Spielzeug jetzt abbauen. Aber vorsichtig, bitte. Schieß mir kein Loch in den

Kopf!«
»Klar«, grinste Eddie. »Immer schön vorsichtig. Aber mit dem ganzen Leukoplast im Gesicht werden Sie Ihre Prise wohl durch den Strohhalm reinziehen müssen.«
»Ach, Quatsch.« Judd zerrte wütend an seinem Verband.
»Lassen Sie den Verband lieber drauf«, sagte Walton rasch. »Vielleicht haben die noch jemanden am Flughafen, der uns beobachtet.«

Als die Maschine vom Rollfeld abhob, saß Judd schweigend am Tisch in der Lounge. Sofia genoß die herrliche Aussicht: Es war spät am Nachmittag, und sogar die Schaumkronen der Brecher am Strand waren goldüberglänzt. Die Maschine flog eine große Kurve rund um die Insel und stieg dabei steil in den Himmel. »Ach, ist das schön«, seufzte Sofia.
Judd blieb stumm. Er sah müde und niedergeschlagen aus. Als die Glocke ertönte und die Warnlampen ausgingen, schnallte er sich los und stand auf. »Ich gehe in meine Kabine«, sagte er. »Sag Raoul Bescheid, wenn du essen willst.«
»Was ist denn mit dir los?« fragte sie.
»Ich habe keinen Hunger.« Er wandte sich ab und drehte sich nicht um, als er in seiner Kabine verschwand.
Fast Eddie verließ seinen Platz hinter der Theke und setzte sich an den Tisch. Sofia hatte sich wieder dem Fenster zugewandt. »Jetzt wird es schnell dunkel«, bemerkte sie leise.
»Wir fliegen nach Osten«, erklärte Eddie. »Morgen früh um neun landen wir in San Francisco.«
»Steigen wir da aus?« fragte sie.
Er schüttelte den Kopf. »Nein, *wir* fliegen weiter. Aber Sie steigen aus; denn wir wechseln die Besatzung in San Francisco. Der Boß ist der Ansicht, daß Sie weniger auffallen, wenn Sie mit den anderen von Bord gehen.«
Er legte eine kleine Ledertasche auf den Tisch. »Da ist alles drin, was Sie brauchen. Der Boß hat gesagt, ich soll Ihnen alles erklären.«
Er öffnete die Tasche und kippte den Inhalt auf den Tisch. Sofia sah einen Paß, Kreditkarten, ein Scheckbuch und einen

Führerschein, die alle auf ihren neuen Namen ausgestellt waren: Marissa Evans. Sowohl der Paß als auch der Führerschein enthielten ihr Foto. Daneben lag ein dickes Bündel Geldscheine.
»Das sind fünftausend Dollar«, erklärte Fast Eddie.
»Schön«, sagte sie. »Und wie geht es weiter?«
»Ganz einfach«, erwiderte er. »Der Flughafenbus setzt Sie in San Francisco ab, irgendwo in der Innenstadt. Sie laufen ein bißchen herum und stellen fest, ob Sie beschattet werden. Wenn Sie das Gefühl haben, es folgt Ihnen jemand, dann rufen Sie die Nummer an, die vorn in Ihrem Paß steht. Sie hinterlassen, wo Sie zu finden sind, und der Sicherheitsdienst holt Sie ab. Sie brauchen gar nicht viel zu erklären, die Leute wissen Bescheid; sie erkennen Sie und werden Sie mit Ihrem Namen ansprechen.«
»Mrs. Evans?«
»Ja.«
»Und was ist, wenn sie nicht kommen?«
Eddie legte eine kleine Automatic auf den Tisch. »Es ist zwar nur eine Fünfundvierziger, aber die Kugeln sind Explosivgeschosse. Wenn Ihnen jemand in die Quere kommt, schießen Sie sich den Weg frei und machen sich dünn. Und sobald Sie können, rufen Sie den Sicherheitsdienst noch einmal an.«
»Und was ist, wenn ich *nicht* kann?« fragte Sofia.
»Ach«, grinste Eddie, »ich habe Sie arbeiten sehen, Frau Doktor. Ich bin sicher, Sie kommen überall durch.«
Sofia dachte einen Augenblick nach. »Und wie geht es dann weiter?«
»Sie gehen in ein Kaufhaus und besorgen sich ein paar Kleider und einen Koffer. Bitte bezahlen Sie bar. Die Stewardessen-Uniform werfen Sie in den nächsten Müllcontainer. Dann gehen Sie zu einer Autovermietung und nehmen sich einen brauchbaren Mittelklassewagen. Fahren Sie auf dem Freeway nach Los Angeles. Verlassen Sie den Freeway an der Ausfahrt Marina del Rey. Im Marina City Club Hotel ist ein Zimmer für Sie reserviert.«
»Und wenn ich mich verfahre?« fragte sie. »Ich kenne mich in

Los Angeles nicht aus.«
Eddie lachte. »Dann fragen Sie einen Polizisten.«
Sofia lächelte. »Wie lange wird die Fahrt dauern?«
»Sieben bis acht Stunden, wenn Sie sich an die Geschwindigkeitsbeschränkung halten«, erwiderte Eddie. »Wenn alles nach Plan geht, müßten Sie gegen Mittag auf dem Freeway sein. Wahrscheinlich werden Sie ein paarmal anhalten müssen, um zu tanken und etwas zu essen. Aber auch, wenn Sie diese Pausen einrechnen, müßten Sie ungefähr um halb neun oder neun im Hotel sein. Lassen Sie sich das Abendessen aufs Zimmer bringen und warten Sie dort. Wir stellen dann den Kontakt her.«
Sofia schwieg einen Augenblick. Mechanisch steckte sie die Papiere zurück in die Tasche. »Ich glaube, ich könnte ein bißchen Hilfe gebrauchen.«
Eddie lächelte. »Natürlich.« Er zögerte eine Sekunde. »Aber nehmen Sie nicht so viel, sonst können Sie nachher nicht schlafen.«

Eddies guter Rat fiel Sofia erst wieder ein, als sie hellwach in ihrer Kabine lag und in die Dunkelheit starrte. Ärgerlich knipste sie das Licht an und setzte sich auf. »Verdammt!« fluchte sie leise.
Ein Blick auf die Uhr sagte ihr, daß sie seit drei Stunden unterwegs waren. Seit über einer Stunde hatte sie sich vergeblich bemüht einzuschlafen. Sie nahm den Telefonhörer ab und wählte die Lounge.
Nach dem dritten Rufzeichen meldete sich eine schläfrige Stewardeß. »Ja, bitte?«
»Ist Mr. Crane zufällig da?« fragte Sofia.
»Nein, Mrs. Evans«, antwortete das Mädchen. »Er hat seine Kabine seit dem Abflug nicht mehr verlassen.«
»Vielen Dank.« Sofia legte den Hörer auf. Sie starrte die Tür an, hinter der eine kleine Wendeltreppe direkt in Judds Kabine hinaufführte. Schließlich stand sie auf, schlang sich ein Badetuch um den Leib und ging die Treppe hinauf.
Dann klopfte sie bei Judd an die Tür. »Bist du wach?« flü-

sterte sie.
Seine Stimme klang wie ein weit entferntes Echo. »Komm herein.«
Leise öffnete Sofia die Tür. Es dauerte einen Moment, bis sich ihre Augen an das schwache rote Licht in der Kabine gewöhnt hatten. Dann sah sie, daß Judd in der Lotusposition auf seinem Bett saß. Er hatte ihr den Rücken zugekehrt.
»Leg dich hin«, sagte er mit hohler Stimme, ohne sich umzudrehen.
Sie trat ans Bett und streckte sich hinter ihm aus. Sie beobachtete ihn, aber seine Gestalt blieb schattenhaft. Behutsam berührte sie ihn an der Schulter. »Ist alles in Ordnung?« fragte sie.
Seine Stimme klang plötzlich rauh. »Ich muß dich jetzt fikken.«
Sofia schwieg.
Er stand auf und drehte sich zu ihr um. Im roten Dämmerlicht sah sein geschwollenes Glied riesengroß aus. Seine Stimme klang beinahe wütend. »Das wolltest du doch, oder?«
Sofia schloß die Augen und schüttelte den Kopf. Aber er stürzte sich auf sie und erstickte ihren schwachen Protest. Sie glaubte, zerrissen zu werden, als sein Geschlecht in sie eindrang. Judd kam fast sofort zu einem Orgasmus, der in einen gewaltigen Erguß mündete. Er schrie seine Leidenschaft laut heraus und brach dann über ihrem Körper zusammen.
Nach einer kurzen Pause berührte sie sein Gesicht mit den Fingern. Sie spürte Tränen auf seinen Wangen. »Judd«, flüsterte sie.
Er preßte sein Gesicht in ihr Fleisch. »Amarintha ist tot«, flüsterte er mit gequälter, heiserer Stimme. »Du hast es mir prophezeit. Sie hat Selbstmord begangen.«
Sofia schwieg, zärtlich drückte sie seinen Kopf gegen ihre Brust. »Es tut mir so leid für dich, Liebling.« Sie weinte jetzt mit ihm. »Sei nicht mehr traurig.«

18

Als Sofia erwachte, war Judd nicht mehr da. Sie knipste das Licht an und sah auf die Uhr. Es war halb zehn. Sie waren gelandet. Sofia stand auf, ging zum Fenster und schob die Jalousie hoch. Sonnenlicht strömte herein, und sie mußte blinzeln.

Draußen auf dem Rollfeld sah sie Judd und Fast Eddie, die eilig zu einem wartenden Hubschrauber liefen. Die beiden Männer verschwanden in der Kabine, dann schloß sich die Tür hinter ihnen, die Rotorblätter drehten sich schneller, und die Maschine hob ab. Sofia wartete, bis der Hubschrauber verschwunden war, dann ging sie langsam in ihre Kabine zurück.

Merkwürdigerweise war sie enttäuscht. In der Nacht hatte sie zum ersten Mal das Gefühl gehabt, Judd menschlich nähergekommen zu sein, etwas Neues an ihm entdeckt zu haben, aber jetzt hatte er sie wieder verlassen. Sie war sich nicht sicher, ob es wirklich seine Gefühle gewesen waren, die sie geteilt hatte, oder ob sie nur ihre eigenen Gefühle auf ihn projiziert hatte. Nachdenklich ging sie unter die Dusche. Wahrscheinlich wartete die Besatzung schon darauf, daß sie mit in die Stadt fuhr.

Raoul, der Chefsteward, saß in der Lounge. Als sie eintrat, erhob er sich.

»Guten Morgen, Mrs. Evans.«

»Guten Morgen.«

»Wir haben noch etwas Zeit«, sagte er. »Möchten Sie etwas zum Frühstück?«

»Bloß Kaffee, bitte.« Als Raoul sich entfernte, rief Sofia hinter ihm her: »Hat Mr. Crane etwas für mich hinterlassen?«

Raoul drehte sich um und schüttelte den Kopf. »Nein, Mrs. Evans, tut mir leid. Nichts.«

»Ist schon gut.« Sie versuchte zu lächeln. »Ich habe auch nichts erwartet.«

»Aber Fast Eddie bat mich, Ihnen etwas zu geben«, sagte Raoul.

Sofia sah ihn verblüfft an. Er reichte ihr einen kleinen weißen Umschlag. Sie riß ihn auf und fand eine kleine Kokainkapsel mit einem silbernen Löffel und einen Zettel: »Nur damit Sie Ihre gute Laune behalten. F. E.«

Judds Büro im zentralen Verwaltungsgebäude in Crane City unterschied sich erheblich vom Büro seines Vaters in New York. Statt der vornehmen, üppigen Möbel, mit denen sich sein Vater umgeben hatte, bevorzugte Judd eine spartanische Einrichtung. Die Tische und Schränke bestanden aus praktischen Plastikmaterialien. Man sah sofort, daß hier gearbeitet wurde.

Als Judd hereinkam, waren die Jalousien heruntergezogen und schirmten den Raum vollkommen von der Außenwelt ab. Barbara, Judge Gitlin, Doc Sawyer und Merlin saßen am Konferenztisch. Judd warf Merlin einen überraschten, leicht verärgerten Blick zu. »Ich war mir gar nicht bewußt, daß ich eine Konferenz einberufen hatte?«

»Tut mir leid, daß wir Sie so überfallen«, sagte Merlin nervös. »Aber ich glaube, die Sache ist wichtig.«

Judd setzte sich hinter den Schreibtisch. »Welche Sache?«

Merlin warf ihm einen resignierten Blick zu und wandte sich dann an Paul Gitlin. »Vielleicht können Sie es ihm erklären, Mr. Gitlin?«

»Was gibt es, Onkel Paul?« fragte Judd.

Judge Gitlin hatte ausnahmsweise einmal keine Whiskyflasche vor sich auf dem Tisch stehen. »Ich will nicht lange darum herumreden«, begann er. »Es geht darum, daß du Crane Industries nicht so ohne weiteres verkaufen kannst, wie du es vorhast. Der Konzern ist viel zu kompliziert, als daß er sich einfach auflösen ließe. Die Firmen sind so miteinander verflochten, daß ein Einzelverkauf praktisch unmöglich ist.«

Judd starrte ihn mißtrauisch an. »Der Laden gehört mir doch, oder nicht?«

»Ja«, bestätigte Gitlin. »Aber du hast auch Verpflichtungen. Da gibt es zum Beispiel Verträge und Übereinkünfte mit der

Regierung, die besagen, daß du bestimmte Firmen nur dann verkaufen darfst, wenn die Regierung zustimmt. Das gilt vor allem für die Bereiche, wo Sicherheitsinteressen der Vereinigten Staaten berührt werden. Dazu gehören unter anderem: Crane Aerospace and Aircraft, Crane Compucrafts, Crane Microcraft and Microconductors, Crane Lasercraft . . .«

»Und was darf ich verkaufen?« Judd fuhr ungeduldig dazwischen.

»Alles, was nur dem privaten Konsum dient«, sagte Gitlin mit hochgezogenen Brauen. »Hotels, Fernsehanstalten, Kabelsysteme, soweit sie die Privathaushalte betreffen, Verlage, Filmstudios, Textilfabriken und so weiter.«

»Also vor allem solche Betriebe, die keinen Gewinn mehr machen«, knurrte Judd. »Die ganzen Firmen, die sowieso keiner will, weil sie bloß Geld kosten.«

»Nicht ganz«, widersprach Gitlin. »Die Regierung erhebt keinerlei Einwände, wenn du Crane Land and Development, Crane Financial Services und ein paar andere Holdings abstoßen willst. Ich habe eine Liste gemacht, in der alles aufgezählt ist.«

Judd schwieg. Nachdenklich sah er von einem zum anderen. »Das einzige, was ich behalten will«, sagte er schließlich, »sind die medizinischen und biologischen Entwicklungsprojekte.«

»Das deckt sich wahrscheinlich mit den Interessen der Regierung«, lächelte Gitlin. »Ich glaube nicht, daß Washington zulassen würde, daß du den Bereich der Gen- und Zellforschung abstößt.«

»Was rätst du mir denn, Onkel?«

»Laß alles so, wie es ist«, erwiderte Gitlin. »Es geht dir doch gut. Warum willst du Unruhe in den Konzern tragen?«

Judd sah ihn unbewegt an. »Ich mag nicht mehr. Ich habe es satt. Ich will die Verantwortung loswerden.«

»Du kannst nicht«, sagte Gitlin. »Der Konzern ist dein Baby, und das kannst du nicht einfach aussetzen.«

Judd überlegte. »Kann ich nicht einen Generalbevollmächtigten einsetzen?«

»Ja, wen denn?« fragte der Rechtsanwalt. »Es gibt niemanden, der Crane Industries so gut kennt wie du.«
»Scheiße«, fluchte Judd leise. »Ich will mich in Xanadu niederlassen.«
»Das ist doch auch nur ein Traum«, seufzte Gitlin. »Erst hast du Crane Island haben wollen, und kaum hatten die Bauarbeiten begonnen, da bist du auf Xanadu umgestiegen. Du weißt, was uns Crane Island gekostet hat. Xanadu wird zwanzigmal mehr kosten.«
»Das habe ich alles aus eigenen Mitteln bezahlt«, fuhr Judd auf. »Die Stiftung hat keinen Pfennig dazu beitragen müssen. Das war alles mein Geld.«
»Ich habe auch gar nichts anderes behauptet«, besänftigte ihn der Rechtsanwalt. »Ich wollte nur darauf hinweisen, was für eine ungeheure Verschwendung es war. Ob es nun dein Geld war oder das Geld von sonst irgend jemand. Und für Xanadu gilt dasselbe.«
Judd sah ihn kalt an. »Hast du sonst noch etwas zu sagen?«
Gitlin senkte den Blick. Jetzt wandte Judd sich an Merlin. »Verkaufen Sie alles, was wir verkaufen dürfen«, befahl er.
»Dabei verlieren wir weitere dreißig bis vierzig Milliarden«, sagte Merlin.
»Vor oder nach Steuern?«
»Netto beträgt der Verlust vielleicht vier Milliarden«, rechnete ihm Merlin vor. »Aber das ist ja immer noch eine Menge Geld, oder?«
»Ich werde der Stiftung alle Verluste ersetzen«, knurrte Judd. »Ich werde das aus meinem Privatvermögen bezahlen.«
»Das wird Ihr Vermögen halbieren«, gab Merlin zu bedenken.
»Ich habe immer noch mehr als genug«, schnappte Judd. »Hat sonst noch jemand Einwände?« Er wartete.
»Eine Frage noch«, meldete sich Gitlin zu Wort, ohne den Blick zu heben. »Wer führt die Geschäfte, wenn du dich verdrückst?«
»Doc Sawyer kann den medizinischen Bereich übernehmen«, sagte Judd. »Den Rest kann Merlin leiten. Zusammen wissen

die beiden wahrscheinlich mehr über die Geschäfte als ich.«
»Und was ist, wenn sie nicht wollen?«
»Es wird ihnen nichts anderes übrigbleiben«, grinste Judd. »Dafür hast du ja selber gesorgt, Onkel Paul. Die Verträge, die wir mit den beiden gemacht haben, binden sie wie Leibeigene an den Konzern. Sie können sich ihrer Aufgabe gar nicht entziehen.«
»Es gibt keinen Vertrag, der jemanden zur Arbeit zwingen kann, wenn er nicht will«, widersprach Gitlin. »Oder willst du sie etwa verklagen?«
Judd lächelte. Er wandte sich an Sawyer und Merlin. »Wollt ihr mich im Stich lassen?«
Die Männer schüttelten schweigend die Köpfe.
Judd grinste triumphierend. »Siehst du, Onkel Paul. Doc und Merlin halten zu mir. Das sind keine Manager, Paul, das sind Freunde.«
Plötzlich stand Barbara auf. »Das ist nicht fair, Judd. Du lädst deinen Freunden die gesamte Verantwortung auf. Ich finde das nicht richtig. Dein Vater hätte das bestimmt nicht gutgeheißen.«
Judds Augen verengten sich. »Mein Vater ist tot. Solange er lebte, war es wichtig, was er gedacht hat. Jetzt nicht mehr. Jetzt geht es um mein Leben und meine Entscheidungen. Das zählt.«
Barbara starrte ihn sprachlos an. Dann raffte sie ihre Sachen zusammen, stieß den Stuhl zurück und verließ das Büro.
Judd warf den anderen einen lauernden Blick zu. »Will sonst noch jemand gehen?«
Niemand sagte etwas. Judd wandte sich an Judge Gitlin. »Sprich mit ihr, Onkel Paul. Ich möchte nicht, daß sie im Zorn aus dem Haus geht.«
»Warum redest du nicht selbst mit ihr, Judd. Sie ist schließlich deine Stiefmutter, nicht meine.«

Barbara saß in einer Ecke des Vorzimmers. Mit einem Taschentuch tupfte sie sich die Tränen aus dem Gesicht. Judd trat leise heran und setzte sich neben sie. »Es tut mir leid«,

entschuldigte er sich. »Ich wollte dich nicht kränken.«
Sie gab sich Mühe, ihr Schluchzen unter Kontrolle zu bringen, konnte aber nicht sprechen. Zum ersten Mal fiel ihm auf, wie zerbrechlich sie war. Er legte ihr den Arm um die Schultern. »Barbara«, flüsterte er, »es tut mir wirklich sehr leid.«
Ihre Stimme war leise. »Ich bin nicht beleidigt«, sagte sie. »Ich bin auch nicht böse. Mir ist nur zum ersten Mal klargeworden, was für ein blinder Träumer du eigentlich bist.«
»Weil ich den Konzern nicht mehr will?«
»Nein, darum geht es gar nicht. Aber wegen deiner verrückten Idee zerstörst du alle Chancen, wirklich zufrieden und glücklich zu werden.«
»Es ist keine verrückte Idee«, fuhr er auf. »Ich komme meinem Ziel täglich näher.«
»Und verlierst täglich mehr Geld«, entgegnete sie. »Aber nicht nur Geld. Du verlierst Macht. Du verlierst alles, was du besitzt. Vor allem die Menschen, die dich lieben und zu dir gehören.«
Judd schwieg.
Barbara suchte seinen Blick. »Ich glaube, du verstehst gar nicht, was ich damit meine, nicht wahr?«
»Ich weiß, was ich will«, sagte Judd trotzig.
»Nein, das weißt du nicht«, widersprach sie leise. »Du denkst nur noch an dich. Dein Vater hat sich in erster Linie um seine Firma gekümmert, aber er hatte innerlich noch die Kraft, dich und deine Mutter zu lieben, und später auch mich. Aber du hast gar keine Kraft und keine Zeit mehr, um jemanden zu lieben.«
»Ich bin nicht mein Vater, und ich brauche auch nicht seine Gefühle zu haben.«
»Vielleicht solltest du es einmal versuchen«, sagte sie behutsam. »Warum gibst du dir keine Chance?«
»Wie kommst du auf die Idee, daß ich es nicht versucht hätte?« fragte Judd heftig. »Aber was haben mir die anderen denn jemals gegeben? Was soll ich denn noch für sie tun?«
»Hast du jemals einen anderen um etwas gebeten?« fragte sie. »Sofia, zum Beispiel?«

»Für Sofia war ich doch bloß ein interessanter Patient.« Seine Stimme klang zynisch. »Ein medizinisches Experiment.«

»Du irrst dich«, sagte Barbara. »Vielleicht hat es so angefangen, aber das hat sich sehr schnell geändert. Sie liebt dich.«

Judd schwieg.

»Wenn sie dich nicht liebte, Judd, hätte sie bestimmt dein Kind nicht bekommen und vor dir versteckt.« Barbara schlug die Augen nieder und ließ den Satz in der Luft hängen.

Er zwang sich, ihr in die Augen zu sehen. »Welches Kind?« fragte er heiser.

»Deinen Sohn.«

»*Meinen* Sohn?« fragte er verblüfft. »Warum hat mir niemand etwas gesagt?«

»Sofia hatte Angst vor dir«, erklärte sie. »Außerdem wollte sie nicht, daß irgend jemand das Kind benutzt, um dich zu erpressen.«

»Ich glaube dir kein Wort«, sagte Judd wütend. »Wo soll denn dieses Kind sein?«

Barbara legte ihm die Hand auf den Arm. »Bei mir. Es ist *dein* Sohn, Judd, ganz ohne Zweifel. Er sieht dir sehr ähnlich. Er hat sogar dieselben kobaltblauen Augen wie du.«

Judd preßte die Lippen zusammen. »Das ist nicht mein Kind. Die Experimente von Dr. Zabiski mit der künstlichen Befruchtung sind alle fehlgeschlagen. Doc Sawyer hat mir gesagt, er hätte die Sache von vornherein so arrangiert, daß alle beteiligten Frauen eine Fehlgeburt hatten. Und bei Sofia wurde eine Abtreibung durchgeführt.«

»Ich weiß, was ihr vorhattet«, sagte Barbara. »Sofia hat mir alles erzählt. Aber sie hat die Abtreibung nicht durchführen lassen. Sie war auch keine Versuchsperson wie die anderen. Dr. Zabiski hatte zugestimmt, daß eine normale Befruchtung stattfindet, und Sofia selbst die Kontrolle über das Experiment hatte.«

»Sie hat mich also belogen«, sagte Judd bitter. »Bis zum letzten Augenblick auf dem Flughafen, als sie mit der alten Dame nach Moskau zurückflog. Wahrscheinlich wollten sie das Kind in der Sowjetunion haben.«

»Nein«, widersprach Barbara. »Das Kind ist nie in der Sowjetunion gewesen. Ich weiß nicht, wie sie es hingekriegt hat, aber eines Tages stand sie in San Francisco bei mir vor der Tür und bat mich um Hilfe. Am nächsten Tag bekam sie in einer privaten Klinik ihr Baby, und eine Woche später war sie schon wieder auf dem Rückweg in die Sowjetunion.«
»Und was habt ihr mit dem Kind gemacht?« fragte er.
Barbara sah ihm fest in die Augen. »Es war dein Kind, also haben wir das einzig Mögliche getan. Wir haben es adoptiert und versorgt. Wir lieben es sehr.«
»Und mir habt ihr nie etwas gesagt.«
»Nein. Hättest du es denn wissen wollen?«
Er schwieg.
»Ich glaube, nicht«, flüsterte sie.
»Wer weiß sonst noch davon?« fragte er. »Onkel Paul? Doc Sawyer?«
»Niemand«, antwortete sie. »Außer Sofia, Jim und mir. Alle offiziellen Dokumente über die Geburt sind so versteckt, daß niemand sie findet.«
»Das ändert gar nichts«, sagte Judd mit ausdrucksloser Stimme. »Dieses Kind hat mit mir nichts zu tun. Ich werde mein Leben genauso weiterführen wie bisher.«
Barbara stand auf. »Du tust mir leid, Judd«, sagte sie leise, aber entschieden. Ohne sich umzudrehen, ging sie davon und ließ ihn auf der Couch sitzen.

19

»Es geht alles viel schneller voran, als wir gedacht haben«, sagte Doc Sawyer zufrieden. »Morgen wird das Kühlsystem mit den Zellkulturen verladen. Ich fliege nachher nach Atlanta, um den Transport zu begleiten.«
»Ich dachte, wir würden uns in Boca Raton treffen«, sagte Judd, »und zusammen nach Brasilien fliegen?«
»Ich möchte eigentlich lieber die Kulturen begleiten«, erwi-

derte Doc Sawyer.
Judd musterte ihn prüfend. »Okay. Ich kenne Sie ja lange genug. Was beunruhigt Sie?«
»Dieser verdammte Deutsche«, knurrte Doc Sawyer. »Er steckt seine Nase in Dinge, die ihn nichts angehen. Alles, wofür er zu sorgen hat, ist der Reaktor. Und jetzt höre ich von unseren Leuten, daß er in den Laboratorien herumläuft und sich nach dem Kühlsystem für die Zellkulturen und allen möglichen anderen Dingen erkundigt.«
»Vielleicht will er nur sicher sein, daß der Reaktor genügend Strom produziert?« meinte Judd.
Doc Sawyer schüttelte den Kopf. »Seine Fragen gehen weit darüber hinaus. Er will auch wissen, wofür die Aggregate gebraucht werden. Ich traue dem Kerl nicht.«
»Tun Sie, was Sie für richtig halten«, seufzte Judd. »Sie sind für die Sache verantwortlich. Aber halten Sie mich auf dem laufenden.«
»Mir wäre es lieber, wenn sich der Sicherheitsdienst den Kerl noch einmal vornehmen würde. Vielleicht gibt es da etwas, das wir nicht wissen. Ich muß immer noch an die beiden Agenten denken, die wir in Crane Island gehabt haben.«
»Okay«, willigte Judd ein. »Ich sage den Sicherheitsleuten Bescheid.« Er warf einen Blick aus dem Fenster, aber aus zehntausend Meter Höhe war nur eine dichte Wolkendecke zu sehen. Judd nahm den Telefonhörer und rief den Kapitän an. »Wie ist das Wetter in Los Angeles und Umgebung?«
»Über dem ganzen Gebiet liegt gegenwärtig eine dichte Wolkendecke in ungefähr dreitausend Meter Höhe«, sagte Peters. »Für heute abend wird Bodennebel erwartet. Sieht nach richtiger Erbsensuppe aus. Der Flughafen in Los Angeles wird spätestens um Mitternacht den gesamten Flugbetrieb einstellen müssen.«
»Vielen Dank.« Judd drückte einen anderen Knopf auf seinem Apparat, und eine Frauenstimme meldete sich. »Sicherheitsdienst.«
»Hier Crane«, sagte er. »Geben Sie mir den Direktor.«
John D. meldete sich.

»Liegt Ihnen der Wetterbericht vor?« fragte Judd.
»Ja«, bestätigte John D. »Wir hatten schon gehofft, Sie würden sich melden. Ich glaube, heute nacht kann es losgehen.«
»Wir landen in ungefähr vierzig Minuten auf dem Flughafen Los Angeles.«
»Wir werden dort auf Sie warten, Sir.«
»Holen Sie bitte auch Mrs. Evans ab, John.«
»Wird gemacht, Sir.«
»Und noch etwas, John«, sagte Judd. »Überprüfen Sie Dr. Schoenbrunn noch etwas genauer. Es gefällt uns nicht, wie er sich aufführt.«
»Wir machen uns sofort dran, Sir.«
»Gut«, sagte Judd. »Wir sehen uns in einer Stunde.« Er warf Doc Sawyer einen fragenden Blick zu. »Haben Sie eigentlich Anschluß nach Atlanta, Doc?«
Sawyer grinste. »Ich bin doch jetzt Präsident von Crane Medical, oder?«
»Das ist richtig«, nickte Judd.
»Die Präsidenten Ihrer Gesellschaften fliegen nicht mit Linienmaschinen«, lachte Doc Sawyer. »CI 2 wartet auf mich in Los Angeles auf dem Flughafen.«
Judd lachte. »Sie lernen schnell, Doc. Das ist unsere neueste 707.«
»Ich hab' einen sehr guten Lehrer gehabt«, schmunzelte Sawyer.

Als die Nacht hereinbrach, färbten sich die grauen Wolken schwarz. Die Limousine bog von der Straße ab und rollte über einen holperigen Feldweg auf das Hochplateau, das den Drachenfliegern als Startplatz dienen sollte. Judd sprang aus dem Wagen. John D. und ein breitschultriger, untersetzter Mann in einem schwarzen Overall kamen aus dem großen Wohnwagen, der als provisorisches Hauptquartier diente.
»Mr. Crane«, sagte John D. »Das ist Mark Davidson, der Chef unserer Fallschirm- und Drachenflugschule.«
Der Händedruck des Mannes war außerordentlich kräftig. »Das ist der spannendste Auftrag seit langer Zeit«, strahlte er.

»Wir haben bestimmt sehr viel Spaß!«
»Ja«, nickte Judd, »und Spaß soll es auch bleiben. Ich möchte nicht, daß es Blutvergießen gibt. Auch nicht in Notwehr!«
»Selbstverständlich nicht, Mr. Crane«, sagte Davidson hastig. »Wir wissen, was unsere Aufgabe ist. Wir haben lange geübt, Sir.«
»Gut.« Judd sah zum Himmel hinauf. »Was halten Sie vom Wetter?«
Davidson blickte aufs Meer hinaus. »Unsere Chancen stehen nicht schlecht. Wenn der Wind nicht stärker wird, können wir um zweiundzwanzig Uhr starten.«
Judd hob die Faust. »Ich halte Ihnen die Daumen.«
»Kommen Sie mit in den Wohnwagen, dann zeige ich Ihnen die Pläne«, sagte Davidson.
Judd wandte sich an John D. »Wo ist denn Mrs. Evans?«
»Der Wagen, der sie abholen wird, ist schon unterwegs. In einer halben Stunde müßte sie hier sein.«
»Gut.« Judd folgte Davidson in den Befehlsstand. Auf der Treppe blieb er stehen, um einem der Drachenflieger zuzusehen, der gerade ein Landemanöver durchführte. Der Mann streckte beide Beine nach vorne, federte ab, als seine Füße den Boden berührten, entledigte sich seiner Gurte und stand auf. Judd nickte Davidson zu. »Wirklich faszinierend. Wie ein riesiger Vogel.«
»Die Methode stammt ja auch von den Vögeln«, lächelte der Trainer.
»Das möchte ich auch mal versuchen.«
»Ich nehme Sie gern einmal mit. Sobald wir diese Sache hier hinter uns haben.«
Judd schüttelte den Kopf. »So habe ich das nicht gemeint. Ich möchte es jetzt mal versuchen.«
Davidson starrte ihn ungläubig an. »Das kann nicht Ihr Ernst sein. Sie haben doch keinerlei Training, und wir haben auch nicht mehr genügend Zeit, um Ihnen die Technik zu zeigen.«
»Wie lange ist es noch hell?« fragte Judd.
»Vielleicht noch anderthalb Stunden.«

»Dann will ich's versuchen.«
Davidson warf John D. einen verzweifelten Blick zu. John D. wandte sich mit beschwörender Stimme an Judd. »Ich bin für Ihre Sicherheit verantwortlich, Sir. Meine Aufgabe besteht darin, Sie sicher zu diesem Ashram da unten zu bringen. Ich kann diese Aufgabe unmöglich erfüllen, wenn Sie wie ein Vogel in der Luft herumfliegen, Sir.«
Judd ging ohne ein weiteres Wort auf den behelfsmäßigen Hangar zu, in dem die Hängegleiter aufbewahrt wurden. In Doppelreihen hingen die schwarzglänzenden Drachen von der Decke wie riesige Fledermäuse. Durch die offene Tür sah man den steilen Absturz der Klippen und vor dem schwarzgrauen Abendhimmel die Silhouetten der drei Katapulte. Daneben saßen mehrere Drachenflieger in schwarzen Overalls mit Kaffeetassen im Kreis und diskutierten über die bevorstehende Aufgabe. Judd sprach nicht mit ihnen.
»Manchmal kann der Boß eben nicht jeden Spaß mitmachen, Sir«, sagte John D., der Judd gefolgt war und jetzt ebenfalls auf das Meer hinaussah. »Das ist eine Frage der Verantwortung, die man trägt.« Judd zuckte die Achseln und kehrte langsam zum Wohnwagen zurück. »Davidson, ich rufe Sie an, sobald das vorbei ist.«
»Es wäre mir eine Ehre, Sir«, sagte der Trainer erleichtert. »Darf ich Ihnen jetzt zeigen, was wir geplant haben?«
Eine Reliefkarte der Umgebung lag auf dem großen Tisch, der das Innere des Wohnwagens beherrschte. »Das hier ist unser Standort«, erklärte Davidson und zeigte auf eine Bergkuppe. »Das ist weit und breit die höchste Erhebung. Unser Ziel ist dieses Gebiet hier, achtzig Meter über dem Strand. Dazwischen liegt der Pacific Coast Highway, den wir überqueren müssen, ehe wir das Grundstück des Maharishi erreichen. Die Entfernung zwischen beiden Punkten beträgt viertausendzweihundert Meter, der Höhenunterschied fünfhundert Meter. Ganz einfach ist die Sache nicht, aber ich glaube, die Männer können es schaffen.«
Judd starrte fasziniert auf die Landkarte. »Wie sollen die Männer eigentlich erkennen, ob sie über dem Ziel sind? Wir

erwarten doch Nebel?«
»Darüber haben wir lange nachgedacht«, nickte Davidson. Er legte eine milchige Plexiglasscheibe über die Landkarte, die dadurch praktisch unsichtbar wude. »Jetzt probieren Sie mal diese Brille, Sir!« Er hielt Judd eine Art Skibrille hin.
Judd zog sich die Brille über den Kopf, und plötzlich erkannte er auf der Landkarte eine Reihe grellroter Pfeile, die ins Zielgebiet zeigten. »Das ist eine Infrarotbrille«, erklärte Davidson. »Wir haben zwischen unserem Startplatz und dem Grundstück des Maharishi zwanzig Autos versteckt, denen wir solche Pfeile aufs Dach gemalt haben.«
»Gratuliere.« Judd streifte die Brille ab. »Sie haben wirklich an alles gedacht.«
»Vielen Dank, Sir.« Davidson strahlte.
»Einen Vorschlag möchte ich aber doch machen«, sagte Judd.
Davidson machte ein verblüfftes Gesicht.
»Wer leitet diese Operation?«
»Ich«, erwiderte Davidson. »Ich fliege als erster.«
Judd lächelte nachdenklich. »Dann schlage ich vor, daß Sie Ihren Hintern ebenfalls rot streichen. Dann wissen Ihre Männer genau, wo sie hinmüssen.«
Davidson grinste. »Gute Idee, Sir. Wenn die Kerle meinen Hintern nicht finden, dann feuere ich sie.«

Langsam schlenderte Judd zur Abbruchkante des Startplatzes. Vom Meer zog dichter Nebel herauf. Der Highway war schon fast völlig bedeckt, und die Scheinwerfer der Autos waren nur noch glimmende Lichtpunkte. Judd warf einen Blick auf die Uhr. Es war jetzt fast neun.
»Es sieht so aus, als ob alles planmäßig liefe«, sagte Davidson. »In einer Stunde können wir starten. Ich werde den Männern sagen, daß sie sich anziehen sollen.«
Judd nickte, dann wandte er sich an John D. »Wo bleibt eigentlich Mrs. Evans? Sie haben gesagt, in einer halben Stunde wäre sie hier. Aber das ist schon verdammt lange her, John.«
»Machen Sie sich keine Sorgen, Sir. Fast Eddie hat zwei unse-

rer besten Leute dabei. Sie ist bestimmt rechtzeitig da.«
Die beiden Männer gingen zurück zum Wohnwagen. John D. zeigte auf ein Gebäude im Zentrum des Ashrams, das mit einem fünfzackigen Stern gekennzeichnet war. »Alana hat uns mitgeteilt, daß der Maharishi seine Audienzen in diesem Haus gibt, dessen Grundriß sternförmig ist. Seine Jünger versammeln sich in dem großen fünfeckigen Raum in der Mitte des Hauses und meditieren. Dann tritt hinter einem der fünf großen farbigen Vorhänge, die den Innenraum von den Zakken des Sterns trennen, der Meister hervor und hält Audienz. Der Maharishi sitzt immer vor einem anderen Vorhang, wenn er seine Lehren verkündet. Aus welchem der äußeren Räume er kommt, hängt von der Farbe ab, die gerade dran ist. Heute geht es um die rote Sphäre des Lebens, um die Sphäre des Blutes. Also werden sich die Jünger vor dem roten Vorhang versammeln. Die Audienzen finden immer zur gleichen Zeit statt: abends um zehn.«
»Das trifft sich ja gut«, sagte Judd. »Auf diese Weise wissen wir wenigstens, wo wir ihn finden.«
»Hinter den Vorhängen stehen immer zwei Wächter«, erklärte John D. »Das heißt, sobald wir mit den Patrouillen im Gelände fertig sind, müssen wir die Männer ausschalten, die im Gebäude selbst Wache halten. Deshalb lasse ich vor Ihnen zwei Wagen mit Nahkampfspezialisten reinfahren. Insgesamt vierzehn Mann.«
Judd nickte. »Wo ist denn diese Alana, wenn wir den Ashram besetzen?«
»Sie wird das Tor für uns öffnen.«
»Sind denn da keine Wachen?«
John D. lächelte. »Doch, natürlich. Am Tor stehen zwei Mann. Aber ich habe Ihnen ja schon gesagt, diese Alana ist clever. Sie wird splitterfasernackt zum Pförtnerhaus spazieren und so tun, als wäre sie vollkommen *stoned*. Wenn die Typen die Tür aufmachen, um nachzusehen, was los ist – und bei einem Mädchen wie Alana läßt kein Mann seine Tür zu –, rollt sie ihnen zwei Gasgranaten in ihre Plexiglashütte, und zwei Sekunden später sind die beiden Typen bewußtlos. Wei-

tere zehn Sekunden später ist das Gas abgezogen, und sie kann den Kontrollraum betreten. Dann drückt sie ganz einfach das Knöpfchen, und schon geht das Tor auf. Zwei von den Männern im ersten Wagen sind Elektronikfachleute, die sich mit den Alarmanlagen beschäftigen, während wir zum Hauptgebäude vorstoßen. Alana führt uns direkt zu dem Versammlungsraum, vor dem der Maharishi sitzt.«

Judd grinste. »Ich hoffe, sie ist dann immer noch splitterfasernackt.«

John D. verzog keine Miene. »Nein, Sir. Wir nehmen ihr einen Overall mit.«

Ein Wagen fuhr vor, und dann betraten Sofia und Fast Eddie den Wohnwagen. »Warum habt ihr denn so lange gebraucht, in drei Teufels Namen?« fragte Judd.

Fast Eddie hob die Hände. »Ich kann nichts dafür, Boß. Wissen Sie, wo ich sie schließlich entdeckt habe? Im Schönheitssalon.«

Judd sagte kein Wort, sondern warf Sofia nur einen strafenden Blick zu.

Sie grinste. »Ich habe wunderschönes Zweithaar entdeckt«, sagte sie und schüttelte eine lange schwarze Mähne. »Wie findest du meine neue Frisur?«

Judd lief rot an. »Du siehst aus wie eine billige Bardame aus Marina del Rey.«

»Ich finde sie sehr amerikanisch«, lachte Sofia.

Judd nickt verärgert. »Ja, ja. Sehr amerikanisch. Aber jetzt müssen wir aufbrechen. Es ist höchste Zeit.« Er nahm sie bei der Hand und zog sie zu seinem Wagen hinaus.

Davidson erwartete sie. »Es geht gleich los, Sir. Zwei Minuten vor zehn.«

»Viel Glück«, sagte Judd.

Er sah zu, wie Davidson zu seinem Katapult ging und sich in seinem Hängegleiter festschnallte. Er kniete sich auf den Katapultschlitten und wurde über die Schienen gezogen. Ein lautes Rauschen erhob sich, dann verschwand er über die Abbruchkante im Nebel. Kurz darauf wurde der Mann auf dem linken Katapult abgeschossen, dann schossen in rascher

Folge die anderen hinaus in den Nebel.
Als der letzte Drachenflieger in der Dunkelheit verschwunden war, sprang Judd in den Wagen. »Fahren wir!« rief er den anderen zu. »In fünfundzwanzig Minuten treffen wir uns unten am Tor!«

20

Als Judds Limousine zum Tor des Ashrams kam, war die Zufahrt versperrt.
Das Tor stand zwar halb offen, aber die beiden Fahrzeuge mit den Nahkampfspezialisten blockierten die Einfahrt. Judd sprang aus dem Wagen.
»Was ist los?« fragte er.
John D. kam ihm kopfschüttelnd entgegen. »Die Sache ist schiefgegangen. Wir haben nicht damit gerechnet, daß die Tore von zwei getrennten Systemen gesteuert werden. Das innere und das mittlere Tor haben sich völlig geöffnet, aber das äußere ist nach einem halben Meter stehengeblieben. Jetzt versuchen die Elektronikfachleute, die Blockierung zu lösen.«
»Das kostet viel zuviel Zeit«, knurrte Judd. »Sprengen Sie das Tor in die Luft.«
»Wenn wir das machen, haben wir zehn Minuten später sämtliche Polizisten Kaliforniens am Hals«, flüsterte einer der Männer.
»Es sieht so aus, als ob wir das Tor nicht mehr aufkriegen«, sagte John D. »Wie es scheint, wird alles automatisch blokkiert, wenn die Alarmanlage ausgeschaltet wird.«
»Dann müssen wir die Wagen eben draußen lassen«, meinte Judd. »Die Lücke ist ja breit genug, wenn wir einzeln durchgehen. Laufen wir eben!«
»Es sind fast anderthalb Kilometer zum Haus«, gab John D. zu bedenken. »Und wir wissen nicht, ob die Drachenflieger alle Hundestaffeln ausgeschaltet haben.«

»Wir gehen trotzdem«, entschied Judd.
»Vielleicht warten Sie lieber im Wagen, Mr. Crane. Wir sagen Ihnen Bescheid, wenn die Luft rein ist.«
»Nein. Bis dahin ist der Maharishi womöglich verschwunden. Wenn er so clever ist, wie ich glaube, hat er bestimmt ein sicheres Versteck oder einen ganz ausgetüftelten Fluchtweg. Wir haben nur eine Chance: Wir müssen ihn überrumpeln. Kommen Sie, rennen wir los!«
John D. nickte und kehrte zu den Männern zurück, die am Tor standen. Er hob den Arm und zeigte zum Ashram. »Los!« rief er.
Die Männer zwängten sich rasch durch das Tor und rannten die Auffahrt hinunter. Fast Eddie und Sofia waren dicht hinter Judd. Als sie am Pförtnerhaus vorbeikamen, zeigte John D. mit der Hand. Alana kam aus der Tür. Sie zog eben den Reißverschluß ihres Overalls hoch.
»Tut mir leid«, entschuldigte sie sich. »Ich hätte wirklich darauf kommen können, daß die jeden Tag den Code ändern. Jetzt hab' ich die Sache verpatzt.«
»Das ist nicht mehr zu ändern«, sagte John D. »Jetzt müssen wir eben das Beste daraus machen.« Er winkte zwei seiner Männer heran. »Ihr bleibt bei Mr. Crane. Ich möchte nicht, daß ihm etwas passiert.«
Alana hatte jetzt die Spitze übernommen. Nach etwa hundert Metern entdeckten sie den ersten Hängegleiter am Boden. Nicht weit entfernt davon lagen zwei Männer und drei Hunde schlafend im Gras.
Sofia starrte entsetzt auf die Männer und berührte Judds Arm. »Das ist nicht so schlimm, wie es aussieht«, sagte er. »Sie sind nur betäubt. In vier Stunden wachen sie wieder auf. Mehr als ein kleines Kopfweh bleibt nicht zurück.«
»Du hättest mir sagen können, daß wir Joggen gehen«, keuchte Sofia. »Mit hochhackigen Schuhen bin ich nicht gerade Weltklasse.«
»Hör auf zu meckern«, brüllte Judd. »Lauf halt barfuß.«
Sofia streifte ihre Schuhe ab, und obwohl ihr die Fußsohlen bald höllisch brannten, holte sie Judd wieder ein. Sie kamen

an einer weiteren Gruppe schlafender Hunde und Wächter vorbei. Daneben lagen zwei zerschmetterte Hängegleiter.
Ein paar Minuten später hatte Sofia Seitenstiche und bekam keine Luft mehr. »Es hat keinen Sinn«, japste sie. »Lauft allein weiter, für so etwas fehlt mir einfach das Training.«
»Werfen Sie doch zwei von diesen hübschen Bonbons ein«, grinste Fast Eddie und drückte ihr zwei weiße Kapseln in die Hand.
»Was soll ich mit diesen Amylnitrat-Poppern?« fragte Sofia. »Ich würde bloß auf dem Rasen umfallen und zwanzig multiple Orgasmen bekommen.«
»Das sind keine Popper«, widersprach Fast Eddie. »Das sind spezielle *Speed*-Pillen aus unseren Laboratorien. Gepreßter Sauerstoff mit einem Schuß Kokain.« Er machte den Mund auf und schluckte eine der Kapseln. *»Yeah!«* rief er. »Ich bin Supermann!«
Sofia schluckte die beiden Kapseln und spürte tatsächlich einen kräftigen Auftrieb. Ein Energiestoß schien durch ihren Körper zu gehen. Sie atmete freier und glaubte plötzlich, sie könnte die fünftausend Meter bei der Olympiade mitlaufen. Sie fragte sich, ob Judd von Natur aus so locker laufen konnte oder ob er auch diese Kapseln geschluckt hatte. Sie mußte ihn fragen, wenn das vorbei war.
Als sie das Ende der Auffahrt erreichten, kamen mehrere Männer in schwarzen Overalls aus den Büschen. »Ihr kommt ja so spät«, zischte Davidson.
»Wir haben das Tor nicht aufgekriegt«, erklärte John D. »Wie ging es bei euch?«
»Gut«, sagte Davidson. »Ich glaube, wir haben sie alle erwischt. Es können natürlich noch Männer im Haus sein, aber wir hatten ja Befehl, auf Sie zu warten.«
John D. wandte sich an Alana. »Welchen Eingang müssen wir nehmen?«
Alana zeigte auf den schattenhaften Umriß eines der Eingänge. »Wir dürfen nur eins nicht vergessen«, sagte sie leise. »Sobald wir die Treppenstufen betreten, gehen sämtliche Scheinwerfer an.«

»Ich weiß«, nickte John D. und wandte sich an seine Leute. »Zwei Mann bewachen jeden der fünf Eingänge zum Haupthaus. Die Eingänge zu den Gebäuden in der Umgebung werden von jeweils drei Leuten bewacht. Vier Mann kümmern sich um die Hundezwinger. Niemand darf irgendeins der Gebäude verlassen.«

Während sich seine Leute lautlos verteilten, wandte sich John D. an Judd. »Jetzt können wir losschlagen. Ich nehme drei Mann mit, das muß genügen. Sagen Sie, was wir tun sollen, Sir.«

Judd nickte. »Okay. Wir gehen ins Haus!«

Sie hatten eben erst den Schatten der Bäume verlassen und stürmten über den freien Platz vor dem Haus, als plötzlich sämtliche Scheinwerfer angingen. Wie gelähmt blieben sie stehen.

»Verdammt«, fluchte Judd. »Was ist los?«

Stumm zeigte Alana auf eine riesige Dogge, die mit gespitzten Ohren auf den Stufen des Haupthauses stand. Keiner wagte, sich zu rühren.

Im nächsten Augenblick hörte man ein leises »Ping«. Die Dogge trabte zu einer Hausecke, hob das Bein und wässerte eine Geranie. Dann kippte sie zur Seite und schlief ein.

Alana erreichte den Eingang als erste. Sie öffnete und schlüpfte ins Haus. Judd, John D. und die anderen folgten. So leise, wie es auf dem Marmorfußboden ging, schlichen sie zu dem roten Vorhang, der sich vor ihnen blähte. Vorsichtig schob ihn Alana ein Stückchen beiseite.

Judd spähte in den hellerleuchteten Innenraum des Ashrams und sah als erstes den Rücken des Maharishi. Dahinter hockten fünfzehn oder zwanzig junge Mädchen in der Lotusposition auf dem Boden und starrten ihren Lehrer fasziniert an.

Lautlos winkte Judd seinen Leuten, sich links und rechts zu postieren, um den Maharishi ergreifen zu können, sobald er das Signal gab. Dann trat er hinter dem Vorhang hervor.

Er hatte kaum zwei Schritte getan, als er sich von zwei starken Armen gepackt fühlte, die ihn wie Schraubstöcke umklammerten. Während ihn der unsichtbare Angreifer hochhob, er-

reichte ein heiseres Flüstern sein Ohr: »Keine Bewegung! Wenn Sie sich wehren, sind Sie ein Krüppel.«
Judd keuchte, versuchte sich zu befreien und wurde krachend zu Boden geschleudert. Aber bevor ihm der Angreifer den Rest geben konnte, hörte man ein deutliches »Ping«, und der Riese sank lautlos in sich zusammen.
Statt des heiseren Flüsterns war jetzt eine andere, tiefere Stimme zu hören. »Mr. Crane«, sagte sie ruhig. Judd sah, wie der Maharishi sich umdrehte. »Ich habe Sie schon lange erwartet. Vielleicht wartete ich schon viel länger auf Sie, als Sie glauben.« Eilig bemühte sich Judd, auf die Beine zu kommen.
Auch der Maharishi erhob sich. Er wirkte sehr groß und asketisch. Ein langes, fließendes Gewand hüllte ihn ein, das von seinen Schultern bis zu seinen Sandalen herabreichte.
Die Mädchen im Hintergrund wurden nervös. Einige hatten zu weinen begonnen, andere waren aufgestanden und wollten davonlaufen, wußten aber nicht recht, wohin. Der Maharishi beruhigte sie. »Fürchtet euch nicht, meine Kinder«, rief er laut. »Bewahrt eure innere Ruhe. Es wird euch kein Leid geschehen. Diese Männer kommen als Freunde, um Erkenntnis und Weisheit zu suchen.«
Die Mädchen setzten sich wieder und schlugen die Beine übereinander. Der Maharishi wandte sich wieder an Judd. »Für unsere Gespräche wäre es nützlich, wenn Sie Ihre Männer dazu veranlassen könnten, den Ashram zu räumen. Die Anwesenheit so vieler Fremder stört unsere Ruhe und Konzentration. Wir alle wissen, daß sich das Leben von einer Unendlichkeit in die andere bewegt.« Er kam vom Podium herunter und ging auf Judd zu. Seine bernsteinfarbenen Augen schienen Judd zu durchbohren. »Wir haben viel miteinander zu reden, mein Sohn.«
»Ja.« Judd schluckte leer.
Der Maharishi nickte. »Aber jetzt muß ich ruhen. Ich bin nicht mehr so jung, daß ich ohne Schlaf auskommen könnte. Ich gehe davon aus, daß es ungefähr sechs Stunden dauern wird, bis Ihre Leute das Gelände verlassen haben und im

Ashram wieder Ruhe einkehrt. Ich würde es begrüßen, wenn Sie mich bis dahin entschuldigen würden. Wir treffen uns dann bei Sonnenaufgang zu unserer Unterhaltung.«
Judd schwieg, er wußte nicht, worauf der Maharishi hinauswollte.
»Ich werde mich an diese Verabredung halten«, versprach der Maharishi. »Ich will Sie nicht täuschen.«
Judd spürte eine unbestimmte Vertrautheit im Wesen des Maharishi, vermochte aber nicht zu sagen, was den Mann so anziehend machte. »Ich kenne Sie«, sagte er tonlos und starrte verwirrt in die topasgelben Augen.
»Sie sind ein guter Beobachter«, lächelte der Maharishi. »Mich kennen Sie nicht. Aber Sie haben meine Schwester gekannt.«
»Dr. Zabiski«, rief Judd. »Ja, natürlich!«
»Sie war meine ältere Schwester.«
»Das erklärt einiges«, sagte Judd. »Aber warum . . .«
»Ich werde Ihnen alles erklären«, unterbrach ihn der Maharishi. »Meine Schwester war ein Genie. Aber lassen Sie uns bei Sonnenaufgang darüber reden. Jetzt muß ich ruhen.«
Der Maharishi musterte die meditierenden Mädchen. »Ich kann mich am besten entspannen, wenn zwei der Mädchen bei mir schlafen. Auf diese Weise kommen Yin und Yang ins Gleichgewicht«, erklärte er.
Judd schwieg.
»Ich habe gehört, daß Sie dieses Gleichgewicht auch schon entdeckt haben. Wenn Sie es wünschen, kann ich Ihnen Gesellschaft anbieten.«
Judd schüttelte den Kopf. »Vielen Dank, heute nicht. Ich glaube, heute nacht will ich nur in mir selbst suchen.«
»Wie Sie wünschen«, sagte der Maharishi. »Meine Freunde werden Ihnen das Gästehaus zeigen.«

Das Gästehaus lag ein paar Schritte vom Haupthaus entfernt unter den Bäumen des Parks. Die Zimmer waren winzig und enthielten nur eine schmale Pritsche, einen Stuhl und einen ungestrichenen Schrank. Im Bad gab es eine kalte Dusche, eine Toilette ohne Deckel und eine Kommode für Wäsche und Handtücher. Alle Wände waren weiß gestrichen, Bilder oder anderer Schmuck fehlten ebenso wie Radio und Telefon.

»Auf dem Rücksitz Ihrer Limousine hätten Sie mehr Platz«, brummte Fast Eddie und verzog das Gesicht.

»Hör auf zu jammern«, knurrte Judd. »Für eine Nacht wird es schon gehen.«

»Ja, ja«, seufzte Eddie. »Da hat man nun eine Auswahl von bildhübschen Mädchen um sich herum, aber im Bett ist kein Platz.«

»Na, komm«, lachte Judd. »Wo ein Wille ist, ist auch ein Weg. Vielleicht nimmt dich eine der Schönen mit in ihr Zimmer?«

»Soweit kommt's noch«, grinste Fast Eddie. »Wenn ich an diese ganzen Ungeheuer, die sich der Maharishi als Leibwächter hält, und diese Bluthunde denke, weiß ich genau, daß ich nicht einmal die Nasenspitze zur Tür hinausstecken werde. Ganz zu schweigen von meinem Schwanz. Ich bin sowieso schon so klein.«

»Leg dich schlafen. Wir müssen morgen früh raus«, sagte Judd.

Fast Eddie schlüpfte seitlich durch die Tür, damit Sofia eintreten konnte.

»Was meinst du?« fragte sie Judd.

»Wozu?« fragte er.

»Glaubst du, er ist wirklich der Bruder von Dr. Zabiski?«

»Ja«, erwiderte Judd. »Warum nicht?«

»Es kommt mir so merkwürdig vor«, meinte Sofia, »daß wir noch nie von ihm gehört haben, während er offenbar alles über uns weiß.«

»Was willst du damit sagen?« fragte Judd.

»Der einzige Mensch, der soviel über uns weiß, ist Andropow.«

Judd starrte sie verblüfft an. »Glaubst du, er arbeitet mit den Sowjets zusammen?«

Sofia zuckte die Achseln.

»Ich weiß nicht. Ich traue niemandem mehr. Vielleicht arbeitet er direkt für das Zentralkomitee. Da sitzen lauter alte Männer genau wie Andropow. Wahrscheinlich sind sie alle versessen darauf, ein Mittel zu finden, das ihnen das Leben verlängert.«

»Ich weiß nicht, was ich dazu sagen soll«, sagte Judd nachdenklich. »Der Sicherheitsdienst wußte auch nur, daß sowohl das FBI als auch die Steuerfahndung vergeblich versucht haben, dem Maharishi auf die Schliche zu kommen.«

»Ich habe Angst«, gestand Sofia. »Hoffentlich sitzen wir nicht in der Falle.«

Plötzlich flog die Tür auf. Fast Eddie stürmte herein. »Was sagt ihr jetzt?« fragte er strahlend. »Ich hab' einen Treffer gelandet!«

Judd warf ihm einen skeptischen Blick zu.

»Doch«, sagte Fast Eddie. »Erinnern Sie sich noch an die Stewardeß, die wir in Hawaii dabeigehabt haben? Valerie? Eben hab' ich ihre Schwester getroffen. Sie lebt hier im Ashram, sieht aber zehnmal besser aus als ihre Schwester.«

Ehe Judd etwas sagen konnte, war Eddie schon wieder draußen. Judd schüttelte den Kopf und grinste. »Vielleicht ist das die Erklärung dafür, daß der Maharishi so gut Bescheid wußte.«

»Vielleicht«, nickte Sofia. »Aber ich habe immer noch Angst.«

Judd dachte einen Augenblick nach. »Vor morgen früh passiert bestimmt nichts«, sagte er schließlich. »Ich rate dir, ein bißchen zu schlafen.«

Sofia zögerte. »Macht es dir etwas aus, wenn ich bei dir schlafe?«

Judd zeigte auf die schmale Pritsche in der Ecke des Zimmers. »Da drauf?«

Sofia schüttelte den Kopf. »Ich schlafe auch gern auf dem Fußboden.«

21

Als Sofia erwachte, drehte sie sich herum und stellte fest, daß Judd nicht neben ihr lag. Sie war allein auf dem Bett. Judd saß bewegungslos in der Lotusposition auf dem Fußboden. Jetzt öffneten sich seine Augen.

»Guten Morgen«, lächelte er.

»Hast du die ganze Nacht da unten gesessen?« fragte Sofia.

Er nickte.

»Das wäre nicht nötig gewesen«, sagte Sofia. »Ich bin ganz zur Seite gerückt.«

Judd grinste. »Ich dachte, du schläfst vielleicht besser so. Außerdem bin ich es gewohnt, so zu ruhen.« Er stand auf. »Kommst du mit unter die Dusche?«

»Wenn Platz genug ist, komme ich gerne.«

»Komm mit, wir werden ja sehen.«

Das Wasser war eisig. Sofia schnappte verzweifelt nach Luft. »Himmel und Hölle«, keuchte sie zitternd.

Judd zog sie in seine Arme. »Ist es so besser?«

»Viel besser«, sagte sie bibbernd. Mit großen Augen sah sie zu ihm auf. »Ich werde dich nie verstehen, Judd.«

Er grinste. »Da gibt es nichts zu verstehen. Ich bin eben scharf auf dich. Das ist alles.«

Sofia spürte, wie sich sein Geschlecht in ihren Bauch bohrte. »Heb mich hoch«, bat sie.

Er packte ihre Taille und hob sie vom Boden. Sie schlang ihre Arme um seinen Hals und ihre Beine um seine Hüften. Mit einem Ruck stieß er in sie hinein. »Oh, Gott!« schrie sie heiser. »Du bist ja unglaublich hart.«

Er starrte sie glasig an. »So hast du es gern, oder?« knurrte er.

»Ja«, keuchte sie. »Ja, ja, ja. Ich liebe dich, Judd. Ich will dich immer in mir behalten.« Sie zitterte und stöhnte vor Lust. »Oh, Gott! Judd, ich komme.«

Seine Hände preßten sie so fest an sich, daß es ihr unmöglich war, sich zu bewegen. »Mach langsam«, sagte er heftig. »Ich kann mich sonst nicht mehr beherrschen.«

Sie hielt ihr Becken ganz still und küßte ihn auf den Mund. »Ach, mein Liebster«, murmelte sie.
»Sofia!« sagte er staunend. »Ich weiß gar nicht, wie mir geschieht.«
Heiße Tränen liefen ihr über das Gesicht.
»Vielleicht fängst du endlich an, mich zu lieben«, sagte sie zärtlich.
Er stieß ihr sein Geschlecht ärgerlich in den Leib. »Nein. Ich kann dich nicht lieben. Ich darf niemanden lieben.«
Sie spürte, wie sein Orgasmus in ihr explodierte, und zuckte mit dem Becken, um selbst ihren Höhepunkt zu erreichen.
»Die Liebe gehorcht ihren eigenen Gesetzen«, flüsterte sie.
Sie hielten sich noch eine halbe Minute umklammert, bis ihn die Kräfte verließen und sie auf den Fußboden sanken. Da spürten sie plötzlich, daß immer noch eiskaltes Wasser über sie hinströmte.

In der Bibliothek des Maharishi waren sämtliche Wände mit Bücherregalen bedeckt. Stühle, Tische oder Bänke fehlten. Dafür lagen weiße Teppiche auf dem Boden und große farbige Kissen. Der Guru saß mit gekreuzten Beinen auf einem dieser Polster, als sie hereingeführt wurden. Sein langes Haar war aus dem Gesicht zurückgestrichen und im Nacken zusammengebunden. Sein Bart war frisch gebürstet. Er trug einen purpurfarbenen Kaftan.
Mit einem Seitenblick auf Fast Eddie bemerkte er: »Ich bitte tausendmal um Vergebung, aber es wäre mir lieber, wenn wir allein reden könnten.«
Judd nickte. »Geh nur«, wandte er sich an Fast Eddie. »Wir sind hier vollkommen sicher.«
Fast Eddie verließ zögernd den Raum. Der Maharishi drückte auf einen verborgenen Knopf, und die Tür schloß sich hinter dem Schwarzen. Man hörte, wie das Schloß einrastete. Der Guru verneigte sich. »Vielen Dank.«
Judd und Sofia ließen sich ebenfalls auf zwei Sitzkissen nieder. »Der Phönix steigt aus der Asche, so wie der Dalai-Lama geboren wird, wenn er stirbt«, sagte Judd.

Der Maharishi gab keine Antwort.
Judd sah ihn mißtrauisch an. »Sie sind nicht der Mann, mit dem ich gestern abend gesprochen habe.«
Der Guru nickte bedächtig. »Mein Vater sagte schon, daß Sie ein guter Beobachter sind.«
»Wenn Sie erlauben, würde ich lieber mit Ihrem Vater selbst sprechen«, bat Judd.
Der Guru nickte. »Mein Vater wird gleich hier sein.« Er drückte auf einen anderen Knopf.
Eine ganze Seitenwand der Bibliothek mit allen Bücherregalen glitt lautlos zur Seite und enthüllte einen weiteren, allerdings konventioneller eingerichteten Raum. Hinter einem mit Elfenbein reich verzierten Sandelholzschreibtisch stand der Maharishi. Abgesehen von einem weißen Seidenturban trug er westliche Kleidung: einen weißen Leinenanzug mit Schlips und Kragen. »Guten Morgen«, sagte er und verbeugte sich leicht. »Ich freue mich, daß Sie hier sind. Ich hoffe, Sie haben nichts dagegen, daß mein Sohn unserer Unterhaltung beiwohnt.«
Judd erhob sich ebenfalls. »Ihr Sohn, Maharishi?« fragte er. »Ist er Ihr Sohn, oder ist er geklont?«
»Sowohl das eine als auch das andere«, erwiderte der Maharishi. »Er ist einer meiner vielen Söhne, auch wenn Sie vielleicht sagen würden, er wäre ein Klon.« Er lächelte. »Was sind Kinder denn anderes als Klone aus unseren Samen?«
»Eigentlich bin ich gekommen, um Wissen zu sammeln«, sagte Judd. »Ich wollte nicht philosophieren.«
»Philosophie und Erkenntnis sind ein und dasselbe, mein Sohn«, lächelte der Maharishi. »Ich merke, Sie denken genauso wie meine Schwester. Als Ärztin wollte sie auch von der Wahrheit im Inneren der Menschen nichts wissen, sondern hat nur an die wissenschaftliche Erkenntnis geglaubt.«
»Und doch haben Sie ihr erlaubt, mit Ihrem Körper zu experimentieren?« fragte Judd ins Blaue hinein.
»Ich war der erste, mit dem sie gearbeitet hat«, bestätigte der Maharishi. »Deshalb habe ich auch als erster erfahren, daß Wissenschaft allein nicht genügt.«

»Sie hat Ihnen vieles anvertraut«, was sie sonst nie jemand mitgeteilt hat«, sagte Judd höflich.
»In unserer Weltanschauung waren wir aber trotzdem sehr weit voneinander entfernt«, erklärte der Maharishi. »Kurz vor ihrem Tod hat sie mir mitgeteilt, daß Sie der Erbe all ihrer Erkenntnisse sein sollten.« Er nahm ein in Leder gebundenes Notizbuch aus dem Schreibtisch und reichte es Judd. »Das hier sind die Aufzeichnungen aus den Jahren 1935 bis 1944.«
Neugierig blätterte Judd in den Papieren. Manche Seiten waren mit Tinte beschrieben, die meisten hingegen mit Bleistift. Judd hob den Kopf und warf dem Maharishi einen verblüfften Blick zu. »Das ist ja in Deutsch.«
»Ja«, nickte der Maharishi. »Sie hat die Aufzeichnungen nachts gemacht. Im Laboratorium des Konzentrationslagers.«
»Sie hat für die Deutschen gearbeitet?«
»Das haben wir alle getan«, erwiderte der Inder ohne zu zögern. »Entweder man hat für sie gearbeitet, oder man wurde getötet.«
Nachdenklich gab Judd die Notizen an Sofia weiter. »Woran wurde denn in diesen Laboratorien gearbeitet?« fragte er den alten Mann.
»Es waren Forschungen über Langlebigkeit«, erklärte der Maharishi. »Der Auftrag kam direkt vom Führer. Er wollte das ganze Tausendjährige Reich persönlich erleben.« Der alte Mann seufzte und wandte sich ab. »Im August 1944 wurde uns allen klar, daß Deutschland den Krieg endgültig verloren hatte. Sowohl die Gefangenen als auch die Wachmannschaften gerieten in Panik. Dann kam der Befehl, alle Spuren zu beseitigen. Jeder, der mit den Experimenten zu tun gehabt hatte, sollte umgebracht werden. Aber meine Schwester, die eigentlich meine Halbschwester war, fand einen Ausweg. Meine Mutter, die zweite Frau meines Vaters, war Inderin gewesen, und ich sprach damals schon fließend Englisch. Deshalb schickte meine Schwester mich nach Westen, wo Montgomery vorrückte. Sie selbst flüchtete in Zivilkleidung in

Richtung der russischen Linien. Ins Futter ihrer Jacke hatte sie den Ausweis ihrer Mutter eingenäht, die aus der Sowjetunion stammte. Wir trennten uns in einem kleinen Dorf an der Elbe, in der Hoffnung, mindestens einer von uns würde den Krieg überleben.«

»Was für Experimente hatte Ihre Schwester denn bei Ihnen durchgeführt?«

»Dieselben wie bei sich selbst«, erwiderte der Maharishi. »Es war eine Form der Zelltherapie.«

»Wie die von Niehans?« fragte Judd. »Woher hatten Sie denn die ungeborenen Lämmer, die man für die Therapie braucht?«

Der alte Mann hielt seinem Blick ungerührt stand. »Es gab keine.«

Judd starrte ihn ungläubig an. Einen Augenblick lang sagte er gar nichts. Dann fragte er: »Sind das die Experimente, die sie in diesem Notizbuch beschreibt?«

»Ja.« Der Maharishi nickte.

»Aber ich dachte, sie hätte eine Methode entdeckt, bei der geklonte Zellen der Versuchsperson verwendet werden.« Judd wirkte hilflos. »Von menschlichen Embryos war niemals ...«

»Es hat auch geklonte Zellen gegeben«, unterbrach ihn der alte Mann, »aber das war nur ein Teil der Behandlung.« Er atmete schwer. »Der menschliche Überlebenswille ist stärker als die Konfrontation mit tausendfachem Tod und stärker als jede Moral.«

Judd starrte ihn wortlos an, aber der alte Mann blieb vollkommen ruhig. »Ich weiß, jetzt sind Sie erschrocken. Sie spüren Abscheu und Ekel. Ich bitte Sie: Machen Sie sich frei von diesen Gefühlen. Bald werden Sie selbst sich entscheiden müssen, ob Sie die Behandlung mit letzter Konsequenz wollen oder ob Sie auf Unsterblichkeit verzichten.«

»Das glaube ich nicht«, sagte Judd mit fester Stimme. »Die gewaltigen Fortschritte der Gentechnologie machen die Methoden Ihrer Schwester überflüssig. Schon jetzt haben wir in unseren Laboratorien menschliche Zellen erzeugt, die von na-

türlichen nicht mehr zu unterscheiden sind. Sogar Zellen, die sich selbst reparieren, wenn sie verletzt werden, Zellen, die sich immer wieder reproduzieren, ehe sie absterben.«
»Wollen Sie behaupten, Sie hätten das Geheimnis des Lebens entdeckt?« fragte der Maharishi bedächtig.
»Noch nicht«, sagte Judd, »aber eines Tages sind wir soweit.«
Der alte Mann schüttelte zweifelnd den Kopf. »Ich bin darüber sehr traurig. Das Geheimnis des Lebens darf nur dem Schöpfer gehören.«
»Und wenn der Mensch selbst der Schöpfer ist?« fragte Judd.
»Jetzt bewegen Sie sich auf dem Feld der Philosophie«, lächelte der Maharishi.
»Ist diese Vorstellung denn so viel unerträglicher als die Methoden Ihrer Schwester?« fragte Judd.
»Ich habe schon gesagt, daß ich weder mit den Ansichten meiner Schwester noch mit allen ihren Methoden übereingestimmt habe«, erklärte der alte Mann.
»Und doch haben Sie ihr erlaubt, mit Ihnen zu experimentieren. Sie haben die Behandlung akzeptiert, als ob Sie ein Meerschweinchen wären.«
»Sie hat bei sich selbst die gleichen Versuche gemacht«, sagte der Maharishi, unterbrach sich dann aber. »Nun, das ist alles schon sehr lange her. Wir müssen uns um die Gegenwart kümmern. Das Heute ist unsere Pflicht.«
»Einverstanden«, nickte Judd.
»Viele der Aufzeichnungen in diesen Notizbüchern sind schwer zu verstehen, und zwar nicht nur wegen der Sprache. Vielleicht bilden sie zusammen mit dem, was Sie schon haben, ein Ganzes. Vielleicht verstehen wir dann ihre Entdeckungen und ihre Gedanken.« Der Maharishi beugte sich über den Tisch. »Ich bin ein alter Mann. Ich würde Ihnen gern helfen, wenn Sie erlauben. Ich habe mir immer gewünscht, die Arbeit und die Träume meiner Schwester ganz zu verstehen.«
Judd wandte sich an Sofia. »Glaubst du, der Maharishi kann

dir helfen? Oder arbeitest du lieber allein?«
»Ich glaube, er kann mir sehr helfen«, sagte Sofia. »Er ist ja ein Bestandteil dieser einzigartigen Geschichte, und ohne ihn hätten wir niemals davon erfahren.«
Judd warf dem alten Mann einen fragenden Blick zu. »Hätten Sie etwas dagegen, wenn wir hier arbeiten würden? Wir müßten allerdings einige Geräte aufstellen, Computerterminals und so weiter.«
»Ich habe nichts dagegen«, sagte der Maharishi.
»Gut.« Judd war zufrieden. »Ich finde das eine sehr vernünftige Lösung.« Er wandte sich an Sofia. »Hier bist du auch sicherer als irgendwo in meiner Nähe.«
»Wo wirst du dich denn aufhalten?« fragte Sofia.
»Ich muß andere Dinge erledigen«, erwiderte Judd. »Aber wir bleiben ständig in Kontakt. Sobald du mit deiner Arbeit hier fertig bist, treffen wir uns.«
Der Maharishi erhob sich. »Ich danke Ihnen, mein Sohn. Ich hoffe, daß aus Ihren Forschungen Frieden erwächst.« Er machte eine Pause, dann fügte er hinzu. »Jetzt bin ich müde. Ich muß mich jetzt ausruhen.«
»Vielen Dank, Meister.«
Der Maharishi lächelte. »Ich sehe, Sie verstehen ein bißchen Hindi, mein Sohn. ›Guru‹ heißt eigentlich ›Lehrer‹.« Er ging durch eine Tür im Hintergrund des Zimmers und ließ sie allein.
Judd wandte sich an den jüngeren Inder, der immer noch neben ihnen in der Bibliothek saß. »Ihr Vater ist ein außergewöhnlicher Mann. Darf ich fragen, wie alt er ist?«
»Natürlich, Mr. Crane. Er ist ewig«, lächelte der Inder.

22

Sechstausend Meter über dem endlosen Dschungel saß Judd in der Kanzel des neuen Senkrechtstarters der Crane Aerospace and Aircraft Corporation und sah hinunter auf die unberührten Wälder und glitzernden Flußläufe. Die Abendsonne leuchtete golden.

»Herrlich«, murmelte der Pilot.

»Ja, Tim, bei uns sind die Wälder nicht mehr ganz so unendlich«, sagte Judd nachdenklich.

»Ich meine Ihre neue Maschine, Mr. Crane«, lachte der Pilot. »So ein Flugzeug hat es noch nie gegeben. Man fühlt sich wie ein Adler.«

»Ja, ja«, nickte Judd geistesabwesend.

»Wenn das Pentagon nicht mindestens sechshundert Stück davon kauft, sind sie verrückt.« Der Pilot war ganz aufgeregt. »Ich kenne alle Senkrechtstarter, einschließlich der neuesten Harrier-Modelle, aber der hier schlägt alles.«

»Das Pentagon wird ihn schon kaufen«, sagte Judd gelangweilt.«

»Noch zehn Minuten«, sagte der Pilot.

»Sagen Sie unten Bescheid, daß wir kommen. Ich möchte direkt im Krater des Berges landen, nicht oben auf dem Plateau«, befahl Judd.

»Ja, Sir.« Der Pilot drückte auf eine Taste seines Funkgeräts und schob sein Mikrophon hoch. »Crane zweiundvierzig ruft Xanadu. Crane zweiundvierzig ruft Xanadu.«

Die Antwort erfolgte sofort. »Hier Xanadu. Wir hören Sie, Crane zweiundvierzig. Wir sehen Sie auch auf unserem Radarschirm. Sie befinden sich in siebentausendzweihundert Meter Höhe, Anflugrichtung Nordost. Ihre Koeffizienten sind 21, 21, Null, 93, 21. Bitte bestätigen Sie.«

»Angaben bestätigt. Wir kommen jetzt runter.« Der Pilot schaltete den automatischen Richtungsanzeiger ein. »Hier Crane zweiundvierzig. Erbitte Landeerlaubnis im Krater.«

»Sie sehen ziemlich groß aus, Crane zweiundvierzig«, rief die Stimme im Lautsprecher. »Ich glaube nicht, daß wir genü-

gend Platz für Sie haben.«
Jetzt wurde es Judd zuviel.
»Ich glaube, Sie haben nicht ganz verstanden, Controller. Hier spricht Judd Crane. Ich möchte im Krater landen. Machen Sie gefälligst Platz für uns, ja?«
Die Stimme im Lautsprecher klang wenig begeistert.
»Selbstverständlich, Sir. Bitte lassen Sie uns einen Augenblick Zeit, damit wir die Hubschrauber aufs Plateau fliegen können.«
»Danke, Controller.« Judd stellte sein Mikrophon ab. »So ein Arschloch«, schimpfte er.
Zwanzig Minuten später senkte sich die Maschine wie eine Liftkabine in den Krater hinunter. Als die Türen aufgingen, drückte der Pilot auf einen Knopf, und die Gangway senkte sich auf den Beton des Landeplatzes.
Judd ging als erster hinunter. Doc Sawyer kam ihm mit ausgebreiteten Armen entgegen. »Willkommen in Xanadu!«
Judd begrüßte ihn herzlich. Jetzt trat auch Dr. Schoenbrunn an die Gangway. »Willkommen, Mr. Crane.« Voller Wärme schüttelte Judd dem Deutschen die Hand.
»Kommen Sie«, sagte Doc Sawyer und zeigte ihnen den Weg.
Jetzt meldete sich der Deutsche zu Wort. »Morgen können Sie den Reaktor in Betrieb nehmen, Mr. Crane. Ein Knopfdruck, und er beginnt mit dem Aufheizen.«
»Wie lange wird es dauern, bis die Stromerzeugung beginnt?« fragte Judd.
»Ungefähr eine Woche«, erwiderte Dr. Schoenbrunn. »Sobald die optimale Temperatur im Inneren erreicht ist. Die Brennstäbe und Pumpen werden elektronisch überwacht. Auch die Energieabgabe wird vom Computer geregelt. Der Austausch der Brennstäbe erfolgt automatisch. Die Lebensdauer der Anlage ist praktisch unbegrenzt.«
»Wie sieht es mit Betriebsstörungen und Unfällen aus?« fragte Judd.
»So etwas kann gar nicht vorkommen«, erklärte der Deutsche pedantisch. »Erstens ist alles dreifach gesichert, und zweitens

ist die Anlage so konstruiert, daß sie sich selbst repariert. Ich kann Ihnen versichern, Mr. Crane, daß es sich um das perfekteste Perpetuum mobile handelt, das je gebaut worden ist.«
»Ich wollte mich nur noch einmal vergewissern«, sagte Judd. »Schließlich geht es ja um mein Leben.«
»Die Anlage funktioniert.« Dr. Schoenbrunn wirkte verärgert. »Wie es mit Ihrem Leben aussieht, kann ich nicht sagen.«
»Gut«, nickte Judd. »Dann bleibt es bei morgen. Sieben Uhr?«
Der Deutsche sah ihn unsicher an. »Mr. Crane?«
»Morgen früh um sieben drücke ich den Knopf«, erläuterte Judd. Er wandte sich an Doc Sawyer. »Jetzt würde ich gern in mein Appartement gehen und mich frisch machen. Wollen wir um neun Uhr zusammen essen?«
Sawyer nickte.
»Wie sieht es mit Ihnen aus, Herr Dr. Schoenbrunn?« fragte Judd.
»Es wird mir ein Vergnügen sein, Mr. Crane«, sagte der Deutsche und schlug leicht die Hacken zusammen.

Doc Sawyer hatte es sich auf der Couch gemütlich gemacht und trank einen Scotch on the rocks, als Judd nach dem Duschen wieder in den Salon kam. »Na, wie fühlen Sie sich«, fragte er, während Judd den Gürtel seines Bademantels zuknotete. »Alles okay?«
»Ja, natürlich«, lächelte Judd. »Warum fragen Sie?«
»Keine Kopfschmerzen?«
»Nein. Wie kommen Sie darauf, daß ich Kopfschmerzen hätte.«
»Mich beschäftigt immer noch dieser Zuwachs an Gehirnzellen, den wir bei Ihnen festgestellt haben. Was hat denn Sofia gesagt?«
»Sie ist der Ansicht, wir sollten abwarten und sehen, was weiter geschieht. Eine Erklärung hat sie wohl auch nicht.«
»Ich würde gern eine neue Testserie machen«, erklärte Doc

Sawyer. »Ich möchte alle Diagnosemöglichkeiten einsetzen, die wir haben: Scanner, EEG, Ultraschall und so weiter. Ich möchte sicher sein, daß sich diese Veränderungen in Ihrem Gehirn nicht weiter fortsetzen.«
»Was befürchten Sie denn?« fragte Judd.
Sawyer warf ihm einen prüfenden Blick zu. »Ich fürchte, daß mir nicht die ganze Wahrheit über Ihre bisherige Behandlung gesagt wurde. Ich glaube, daß Ihnen einige dieser geklonten Zellen injiziert worden sind.«
»Und wenn es so wäre?« fragte Judd. »Es geht mir gut. Ich habe noch keinerlei nachteilige Wirkungen feststellen können.«
»Die willkürliche Vermehrung von Gehirnzellen kann äußerst schädliche Folgen haben«, belehrte ihn Doc Sawyer. »Wild wuchernde Zellen können zu Tumoren degenerieren. Kein Mensch weiß, was sie anrichten können.«
»Ach, lassen wir das«, sagte Judd ärgerlich. »Es geht mir gut, und ich finde, das genügt.«
Sawyer hob sein Glas.
»Auf Ihre Gesundheit. Ich war jetzt zwei Wochen lang so beschäftigt hier unten, daß ich gar nicht mehr weiß, was in der Welt vorgeht. Haben Sie inzwischen mit dem Maharishi gesprochen?«
»Ja«, nickte Judd.
»Haben Sie von ihm alles gekriegt, was Sie wollten?«
»Wahrscheinlich. Er hatte tatsächlich die Aufzeichnungen von Dr. Zabiski, die wir gesucht haben. Sie war seine Halbschwester. Die beiden haben bis zum Ende des Zweiten Weltkriegs in einem deutschen Laboratorium gearbeitet. Es handelte sich um gerontologische Untersuchungen.«
Sawyer hörte aufmerksam zu.
»Dr. Zabiski hat schon damals mit Frischzellen gearbeitet. Früher als jeder andere. Wollen Sie wissen, was sie für Zellen benutzt hat?«
Sawyer nickte. »Ich habe einen Verdacht. Waren es Zellen aus dem menschlichen Fötus?«
»Wie kommen Sie zu dieser Vermutung?« fragte Judd.

»Dr. Zabiski hat damals darauf bestanden, daß zehn Frauen künstlich mit Ihrem Samen befruchtet wurden. Wäre es nur darum gegangen, Ihre Zeugungsfähigkeit nachzuweisen, hätten schließlich ein oder zwei Versuchspersonen genügt. Zehn Frauen waren ein bißchen viel.«

»Aber diese Mädchen hatten doch alle Fehlgeburten?«

»Das lag nicht an Ihnen und auch nicht an Dr. Zabiski«, seufzte Doc Sawyer. »Das habe ich arrangiert. Ich hatte einfach nicht die Nerven, um Dr. Zabiskis Helfershelfer zu werden. In meinen Augen sind Menschen nicht als Versuchskaninchen geeignet. Daß Dr. Zabiski für die Nazis gearbeitet hat, war ihr persönliches Problem. Da konnte ich wirklich nicht mitmachen.«

»Wissen Sie eigentlich, daß ich ein Kind habe?« fragte Judd beiläufig.

Sawyers Überraschung schien ungeheuchelt. »Nein. Von wem?«

»Von Sofia«, erwiderte Judd. »Ich weiß nicht, wie sie das alles geschafft hat, aber sie hat sich offenbar der Abtreibung widersetzt und ist dann kurz vor der Entbindung für ein paar Tage aus der Sowjetunion in die Vereinigten Staaten geflogen.«

Doc Sawyer starrte Judd verblüfft an. »Haben Sie davon gewußt?«

»Nein. Ich weiß es auch erst seit unserer letzten Konferenz in San Francisco. Da hat es Barbara mir erzählt.«

»Haben Sie schon mit Sofia darüber gesprochen?«

Judd schüttelte den Kopf. »Wozu? Die Verantwortung lag ja bei ihr, und ich habe nicht die Absicht, deswegen mein Leben zu ändern.«

»Aber was wird aus dem Kind?«

»Das Kind ist bei Barbara, und was mich betrifft, so ist mir das vollkommen recht.«

»Sind Sie denn gar nicht neugierig? Wie es aussieht? Ob es Ihnen ähnlich ist . . .«

»Barbara hat mir alles gesagt«, unterbrach ihn Judd. »Der Junge hat genau die gleichen blauen Augen wie ich. Aber das ist mir vollkommen egal.«

Doc Sawyer stand auf, um sich einen neuen Scotch an der Theke zu holen.
»Sie sind ein merkwürdiger Mensch«, meinte er nachdenklich. »Ich werde Sie niemals verstehen. Wahrscheinlich *kann* Sie auch niemand verstehen.«
»Das ist mir genauso egal«, lächelte Judd. »Können wir nach dem Essen vielleicht einen Blick in die Laboratorien mit den Zellkulturen werfen?«
»Wenn Sie wollen«, sagte Doc Sawyer gleichgültig.
»Und ob ich will«, lächelte Judd.
»Haben Sie etwas dagegen, wenn ich Ihnen vor dem Essen noch rasch den Blutdruck messe und ein EKG mache? Hier oben kommt der Kreislauf leicht durcheinander.«
»Okay, fangen Sie an!«
Doc Sawyer klappte seinen Arztkoffer auf.
»Ich habe das tragbare EKG-Gerät mitgebracht. Haben Sie heute schon irgendwelche Medikamente oder Drogen genommen?«
»Nein«, sagte Judd. »Ich bin *clean*.«
»Legen Sie sich auf die Couch«, bat Sawyer. Er befestigte die Elektroden, studierte sorgfältig den Kontrollstreifen und schaltete das Gerät dann wieder ab. Dann befestigte er an Judds Oberarm die Manschette, um den Blutdruck zu messen.
»Sie sollten den Druck an meinem Schwanz messen«, grinste Judd, als der Arzt fertig war.
»Das hätte keinen Sinn«, lächelte Sawyer, »die Nadel würde abbrechen.« Er nickte zufrieden. »Es geht Ihnen offenbar gut. Der Blutdruck ist 80 zu 140, das Herz schlägt normal. Gibt es sonst irgendwas?«
»Na, geht es Ihnen jetzt besser?« frotzelte Judd.
Sawyer stand auf. »Wir sehen uns dann beim Essen«, sagte er und ging aus der Tür.

Das Abendessen war einfach. Es gab Filetsteaks mit Pilzen, gebackene Kartoffeln, grüne Bohnen und Mohrrüben. Danach etwas grünen Salat und französischen Käse. Auch der

Wein kam aus Frankreich, es war ein 76er Château Mouton Rothschild. Nach dem Essen tranken sie Mokka.
Dr. Schoenbrunn lächelte zufrieden. »Ein guter Koch ist und bleibt der Höhepunkt der Zivilisation.«
»Ich wußte gar nicht, daß Sie ein Philosoph sind«, schmunzelte Judd.
»Nun ja«, sagte Dr. Schoenbrunn. »Die Philosophie beginnt nun einmal im Magen.«
Judd nippte an seinem Mokka. »Sind Sie zufrieden mit Ihren Fortschritten hier?«
»Ja, sehr«, nickte Schoenbrunn. »Morgen werden die letzten Bauarbeiter ausgeflogen. Dann bleiben nur noch ein paar Techniker, die das Anheizen des Reaktors überwachen. Zur Überwachung der Anlage werden wahrscheinlich nicht mehr als sieben Mann notwendig sein. In drei Monaten können die auch gehen.«
»Sehr gut.« Judd war zufrieden. »Meinen herzlichen Glückwunsch, Herr Dr. Schoenbrunn. Ich wüßte nicht, wer das sonst in so kurzer Zeit geschafft hätte.«
Der Deutsche lächelte voller Stolz. »Ich freue mich schon sehr auf morgen früh.«
»Ich mich auch«, sagte Judd. »Und wenn Sie mich entschuldigen, werde ich jetzt ins Bett gehen. Ich habe einen langen Tag hinter mir.«

Als Doc Sawyer und Judd sich im Aufzug trafen, der sie in die Laboratorien hinunterbringen sollte, war es gerade elf Uhr. Der Aufzugtür gegenüber saß ein Sicherheitsbeamter an seinem Tisch.
Doc Sawyer führte Judd in einen kleinen Umkleideraum, zog sich aus und stellte sich unter die Dusche. Judd folgte seinem Beispiel. Nach dem Duschen zogen sie frische weiße Leinenanzüge, Arztkittel, Gesichtsmasken und keimfreie Gummihandschuhe an. Dann öffneten sich die Türen zum Laboratorium.
Zwei Techniker erwarteten sie.
»Judd, das sind Mr. Bourne und Miß Payson«, stellte Doc

Sawyer vor.
Sie nickten sich zu, verzichteten aber darauf, sich die Hände zu schütteln. Unter den Kitteln und Masken war nicht viel von den beiden Technikern zu sehen, aber Judd ging davon aus, daß der größere Mr. Bourne war.
Sawyer führte Judd zu einer Reihe von Plexiglasvitrinen, die entlang der Wände aufgestellt waren und aus Hunderten von einzelnen, systematisch durchnumerierten Fächern bestanden.
Vor jeder Wand lief ein elektronisch gesteuerter Kran mit einem Roboterarm, der die Fächer beliebig öffnen und schließen oder ihren Inhalt herausnehmen konnte.
»Zur Zeit arbeiten wir mit sechshundertvierundzwanzig Batterien und einem Notgenerator«, erläuterte Sawyer. »Sobald der Reaktor am Netz ist, schalten die Batterien sich aus. Möchten Sie etwas Besonderes sehen?«
Judd nickte. »Haben Sie Zellen aus der Großhirnrinde?«
Sawyer gab den beiden Technikern einen Wink. Miß Payson ging zur Tastatur des Computers und tippte einen kurzen Befehl. Der kleine Kran rollte auf seinen Schienen anderthalb Meter nach links und hielt an, der Roboterarm streckte sich bis zur vierten Reihe unter der Decke, zog eines der Plexiglasfächer heraus und beförderte seinen Inhalt unter das große Elektronenmikroskop in der Mitte des Raumes.
Ein Bildschirm an der Stirnwand des Laboratoriums leuchtete auf, gleichzeitig erloschen sämtliche anderen Lichter. Auf dem Bildschirm erschienen vier verschiedene Felder, die mit vierstelligen Nummern bezeichnet waren. Vor den beiden rechten Bildern stand außerdem der Buchstabe ›K‹.
»Die mit ›K‹ sind geklont«, erklärte Sawyer. »Die Zellen in den anderen Feldern sind natürlich gewachsen.«
Judd starrte fasziniert auf den Bildschirm. »Ich kann keinen Unterschied sehen.«
»Es gibt auch keinen«, lächelte Doc Sawyer. »Jedenfalls keinen sichtbaren. Aber wir wissen natürlich nicht, ob sie auch genau gleich funktionieren.«
»Natürlich funktionieren sie gleich«, meinte Judd. »Sie sind

doch genau wie die anderen.«
»Nicht genau«, widersprach Doc Sawyer.
Judd warf ihm einen fragenden Blick zu.
»Was Gott geschaffen hat, wissen wir«, sagte Doc Sawyer. »Was der Mensch geschaffen hat, muß seinen Wert erst noch zeigen.«

23

Judd kam naßgeschwitzt aus dem Bodybuilding-Studio und stürzte ein großes Glas Orangensaft herunter. »Meine Güte, habe ich einen Durst«, keuchte er. »Ich glaube, ich bin völlig ausgedörrt.«
»Hier, Sir, trinken Sie noch einen.« Fast Eddie hielt ihm ein frischgefülltes Glas hin.
»Nein, ich muß erst mal verschnaufen.« Judd ließ sich auf die Couch fallen.
Mir gefällt dieses Xanadu gar nicht«, sagte Fast Eddie. »Es gibt hier überhaupt nichts zu vögeln.«
Judd lachte.
»Ich finde das gar nicht komisch«, maulte Fast Eddie. »Ich hätte nie gedacht, daß Sie mal zum Mönch werden. Ich hab' eigentlich fest damit gerechnet, daß bei Ihren Orgien immer was für mich abfällt.«
»Ach, das tut mir aber leid«, grinste Judd. »Wahrscheinlich werde ich alt, Eddie.«
»Nein, Sie werden nicht alt«, sagte Eddie hartnäckig. »Sie haben bloß so viele andere Sachen im Kopf. Das Vögeln scheint Sie zu langweilen.«
»Na, komm«, lächelte Judd. »Wir sind doch erst seit einer Woche hier oben.«
»Mir kommt es viel länger vor.« Fast Eddie schüttelte unzufrieden den Kopf.
»Morgen geht die Dürreperiode zu Ende«, tröstete ihn Judd. »Sofia bringt den Maharishi hierher, und in dessen Beglei-

tung befinden sich zwölf schöne Mädchen. Er kommt gar nicht ohne sie aus.«
Eddie schnalzte mit der Zunge. »Ist sonst noch jemand im Anmarsch?«
»Doc Sawyer und Merlin kommen aus Florida, und Dr. Schoenbrunn kommt aus Rio. Morgen soll der Reaktor ans Netz gehen.«
»Das wird ja ein großer Tag.«
»Das hoffe ich.«
»Ich glaube, Sie haben sich in diese Dr. Ivancich ziemlich verliebt«, sagte Fast Eddie mit einem schrägen Blick.
»Wir arbeiten sehr gut zusammen.«
»Auf allen Ebenen, oder?« grinste Eddie. »Auch beim Vögeln, nicht wahr? Sollen wir nicht ein bißchen Schnee fassen, um wieder in Übung zu kommen?«
»Laß dich nicht stören«, sagte Judd. »Aber ich werde heute verzichten. Die Ärzte wollen mich wieder einmal komplett untersuchen, da möchte ich *clean* sein.«
Fast Eddie hielt Judd wieder das Glas Orangensaft hin. »Wenn diese Ärztin Sie untersucht, müssen Sie auf jeden Fall noch was trinken.«
»Wieso?« fragte Judd.
»Dr. Ivancich ist so scharf auf Sie, daß sie garantiert den letzten Tropfen aus Ihnen herausvögelt«, lachte Fast Eddie.
Judd schüttelte ärgerlich den Kopf, aber der Schwarze war schon verschwunden. Judd trank sein Glas leer und ging unter die Dusche.

Das Telefon klingelte, als er sich abtrocknete. »Ihre Stiefmutter ist am Apparat«, sagte der Mann in der Vermittlung.
Judd ließ sich verbinden. »Was gibt's, Barbara?« fragte er.
»Wo bist du, Judd?« fragte Barbara ängstlich.
»In Xanadu. Was ist los?«
»Das Baby ist weg«, sagte sie mit zitternder Stimme. »Dein Sohn. Das Kindermädchen war mit ihm spazieren, da hielt plötzlich ein Auto neben ihr auf der Straße. Zwei Männer sprangen heraus, schlugen sie nieder und zerrten das Kind in

den Wagen. Sie haben ihr einen Zettel in die Hand gedrückt und sind weggefahren.« Sie begann haltlos zu weinen.
»Was stand auf dem Zettel?« fragte Judd ruhig.
»Ich habe ihn hier«, schluchzte sie.
»Lies ihn vor«, sagte Judd so behutsam wie möglich.
Mühsam brachte Barbara ihre Stimme wieder unter Kontrolle. *»Wir wissen, wer das Kind ist. Wir kennen seinen Vater und seine Mutter. Dem Kind geschieht nichts, wenn seine Eltern tun, was wir wollen.«*
»Mehr stand nicht auf dem Zettel?«
»Nein.«
»Hattest du mir nicht gesagt, es wüßte niemand etwas über das Kind?«
Barbara schluchzte ins Telefon. »Das habe ich wirklich geglaubt.«
»Wann ist denn diese Geschichte passiert?«
»Vor zwei Stunden.«
»Wie spät ist es denn jetzt in San Francisco?«
»Vier Uhr nachmittags«, antwortete sie. »Ich habe die ganze Zeit versucht, dich zu erreichen. Niemand wußte Bescheid.« Wieder begann sie zu schluchzen. »Was sollen wir tun, Judd?«
»Hast du John D. vom Sicherheitsdienst angerufen?«
»Noch nicht.«
»Dann tu das sofort. Er schickt dir ein paar Leute, die sich um die Sache kümmern.« Er dachte einen Augenblick nach. »Sag dem Kindermädchen, sie soll Johns Männern alles erzählen, was sie über die Kerle weiß.«
»Was ist mit Sofia? Ich finde, sie müßte es wissen.«
»Darum kümmere ich mich«, erwiderte Judd. »Bleib ruhig und verlier nicht die Nerven. Die Kerle wollen ein Geschäft mit mir machen, sie werden dem Kleinen also nichts tun. Ich verspreche es dir.«
»Ruf mich bitte gleich an, wenn du irgendwas hörst«, bettelte Barbara mit brechender Stimme.
»Ja«, sagte Judd, »und wenn du etwas hörst, sag mir auch Bescheid.«

Barbara putzte sich die Nase. »Ja«, murmelte sie.
»Nimm ein Beruhigungsmittel«, riet er. »Es wird bestimmt alles gut ausgehen.« Er legte auf und rief den Sicherheitsdienst an.
John D. war selbst am Apparat. »Sind Sofia und der Maharishi schon aus Los Angeles abgeflogen?« fragte Judd.
»Ja. Vor fünf Stunden.«
»Meine Stiefmutter wird Sie jeden Augenblick anrufen. Sie kann Ihnen alle Einzelheiten berichten. Sorgen Sie dafür, daß alle Hinweise überprüft und alle Spuren verfolgt werden. Fragen Sie auch Ihre Kontaktleute beim FBI, ob sie irgendeine besondere Aktivität der russischen Agenten im Lande bemerkt haben, die mit Menschenraub zu tun haben könnte. Das Opfer ist allerdings kein Überläufer, sondern ein dreijähriges Kind.«
»Verstanden«, sagte John D. ohne irgendeine Gemütsregung.
»Haben Sie irgend etwas über Dr. Schoenbrunn herausgefunden?« fragte Judd. »Ich habe einen unbestimmten Verdacht, daß er mit dieser Entführung zu tun hat.«
»In unseren Archiven findet sich nichts Besonderes«, erwiderte John D. »Nur das Übliche: Er hat internationale Symposien und Konferenzen über Kernphysik in Skandinavien, in Deutschland und Japan besucht, an denen Wissenschaftler aus aller Welt teilgenommen haben, auch aus der UdSSR.«
»Wissen Sie, ob er jemals in Ostberlin war?«
»Zweimal, aber das waren bloß Stadtbesichtigungen mit Bussen.«
»Mist.« Judd dachte einen Augenblick nach. »Fragen Sie doch mal die Israelis. Bei entsprechenden Gegenleistungen ist der Mossad doch meistens ganz kooperativ.«
»Ein guter Gedanke, Sir. Ich werde mich darum kümmern. Genügen Ihnen eigentlich die Sicherheitsvorkehrungen da unten in Xanadu? Wollen Sie noch mehr Schutz?«
»Ich glaube, hier bin ich vollkommen sicher«, beruhigte ihn Judd. »Kümmern Sie sich vor allem um dieses Kind.« Er legte den Hörer zurück auf die Gabel und rief Fast Eddie zu sich ins

Zimmer.
»Was kann ich für Sie tun, Boß?« fragte der Schwarze.
»Erstens brauche ich jetzt eine Prise und zweitens ein Cherry-Coke«, befahl Judd.
»Na also«, grinste Fast Eddie. »Jetzt gefallen Sie mir schon besser.«
Judd nahm seine zwei Prisen und trank einen Schluck Cherry-Coke. »Sag mal, Eddie, wie viele von diesen schwedischen Panzerabwehrraketen haben wir eigentlich?«
Fast Eddie zog die Augenbrauen hoch. »Ein Dutzend. Erwarten Sie Ärger?«
Judd zuckte die Achseln. »Das kann man nie wissen. Sorge bitte dafür, daß die Dinger greifbar sind, wenn wir sie brauchen.«
»Okay. Sonst noch etwas?«
»Haben wir ein paar Pistolen?«
»Am besten nehmen wir die beiden 25er-Automatics, die kann man gut verstecken.«
»Gut«, nickte Judd und nahm noch einen Schluck Cherry-Coke. »Wenn unsere Gäste eintreffen, bleibst du am besten immer in meiner Nähe, okay?«
»Mach ich, Boß. Ich werde so dicht bei Ihnen bleiben, daß die Leute denken, ich wäre Ihr siamesischer Zwilling.«

Es war kurz nach Mitternacht, als John D. endlich anrief. Judd setzte sich im Bett auf und nahm den Telefonhörer ab. »Was gibt's?«
»Mr. Crane, ich habe ein paar Informationen für Sie.«
»Schießen Sie los, John. Ich war noch wach.«
»Heute nachmittag sind zwei Männer und ein dreijähriger Junge von San Francisco nach Montreal geflogen. Dort sind sie sofort in ein kubanisches Flugzeug umgestiegen. Wir haben unsere Leute in Havanna gefragt, und sie haben festgestellt, daß der ganze Flughafen abgesperrt ist. Es gibt Gerüchte, daß ein hohes Tier aus Moskau erwartet wird.«
»Glauben Sie, wir kommen dort an den Kleinen heran?«
»Lieber nicht. Ich fürchte, das wäre ziemlich riskant. Aber die

Israelis haben uns etwas Interessantes erzählt. Ihr Dr. Schoenbrunn ist gar nicht in Rio, sondern in Caracas. Er hat Flugtickets nach Rio, eins davon für ein Kind unter fünf Jahren.«

»Wir könnten ja in Rio zuschlagen.«

»Da habe ich nicht genug Leute«, gab John D. zu bedenken. »Die Israelis würden uns gerne helfen, aber deren Büro ist auch nur mit zwei Frauen besetzt.«

»Dann müssen wir die Sache selbst in die Hand nehmen«, knurrte Judd. »Ich bin ziemlich sicher, daß sie den Jungen hierherbringen werden.«

»Ich kann Ihnen Leute runterschicken«, schlug John D. vor. »Eine ganze Armee, wenn Sie wollen. Aber es wird einen Tag dauern. Vor Mitternacht können die Männer nicht da sein.«

»Das wäre zu spät«, meinte Judd. »Machen Sie sich keine Sorgen. Wir schaffen das schon allein, John.«

»Es tut mir leid, Mr. Crane«, entschuldigte sich John D. »Wie es aussieht, haben wir das nicht gut gemacht.«

»Machen Sie sich nichts draus«, beruhigte ihn Judd. »Es klappt halt nicht immer.« Er legte auf, ließ sich wieder aufs Kopfkissen fallen und überlegte. Schließlich rief er den Kontrollturm auf dem Plateau an.

»Hier Crane«, meldete er sich. »Lassen Sie sofort alle Maschinen auf das Plateau schaffen. Im Krater will ich bloß den Senkrechtstarter haben. Verstanden?«

»Ja, Mr. Crane.«

»Alle Flugzeuge, die um Landeerlaubnis bitten, sollen ebenfalls auf dem Plateau bleiben. Niemand darf in den Krater. Auch nicht Dr. Schoenbrunn.«

»Jawohl, Sir.«

»Außerdem möchte ich sofort informiert werden, wenn ein Flugzeug sich meldet. Ich möchte wissen, wer und wie viele Personen an Bord sind. Verstanden?«

»Jawohl, Sir.«

»Außerdem will ich von acht Uhr morgens an stündlich Meldung, ob Sie Funkkontakt mit irgendwem haben oder Funkverkehr auffangen. Verstanden? Ich möchte nicht, daß uns ir-

gendwer überrascht.«
»Jawohl, Mr. Crane. Falls nichts Besonderes geschieht, rufen wir Sie morgen früh um acht zum ersten Mal an. Auf Wiederhören, Sir.«
Judd legte den Hörer auf und knipste das Licht aus. Aber die Sorgen ließen ihn nicht los. Die ganze Nacht wälzte er sich schlaflos im Bett, bis das graue Morgenlicht durch die Fenster hereindrang.

24

Eddie starrte auf den Fernsehschirm und musterte die Passagiere, die auf die Gangway hinaustraten. »Wo bleiben die Mädchen?« fragte er kopfschüttelnd.
»Warte doch mal«, sagte Judd. Er beobachtete die Vorgänge auf dem Plateau ebenso gespannt wie Fast Eddie. Sofia stand am oberen Ende der Gangway und sah auf die Rollbahn hinunter. Vor ihr standen die beiden Begleiter des Maharishi, hinter ihr kamen drei weitere Männer. Erst ganz zum Schluß erschienen die Mädchen. Insgesamt waren es sieben.
»Von Leibwächtern war nicht die Rede«, bemerkte Fast Eddie.
»Der Maharishi ist ein alter Mann«, meinte Judd. »Vielleicht hat er Hilfe gebraucht.«
Fast Eddie blieb stumm, sah aber weiterhin auf den Bildschirm.
»Dr. Ivancich sieht ziemlich nervös aus«, stellte er fest. »Sie bewegt sich verkrampft.«
Judd beobachtete die Ärztin. Eddie hatte recht, Sofias Gang war merkwürdig steif.
»Zeig Sofia und dem Maharishi ihre Zimmer«, befahl Judd dem Schwarzen. »Wenn sich Sofia ein bißchen eingerichtet hat, sag mir Bescheid.«
»Wo finde ich Sie?« fragte Fast Eddie.
»Ich gehe zum Reaktor hinunter. Dr. Schoenbrunn, Doc Saw-

yer und Merlin erwarten mich dort. Der Generator wird jetzt jeden Augenblick eingeschaltet. Da möchte ich gern dabeisein.«

»Sie hatten doch gesagt, ich sollte bei Ihnen bleiben«, wandte Fast Eddie ein.

»Es sind ja nur ein paar Minuten«, beruhigte ihn Judd. »Jetzt passiert sicher noch nichts.«

»Okay, Sie sind der Boß«, seufzte Eddie. »Haben Sie Ihre Pistole?«

Judd streckte den Arm, und wie durch Zauberei erschien die Automatic in seiner Hand. »Okay?« fragte er.

»Nicht schlecht«, grinste Fast Eddie. »Ich bin gleich wieder bei Ihnen.«

Dreihundert Meter unterhalb des Kraters trat Judd aus dem Fahrstuhl auf die Beobachtungsplattform, die sich über dem Reaktor befand. Dr. Schoenbrunn saß auf einem hohen Drehstuhl und beobachtete die Anzeigetafel mit den Meßgeräten und Instrumenten. Doc Sawyer und Merlin sahen ihm fasziniert zu.

Der Deutsche hatte sowohl die Aufzugtüren als auch Judds Schritte auf der stählernen Plattform gehört. Ohne den Blick von der Anzeigetafel zu wenden, sagte er: »Sie kommen gerade im rechten Moment, Mr. Crane. In dreißig Sekunden wird der Generator mit den Turbinen verbunden. Von da an läuft der gesamte Betrieb automatisch.«

Schweigend stellte Judd sich neben den Deutschen. Die Uhr auf der Schalttafel lief: 25, 24, 23. Rote Lampen zeigten, daß noch keine Spannung im Netz war. Judd warf einen Blick durch die dicken Bleiglasscheiben zum Reaktor hinunter. Die letzten Techniker verließen gerade das untere Stockwerk durch eine schmale Tür, die zur Plattform hinaufführte. Der Countdown ging weiter: 15, 14, 13, 12.

Auf der gegenüberliegenden Seite der Beobachtungsplattform öffnete sich eine Tür, und die weißgekleideten Techniker traten heraus. Schweigend stellten sie sich hinter die Scheiben und sahen auf den Reaktor hinunter. Die Maschi-

nen liefen vollkommen lautlos. Außer dem leisen Klicken des Zählers hörte man gar nichts.
Doc Sawyer warf Judd einen Blick zu und hob seine Hand, Mittel- und Zeigefinger gekreuzt. Merlin imitierte die Geste. Judd lächelte den beiden zu und hob seinen Daumen.
5, 4, 3. Man spürte, daß alle den Atem anhielten. 2, 1, 0. Die roten Lampen erloschen, die grünen leuchteten auf, und plötzlich begannen die Techniker Bravo zu rufen und in die Hände zu klatschen.
Judd beteiligte sich an ihrem Applaus. »Herzlichen Glückwunsch!« sagte er lächelnd zu Dr. Schoenbrunn. »Ich gratuliere.«
Der Deutsche ergriff die dargebotene Hand und schlug automatisch die Hacken zusammen. »Ich habe Ihnen zu danken, Mr. Crane.«
Merlin runzelte verblüfft die Stirn. »Aber es war ja gar nichts zu sehen oder zu hören. Kein Motorengeräusch, keine Hebel, keine Räder . . .«
»Seien Sie froh drum, Mr. Merlin«, lachte Schoenbrunn. »Wenn es irgendwelche Geräusche gegeben hätte, dann wären es vermutlich die letzten gewesen, die wir überhaupt gehört hätten.«
»Kommen Sie, wir trinken einen Schluck in meinem Büro«, forderte Judd die Anwesenden auf.
»Darf ich noch einen Augenblick hierbleiben?« fragte der Deutsche. »Ich möchte meinem Baby noch ein bißchen zuschauen.«
»Ja, natürlich«, erwiderte Judd. »Und noch einmal: Herzlichen Glückwunsch!« Er ging zum Fahrstuhl, Doc Sawyer und Merlin schlossen sich an.
»Drei Milliarden«, bemerkte Merlin trocken.
»Das war ein echtes Sonderangebot«, grinste Judd.
Merlin schüttelte den Kopf. »Ich verstehe nicht, warum Ludwig ausgestiegen ist.«
»Das ist doch ganz einfach«, erklärte Judd. »Ludwig hat sich zurückgezogen, weil er keinen Profit sah, und die Regierung hatte kein Geld. Brasilien hatte damals schon Schulden von

achtzig Milliarden, und der Internationale Währungsfond verlangte Sparmaßnahmen, an denen sie beinahe erstickt sind. Sie waren heilfroh, daß ich ihnen eine Milliarde bezahlt habe.«

»Und Sie haben immer noch vor, hier zu bleiben?« fragte Merlin.

»Ich werde hier bleiben«, sagte Judd trocken.

»Sagen Sie ihm, daß es nicht funktioniert«, wandte sich Merlin an Sawyer. »Kein Mensch lebt für immer.«

»Das kann ich nicht«, seufzte Doc Sawyer. »Niemand weiß, ob es funktioniert oder nicht.«

»Das wird sich erst im Lauf der Jahre erweisen«, lächelte Judd und hielt die Tür zu seinem Büro auf.

Fast Eddie wartete schon. »Sie sind alle untergebracht«, sagte er zu Judd. »Aber eins hat mich ein bißchen gewundert. Ich dachte, der Maharishi erlaubt seinen Leibwächtern nicht, Schußwaffen oder dergleichen zu tragen.«

»Das dachte ich auch.« Judd war überrascht.

»Dann stimmt etwas nicht«, meinte Fast Eddie. »Die Begleiter des Maharishi sind bis an die Zähne bewaffnet. Jeder hat eine Uzi-Maschinenpistole und weiß ich was für sonstige Knallkörper.«

»Hast du mit Sofia gesprochen?« fragte Judd.

»Leider nicht. Eins der Mädchen behauptete, sie fühle sich nicht wohl und müsse sich gleich hinlegen«, erwiderte Fast Eddie. »Aber das kam mir auch ziemlich merkwürdig vor. Sie hat mich nämlich gesehen, aber erkannt hat sie mich nicht. Sie hat mich so glasig angestarrt, als ob sie gedopt wäre.«

Judd dachte einen Augenblick nach. »Vielleicht ist sie krank. Ich werde mal den Maharishi anrufen und fragen, ob ich Doc Sawyer zu ihr schicken soll.« Als er den Telefonhörer aufnahm, kam gerade Dr. Schoenbrunn ins Zimmer.

Der Maharishi meldete sich. »Ja, bitte?«

»Hier Crane. Willkommen in Xanadu. Ich habe gehört, daß Dr. Ivancich krank ist. Soll ich ihr meinen Arzt schicken?«

»Ich glaube nicht, daß das nötig ist«, sagte der Maharishi mit gelassener Stimme. »Sie ist ein bißchen erkältet. Vielleicht hat

der Flug sie angestrengt.«
»Ein paar Antibiotika würden ihr sicher rasch helfen«, meinte Judd. Er drückte auf eine Taste, und der Videoschirm zeigte das Gesicht seines Gesprächspartners. Judd veränderte den Blickwinkel, und jetzt sah man, daß Sofia hinter dem Maharishi auf dem Bett saß. Links und rechts von ihr standen zwei Leibwächter.
»Ich glaube, es genügt, wenn sie ein bißchen schläft«, sagte der Maharishi. »Wir haben alle Aufzeichnungen meiner Schwester entschlüsselt und in den Computer gefüttert. Wir können jetzt jederzeit mit der Analyse beginnen.«
»Lassen Sie uns darüber reden, wenn Sofia wieder auf den Beinen ist«, sagte Judd. »Rufen Sie mich einfach an.« Er legte auf.
Noch ehe Judd etwas sagen konnte, meldete sich der Deutsche zu Wort. »Wissen Sie, wer das ist?« fragte Dr. Schoenbrunn. Seine Stimme überschlug sich fast vor Erregung.
Judd sah ihn erstaunt an. »Nein, sagen Sie es mir.«
»Der Mann ist beim KGB«, erklärte Dr. Schoenbrunn. »Wir wissen schon lange von ihm, sind ihm aber noch nie so nahe gekommen.«
»Wer ist ›wir‹?« fragte Judd.
»Der Mossad«, erläuterte Dr. Schoenbrunn. »Ich bin zwar kein Mossad-Agent, aber ich habe oft mit den Israelis zusammengearbeitet, auch bei der Eichmann-Entführung. Der KGB war damals auch hinter ihm her, aber wir waren schneller.«
»Scheiße«, fluchte Judd. »Glauben Sie, Sofia arbeitet mit dem Maharishi zusammen?«
»Ich kenne die Frau nicht«, erwiderte Schoenbrunn.
»Ich glaube nicht«, warf Fast Eddie ein. »Ich hatte den Eindruck, sie steht unter dem Einfluß von Drogen.«
»Was machen wir jetzt?« fragte Doc Sawyer.
»Als erstes werden wir Sie und Merlin hier rausfliegen«, bestimmte Judd.
»Von wegen!« protestierten Sawyer und Merlin fast gleichzeitig.
»Sie haben gar keine andere Wahl«, lächelte Judd. »Sie beide

fliegen hier raus, sonst geht der Konzern vor die Hunde.«
Judd rief den Tower an. »Haben Sie CI 2 startklar?«
»Jawohl, Mr. Crane.«
»Die Maschine wird sofort starten. Ich schicke drei Passagiere hinauf.« Judd legte auf und nickte seinen Freunden zu. »Los, ihr beiden!«
Merlin und Sawyer starrten ihn ungläubig an, rührten sich aber nicht von der Stelle. »Los!« brüllte Judd. »Ihr habt schon genug Verantwortung. Mit dieser Geschichte werde ich allein fertig.« Er wandte sich an Dr. Schoenbrunn. »Sie fliegen auch, Doktor. Sie haben damit nichts zu tun.«
»Und ob ich etwas damit zu tun habe«, donnerte Dr. Schoenbrunn. »Ich habe Verwandte in der Sowjetunion, die schon seit mehr als zwanzig Jahren ausreisen wollen.«
»Ach ja? Und wen haben Sie in Caracas getroffen?« fragte Judd argwöhnisch.
Dr. Schoenbrunn sah ihn erstaunt an. »Meine Frau und meinen Sohn. Der Junge ist in der Schweiz operiert worden. Hier gab es kein Krankenhaus, das die Operation hätte durchführen können.«
Judd schwieg.
»Außerdem«, erklärte Schoenbrunn, »überlasse ich diesen Kerlen nicht meinen Reaktor.«
Judd grinste. »Okay«, sagte er zu Doc Sawyer und Merlin, »ihr fliegt jetzt los. Sobald ihr gestartet seid, melden wir uns alle zwei Stunden bei euch.«
Stumm schüttelten sich die Männer die Hände, dann verließen Sawyer und Merlin den Raum. »Geh mit ihnen«, befahl Judd Fast Eddie. »Achte darauf, daß sie auch wirklich an Bord gehen. Ich möchte nicht, daß sie sich in irgendeinem dunklen Winkel verstecken.«

25

Judd knipste den Bildschirm an und beobachtete die Vorgänge auf dem Plateau. CI 2 preschte gerade über die Startbahn und schoß dann hinauf in den Himmel. Judd nickte zufrieden. Aber plötzlich bemerkte er eine weitere Maschine, die an den Start rollte. »Was ist denn das für ein Flugzeug?« fragte er den Mann im Kontrollturm.
Noch ehe der Controller antworten konnte, erklärte Dr. Schoenbrunn: »Das ist meine. Damit fliegen die Techniker nach Rio zurück. Der Reaktor läuft ja jetzt automatisch.«
»B-737 nach Rio, Sir«, bestätigte der Controller.
»Vielen Dank«, sagte Judd. »Sind noch irgendwelche anderen Maschinen da oben?«
»Nur noch zwei Hubschrauber und die 707, mit der die letzten Passagiere gekommen sind, Sir.«
»Und wo halten sich die Mannschaften auf?«
»In den Unterkünften hier oben.«
»Sorgen Sie dafür, daß alle Maschinen aufgetankt werden.«
»Jawohl, Sir.«
Als Judd den Telefonhörer auflegte, kam auch Fast Eddie zurück. »Sie sind unterwegs«, meldete er.
»Gut.« Judd wählte die Nummer der Personalabteilung. »Hier Somer«, meldete sich eine männliche Stimme.
»Hier Crane«, sagte Judd. »Wie viele Leute haben wir zur Zeit noch hier im Gebäude?«
»Einen Augenblick, bitte«, sagte der Mann. »Der Computer sagt zweiundvierzig, Sir. Sicherheit vier, Hauspersonal acht, Küchenpersonal zehn, Reinigungs- und Wartungspersonal drei, acht Piloten und fliegendes Personal, Bodenpersonal vier, drei Techniker im Laboratorium und zwei Leute in der Personalabteilung. Dazu gehöre ich selbst.«
»Sind die vier Wachleute bewaffnet?«
»Nein, Sir. Sie dienen nur zur Überwachung des Personals und der Gäste.«
»Ich verstehe«, sagte Judd nachdenklich. »Bereiten Sie das Personal darauf vor, daß es möglicherweise in den nächsten

zwei Stunden evakuiert werden muß. Aber erregen Sie bitte kein Aufsehen, und unternehmen Sie nichts ohne meine ausdrückliche Anweisung.«

»Ja, Mr. Crane«, sagte Somer. »Mein Name ist Jack, Sir. Ich gehöre zum Sicherheitsdienst und habe auch eine Waffe. Wenn Sie mich brauchen, sagen Sie bitte Bescheid.«

»Bleiben Sie an Ihrem Platz, Jack, vielen Dank. Ich melde mich, wenn ich Sie brauche.« Judd legte den Hörer auf und wandte sich an Dr. Schoenbrunn und Fast Eddie. »Ich glaube, es wird noch eine Weile dauern, bis der Maharishi sich meldet. Wenn Sofia betäubt ist, wartet er bestimmt, bis sie aufwacht.«

»Eddie, gib mir etwas zu trinken«, sagte er plötzlich. »Ich habe da eine Idee.«

Er wählte den Sicherheitsdienst und ließ sich mit John D. verbinden.

»John«, sagte er. »Ich habe noch mal über Ihren Bericht nachgedacht. Ich glaube, die Sache mit Montreal und Havanna war ein Täuschungsmanöver. Der Maharishi steckt hinter der Entführung des Jungen. Wie viele Leute können Sie auf diesen Ashram in Malibu ansetzen?«

»Malibu ist kein Problem«, meinte John D. »Da kann ich sofort zwanzig, fünfundzwanzig Mann haben.«

»Ich glaube, das Kind ist da drin«, sagte Judd. »Ich glaube, auf diese Weise hat er Sofia erpreßt.«

»Sollen wir Fallschirme nehmen?« fragte John D.

»Nein, Hubschrauber. Legt jeden um, der sich euch in den Weg stellt«, befahl Judd. »Und gebt mir Bescheid, sobald ihr wißt, ob ich recht hatte.«

»Okay. Wir sind schon unterwegs.«

Judd hängte ein. »Während wir warten, können wir genausogut etwas essen.«

Es dauerte über eine Stunde, bis der Maharishi anrief. »Mr. Crane, Sofia geht es schon besser. Können wir uns jetzt treffen?«

»Ja, gern«, erwiderte Judd. »Ich hole Sie unten in Ihrer Suite

ab, und dann veranstalte ich für Sie die große Xanadu-Schloßbesichtigung für anderthalb Dollar. Sicher interessierten Sie sich für den Reaktor und die Laboratorien?«
»Das wäre sehr nett, Mr. Crane.«
»Gut«, sagte Judd. »Ich komme gleich herunter. Ich bringe auch Dr. Schoenbrunn mit, der die ganze Anlage gebaut hat. Er kann Ihnen sämtliche Fragen beantworten.«
Judd hängte ein und wandte sich an Fast Eddie. »Du gehst rauf zum Kontrollturm, installierst mindestens vier von deinen Panzerabwehrraketen und wartest auf meinen Anruf.«
»Ich lasse Sie aber nicht gern allein«, protestierte Eddie.
»Das tust du auch nicht«, lächelte Judd. »Du hilfst mir da oben am meisten.« Er wandte sich an Dr. Schoenbrunn. »Können Sie mit einer Pistole umgehen?«
»Ja«, antwortete der Deutsche.
»Gib ihm deine 25er«, wandte sich Judd an Fast Eddie, »und zeig ihm, wie man sie im Jackenärmel versteckt.«
Während Fast Eddie dem Deutschen die Waffe erklärte, rief Judd noch einmal in der Personalabteilung an. Somer meldete sich. »Jack«, sagte Judd. »Ich fahre jetzt zum Maharishi hinunter. Dann gehen wir zusammen zum Generator und ins Laboratorium. Am Schluß sind wir wahrscheinlich bei mir im Büro. Versuchen Sie, uns auf dem Bildschirm zu verfolgen. Wenn Sie den Eindruck haben, daß Gefahr droht, evakuieren Sie das Personal. Wenn ich oder Dr. Schoenbrunn bedroht werden, unternehmen Sie nichts. Wir sind im Moment nicht so wichtig. Verstanden?«
»Jawohl, Mr. Crane«, erwiderte Jack Somer. »Ich werde Sie im Auge behalten.«
Judd wandte sich an Fast Eddie. »Seid ihr fertig?«
Der Schwarze nickte.
»Okay.« Judd atmete tief durch. »Hals- und Beinbruch.«
Sie traten hinaus auf den Flur und gingen zusammen zum Aufzug. Judd wartete, bis Fast Eddie zum Plateau unterwegs war, dann fuhr er mit Dr. Schoenbrunn in das untere Stockwerk.

Einer der Leibwächter des Maharishi öffnete ihnen. Judd betrat die Suite der Gästezimmer. Dr. Schoenbrunn blieb dicht bei ihm. »Friede sei mit dir, mein Sohn«, begrüßte ihn der Maharishi.
»Friede sei mit Ihnen, Meister«, lächelte Judd.
Sofia kam aus einem der anderen Räume. Judd umarmte und küßte sie auf die Wange. Ihr Gesicht wirkte gespannt. »Geht es dir besser, Sofia?«
»Danke«, erwiderte sie müde. »Viel besser.« Sie lächelte mühsam. »Ich glaube, es war die Grippe oder sonst irgendein hinterlistiger Virus.«
»Möchtest du dich vielleicht wieder hinlegen?« fragte Judd. »Wir haben ja keine Eile. Wir können ja alles auf morgen verschieben.«
Sofia Augen weiteten sich ängstlich. »Nein, nein«, sagte sie hastig. »Es geht mir wirklich viel besser. Wir können gleich anfangen.«
Judd nickte. Er wies mit der Hand auf Dr. Schoenbrunn. »Das ist Herr Dr. Schoenbrunn. Ohne ihn wäre diese Anlage niemals möglich gewesen.«
Dr. Schoenbrunn verneigte sich.
»Zuviel der Ehre«, sagte er höflich. Sofia und der Maharishi schüttelten ihm die Hand.
Judd wandte sich an den Maharishi. »Wenn Sie Lust haben, können wir gehen. Herr Dr. Schoenbrunn zeigt uns sicher gern den Reaktor.«
»Ach, vielleicht sollten wir uns den Reaktor aufheben«, meinte der Maharishi, »und uns für heute auf die Laboratorien beschränken. Ich befürchte, Frau Dr. Ivancich durch eine zu große Besichtigungstour zu ermüden.«
Judd unterdrückte ein Grinsen, als er sah, daß Dr. Schoenbrunn trotz allem über diese Entwicklung enttäuscht war. Der Reaktor war nun einmal sein Liebling. Aber der Deutsche beherrschte sich.
»Ja, natürlich«, sagte er steif.
Schweigend gingen sie über den Flur. Im Fahrstuhl wurde es ziemlich eng, als sich auch noch zwei von den Leibwächtern

in die Kabine hineindrängten.
Judd griff nach Sofias Hand. Sie war kalt und feucht. Der Mann am Eingang der Laboratorien nickte Judd zu. »Guten Tag, Mr. Crane.«
Dann kamen sie in die Umkleideräume. »Das Laboratorium ist völlig von der Außenwelt isoliert«, erläuterte Judd. »Wir müssen uns vollkommen umziehen, duschen und keimfreie Kleidung mit Gesichtsmasken und Gummihandschuhen anziehen.«
Der Maharishi schüttelte unzufrieden den Kopf. »Können wir nicht von außen hineinblicken?«
Judd und Dr. Schoenbrunn sahen sich an. Judd nickte unmerklich. »Draußen im Flur ist ein Sichtfenster«, erklärte Dr. Schoenbrunn.
»Ich kann ja die Techniker bitten, uns eine Zellkultur auf dem Bildschirm zu zeigen«, sagte Judd. »Das sieht man auch durch das Fenster.«
»Ja, das wäre schön«, lächelte der Maharishi.
Schweigend betrachteten sie den Laborraum.
Dann gingen die Lichter aus, und der Bildschirm leuchtete auf.
Judd erläuterte, was ihm Doc Sawyer vor einer Woche erklärt hatte. Aber während der Maharishi die künstlichen und die natürlichen Zellen mit großer Aufmerksamkeit studierte und zahlreiche Fragen stellte, schien sich Sofia überhaupt nicht dafür zu interessieren.
»Wollen wir jetzt in mein Büro gehen und in Ruhe überprüfen, was die neuen Aufzeichnungen Ihrer Schwester zu unseren Erkenntnissen beitragen?« fragte Judd.
Der Maharishi nickte.
Schweigend gingen sie zum Aufzug zurück. Als sie in der Kabine standen, fragte Judd: »Ist es dir auch nicht zu anstrengend, Sofia? Wir können es wirklich auf morgen verschieben.«
»Nein!« rief sie beinahe verzweifelt. »Es geht mir gut. Laß uns anfangen.«
Judd nickte, ohne einen Kommentar abzugeben. Er drückte

einen Knopf, sie glitten nach oben und standen bald darauf in Judds großzügigem, holzgetäfeltem Büro. Judd bat seine Gäste in die luxuriöse Sitzecke. Sofia und der Maharishi setzten sich auf die Couch, während sich die beiden Leibwächter hinter ihnen aufstellten. Schoenbrunn saß im rechten Winkel zu ihnen auf einem Sessel, und Judd ließ sich auf der anderen Seite des niedrigen Tisches nieder.
»Möchten Sie Tee?« fragte er.
Der Maharishi lehnte dankend ab.
»Wo ist denn hier die Toilette?« fragte Sofia.
»Direkt durch die Tür hinter dir«, sagte Judd und stand auf. »Warte, ich zeige sie dir.«
Er hielt ihr die Tür auf, und als sie an ihm vorbeiging, schob er ihr zwei Kokainpopper in die Hand. Dann setzte er sich wieder in seinen Sessel.
»Wie gefällt es Ihnen in Xanadu, Meister?« fragte er.
»Eine technische Höchstleistung«, lächelte der Maharishi.
»Sie haben ja bisher nur sehr wenig gesehen«, winkte Judd ab. »Wenn alles fertig ist, funktioniert es vollautomatisch. Ich könnte hier ganz allein, ohne Personal leben, und doch wäre für alles gesorgt: Nahrung, Erholung, Sport, Nachrichtenverbindungen.«
»Wirklich erstaunlich.«
Der Maharishi nickte bedächtig.
Als Sofia aus dem Badezimmer zurückkam, waren ihre Augen klar und wach, wie Judd feststellte. Wieder setzte sie sich neben den Inder.
»So«, lächelte Judd. »Was habt ihr in Dr. Zabiskis Notizen gefunden?«
Der Maharishi wandte sich an Sofia. »Ich glaube, Frau Dr. Ivancich kann es besser erklären.«
»Eigentlich war es nichts, was wir nicht schon gewußt oder geahnt haben«, begann Sofia. »Wir haben jetzt den endgültigen Beweis, daß sie bei ihrer Zelltherapie tatsächlich den menschlichen Fötus benutzt hat. Später hat sie den menschlichen Zellen auch Zellen von Tieren beigemischt, vor allem von ungeborenen Lämmern. Wie es scheint, war das Haupt-

problem, daß viele Versuchspersonen die injizierten Zellen nicht vertrugen. Trotz massiver Antihistamin- und Cortisongaben sind viele Patienten im anaphylaktischen Schock gestorben.«

»Was trägt das zu unserem Problem bei?« fragte Judd. »Das wußten wir doch schon lange.«

»Ja«, bestätigte Sofia. »Das erklärt auch nur, warum Dr. Zabiski so daran interessiert war, daß du ein Verfahren zur Gewinnung von künstlichen, geklonten Zellen erfindest.«

Judd nickte. »Nun, ihr habt ja gesehen, daß wir dieses Verfahren beherrschen. Wir stehen an der Schwelle zur Unsterblichkeit. Der Mensch kann jetzt für immer leben.«

»An der Formel, die Sie bei diesem Verfahren benutzen, bin ich außerordentlich interessiert«, bemerkte der Maharishi in höflichem Ton.

Judd lächelte. »Ich hatte eigentlich nicht die Absicht, diese Information mit irgend jemand zu teilen.«

»Ich finde, Sie sollten der Welt diese Formel nicht vorenthalten, mein Sohn«, sagte der Maharishi salbungsvoll.

Judd lachte laut. »Ich scheiß auf die Welt. Ich schulde niemandem etwas.«

»Da bin ich anderer Ansicht«, widersprach der alte Mann ernst. »Das Leben Ihres Sohnes hängt davon ab, Mr. Crane.«

»Ich habe keinen Sohn«, bemerkte Judd kühl.

»Frau Dr. Ivancich hat Ihnen ein Kind geschenkt«, sagte der Alte mit fester Stimme.

Judd verzog keine Miene. »Das war ihr Kind. Ich trage keinerlei Verantwortung für dieses Kind.«

Der Maharishi warf ihm einen verächtlichen Blick zu. »Hören Sie auf, Theater zu spielen, Mr. Crane.«

Judd hielt seinem Blick stand. »Wie kommen Sie auf die Idee, ich spielte Theater?«

Der Maharishi dachte einen Augenblick nach. »Es kostet mich einen Telefonanruf, und der Junge ist tot«, sagte er schließlich.

Judd griff nach dem Telefonapparat und stellte ihn auf den Tisch. »Bitte, bedienen Sie sich, Meister.«

Sofort rissen die Leibwächter ihre Maschinenpistolen heraus.
»Wir sind auch bereit, Sofia zu töten«, erklärte der Maharishi, »und mit ihr stirbt das Kind, das sie unter dem Herzen trägt. Ihr Kind, Mr. Crane.«
Judd starrte Sofia schockiert an.
»Ist das wahr?« fragte er.
Tränen traten in ihre Augen. »Ja«, murmelte sie.
»Du bist wirklich dämlich.« Seine Stimme klang zornig.
»Bitte, Judd«, bettelte sie. »Bitte gib ihm die Formel. So wichtig ist sie doch auch nicht.«
»Für mich schon«, entgegnete er kalt.
»Auch wenn er sie hat, du hast sie doch auch noch. Du kannst doch immer noch künstliche Zellen erzeugen und unsterblich werden«, schluchzte Sofia.
Judd schüttelte lachend den Kopf. »Jetzt redest du Unsinn, Sofia. Ist dir nicht klar, daß er uns umlegen läßt, sobald er die Formel besitzt? Er hat bestimmt nicht die Absicht, die Formel mit jemand zu teilen.«
Das Telefon klingelte, und Judd nahm den Hörer. Der Maharishi hob die Hand. »Warten Sie, ich will mithören.« Judd nickte und drückte auf den Knopf für den Lautsprecher.
»Mr. Crane?« Es war John D. Seine Stimme klang aufgeregt.
»Was ist los, John?«
»Sie hatten recht. Wir haben den Jungen. Es geht ihm gut. Er will bloß zurück zu seiner Großmutter.«
»Bringen Sie ihn hin«, sagte Judd.
»Sonst noch etwas, Sir?«
»Danke, John. Das wäre alles für heute.« Judd legte den Hörer zurück und warf dem Maharishi einen spöttischen Blick zu. »Den ersten Trumpf hätten Sie damit verloren.«
Der alte Mann blieb gelassen. »Das war nicht der letzte.« Er gab seinen beiden Begleitern ein Zeichen.
Sie hoben ihre Maschinenpistolen, und dann krachte eine Salve. Dr. Schoenbrunn wurde von der Wucht der Kugeln in seinen Sessel gedrückt, dann stürzte er blutend zu Boden.
Der Maharishi blieb vollkommen ruhig. »Vielleicht über-

zeugt Sie das, ja? Frau Dr. Ivancich ist die nächste, wenn ich nicht sofort von Ihnen die Formel erhalte.«
Judd warf Sofia einen prüfenden Blick zu. Sie war schneeweiß geworden und preßte verzweifelt die Lippen zusammen, um nicht zu zittern. »Gut«, nickte Judd. »Ich habe die Formel. Aber sie ist sehr kompliziert, und sie befindet sich nicht hier, sondern in der Datenbank in der Computerzentrale.«
»Können Sie die Formel hierher überspielen?« fragte der alte Mann.
»Ja«, erwiderte Judd.
Die Waffen richteten sich auf Sofia. »Dann fangen Sie an«, befahl der Inder.
Judd seufzte tief. »Okay. Wie Sie wollen.«
Er setzte sich an seinen Schreibtisch. Der alte Mann und einer der Leibwächter folgten ihm. Der andere Mann blieb bei Sofia.
Judd stellte seinen Computerterminal an und stellte die Verbindung zur Datenbank her.
Als erstes gab Judd seine Anfrage ein. »DNA HCC ENG PROJ FORM.«
»Was heißt das?« fragte der alte Mann argwöhnisch.
»DNA Human Cell Clone Engineering Project Formula«, erklärte Judd.
Auf dem Bildschirm erschienen die Worte: »Diese Information ist nur beschränkt zugänglich. Bitte geben Sie sich zu erkennen.«
»Können Sie die Formel hier auf Band aufzeichnen?« fragte der Maharishi.
»Ja«, nickte Judd. Er zeigte auf den Arbeitsspeicher. »Drücken Sie auf den ›EIN‹-Schalter, aber achten Sie darauf, daß im Laufwerk ein Band ist.«
Der alte Mann wandte sich an den Leibwächter. »Einschalten«, befahl er und beobachtete, wie der Mann unsicher an der Maschine herumsuchte.
Als er merkte, daß der Maharishi abgelenkt war, zögerte Judd keine Sekunde. TRANSMIT AND ERASE, tippte er. Über-

spielen und löschen. Dann schickte er rasch seinen persönlichen Code hinterher: JC1-1-02-102-JC1.
Der Computer bestätigte. Auf dem Bildschirm erschienen die Worte: BEGINNING TRANSMISSION DNA HCC ENG PROJ FORM.
»Funktioniert das Bandgerät?« fragte der Maharishi den Leibwächter.
»Ja«, bestätigte der Mann. »Ich sehe die Worte hier auf dem Display.«
Der Maharishi sah Judd über die Schulter. Gemeinsam lasen sie die Zahlen und Buchstaben, die auf dem Bildschirm erschienen. Es dauerte eine ganze Weile, bis die erste Zeile gefüllt war, dann bewegte sich die Anzeige weiter zur nächsten.
»Wie lange dauert das ungefähr?« fragte der Maharishi nervös.
»Ungefähr dreidreiviertel Stunden«, antwortete Judd.
»Läßt sich der Vorgang beschleunigen?« fragte der Maharishi.
»Ja, aber dann läuft die Schrift so schnell über den Bildschirm, daß man sie nicht mehr lesen kann«, erklärte Judd.
»Und wie lange dauert das dann?« fragte der alte Mann.
»Ungefähr zehn oder fünfzehn Minuten.«
»Dann beschleunigen Sie«, befahl der Maharishi.
Judd drückte die Beschleunigungstaste. Die Schrift auf dem Bildschirm reagierte sofort und verwandelte sich in eine rasende Folge von Ziffern und Buchstaben. Über den Rand des Bildschirms beobachtete Judd, daß der zweite Leibwächter Sofia die Maschinenpistole direkt ins Genick gedrückt hatte.
»Geht es dem Kleinen wirklich gut?« fragte sie. Ihre Augen waren angstvoll geweitet.
Judd nickte. »Bestimmt. Du hast ja gehört, was John gesagt hat. Wahrscheinlich ist er jetzt schon auf dem Weg zu Barbara.«
Sofia atmete hörbar. »Gott sei Dank«, flüsterte sie.
Judd verfolgte die flimmernden Ziffernkolonnen, die über den Bildschirm rasten. Er warf dem Maharishi einen skeptischen Blick zu. »Wahrscheinlich werden Sie die Formel gar

nicht verstehen«, sagte er langsam.
»Ich vielleicht nicht«, gab der alte Mann zu. »Aber wir haben Spezialisten, die sie nicht nur verstehen, sondern auch anwenden können.«
»Vielleicht«, sagte Judd. Sein Blick streifte die Leiche von Dr. Schoenbrunn. »Warum haben Sie das gemacht?« fragte er.
»Warum wir den Eierkopf umgelegt haben?« fragte der alte Mann. »Der war fällig. Wir wußten schon lange, daß er für den Mossad arbeitet. Außerdem hat es Sie überzeugt, daß es besser ist, mit uns zusammenzuarbeiten.«
Judd nickte nachdenklich. »Ich nehme an, Sie haben den richtigen Maharishi auch aus dem Weg geräumt, oder?«
»Schon vor sechs Jahren«, grinste der Inder. »Seine Schwester hatte keine Ahnung, daß sie mit seinem . . . Nachfolger korrespondierte.« Er sah auf die Uhr. »Wie lange dauert es noch?«
Judd warf einen Blick auf den Zähler. »Ungefähr noch vier Minuten.«
»Dann rufen Sie jetzt den Tower an«, befahl der Maharishi. »Der Controller soll dafür sorgen, daß unser Jet mit laufenden Motoren bereitsteht. Die Besatzung soll die Gangway ausfahren und die Tür offen lassen. Ein Landrover soll uns am Aufzug abholen. Aber der Fahrer soll den Wagen verlassen und sich in den Kontrollturm zurückziehen.«
Judd zögerte einen Moment, dann rief er den Controller an und übermittelte den Befehl genau so, wie ihn der Maharishi erteilt hatte.
»Die sollen Bescheid sagen, wenn alles bereitsteht«, verlangte der Alte.
»Ruft mich an, wenn ihr fertig seid«, sagte Judd und legte den Hörer auf. Das Zählwerk am Terminal begann zu ticken. Dann ertönte ein Signalton, und die Schrift auf dem Bildschirm verlangsamte sich. ÜBERTRAGUNG BEENDET, war jetzt zu lesen.
Judd stellte den Bildschirm ab. »Nehmen Sie das Band heraus!« befahl der Maharishi.
Judd ging zum Arbeitsspeicher, klappte das Laufwerk auf,

nahm das Magnetband heraus und überreichte es dem Maharishi. Der Alte öffnete seinen Attachékoffer und legte das Band sorgfältig hinein.
»Machen Sie die Tür auf!« verlangte er.
Judd ging zur Tür und öffnete sie. Draußen standen drei weitere Leibwächter.
»So«, sagte der Maharishi. »Los jetzt! Zuerst die Frau.«
Stumm sah Judd zu, wie Sofia zur Tür ging. »Hoffentlich wacht Gott über uns«, sagte er laut. »Jetzt können wir nur noch Ruhe bewahren und hoffen.«
Das Telefon schnarrte. Judd nahm den Hörer. Fast Eddie meldete sich aus dem Tower. »Es ist alles vorbereitet, Sir.«
»Danke«, murmelte Judd und legte auf. »Es ist alles vorbereitet«, wiederholte er für den Alten.
»Dann gehen Sie jetzt hinter der Frau her«, befahl der Maharishi. »Wir fahren alle zusammen im Fahrstuhl.«

Stumm stiegen sie in den Fahrstuhl und glitten zum Flugplatz hinauf. Als die Türen aufgingen, warf der Maharishi einem seiner Männer einen raschen Blick zu, und die beiden Geiseln wurden hinaus auf die Rollbahn gestoßen. Der Maharishi und seine Männer blieben hinter ihnen in Deckung.
Der Landrover stand zwanzig Meter neben dem Fahrstuhl. Mit laufendem Motor, wie befohlen. Die 707 wartete am oberen Ende der Startbahn, die Gangway war heruntergelassen und die Einstiegsluke stand offen.
Zwei der Leibwächter liefen hinaus auf die Rollbahn und sahen sich um. »Niemand zu sehen«, riefen sie ihrem Chef zu.
»Nehmt die Hände hoch«, sagte der Maharishi zu Judd und Sofia.
Sie gehorchten.
»Und jetzt geht ihr ganz langsam mit erhobenen Händen vor mir her!«
Judd und Sofia gingen auf den Landrover zu. Der Maharishi hielt sich dicht hinter ihnen. Zwei Leibwächter sicherten nach hinten. Als sie den Wagen erreicht hatten, schwang sich der

Alte schnell auf den Beifahrersitz, und einer seiner Männer übernahm das Steuer. »Macht sie fertig«, rief der Maharishi, während der Fahrer schon mit der Schaltung hantierte.
Die Leibwächter stießen Judd und Sofia zu Boden, einer hob seine Uzi, während die anderen auf den Landrover zuliefen.
Judd hatte gefeuert, ehe der Leibwächter abdrücken konnte. Getroffen sackte der Killer zusammen.
Der Motor des Landrover heulte auf, und der Wagen setzte sich in Bewegung. Auf dem Rücksitz richtete sich einer der Leibwächter auf und wollte das Feuer erwidern, aber in diesem Augenblick legte der Wagen sich in die Kurve, und der Mann fiel zurück auf den Sitz. Die Salve aus seiner Maschinenpistole ging wirkungslos in die Luft.
Judd warf sich herum, um Sofia mit seinem Körper zu dekken, und feuerte noch einmal auf den Landrover, der über die Rollbahn davonraste. Auf diese Entfernung hatte die kleine Fünfundzwanziger, die er im Ärmel gehabt hatte, allerdings keinerlei Wirkung. Ein Kugelhagel antwortete ihm, und einen Moment lang sah es so aus, als ob der Fahrer umkehren wolle. Judd versuchte verzweifelt, Sofia zu schützen.
Dann hörte man plötzlich ein Rauschen, und Eddies Panzerabwehrrakete zischte über die Piste. Der Landrover versuchte ein Ausweichmanöver, aber es war schon zu spät: Man hörte ein Klirren, dann folgte eine gewaltige Explosion. Das Fahrzeug rollte als Feuerball weiter. Noch einmal war das Zischen zu hören, als die zweite Rakete ihr Ziel suchte. Die Explosion zerfetzte das brennende Fahrzeug vollkommen. Die Rollbahn war mit lodernden Trümmern und Leichenteilen bedeckt.
Judd zog Sofia auf die Füße und führte sie langsam zum Aufzug. Fast Eddie kam ihm mit mehreren Männern entgegen.
»Bringt Sofia nach unten«, befahl Judd.
Die Männer kümmerten sich um die Ärztin. »Sind Sie okay, Boß?« fragte Fast Eddie.
»Alles in Ordnung«, keuchte Judd. Ein Hustenanfall schüttelte ihn.
»Versuchen Sie bloß nicht zu schwindeln«, grinste Fast Eddie

und drohte ihm mit dem Finger. »Vergessen Sie nicht, daß Sie mit dem lieben Gott persönlich sprechen!«

Die Mädchen des Maharishi flogen am nächsten Tag nach Kalifornien zurück. »Schade«, meinte Fast Eddie, »so viele hübsche Mösen, und ich habe keine gekriegt.«
»C'est la vie«, lächelte Judd.
Es klopfte, und Fast Eddie machte die Tür auf. »Darf ich eintreten?« fragte Sofia. Mit zwei raschen Schritten war sie bei Judd und berührte ihn mit der Hand. »Es tut mir so leid«, sagte sie.
»Dazu gibt es keinen Grund«, erwiderte er. »Es ist doch alles gut ausgegangen.«
»Nein«, widersprach sie. »Das finde ich nicht.«
»Wieso nicht?« fragte Judd und schüttelte den Kopf.
Sofia zog ein Päckchen Kleenex aus ihrem Mantel und hielt es ihm hin. »Dir wird es genausowenig nützen wie Howard Hughes.«
»Was meinst du damit?« fragte Judd.
»Alles, was du hier aufgebaut hast«, sagte sie, »ist nicht viel besser als Kleenex. Es wird dir nichts nützen. Auch wenn du hier mit deiner Formel allein bleibst und die ganze Zeit an dir arbeitest, wirst du nicht ewig leben. Du kannst dir Mühe geben, soviel du willst. Das einzige, was du erreichst, wird ein einsamer Tod sein. Du wirst ganz allein sterben.«
Judd schwieg.
Sofia küßte ihn auf die Stirn. *»Good-bye,* Judd«, flüsterte sie. »Ich werde deinen Kindern von dir erzählen.«
Judd starrrte sie an. »Warum sagst du *Good-bye*?«
»Du erwartest doch sicher, daß ich dich mit deiner Formel alleinlasse, oder?«
»Das habe ich nicht gesagt«, lächelte Judd. »Hast du nicht gemerkt, daß ich die Bänder mit der Formel gelöscht habe? Hast du nicht gemerkt, daß ich die Aggregate in den Laboratorien abgestellt habe? Weißt du nicht, daß ich Xanadu der Crane Medical Corporation überschrieben habe? Hier wird ein großes, nach Dr. Schoenbrunn benanntes Forschungszentrum

entstehen. Das habe ich für dich getan, Sofia, und für unsere Kinder. Du willst mich doch jetzt nicht verlassen?«

»Das habe ich nicht gesagt«, sagte Sofia. Tränen stiegen ihr in die Augen.

»Dann warte noch einen Moment«, bat Judd und nahm ihre Hand. »Wir fliegen zusammen nach Hause.«